Hans-Peter Ackermann

„Es ist nicht zu wenig Zeit die wir für unsere Kinder haben – sondern es ist zu viel Zeit, dir wir alle nicht sinnvoll mit ihnen nutzen, in der Zeit die wir haben!"

Hans-Peter Ackermann

Engelskinder

Aus der Reihe Königssee-Krimi

Bibliografische Information der Deutschen Nationalbibliothek:
Die Deutsche Nationalbibliothek verzeichnet diese Publikation
in der Deutschen Nationalbibliografie; detaillierte bibliografi-
sche Daten sind im Internet über http://dnb.dnb.de abrufbar.

Umschlaggestaltung: Karin Kipke / Werdau/Sa.

Herstellung und Verlag: BoD – Books on Demand, Norderstedt

ISBN: 978-3-7481-0762-0

Wie ein unheimliches Omen zog eine tief schwarze Wolkenwand von Süden her kommend über den Königssee, und damit geradewegs auf das sommerliche Volksfest am Bootsanleger zu.

Nur noch vereinzelt dümpelten kleine Boote in Ufernähe dahin, als wenn sie das rasch nahende Unwetter herausfordern wollten. Die Einheimischen hatten längst fluchtartig Festzelt und Festplatz verlassen und strebten eiligst einer sicheren Behausung zu, als sie sahen, was da auf sie zukam. Nur die Urlauber, die den See und seine Tücken nicht kannten, gaben sich gelassen und saßen noch vereinzelt unter den Sonnenschirmen und wunderten sich nur über die aufkommende Unruhe und Hektik unter dem Personal der Hotels und Gaststätten.

Wie ein kleines Heer Ameisen wuselten sie durch die Tischreihen, klappten die Sonnenschirme ein und versuchten noch zu retten was zu retten war. Neben der Kasse am Anleger stand ein Pulk junger Engländer mit ihren Bierbechern in der Hand, waren noch guter Dinge und scherzten.

Plötzlich aber zuckte ein gewaltiger greller Blitz aus dieser tiefschwarzen Wolkenwand heraus und schlug schmetternd in das Wasser des Sees ein. Sofort folgte ein ohrenbetäubendes Donnergrollen, sich mehrfach an den Felswänden brechend. Einigermaßen aufgeschreckt, verließen nun auch die Engländer fluchtartig, unter Zurücklassung ihrer Bierbecher, ihren Unterstand an der Kasse und rannten hinüber zur Eisdiele oder zu einem der Hotels.

Und dann öffnet Petrus seine Himmelsschleusen! Ein Platzregen, gemischt mit tischtennisgroßen Hagelkörnern, fegte über den Platz und die angrenzenden Gassen. Eines der noch im See in Ufernähe befindlichen kleinen Boote kenterte mit einem Mal, von einer Sturmbö umgeworfen, noch ehe es das rettende Ufer erreicht hatte. Die beiden Insassen, eine junge Frau und ein junger Mann, schwammen verzweifelt in Richtung der Anlegestelle. Mit viel Glück kamen ihnen zwei Retter der DLG zu Hilfe und zogen sie mit einer Stange aus dem Wasser. Und immer wieder blitzte, krachte und hallte es, sich immer wieder mehrfach von den Felswänden brechend. Die Hölle schien ihre Tore geöffnet zu haben! Ein Temperatursturz von 34 Grad Hitze auf 25 Grad war die Folge! Eigentlich unüblich für diese Jahreszeit und unüblich in dieser Intensität. Der Besitzer des Eiswagens Hansi

Wolff schloss hastig die Klappe, rief seiner Frau noch etwas zu und sah sich dann verzweifelt um.

„Annika! Annika!", schrie er immer wieder in die Regenflut hinein, die da gerade vom Himmel kam, doch niemand antwortete ihm. Seine Frau Gisela rief ihn zurück in den Wagen, auf dem immer noch die Hagelkörner trommelten.

„Komm doch herein, Hansi! Sie wird bei ihrer Freundin Doreen sein. Die beiden wollten doch zusammen rüber auf das Fest an der Rodelbahn gehen. Sie werden sich da untergestellt haben. Komm herein, du bist doch schon völlig durchnässt!", rief die Blondine ihrem Gatten zu.

Wolff schaute noch einmal suchend über den Platz, dann folgte er dem Ruf seiner Frau, stieg rasch die Stufen in den Wagen hoch und schloss die Tür mit einem lauten Plopp hinter sich.

Nach einer halben Stunde hatte sich das Wetter langsam wieder beruhigt, die Sonne schob sich aus den Dunstschwaden über dem Königssee, als sei nichts geschehen. Auch die Urlauber zerstreuten sich langsam, war es doch Zeit für das Abendbrot in den Hotels. Die Bedienungen der Gaststätten und Hotels wischten die nassen Tische und Stühle wieder trocken, und die ersten Abendgäste nahmen Platz. So hätte eigentlich ein schöner Sommertag doch noch gemütlich zu Ende gehen können …

Etwa zur gleichen Zeit beschäftigte sich der Polizeirat von Berchtesgaden, Markus Ludwig, gerade mit der Vorbereitung für das Abendbrot der Familie und teilte Tomaten. Seine Frau Susi stand vor sich hin summend im Wohnzimmer am Bügeltisch und bügelte fleißig die letzte Wäsche. Dabei sah sie durch das große Fenster des Wohnzimmers in den Garten hinaus und erschrak dabei sichtlich.

„Markus, sieh´ doch mal raus wie der Hagel unsere schönen Rosen demoliert hat. Ach man, ist das ein Jammer! Wir werden sie wohl alle verschneiden müssen, damit wir nächstes Jahr wieder ansehnliche Rosenstöcke bekommen." Markus Ludwig schaute lächelnd ins Wohnzimmer.

„Na komm meine Rose, das Abendbrot steht bereit." Und dann rief er nach den Kindern. Franzi, aus Susis erster Beziehung, war zwölf Jahre alt, ihr Bruder Benny war gerade vier Jahre geworden vor zwei Wochen. Der Polizeirat hatte seine Frau im Dienst vor fünf Jahren kennengelernt. Susi war damals als Austausch-beamtin aus Bern nach Königssee gekommen, und war seiner Abteilung zugeordnet worden. Von Anfang an war ihm diese kleine, kesse, sportliche junge Frau aufgefallen, die so ganz ohne Scheu, immer das richtige Wort zur richtigen Zeit in die Debatte warf. Und so hatte es nicht lange gedauert, und sie hatten sich ineinander verliebt.

Wobei dieser Schritt mehr Susi´s Angelegenheit gewesen war, die den von den Frauen enttäuschten Chef, wieder für das weib-liche Geschlecht zugänglicher gemacht hatte.

Und in dieser Zeit hatten sie auch ihren ersten gemeinsamen Fall gelöst, und das „Monster vom Königssee" zur Strecke gebracht. So jedenfalls titulierten damals die Gazetten jenen Fall, als sie eine Crystal-Met Bande zur Strecke brachten.

Bei der Lösung dieses Falls hatte der Polizeirat sehr schnell be-merkt, dass diese Frau und Kollegin etwas ganz Besonderes war. Nicht nur, dass sie eine feine Spürnase als Kriminalistin hatte, sie hatte auch menschlich etwas, was man bei heutigen Frauen nur noch selten findet. Ganz besonders bei den sogenannten Karrie-refrauen.

Bei Susi Ludwig kam erst die Familie und danach die Karriere. Und wie hatte er damals gemosert als es hieß, seine Abteilung bekäme eine junge Frau aus der Schweiz zugeteilt. Heute war er dem lieben Gott jeden Tag mindestens einmal dankbar, dass er sich damals von seinem Chef überreden lassen hatte. Aber natür-lich konnte dieses Wesen auch fürchterlich nerven, aber tun das Frauen nicht sowieso schon aus Prinzip? Und nun, tja, nun waren sie schon seit fünf Jahren verheiratet. Denn vom Kennenlernen bis zum Liebenlernen verging wahrlich dann nicht mehr viel Zeit. Und das Ergebnis dieser Liebe war dann Sohn Benny, ein kleiner liebenswerter blonder Bub.

Sie wollten gerade zu Tisch gehen als es an der Eingangstür des Einfamilienhauses zweimal läutete. Markus Ludwig sah auf die Uhr und schüttelte den Kopf. Wer kam denn jetzt am Samstag-abend um diese Zeit unangemeldet zu ihnen?

„Markus, gehst du bitte mal zur Tür, es hat geläutet", hörte er Susi rufen, wobei sie, wie es schien, das Bügeleisen zur Seite stellte. Auf dem Fußboden vor ihr spielte Franzi mit ihrem vier-jährigen Bruder Benjamin mit dem Bauernhof.

Polizeirat Markus Ludwig schob den Küchenstuhl zurück und ging vor sich hin summend zur Haustür. Als er öffnete, sah er sich zwei Männern gegenüber, die ihm ihre Dienstausweise vor die Nase hielten.

„Zenkner, Landeskriminalamt!", stellte sich einer der Männer kurz vor. Dann deutete er auf seinen Begleiter, einen jüngeren Mann um die Dreißig.

„Das ist mein Kollege Schirdelbach! Herr Polizeirat, wir hätten gern mal Ihre Frau gesprochen!"

Markus Ludwig stutzte einen Moment, doch dann trat er zur Seite und bat die beiden Beamten vom LKA einzutreten und führte sie ins Esszimmer. Er bot ihnen einen Platz an mit den Worten:

„Ich gehe jetzt meine Frau holen", und ließ beide einen Moment alleine und eilte ins Wohnzimmer. Leise schloss er hinter sich die Tür.

„Susi, du hast Besuch vom LKA!", flüsterte er seiner Frau zu. Die stellte mit hochgezogenen Augenbrauen den Korb mit der Wäsche beiseite, rückte schnell mit einem Blick in den Spiegel die Frisur etwas zurecht, und folgte dann ihrem Mann ins Esszimmer. Als sie eintraten, erhoben sich die beiden Herren kurz und begrüßten dann die Hausherrin mit einem Verweis auf ihre Dienstausweise. Susi sah beide gespannt an. Im Stillen dachte sie bei sich:

„So habe ich mir immer diese Schlapphüte vorgestellt. Äußerst geheimnisvoll. Aber warum heute am Samstagabend und privat?"

Der ältere der beiden Besucher kam ohne lange Vorrede zum Anlass ihres Besuches.

„Frau Ludwig, Ihr Mann ist ja Polizeirat von Berchtesgaden und damit Ihr unmittelbarer Vorgesetzter, ich glaube da ist es gut, dass er bei diesem Gespräch mit anwesend ist."

Markus musste schmunzelt. Diese Typen vom LKA waren manchmal komische Kerle. Er hatte in seiner Dienstzeit ja schon des Öfteren mit ihnen zu tun gehabt. Aber jedes Mal hatten diese Besuche bei ihm ein komisches Gefühl zurückgelassen. Susi sah ihren Mann und Chef einen Augenblick schmunzelnd an. Dann wandte sich ihre Aufmerksamkeit wieder ganz den Besuchern zu.

„Wie kann ich Ihnen helfen?", fragte sie geradeheraus und fixierte den Älteren einen Augenblick. Der wich ihrem Blick sofort aus, und Susi musste sich ein Grinsen verkneifen. Der LKA-Mann räusperte sich.

„Also zur Sache! Im Bereich Berchtesgaden, also in Ihrem Bereich, ist vor knapp zwei Monaten ein achtjähriges ausländisches Mädchen tot aufgefunden worden", begann der Mann vom LKA das Gespräch und Susi nickte.

„Ja, das stimmt! Allerdings konnte nicht festgestellt werden, woher das Kind kam, das man mitten im Wald halb nackt und tot aufgefunden hatte", entgegnete sie rasch. Und fuhr dann sofort weiter fort.

„Was mich aber zu allererst interessiert, und bevor wir hier fortfahren, ist die Frage, wozu dieser Hausbesuch nötig ist? Reicht die Dienstzeit dafür nicht aus?" Sie sah beide kurz hintereinander fragend an.

Der jüngere Beamte lehnt lässig in seinem Stuhl und starrte Susi unverwandt in den Ausschnitt ihres Pullis. Diese Frau Oberkommissarin war mehr als nur hübsch. Nicht größer als 166 cm taxierte er sie, dazu eine tadellose schlanke Figur, und einen beachtlichen Vorbau. Und dann dieses Schwyzerdütsch, mein Gott war die scharf.

Susi konnte sich ein sarkastisches Lächeln und einen Blick in seine Augen nicht verkneifen und der Jüngling sah rasch zur Seite. Der ältere der beiden fuhr weiter fort.

„Wir haben uns entschlossen Sie deshalb zu Hause aufzusuchen, weil von unserem Besuch bei Ihnen in der Dienststelle niemand etwas erfahren sollte. Immerhin sitzt ja, wie schon gesagt, Ihr Chef hier mit uns am Tisch", entgegnete der LKA-Beamte Zenkner ungerührt.

Nun war es an der Zeit für Markus sich bemerkbar zu machen. Denn wenn Beamte auf den Dienstweg verzichteten, hatte das bestimmt Konsequenzen, das wusste jeder. Und die vom LKA machten da keine Ausnahme.

„Wenn ich Sie richtig verstanden habe, Herr Zenkner, heißt das, dass Sie eine undichte Stelle bei uns vermuten. Liege ich da richtig?" Zenkner nickte zu dieser Frage zögernd.

„Einen konkreten Verdacht?", fragte Markus Ludwig weiter. Der LKA-Mann schüttelte den Kopf.

„Nein, leider nicht! Aber! Diese Sache mit dem Mädchen fiel doch in das Ressort Ihrer Gattin. Wer war außer Ihnen in diesem

Fall noch involviert?" Er sah Susi und Markus fragend an. Beide überlegten kurz, ehe Susi antwortete.

„Nun ja, das gesamte Team unserer KTU und mein Mitarbeiter Jochen Glauber. Und natürlich mein Chef hier! Sonst wüsste ich da niemand!"

Zenkner schlug einen dünnen Hefter auf. Der enthielt den Kriminaltechnischen Bericht und ein paar Bilder des Mädchens. Wieder sah er Susi an.

„Aber ein Ergebnis hatte dieser Fall nicht, stimmt das?" Susi musste unumwunden nicken.

„Nein, leider konnten wir bis heute nicht die Herkunft dieses Kindes aufklären. Es hatte keine Verwandten die sich gemeldet haben, nichts! Die eine Spur nach einem schwarzen VW-Bus erwies sich als unbewiesen und man konnte auch den Bus nicht finden. Ansonsten war das Mädchen sexuell missbraucht worden. Wir sind davon ausgegangen, dass sie aus Rumänien stammte und hier bei uns abgelegt wurde. Man war sich unschlüssig, ob die Kleine nicht zu den Zigeunern gehört hat, die damals hier durchgezogen waren. Die aber lassen in der Regel keinen Angehörigen einfach im Gebüsch liegen. Also war auch diese Annahme mehr als fadenscheinig."

Der LKA-Mann lehnte sich zurück, sah seine beiden Gastgeber ernst an, und meinte dann wohlüberlegt:

„Es muss im Raum Süddeutschland, Österreich und dem Balkan eine Schlepperbande geben, die genau solche ausländischen Kinder nach Deutschland und einige andere EU-Staaten schafft. Bleibt die Frage, ist das eine Mafiaangelegenheit, und werden hier gar gut situierte Gutbürger von privaten Zuhältern bedient? Also Familienväter und Mütter, wie Sie und ich!"

Susi wurde es kalt und sie zog sich förmlich zusammen. Wenn so eine Schweinerei jetzt auf sie zukam, dann gute Nacht!

Zenkner holte einen zweiten Ordner aus seiner Tasche und legte ihn vor Susi auf den Tisch.

„Frau Ludwig, Sie kommen aus der Schweiz, ja?", fragte er freundlich. Susi nickte wieder.

„Wie wir aus den Unterlagen wissen, hatten Sie dort als Anfängerin auf dem Gebiet der Bekämpfung von Kinderpornografie einen großen Erfolg zu verzeichnen. Das bringt unser Amt zu der Auffassung, dass dieser Fall bei Ihnen in guten Händen ist.

Ermitteln Sie in alle Richtungen! Ohne auf Namen und Funktionen zu achten! Wir müssen dieses Krebsgeschwür ausrotten! Sie haben jede erdenkliche Unterstützung von uns!" Er schob Susi den dicken Ordner vor die Nase.

„Wenn Sie das da drinnen studiert haben, finden sie vielleicht einen Ansatz. Ich denke, Ihr Gatte wird Sie dabei gut unterstützen! Wir bleiben in Verbindung. Und hier ist eine Handynummer für Sie, mit der Sie mich direkt, zu jeder Zeit, erreichen können!" Er legte Susi eine Visitenkarte auf den Tisch. Dann stand er auf. Gerade als er sich verabschieden wollte, ging die Tür auf und Franzi stand da und rief aufgeregt:

„Papa, Papa, der Benny wirft wieder mit Bausteinen gegen den Fernseher!" Markus lachte, gab den beiden Besuchern die Hand und lief rasch hinaus, um zu verhindern, dass er der Versicherung schon wieder einen kaputten Fernseher melden musste.

Als Susi die Haustür hinter den beiden vom LKA geschlossen hatte, hielt sie einen Moment inne. Der Albtraum ging also wieder los! Als sie vor zwei Monaten den Fall zu den Akten legen mussten, war sie im Innersten froh gewesen, dass es vorbei war. Aber es war eben nicht vorbei, es ging wieder los! Dieser Fall hatte sie an den Rand ihrer Beherrschung geführt und sie nachts schlecht schlafen lassen. Wochenlang war sie herumgelaufen wie in einem Tunnel. Und nur Markus mit seiner Ruhe, Wärme und Sachlichkeit hatte sie aufgefangen.

Als Markus Ludwig aus dem Wohnzimmer in die Diele trat und seine Frau so dastehen sah, wusste er augenblicklich was ihm bevorstand. Das normale Leben in der Familie und dieser beschissene Dienst mussten streng voneinander getrennt werden! Er nahm sie wortlos in die Arme und sie sah ihn ein wenig traurig lächelnd an.

„Weischst, i frag mich manschmal warum i nischt auch Friseuse oder sowasch geworden bin", meinte sie und lehnte sich an seine Brust. Er schmunzelte.

„Dann wärst du nicht die Susi die ich kenne, vor allem aber wäre dir das viel zu langweilig. Keine Bange, wir beide schaffen das schon, Susi. Du musst nur eine strikte Trennung von Privat und Dienst durchziehen. Ich weiß wie schwer das manchmal ist. Gerade in solchen Fällen, wenn es um Kinder geht." Susi nickte und schlang ihre Arme um den Hals ihres Mannes.

„Stell dir doch mal, vor sowas würde unserer Franzi passieren, Markus. Das wäre doch der reinste Horror!" Markus Ludwig nickte zustimmend.

„Aber genau diesen Gedanken musst du aus deinem Kopf bekommen! Es ist schlimm, aber es sind fremde Kinder. Also will ich mir das auch nicht vorstellen, Susi! Wenn du das nicht trennen kannst, dann gib diesen Fall am besten gleich ab! Du gehst sonst dabei drauf, und wir mit! Ich weiß, dass dies wieder ein Ritt auf der Rasierklinge wird, der uns jetzt bevorsteht. Aber wenn wir diesen Fall diesmal lösen können, dann haben wir was vollbracht, für alle Eltern. Und ich werde dir helfen wo ich kann. Was mir allerdings ein wenig Sorgen macht, das ist dein neuer Kollege Jochen Glauber. Dieser Sonnyboy gefällt mir ehrlich gestanden überhaupt nicht. Dem fehlen nur noch der Cowboyhut und die Cowboystiefel mit Sporen. Außerdem frage ich mich sowieso, wovon der sein BMW-Cabrio bezahlt hat." Susi lachte leise und wehrte dann doch ab.

„Na komm, jetzt übertreibst du aber wirklich! Oder bist du nur ein wenig eifersüchtig, hm?", fragte sie ihn neckisch.
Markus winkte entsetzt ab.

„Was? Auf diesen Gockel eifersüchtig? Susi, jetzt enttäuschst du mich aber. Wenn das dein Geschmack wäre, dann wärst du nicht mehr Susi Thoma aus Thun! Na ja gut, jetzt Susi Ludwig aus Ramsau". Sie musste schmunzeln und dachte dabei:

„Was regt er sich dann so auf? Natürlich ist dieser Glauber nicht mein Typ. Viel zu sehr von sich eingenommen." Vor allem hatte der Herr Glauber einen regen Verschleiß an jungen, aber zumeist blonden Damen. Und sie war ja schwarzhaarig, also wozu die ganze Aufregung? Sie ging wieder zurück zur Küche. Heute war erst Samstag und da konnte das Verbrechen gut bis Montag früh warten. Sofort loszurennen hatte sie sich längst schon abgewöhnt. Immerhin wollten sie mit den Kindern morgen Nachmittag noch in die Therme nach Bad Reichenhall fahren. Mit schöner Regelmäßigkeit geschah das jeden Monat einmal.

Doch bis zum Montagmorgen ließ das Schicksal Oberkommissarin Susi Ludwig leider keine Zeit! Sie saßen am Sonntagnachmittag gerade mit den Kindern auf der Terrasse und schlemmten Erdbeertorte als das Telefon auf dem Tisch plötzlich klingelte.

Markus hob ab, lauschte einen Augenblick, hob die Augenbrauen und gab dann Susi den Hörer über den Tisch. Sein Blick sprach Bände. Am anderen Ende der Leitung war der Diensthabende vom Präsidium.

„Frau Ludwig, wir brauchen Sie unbedingt drüben an der Königsbachalm. Ein junges Mädchen, nicht älter als zehn oder zwölf. Und wieder missbraucht, wie es aussieht. Die KTU ist schon draußen vor Ort."

„Gut, ich komme sofort, schicken Sie mir bitte einen Wagen, Herr Simon." Susi legte auf und sah Markus mit starrem Blick kurz an. Er sah das verräterische Glänzen in ihren Augen und kam um den Tisch herum.

„Wieder ein Fall?", flüsterte er. Susi nickte. Er sah zu den beiden Kindern an den Spielgeräten hinüber.

„Soll ich mitkommen? Dann müssten wir aber die beiden schnell bei meiner Mutter vorbeibringen." Susi schüttelte den Kopf und stand auf.

„Nein, bleib du lieber hier bei den Kindern. Ich sehe zu, dass ich bald wieder zurück bin. Simon schickt mir gleich einen Wagen. Für die Kids ist das doch immer der schönste Tag der Woche!" Markus nickte nachdenklich.

„Informierst du Glauber?", fragte er noch. Susi schon im Gehen begriffen drehte sich noch einmal im Flur um und trat dicht an Markus heran.

„Muss ich ja wohl, er ist mein Mitarbeiter – aber auch nicht mehr und nicht weniger, Schatz!", erwiderte sie mit Lächeln in den Augen und wusste dabei genau, dass Markus innerlich aufatmen würde. Warum er ihr nur immer noch nicht zu hundert Prozent glaubte! Er war einfach aus Prinzip in seinem Innersten eifersüchtig, nach dem letzten Reinfall.

Markus gab ihr einen Kuss zum Abschied und ließ sie zur Tür hinaus, wo gerade ein BMW vorfuhr und anhielt.

„Das weiß ich doch, Liebling!", erwiderte er noch an der Tür. Sie stieg ein und lächelte ihm noch einmal zu, dann brauste der schwarze BMW X5 davon.

Markus Ludwig überlegte kurz. Seine Frau Susi als Ressortleiterin Jugendgewaltverbrechen war vor Ort, ihr Mitarbeiter Glauber und die KTU ebenfalls. Mehr konnte man im Moment nicht tun. Mal sehen was Susi an Erkenntnissen vom Tatort mitbrachte.

13

Nachdenklich ging er zurück zu seinen Kindern, die auf der Wiese Ball spielten und ihren Spaß hatten. Mit Blick auf seine Rasselbande, setzte er sich in den Lehnstuhl und vertiefte sich in die Motor & Sport-Zeitung.

Der Wagen brachte Kommissarin Susi Ludwig bis zum Parkplatz Hinterbrand. Dort wartete bereits Kommissar Glauber auf sie. Grinsend saß er auf einem Quad und stieg ab, als er seine Chefin nahen sah.

„Hallo Chefin! Wir müssen leider mit diesem Ungetüm da weiterfahren. Der Forstweg endet weit unterhalb der Königsbachalm. Ich habe Ihnen aber einen Helm mitgebracht."

Sprach's und reichte ihr einen knallroten Motorradhelm. Er drückte Susi den rotlackierten Helm in die Hand. Die betrachtete ihn und schmunzelte vor sich hin.

„Eine noch auffälligere Farbe haben Sie wohl nicht gefunden, oder?", meinte sie nur und setzte ihn auf. Er passte aber tatsächlich wie angegossen.

„Sagen Sie mal, wissen Sie schon Genaueres von dem Mädchen?", fragte Sie Glauber plötzlich. Jochen Glauber kratzte sich am Dreitagebart.

„Nö, eigentlich nur, dass die Kleine wieder so um die zehn Jahre alt sein muss. Und dass sie niemand da oben kennt." Susi nickte.

„Na gut, dann bringen Sie mich mal heil nach oben." Während er startete, stieg Sie hinter ihm auf und hielt sich dann an ihm fest. Das Quad ruckte an und Glauber fuhr mit gemäßigtem Tempo los. Es ging die ganze Zeit bergauf, ab und an begegneten ihnen Wanderer die sie mit scheelen Blicken ansahen. Man konnte förmlich in ihren Gesichtern lesen. So nach dem Motto: „Dieses faule Pack muss unbedingt hier durch den Wald knattern!", oder so ähnlich.

Der Weg wurde immer schwieriger. Dort wo Schatten war, waren die Steine glitschig und nass. Nach knapp fünfzehn Minuten erreichten sie endlich die sieben Hütten, die zur Königsbachalm gehörten auf 1190 Meter Höhe. Glauber fuhr langsam bis zum Haupthaus mit der Bewirtschaftung, weil sie dort von der KTU erwartet werden sollten. Eine Menge Wanderer standen herum und gafften sensationslüstern hinauf zu einer der kleinen Hütten am Waldrand.

Schon von weiten sah sie Quirin Stadler von der KTU in seinem Overall, oder wie er selber sagte, in seinem weißen Ganzkörperkondom. Er winkte ihr zu. Sie begrüßten sich kurz mit Handschlag und Stadler führte Susi und Glauber hinter die Hütte. In einer Ecke im Gebüsch, wo man alte Äste und Gestrüpp abgelegt hatte, lag das Mädchen. Sie lag auf der Seite, leicht zusammengekrümmt, als wenn sie schlafen und jeden Augenblick wieder die Augen öffnen würde. Sie hatte halblanges rotes Haar mit Korkenzieherlocken und eine Menge Sommersprossen im Gesicht. Dazu hatte sie ein rotes Seidenkleid, zwei rote Schleifen in den Haaren und rote Lackschuhe an. Sie lag da wie mit besonderer Hingabe zurecht gemacht. Wie eine kleine rothaarige Prinzessin. Susi zog es das Herz zusammen, als sie das Mädchen so daliegen sah. Sie sah Quirin Stadler von der Seite an.

„Und, habt ihr schon was?" Quirin sah die Kommissarin durch seine kleine runde Brille an.

„Alter circa 10 Jahre, seit ungefähr zehn Stunden tot, und wieder missbraucht! Man sieht es an den Innenseiten der Oberschenkel. Keinerlei Hinweise auf die Identität der Kleinen." Und dann fügte er leise mit kratzender Stimme hinzu:

„Und sie hat keine Unterwäsche an." Susi musste erst ein paar Mal schlucken, ehe sie ihm antworten konnte.

„Gut, macht ein paar Fotos. Wir müssen die Zeitung einschalten, vielleicht vermisst sie ja doch jemand. Wir zwei gehen mal runter zu den Wirtsleuten. Wer hat euch übrigens informiert?"

Quirin Stadler deutete auf ein junges Ehepaar, das einige Meter weiter weg im Gras saß und sich unterhielt. Susi sah Glauber kurz an, dem sein sonst im Gesicht festgewachsenes Grinsen offenbar restlos vergangen war.

„Gehen Sie schon mal runter zu den Wirtsleuten, ich komme gleich nach", meinte sie halblaut und ging dann zu den jungen Leuten, welche die Kleine gefunden hatten.

Glauber nickte nur wortlos und stakste, die Hände in den Hosentaschen, den Hang hinab. Susi stellte sich bei dem jungen Ehepaar kurz vor. Die Augen der jungen Frau waren feucht und sie wischte sie immer wieder ab. Außerdem sah man, dass sie schwanger war, vierter oder fünfter Monat schätzte Susi mit einem kurzen Blick.

„So, Sie haben das Mädchen also gefunden?", begann Susi die Befragung. Die Frau nickte und deutete auf ihren Mann.

„Er hat sie gefunden, ich stand ein paar Meter weg." Der junge Mann nickte ernst. Auch er schien mit der Situation noch kämpfen zu müssen. Doch dann erzählte er.

„Ich musste unbedingt mal für kleine Jungs. Da unten war aber alles voll, also sind wir hier heraufgelaufen. Und dann habe ich die Kleine da hinten gefunden. Ich dachte erst sie schläft nur. Aber als ich sie angefasst habe, merkte ich es sofort, sie war schon tot. Ich bin Sanitäter beim DRK", fügte er noch hinzu.

Susi erfuhr, dass sie in Schönau unten auf Urlaub waren und noch eine Woche vor sich hatten. Sie schrieb Namen, Hotel und Heimatadresse auf, dann verabschiedete sie sich wieder von beiden und ging Glauber hinterher. Sie fand ihn in der Küche, wo er offenbar gerade mit einer der jungen Damen ins Gespräch vertieft war. Als Susi eintrat wurde er schnell wieder dienstlich ernst.

„Und, was erfahren, was uns weiterhilft? Oder haben Sie nur Ihren Charme versprüht?", fragte sie ihn ohne Rücksicht auf die beiden jungen Damen. Glauber schüttelte den Kopf und grinste leicht.

„Nö, niemand kennt die Kleine hier", erwiderte er. Plötzlich kamen ein breitschultriger mittelgroßer Mann mit Schnauzbart und eine dralle Blondine in die Küche. Es waren die Wirtsleute. Susi stellte sich und Glauber vor.

„Können Sie sich daran erinnern, ob gestern jemand mit einem rothaarigen Mädchen hier oben war?", fragte sie. Der Wirt schüttelte behäbig den massigen Kopf.

„Hier oben ist zurzeit jeden Tag der Teufel los! Da bleibt keine Zeit auf die Leute zu achten. Meine Frau bedient draußen, ich bin in der Küche und unsere beiden Mädels helfen wo es notwendig ist."

„Schlafen Sie des Nachts hier oben?", fragte Susi weiter. Die Wirtin schüttelte den Kopf.

„Meistens nicht, da fahren wir runter nach Schönau. Manchmal bleiben aber die Mädels nachts hier oben, weil schon zweimal eingebrochen wurde. Heute Nacht waren sie auch hier oben, weil wir schon sehr früh anfangen mussten." Susi wandte sich an die Mädchen.

„Haben Sie heute Nacht was gehört? Autos oder auch Leute?" Die zwei sahen sich einen Moment an, und Marlies die Ältere meinte dann plötzlich:

„Ja also, ich bin heute Nacht mal wach geworden. Da war mir so als ob ich ein Auto gehört hätte. Ich dachte es ist der Jäger, und bin dann aber wieder eingeschlafen."

„Wann war das so etwa?" Marlies überlegte. Dann zuckte sie mit den Schultern. Doch ihre Schwester, eine gut gebaute Schwarzhaarige mit langen Haaren, etwa 28 Jahre alt und dem Namen Sabrina, erinnerte sich.

„Doch das war gegen drei Uhr, denn ich war mal auf der Toilette und hörte das Auto auch. Da es aber wegfuhr wie mir schien, bin ich einfach wieder ins Bett gegangen."
Susi notierte sich noch ein paar Einzelheiten, dann verabschiedeten sie sich wieder.

Als sie das Haus wieder verließ, sah Susi hinauf zum Himmel. Gruber stand unter dem Vordach und rauchte. Die Sonne knallte unbarmherzig herunter. Es mussten mehr als 30 Grad sein.

Einer plötzlichen Eingebung folgend, gab sie Gruber ein Zeichen ihr zu folgen und stapfte nochmal hinauf zu der Hütte, wo man die Leiche des Mädchens gefunden hatte. Dort trafen sie auf Lutz Wegner, Quirins rechte Hand.

„Sag mal Lutz, habt ihr hier oben irgendwo Reifenspuren gefunden?" Der Angesprochene stutzte einen Moment, dann aber nickte er.

„Na, wenn mich nicht alles täuscht, dann gab es gleich da drüben welche!" Er deutete einige Meter weiter nach rechts. Susi bekam einen roten Kopf vor Zorn.

„Ja na und? Hat die wenigstens jemand gesichert?", fauchte sie plötzlich den Verdutzten an. Der schüttelte betreten den Kopf und marschierte sofort los, das Versäumte nachzuholen. Glauber grinste vor sich hin. Warum regte sich der Schweizer Müsliriegel denn nur so auf? Hatte sie Ehekrach zu Hause?
Eine halbe Stunde später packte Quirin Stadler seine Sachen ein. Seine Arbeit war getan, jetzt mussten die Kriminalisten ran. Noch ein kurzes Gespräch, und dann setzt sich Susi wieder auf

das Quad und Glauber guckte sie verdutzt an, weil sie ihn nun offenbar nach hinten versetzt hatte. Susi grinste ihn an.

„Was ist? Wollen Sie mit oder nicht?" Glauber verzog das Gesicht, als wenn er gerade degradiert worden wäre und schwang sich hinter Susi in den Sitz. Aber die Sache hatte ja auch sein Gutes! Jetzt konnte er sich an seiner Chefin mal so richtig schön festhalten. Als er seine Arme fest um ihre Taille legte, schob sie diese wieder ein Stück zurück und grinste.

„Nicht übertreiben, Kollege! Wir wollen ja nicht gleich abheben!", flachste sie und gab plötzlich Gas, so dass sich Glauber mit beiden Händen am Gepäckträger festkrallte, um nicht herunterzufallen. Das verrückte Weib gab Gas, dass ihm schlecht zu werden drohte. Sie fegte den Waldweg entlang wie ein Hurrikan, bremste oftmals erst im letzten Moment und schoss dann um die Kurven herum, so, dass zwei Räder halb in der Luft hingen. Als sie auf dem Parkplatz ankamen, war Glauber ziemlich grün im Gesicht und schluckte mehrmals. Susi sah ihn mitleidig durch die Sonnenbrille an.

„Ischt was, Glauber? Du sieschst so grün im Gesicht aus! Habe isch noch nicht erzählt, dasch isch früher in meiner Jugendzeit mal Motocross gefahren bin?" Glauber saß seitlich auf dem Quad und schüttelte leicht geschockt den Kopf. Ihm war wirklich schlecht.

„Chefin, Sie überraschen einen immer wieder!", brachte er nur mühsam heraus. Susi schickte ihn mit dem Quad nach Hause, sie selber fuhr mit dem Dienstwagen, der auf sie gewartet hatte, wieder zurück ins Präsidium. Noch im Wagen klingelte ihr Handy. Markus war dran.

„Und, wie ist die Lage?", war seine erste Frage. Susi sah aus dem Fenster und lachte.

„Hast du eine Flug-Drohne im Einsatz, weil du weißt, dass ich fertig bin?" Draußen flogen die Bäume an dem Wagenfenstern vorüber und immer wieder liefen Spaziergänger durch die Wiesenwege.

„Also, es ist wieder ein kleines Mädchen, Markus! Nicht älter als zehn Jahre. Wir müssen die Presse mit einschalten. Vielleicht kennt ja diesmal jemand die Kleine." Eine Weile war Ruhe im Hörer, dann hörte sie seinen Atem.

„Kommst du jetzt nach Hause, Susi? Für heute kannst du sowieso nix mehr tun. Morgen früh setzen wir uns als erstes zusammen! Okay?"

„Gut, ich komme gleich nach Hause. Ich fahre aber erst noch kurz ins Präsidium. Brüh mir inzwischen einen starken Kaffee!"

„Wird gemacht, Frau Oberkommissarin! Bis gleich!", dann knackte es im Hörer und das Gespräch war beendet. Der Fahrer sah sie kurz von der Seite an.

„Solche kleinen Leichen gehen einem besonders an die Nieren, stimmt´s?", fragte er mitfühlend. Susi nickte und schloss die Augen. Was sollte sie schon darauf antworten.

Im Präsidium angekommen, bat sie den Fahrer noch zu warten und ging in ihr Büro hoch. Außer dem Pförtner war niemand im Hause. Walter Simon grüßte die Oberkommissarin und winkte sie heran.

„Oben ist heute keiner mehr. Mittag sind alle nach Hause abgeschwirrt! Haben Sie wieder ein kleines Mädchen gefunden?", fragte er vorsichtig. Susi nickte und lehnte sich auf die Brüstung.

„Wieder so ein kleiner Wurm, Herr Simon. Ich möchte nur wissen, was Erwachsene antreibt, sowas zu tun", entgegnete sie erschöpft. Simon schüttelte den Kopf.

„Hoffentlich fassen Sie das Schwein bald! Aber letztlich landet der dann in der Psychiatrie und ist fein raus! In Amerika bekämen solche Leute eine Giftspritze!" Susi sah den Wachmeister erstaunt an. Solche Gedanken hatte sie diesem älteren Herrn um die Sechzig gar nicht zugetraut.

„Fänden Sie das denn in Ordnung, wenn bei uns so verfahren würde?", fragte sie deshalb zurück. Der Wachtmeister Simon nickte heftig.

„In solchen Fällen auf jeden Fall, Frau Kommissarin! Aber dann kommt irgend so ein Richter, bescheinigt ihm eine schwere Jugendzeit und gibt ihm drei Jahre. Danach ist er wieder frei und fällt wieder auf. Das hatten wir doch schon alles x-mal!"

Susi Ludwig nickte dem Mann wortlos zu und verabschiedete sich von ihm. Sie versuchte zu lächeln, obwohl ihr das momentan schwerfiel und sie immer noch darüber nachdachte, was Simon da gesagt hatte. Aber was hätte sie ihm auch antworten können? Hatte er nicht recht?

„Schönen Dienst noch, und möglichst keine Anrufe mehr bis morgen früh!" Der Wachtmeister lachte.

„Ich versuche mich dran zu halten, Frau Oberkommissarin! Grüßen sie den Chef, Ihren Mann!", entgegnete er und schloss das Schiebefenster. Susi eilte zurück zum Dienstwagen und stieg ein. Der junge Fahrer lächelte sie an.

„Ich wette mit Ihnen, es war keiner mehr da." Susi nickte.

„Wette gewonnen, und nun ab in Richtung Heimat. Sie können dann auch nach Hause fahren!"

Endlich vor der Haustür angekommen, verabschiedete sie sich vom Fahrer. An der Tür stehend, sah sie sich kurz um.

Über der Nebenstraße im Siedlungsgebiet lag noch die typische sommerliche Sonntagsruhe. Die Hitze flirrte über der Straße. Ganz oben auf den Spitzen der Berge lag jedoch noch vereinzelt Schnee. Keine Menschenseele war zu sehen. Die meisten waren sicher baden gefahren, und die Älteren verließen das Haus nicht wegen der Hitze. Susi betrat den Hausflur und zog die Sportschuhe aus. Vom Garten her hörte sie Kinderlachen. Franzi und Benny planschten im Pool unter Aufsicht von Papa. Susi schlüpfte in den Bikini, setzte die Sonnenbrille auf und ging hinaus in den Garten.

„Mama! Mama!" ertönte es und zwei nasse Wirbelwinde kamen herbei gesaust und umarmten Susi.

„Mama, Papi hat uns ein Eis versprochen!", rief Franzi ganz aufgeregt.

„Bitte, bitte! Nur ein ganz kleines Eis!" Susi lachte.

„Und warum bestürmt ihr mich dann? Wenn Papa es versprochen hat, dann muss er auch das Eis holen!" Franzi sah ihren Papa treuherzig von unten herauf an.

„Papi, hast du gehört was Mama gesagt hat? Du bist der Eisverantwortliche heute!" Markus schob sich aus seinem Lehnstuhl und lachte.

„Ich gehe ja schon, ihr Rasselbande! Dafür deckt ihr aber schon mal den Tisch! Ich bin gleich zurück!"

Zwanzig Minuten später war Markus von der Eisdiele im Ort zurück und sie saßen alle vier vor ihrem Eisbecher mit Erdbeeren und genossen das kühle Nass. Vanille-, Erdbeer-, Schokoeis und dazu kleingeschnittene frische Erdbeeren. Es war die reinste Wonne in dieser Hitze.

Benny schmierte sich das Gesicht voller Schokoeis und alle lachten. Markus musterte immer wieder seine Frau von der Seite. Sie lächelte ihm zu, doch es schien ihm ziemlich krampfhaft zu sein. Solange die Kinder dabei waren, würden sie nicht darüber reden, das war ein Grundsatz, an den sie sich immer hielten.

Erst als die Kinder am Abend dann im Bett waren und sie nebeneinander mit einem Glas Rotwein in der Hand auf der Schaukel im Garten saßen, begann Susi das Gespräch. Das laue Lüftchen das aufgekommen war und die Hitze des Tages vertrieben hatte, wehte den Duft von Rosen zu ihnen herüber. Sie lehnte in seinen Armen, die Beine angewinkelt und das Glas Rotwein in der Hand.

„Es ist wieder so eine kleine Rothaarige, genau wie die Letzte. Sie lag da, als ob sie schlafen würde. Man hat sie offenbar erdrosselt und dann einfach liegen gelassen. Möglich, dass sie mit einem Auto zum Fundort gebracht wurde. Die Reifenspuren deuten darauf hin. Außerdem hat die große Tochter des Wirtes in der Nacht ein Auto gehört. Sie dachte es sei der Förster und hat weitergeschlafen." Markus drehte sein Glas in der Hand und dachte nach.

„Weißt du was mir da gerade durch den Kopf geht? Erinnerst du dich an den französischen Film, wo kleine Mädchen an honorige Bürger verliehen wurden, um deren perverse Lust zu befriedigen? Die Mädchen kamen zumeist aus den Maghreb Staaten, also Algerien, Marokko, den ehemaligen Kolonien der Franzosen. Wer dabei zu Schaden kam, musste beseitigt werden. Erinnerst du dich?" Susi dachte kurz nach, sah Markus entsetzt an und nickte dabei gleichzeitig.

„Mach mir keine Angst, Markus! In so einem Fall würde sich automatisch das LKA einschalten." Markus lächelte vor sich hin.

„Das haben sie doch schon, Schatz! Die zwei die hier waren, erinnerst du dich?" Susi nickte.

„Ja na klar, ich bin doch nicht senil! Du meinst das also tatsächlich ernst?", fragte sie ihn nochmal nach. Markus nickte wieder nachdenklich.

„Total ernst, Schatz! Wir müssen so oder so eine SOKO bilden." Susi atmete plötzlich erleichtert auf.

„Prima, und du leitest sie und ich hab´ die Verantwortung los!"
Markus Ludwig schüttelte den Kopf, legte seinen Arm um ihre
Schulter und zog sie sanft an sich.

„Nee, nee Frau Oberkommissarin, das ist dein Fall! Du wirst
die SOKO leiten, deine erste in Deutschland!"
Susi lehnte sich zurück, streckte die Beine von sich und stöhnte
leise:

„Warum bin ich denn nicht Friseuse geworden! Ausgerechnet
zur Kripo, und ausgerechnet zur Abteilung Kapitalverbrechen.
Ich muss doch bekloppt oder besoffen gewesen sein! Prost!" Sie
hob ihr Glas und stieß mit Markus an. Dann kippte sie den Inhalt
des Glases mit einem Zug hinunter. Markus schmunzelte.

„Aber auf deinen Zug hat sich das noch nicht nachteilig ausge-
wirkt, meine Liebe!" Susi deutete auf die Flasche.

„Schenk mir lieber nochmal nach, ich brauche das heute."

„Wenn es nicht zur Gewohnheit wird, ist alles gut. Dann kannst
du ruhig mal einen hinter die Binde kippen." Susi feixte ein wenig anzüglich und flüsterte dann:

„Ich kann ja mal den Bikini ausziehen. In einer Sommernacht
in der Schaukel habe ich es noch nie gemacht!" Ihr Gatte Markus
lachte leise.

„Na klar, und die Nachbarschaft steht hinter den Gardinen und
macht lange Hälse! Bist du verrückt! Lass das ja."
Aber da hatte Susi das Bikinioberteil schon abgelegt und das
helle Mondlicht beleuchtete ihre weißen Brüste an einem beinahe
schokoladenbraunen Körper.

„Bring mich in mein Schlafgemach, James!" Der Herr Markus
verbeugte sich leicht.

„Ihr werdet euch nicht beklagen müssen, Herrin! Kommt, lasst
Euch tragen!" Und schon hatte er die quietschende und mit den
Beinen strampelnde Susi auf die Arme genommen und trug sie
rasch nach oben ins Schlafzimmer…
Was beide jedoch nicht wussten, im Nachbarhaus hatte Alfred
Kogler, ein Rentner um die Siebzig, am Fenster gestanden, eine
geraucht und alles mit angesehen. Er drückte seine Kippe im Blu-
menkasten aus und brummte:

„Ja, ja das hat wirklich mal Spaß gemacht. Aber jetzt …"
Dabei dachte er daran, dass er seine Erna und ihre 105 Kilo wohl

kaum noch hochheben konnte, um sie so ins Schlafzimmer zu bringen …

Das Stimmengewirr im Büro war so laut, dass Markus Ludwig mit dem Löffel gegen sein Glas klopfen musste.

„Ruhe bitte! Seit mal bitte etwas leiser, Kollegen!", rief er und sah sich in der Runde um. Alle waren am Montag früh anwesend, sogar Quirin Stadler hockte am Ende des Tisches und schaute in seinen Hefter.

„Quirin, kannst du uns was Neues sagen zu dem gestrigen Fall?" Der Chef der KTU richtete sich auf, schob die Brille zurecht und legte los.

„Also Neues gibt es noch nicht viel. Die Kleine ist circa zwölf Jahre alt. Sie ist mehrfach missbraucht worden und dann erstickt worden. Der Fundort der Leiche ist nicht der Ort ihres Todes. Und jetzt kommt es! Die Kleidung aber gibt es bei uns nicht auf dem Markt! Auch die roten Lackschuhe sind nicht aus deutscher Produktion. Ich tippe auf Südeuropa, aber Genaueres wissen wir noch nicht. Der Todeszeitpunkt liegt so etwa bei 0.00 Uhr der vergangenen Nacht. Das ist zurzeit alles was ich habe!" Er legte den Hefter beiseite und sah Markus schulterzuckend an. Susi schaltete sich ein.

„Habt ihr was mit den Reifenabdrücken machen können?" Quirin nickte.

„Sorry, Frau Oberkommissarin! Ja, wir haben inzwischen herausbekommen, dass diese Reifengröße garantiert zu einem Pickup, SUV oder Kleintransporter passen müssten. Also so in Richtung VW-Amarok, Ford-Ranger oder ähnliche Größen!" Susi nickte befriedigt.

„Gute Arbeit, Quirin! Nun müssen wir nur wissen, wie viele es bei uns im Kreis gibt und wo die in der vergangenen Nacht alle waren! Wir machen eine Halterabfrage und arbeiten uns dann durch. Alle sind dabei mit eingebunden!", betonte sie forsch. Glauber grinste vor sich hin. Er wusste, dass dieser Hinweis besonders ihm galt. Trotzdem konnte er es sich nicht verkneifen, noch einmal nachzuhaken.

„Wer sagt uns denn, dass dieses Auto aus unserem Landkreis sein muss? Der kann auch aus Ösiland kommen, oder gar aus der Tschechei!"

Markus schaute einen Augenblick zunächst zu Susi und dann zum Fragesteller.

„Die Wahrscheinlichkeit, lieber Kollege, liegt bei 50:50, also nutzen wir mal schön unsere 50 Prozent für den Anfang. Recht viele solcher Karren wird es bei uns hier nicht geben, also bleibt der Aufwand zunächst erst mal überschaubar. Message verstanden, Kollege Glauber?"

Einige lachten leise, andere schüttelten den Kopf. Dieser Glauber war ein selbstverliebter Clown! Markus löste die Zusammenkunft auf, hielt aber Susi noch zurück.

Verständliches Lächeln hier, freundliches Zunicken da, die Mannschaft wusste, dass ihr Boss zwar mit der Oberkommissarin verheiratet war, beide es aber strikt vermieden, im Dienst irgendwelche privaten Zärtlichkeiten auszutauschen. Als der letzte den Raum verlassen hatte, setzte sich Markus auf die Tischkante.

„Wenn der Glauber so weiter macht, sehe ich schwarz für ihn. Seine dauernden Anmerkungen halte ich auch dir gegenüber für ziemlich unangebracht. Oder was meinst du dazu?" Susi schmunzelte.

„Was hast du denn? Seine Frage war doch berechtigt. Mir scheint, er ist ein rotes Tuch für dich, stimmt's?", fragte sie leise zurück. Markus schüttelte den Kopf.

„Nee, nee, so einfach ist das nicht. Es geht ja nicht nur um seine manchmal platten Anmerkungen zum Thema. Es gibt Beschwerden über ihn aus der Verwaltung. Er hatte so zum Beispiel Überstunden abgerechnet bei der Veranstaltung in Bad Reichenhall, die keine waren. Da waren wir alle anwesend und es war eine Festveranstaltung und kein Dienst. Er aber rechnet Überstunden ab, weil er drei Leute nach Hause gefahren hat. Das ist doch absurd! Oder nicht?" Susi schnaufte.

„Das wusste ich nicht. Das ist natürlich ein dicker Hund. Aber du bist der Boss, also zähl ihn mal richtig an! Gibt's sonst noch was?", fragte Susi etwas argwöhnisch. Markus nickte wieder.

„Nimm's mir nicht übel, aber sein Lebensstil ist mit seinem Gehalt auch nicht zu stemmen. Ohne Quatsch! Und ich bin nicht der einzige, der diese Auffassung hat." Sie verzog das Gesicht und sah ihren Gatten und Chef an.

„Was schlägst du also vor?", fragte sie zurück.

„Wir ziehen ihn mal für ein paar Wochen vom operativen Dienst ab!" Susi sah ihren Mann entsetzt an.

„Bist du denn nicht gescheit? Wir laufen so schon auf der Felge! Die Überstunden sind kaum noch zu verantworten. Noch ist es bei uns nicht so schlimm wie in Berlin, da sind 2014 ca. 35000 Überstunden bei der Kripo aufgelaufen! Wenn du ihn rausnimmst, brauche ich Ersatz. Aber bitte keinen der noch in der Ausbildung ist!", beschwor sie nun Markus ihrerseits. Der lachte breit.

„Was grinst du da so unverschämt, he?" Markus Ludwig öffnete langsam die Tür und drehte sich nochmal um.

„Das erinnert mich so eine junge Schweizerin, die mir eines Tages plötzlich in meinem Büro gegenübersaß", erwiderte er und lachte wieder.

„Ha, ha, du hast es mir aber auch nicht gerade leicht gemacht am Anfang!", erwiderte sie und huschte unter seinen Arm hindurch auf den Flur hinaus.

Auf dem Gang drehte sie sich nochmal um und winkte ihm kurz zu.

„Machen wir heute gemeinsam Feierabend? Ich bin zwar heute dran die Kinder abzuholen, aber du kannst ruhig mitkommen!"
Er nickte.

„Schauen wir mal!" Und ging in sein Büro.

Als Susi in ihr Büro eintrat, flegelte Glauber in seinem Schreibtischsessel und hatte die Beine auf dem Schreibtisch liegen und telefonierte gerade. Er grinste sie an. Das reichte ihr dann wirklich! Der Kerl hatte das Benehmen eines Halbwüchsigen in der Flegelphase!

„Geht's noch ein Stück bequemer?", fauchte sie ihn an und knallte ihren Hefter so auf den Tisch, dass einige Sachen vom Schreibtisch fielen. Glauber schwang seine Gehlatten hastig herunter und beendete sein offenbares Privatgespräch. Doch Susi hatte noch nicht genug und kam in Schwung.

„Sagen Sie mal Glauber, sind Sie zur Kripo gegangen, weil sie einen ruhigen schönen Posten wollten? Oder sind Sie der Meinung wir sitzen hier nur Zeit ab? Warum haben Sie sich denn nicht schon längst mit der Zulassungsstelle in Verbindung gesetzt? Wir brauchen die Kennzeichen der SUV's? Und zwar pronto! Ansonsten können Sie bald unten am Eingang Wache stehen!", fauchte sie ihn lautstark weiter an. Ihre Lautstärke war sicher inzwischen auf dem Flur noch zu hören, denn am Abend sprach auch Markus sie darauf an.

Mit hochrotem Kopf setzte sich Glauber ans Telefon um seinen Auftrag zu erledigen. Wenn die Alte so sauer war, dann hieß das Vorsicht walten lassen und sie nicht noch mehr reizen!

Eine Stunde später lag die Halterliste mit insgesamt fünf VW-Amarok und neun Touareg auf Susis Tisch. Sie griff zum Telefon.

„Quirin, wir haben die Autos die in Frage kommen. Kannst du mir genau sagen, was das für Reifengrößen waren, die ihr auf der Wiese gefunden habt?"

„Da musst du Egbert Brecht fragen, der kennt sich da genau aus bei den technischen Details. Aber warte mal, ich versuche dich mal weiter zu verbinden! Tschüss!" Es knackte erst, dann tutete es dreimal und endlich erklang eine sonore Männerstimme am anderen Ende der Leitung.

„Hallo Kollege Brecht, ich brauchte die genaue Reifengröße die auf der Wiese am Tatort sichergestellt wurde." Der Techniker der KTU lachte leise.

„Na Sie haben vielleicht ein Tempo drauf, heißt das, Ihr habt schon die Wagen?", fragte er zurück.

„Wir haben sie, klar! Also, was gibt´s zu den Reifen zu sagen?", fragte sie sofort nach.

„Also, nach dem gefundenen Profil, und das war deutlich und gut auszumachen, weil es ja leicht feucht war da oben, muss es eine Reifengröße von 248/65 R17 sein, also eindeutig ein 4x4 Allradreifen des VW-Amarok, sagte mir eine Werkstatt hier im Ort." Susi strahlte.

„Danke, das macht uns die Arbeit jedenfalls leichter, denn es gibt im Landkreis nur fünf Amaroks. Danke!"

Sie legte auf und sah Glauber über den Schreibtisch hinweg an.

„So Kollege, jetzt geht's los! Sie nehmen die ersten drei, ich die letzten zwei! Auf geht's!" Glauber sah erst sie erschrocken an und dann auf die Uhr.

„Was denn jetzt noch? Es ist gleich Mittag, Chefin!" Susi holte tief Luft und Glauber winkte sofort ab.

„Schon gut, schon gut! Ich bin ja schon so gut wie weg!"

Als Susi in ihrem Dienstwagen saß, schaute sie sich die zwei Namen genauer an.

„Hubert Fosswinkel – Malermeister aus Bischofswiesen und Heribert Krössner – Abgeordneter der CSU Fraktion im Landtag, Gerstreit", las sie. Beim letzten Namen holte sie tief Luft.

„Na gute Nacht!", murmelte sie und startete den Wagen. Eine halbe Stunde später rollte sie auf den Hof des Malergeschäftes. Ein Tor stand offen, aber niemand war in der Halle. Na gut, es war immerhin Mittagszeit. Als sie sich dem Wohnhaus zuwandte, öffnete sich die Haustür und eine Frau um die Fünfzig sah sie lächelnd an, als habe sie den Besuch bereits erwartet.

„Hallo, junge Frau! Die Männer haben gerade Mittagspause", rief sie ihr zu. Susi trat näher und holte ihren Dienstausweis aus der Jackentasche.

„Kriminaloberkommissarin Ludwig, Kripo Berchtesgaden", stellte sie sich vor. Die Gesichtszüge der Frau veränderten sich schlagartig.

„Oh je! Hat einer unserer Männer was ausgefressen, Frau Kommissarin?", fragte sie leise. Susi lächelte.

„Na das wollen wir mal nicht hoffen. Aber fährt bei Ihnen jemand einen VW-Amarok?" Die Frau bekam trotz des Sonnenscheins einen roten Kopf.

„Das ist das Auto meines Mannes, Frau Kommissarin", erwiderte sie sichtlich erschrocken. Susi nickte befriedigt.

„Gut, dann hätte ich mal Ihren Mann gesprochen! Würden Sie ihn mal herausbitten!" Die Frau nickte und verschwand rasch in den Flur. Susi hörte sie rufen:

„Hubert! Die Polizei will was von dir! Komm mal raus auf den Hof!"

Wenig später erschien kauend ein mittelgroßer Mann mit ziemlichem Bauch und Halbglatze in Latschen. Er kniff die Augen zusammen und musterte Susi von oben bis unten.

„Jo, was gibt´s, Frau Kommissarin? Wie kann ich Ihnen helfen?", quetschte er durch die Zähne und schluckte erst mal den Rest des Mittagsmahls hinunter.

„Sie fahren einen VW-Amarok, Herr Fosswinkel?" Der Malermeister nickte.

„Stimmt, und was ist mit dem?" Susi sah sich um.

„Könnten Sie mir den mal zeigen, Herr Fosswinkel?" Der Malermeister nickte und schlurfte vor Susi her zur Garage und öffnete das Tor.

„Da steht das gute Stück. Gerade mal zwei Wochen alt!", bemerkte er stolz. Susi ging in die Garage und umkreiste den Wagen. Der sah aus wie geleckt. Die Reifen waren so gut wie ungebraucht.

„Haben Sie den erst gewaschen, Herr Fosswinkel? Der sieht so geleckt aus.", fragte sie. Fosswinkel schüttelte den Kopf.

„Ich sagte doch, der ist erst zwei Wochen alt. Ich bin bis jetzt kaum damit gefahren. Aber können Sie mir nun mal sagen, was das Ganze soll? Wieso interessiert sich die Kripo für mein Auto?" Susi sah Fosswinkel lächelnd an.

„Wo waren Sie vom Samstag zu Sonntag in der Nacht? Sagen wir so um Mitternacht?" Fosswinkel riss die Augen auf.

„Na jetzt wird doch der Hund in der Pfanne verrückt! Wo soll ich denn schon in der Nacht gewesen sein! Natürlich bei meiner Alten im Bett! Und von 18.00 Uhr bis 21.00 Uhr war ich im „Hirsch", meiner Stammkneipe! Da können´s ja nachfragen!", brummte der Malermeister und schüttelte den Kopf.

„Gab´s einen Unfall?", fragte er nach. Susi schüttelte den Kopf.

„Haben Sie nicht die Zeitung gelesen heute? Das kleine Mädchen im Wald?" Fosswinkel bekam große Augen.

„Ach deswegen, na hoffentlich fangen´s das Schwein bald! Die arme Kleine." Susi verabschiedete sich vom Malermeister, der lächelte schon wieder.

„Aber vo hier sind´s ä net, oder?", fragte er noch wie nebenbei. Susi nickte.

„Stimmt, ich bin aus Thun", bekannte sie. Fosswinkel zog erstaunt die Augenbrauen hoch.

„Ahh, eine Schweizer Kommissarin! Fesch, fesch!", erwiderte er. Plötzlich ertönte hinter ihm die Stimme seiner Frau aus der Haustür.

„Hubert! Kommst du, dein Essen wird kalt!" Er lachte belustigt.

„Mein General ruft, ich muss mich sputen. Tschüss!" Mit einem Lächeln brauste Susi vom Hof. Der Mann hatte mit der Sache wohl nix zu tun. Trotzdem hielt sie am Gasthof „Hirsch" kurz an, um sich Vosswinkels Aussage zum Besuch der Gaststätte bestätigen zu lassen.

Wieder im Wagen rief sie die Nummer des Abgeordneten an. Es tutete eine Weile, dann meldete sich eine Männerstimme.

„Hier bei Krössner! Mit wem spreche ich?" Susi meldete sich und erklärte kurz ihr Anliegen. Sie müsse unbedingt ein Gespräch mit Herrn Krössner führen. Der Mann am anderen Ende der Leitung war wohl der Sekretär des Abgeordneten und zierte sich dementsprechend.

„Ja da müssen Sie sich einen Termin im Büro des Herrn Abgeordneten geben lassen, gute Frau", flötete dieser. Susi holte tief Luft und wurde dann dienstlich.

„Haben Sie was an den Ohren, junger Mann! Ich bin Kriminaloberkommissarin Ludwig von der Kripo Berchtesgaden, und es geht um Mord! Also lassen Sie die Ziererei und sagen Sie mir, wann ich den Herrn Abgeordneten zu Hause sprechen kann. Ich komme auch gerne mit diesem Thema in sein Wahlkampfbüro!" Am anderen Ende der Leitung knackte es kurz und eine zweite Männerstimme meldete sich plötzlich.

„Gut Frau Kommissarin, ich schlage vor, Sie kommen um 20.00 Uhr zu mir nach Hause, auch wenn ich nicht weiß wie ich Ihnen helfen könnte. Viel Zeit habe ich aber nicht. Worum geht es eigentlich?" Susi bedanke sich und legte auf ohne die letzte Frage des Herrn Abgeordneten beantwortet zu haben.

Im Berchtesgaden angekommen, klopfte sie an Markus Bürotür.

„Herein!", schallte es laut zurück. Susi trat ein.

„Hallo, Chef!" Sie sah sich kurz um. Da niemand da war, ging sie rasch zum Schreibtisch und gab ihrem Boss einen Kuss, dann setzte sie sich artig in die Sesselgruppe. Er lachte sie an.

„Und, schon Erfolg gehabt?" Susi schüttelte den Kopf und zog mal kurz die Schuhe aus.

„Nee, aber wir müssen heute Abend unbedingt ab 20.00 Uhr eine Nanny auftreiben für unseren Nachwuchs. Wir haben beim Herrn Abgeordneten Krössner einen Termin - er ist Amarok-fahrer und Jäger!" Markus blies die Backen auf und sah Susi bedient an.

„Heribert Krössner, CSU-Mann im Landtag, Vorsitzender der Wirtschaftsvereinigung Bayern-Tschechien, Vorsitzender des Jagdvereins Gerstreit und Spezl von Bernd Hornemann, dem

Vorstandsvorsitzenden der Libera AG. Na dann Prost Mahlzeit, Susi! Das wird lustig!"
Sie sah ihren Gatten belustigt an und schlug die Beine übereinander. Das kurze Sommerkleid gab den Blick frei auf zwei hübsche ebenmäßige Beine bis kurz übers Knie. Sie sah seinen Blick und zupfte rasch am Saum. Dann grinste sie.
„Etwas zu kurz für den Dienst, was? Aber wenn es so warm ist." Er grinste sie hinterhältig an.
„Der schwarze Slip steht dir top, Frau Ludwig!" Susi wurde etwas rot.
„Sieht man den etwa?" Er grinste vielsagend und nickte. Dann wurden sie wieder ernst.
„Aber nun mal im Ernst. Hast du Bammel vor diesem CSU-Heini?" Markus schüttelte den Kopf.
„Nö, aber man muss höllisch aufpassen was man sagt und wie man es sagt." Sie nickte resolut.
„Genau, und deswegen wirst du mich als mein Boss dahin begleiten. Ok?" Er nickte nachdenklich.
„Gut, dann rufe ich mal Ramona an, und frage ob ihre Tochter Melanie mal zwei Stunden Zeit hat heute Abend. Wir verschwinden heute pünktlich, holen die Kinder ab und dann ab nach Hause, vorausgesetzt es kommt nix mehr dazwischen." Susi lachte geradeheraus und winkte ab.
„Du und pünktlich Feierabend machen! Aber egal wie, ich möchte nicht alleine zu dem CSU-Heini gehen, vergiss das nicht!" Nochmal winkend verschwand die Frau Oberkommissarin aus dem Büro ihres Chefs.

Pünktlich 20.00 Uhr stand Familie Ludwig am Tor der Villa des Abgeordneten. Ein schöner alter Bau aus der Jahrhundertwende, mit einem Vordach, welches auf zwei Säulen ruhte und von zwei steinernen Löwen bewacht wurde. Ansonsten war bayrischer Landhausstil angesagt. Markus grinste und flüsterte seiner Frau zu:
„So leben unsere Volksvertreter! Immer eine Klasse besser als das Fußvolk."
Er drückte zweimal kurz auf den Klingelknopf. Es dauerte eine Weile, dann hörte man Schritte und die Tür wurde geöffnet. Eine ältere Dame, schwarz gekleidet mit weißem Schürzchen, öffnete.

„Der Herr Abgeordnete erwartet Sie bereits, bitte folgen Sie mir", säuselte sie und dann stakste die Hausdame durch einen mit dicken Teppichen ausgelegten Korridor zu einer von zwei Schiebetüren, klopfte zaghaft an, und auf das laute Kommando „Herein" schob sie die Tür auseinander. Ein Mann um die Sechzig, in bayrischer Tracht, mit einem dicken kahlen Schädel und einem Schnauzbart wie König Ludwig, stand auf und kam ihnen entgegen.

„Bitte nehmen Sie Platz. Ich muss allerdings darauf verweisen, dass ich nicht viel Zeit habe, da ich noch zu einer Geburtstagsfeier eines Parteifreundes gehen muss." Markus musterte den Abgeordneten bei dessen Worten mit einer Miene, die klar aussagte - wir sind die Staatsmacht hier! Wir bestimmen wie lange es dauert. Und sagte dann:

„Wir können dieses Gespräch gerne morgen früh im Präsidium führen, Herr Krössner. Dann sind Sie uns auch schon wieder los!", erwiderte Markus ungerührt. Der Herr Abgeordnete schaute eine Sekunde perplex, dann winkte er ab.

„Es wird ja nicht ewig dauern hoffe ich." Und Markus schüttelte den Kopf.

„Also, um es so kurz wie möglich zu machen! Sie fahren einen VW-Amarok, Herr Krössner?" Der Abgeordnete kniff die Augen zusammen.

„Ja, das stimmt. Was ist mit meinem Wagen?" Markus sah Susi kurz an, die musste schmunzeln.

„Wir ermitteln in einem Fall von Kindesmissbrauch, wie es schon heute in der Zeitung zu lesen war. Dabei spielt ein solcher Wagen auf Grund der gefundenen Reifenspuren eine entscheidende Rolle. Um jetzt alle Personen auszuschließen, die mit dieser Tat nichts zu tun haben, müssen wir natürlich jeden Wagen kriminaltechnisch überprüfen lassen. Ein Kollege von der KTU ist bereits unterwegs, um auch bei Ihrem Wagen einige Proben zu nehmen. Wie gesagt, es dient auch zur Entlastung. Meine zweite Frage wäre, wo waren Sie in der Nacht von Samstag auf Sonntag, möglichst mit Zeugenangaben, Herr Krössner."

Einige Sekunden lang schien der Herr Abgeordnete zu überlegen ob er jetzt aufbrausen sollte wegen diesem Ansinnen, oder ob er lieber hilfsbereit sein sollte. Jedenfalls schnaufte er hörbar durch die Nase bevor er antwortete.

„Wie kommen Sie auf die abwegige Idee, ich könnte mit dieser Sache etwas zu tun haben, Herr Polizeirat?" Und wie erwartet, kam auch schon der erste Versuch einer glatten Einschüchterung.

„Ich bin versucht eine Beschwerde über Sie in Erwägung zu ziehen, Herr Ludwig. So war doch Ihr Name, ja? Und diese Kollegin Ludwig hier, wäre dann wohl Ihre Gattin, ja?" Markus bekam einen ziemlich dicken Hals und stand plötzlich auf.

„Herr Abgeordneter! Ich muss Ihnen doch nicht erklären, dass vor dem Gesetz alle Bürger gleich sind! Ob Abgeordneter oder Schreibkraft! Dieser Grundsatz ist vom Gesetzgeber nach meiner Kenntnis noch nicht abgeschafft worden. Sonst hätten wir ja keinen Rechtsstaat mehr, sondern eine Diktatur. Wenn die Polizei es für unabdingbar hält, Autos der Marke „Amarok", wie in diesem Fall, näher zu untersuchen und zu überprüfen, dann spielen der Name und die Funktion des Halters dabei keine Rolle! Und nun zu Ihrer Person Herr Abgeordneter! Normalbürger bestellen wir ins Präsidium und machen keine Hausbesuche. Wir kommen Ihnen also sehr weit entgegen! Und nun nochmal zu meiner Frage - wo waren Sie in der Nacht vom Samstag auf Sonntag?" Markus Stimme war eine Oktave höher geworden.

Krössner war ebenfalls aufgestanden und reichte Markus wortlos den Schlüssel vom Wagen. Dann meinte er mit sichtbarem Groll:

„Ich war in dieser Nacht zu einer privaten Feier in Marktschellenberg, bis früh um vier Uhr".

Markus gab Susi ungerührt den Schlüssel und bat sie diesen dem KTU-Mann zu bringen. Dann sah er Krössner an.

„Gut, wer kann das bestätigen? Könnten Sie mir eine Liste anfertigen lassen?"

Der Herr Abgeordnete nickte ergeben. Er sah wohl ein, dass er diesen Polizeirat unterschätzt hatte. Der Mann ließ sich nicht einschüchtern!

„Sie bekommen diese Liste morgen früh in Ihr Büro gefaxt Herr Ludwig. War es das dann?" Markus Ludwig nickte lächelnd.

„Danke, das war dann schon alles. Wir bedanken uns für die Auskünfte, Herr Abgeordneter. Wir finden selbst hinaus. Auf Wiedersehen!" Sprach´s und ließ einen verdutzten Mann zurück. Auf dem Hof traf er auf den Mann von der KTU und begrüßte ihn.

„Wie siehts aus, Lothar?" Der Angesprochene zuckte mit den Schultern.

„Wenn du mich fragst, der Wagen war garantiert erst vor kurzem in der Wäsche. Aber ich habe Proben aus den Kotflügeln, der Ladefläche und den Rücksitzen in der Kabine genommen. Mal sehen, was da rauszuholen ist." Markus verabschiedete sich von ihm und ging zu Susi, die sich ein wenig umgeschaut hatte. Sie lächelte ihm entgegen.

„Ich habe schon gewusst, warum ich dich mitgenommen habe", bemerkte sie vielsagend. Markus nickte nur.

„Wie viel hat Glauber denn nun eigentlich schon abgearbeitet?", fragte er sie. Susi zuckte mit den Schultern.

„Das weiß ich im Moment nicht, das erfahren wir wohl erst morgen früh, wenn ich wieder im Büro bin.
Uns so war es dann auch. Am nächsten Morgen erschien Jochen Glauber mit zwei Berichten. Einer der Halter war ein Spediteur, der andere ein Jäger aus Schwarzeck. Während der Jäger ein lupenreines Alibi vorweisen konnte, war der Spediteur Haberäcker angeblich in einem Bordell in Tschechien gewesen und erst gegen sechs Uhr am Morgen zurückgekehrt. Aber auch hier hatte die KTU Proben genommen, die man nun im Kriminaltechnischen Institut des Bayrischen LKA auswerten ließ. Alles in allem, eine richtig heiße Spur aber war im Moment leider nicht dabei.

Drei Tage später las Susi durch einen Zufall einen Artikel in der Zeitung, in dem es um eine Kooperation zwischen einem tschechischen Kinderheim und einem Verein für stark gefährdete Jugendliche ging, der sie stutzig werden ließ. So fanden nach dem Bericht regelmäßige Konsultationen zwischen den Pädagogen dieser beiden Einrichtungen statt. Gemeinsame Sportveranstaltungen, auch mal gegenseitige Besuche und Patenschaften wurden hoch gelobt. Einer der Gründer dieser Kooperation aber war tatsächlich der CSU-Abgeordnete Heribert Krössner!
Susi faltete die Zeitung zusammen und machte sich auf den Weg zu ihrem Chef. Seine Vorzimmerdame Dagmar begrüßte Susi lächelnd.

„Ihr Mann telefoniert gerade, aber er muss gleich fertig sein. Setzen Sie sich doch ein Weilchen Frau Ludwig."

Sie deutete auf die Sitzgruppe am Fenster. Susi setzte sich und sah sich um. Ein typisches deutsches Vorzimmer mit ein paar Blumen, aber sonst mausgrauen Möbeln mit Inventarzeichen an der Seite. Einen Augenblick dachte sie an ihr kleines kuschliges, blumenübersätes Büro in der Berner Lehndorfstraße.

Ihr Göttergatte schien das Telefonat beendet zu haben, denn Dagmar meldete Susi über den Sprechfunk bei ihm an.

„Soll reinkommen!", war alles was der Herr Polizeirat kurz verlauten ließ. Susi klopfte kurz an und trat ein.

„Hallo Herr Rat, darf ich Sie mal zwei Minuten kurz in Beschlag legen?", flachste sie lachend. Markus stand auf, kam auf sie zu, nahm ihre Hand, und hauchte einen Kuss darauf.

„Bitte treten´s doch ein gnä Frau!", wienerte er und musste dann selber lachen.

„Was gibt´s? Hast du Sehnsucht nach deinem Traummann?", fragte er sie mit Schalk in den Augen. Susi nickte.

„Auch, aber ich habe hier einen schönen Artikel, lies den mal durch." Sie reichte ihm die Zeitung und setzte sich einstweilen auf die andere Schreibtischseite.

Markus las den Artikel in Ruhe durch und sah kurz dabei auf.

„Magst du einen Kaffee?", fragte er seine Frau. Und ohne auf eine Antwort abzuwarten, orderte er zwei Kaffee bei Dagmar im Vorzimmer, dann las er weiter. Als er fertig war legte er die Zeitung nachdenklich beiseite.

Dagmar erschien mit einem Tablett und brachte die zwei Kaffee. Als sie die Tür wieder hinter sich geschlossen hatte, sah er Susi fragend an.

„Du vermutest einen Zusammenhang zwischen unseren beiden Fällen? Sonst wärst du ja wahrscheinlich jetzt nicht hier, stimmt`s?" Susi nickte bedächtig.

„Es gibt nichts was es nicht gibt, Markus! Könnte eine Spur sein, oder aber auch ein Flop. Aber besser wir gehen der Sache nach, ehe wir uns dann später Vorwürfe machen, weil wir es unterlassen haben."

Markus kratzte sich nachdenklich am Kinn. Er wusste, dass Susi ein untrügliches Gespür hatte. Das hatte sie damals schon mit der Crystal-Met-Bande gehabt. Deshalb nickte er kurz entschlossen.

„Gut! Arbeite einen Vorschlag aus, wie du vorgehen willst. Wir werden ihn dann morgen früh in der Dienstberatung diskutieren.

Aber nur in der internen Runde diesmal und sonst niemand. Übrigens bekommst du ab morgen noch eine Verstärkung. Eine Frau Karin Jordan vom LKA, also keine von der Schule!", setzte er noch lachend hinzu.

„Kennst du diese Frau Jordan, Markus?", fragte sie ohne Argwohn. Doch Markus bekam auf einmal etwas Farbe im Gesicht. Dies wiederum gab Susi zu denken. Er nickte wie es schien etwas verlegen.

„Ja, ich kenne Karin Jordan von früher. Wir waren zusammen auf der Polizeischule der Bundespolizei. Und, damit du es nicht erst um drei Ecken erfährst, wir waren so circa ein halbes Jahr lang ein Paar. Ging aber nicht gut, sie war mir zu ehrgeizig. Also keine Angst mein Hase, das ist immerhin gut zwanzig Jahre her! Sie ist inzwischen wohl verheiratet oder geschieden. Keine Ahnung." Susi musste sich das Lachen verkneifen über seinen Versuch jeden Verdacht von sich zu weisen.

„So, so, eine alte Liebschaft, na das kann ja heiter werden", bemerkte sie provokativ. Und prompt sprang Markus an.

„Was heißt hier alte Liebschaft, Schatz! Wie viel alte Liebschaften könnten denn bei dir auftauchen, he?" Er grinste sie an und sie grinste zurück.

„Du denkst auch Angriff ist die beste Verteidigung, mein lieber Mann! Aber Spaß beiseite, du musst keine Angst haben, dass wir hier Stutenbissigkeit auspacken! Vorausgesetzt, sie vermeidet es dir schöne Augen zu machen, Herr Rat!", setzte sie noch lachend hinzu. Markus nahm sie einfach in den Arm und gab ihr einen Kuss, was er sonst noch nie im Dienst gemacht hatte. Dann meint er grinsend:

„Das schönste bei des Weibes Kuss ist, dass sie dabei schweigen muss! Und nun verzieh dich wieder, Oberkommissarin! Du hältst mich von der Arbeit ab."

Mit betont wackelnden Hinterteil stöckelte Susi zu Tür, drehte sich noch einmal um, und hauchte dann einen Kuss auf die flache Hand in Richtung Markus. Und meinte dann:

„Sagtest du gerade Arbeit?" Und Schwupps war sie raus. Er sah ihr hinterher wie sie die Tür schloss und dachte bei sich:

„Mein Gott, und diese Frau hätte ich mal um ein Haar vergrault. Inzwischen war sie Ehefrau, Mutter, Kollegin, Zuhörerin und die gute Seele der Familie und eigentlich bei allen beliebt, bis auf den Kollegen Glauber vielleicht. Aber da wiederum irrte er ebenfalls.

Susi stürzte sich in die Recherche im Internet, um etwas über den „Verein für gefährdete Jugendliche" zu erfahren. Und dann tauchte ein Bild von einer Feier auf. Mit vielen Kindern, einer Menge Erwachsenen und mitten im Pulk von etwa fünf jungen Frauen, ihr Kollege Glauber! Überschrift: „Sommerfest in Tachanow – und alle Sponsoren kamen!"

Susi war im ersten Augenblick sprachlos und griff sofort zum Telefon.

„Markus, kannst du mal ganz schnell zu mir herunterkommen? Es eilt, ich bin im Moment alleine hier!"

Zwei Minuten später stand Markus neben ihr und besah sich die Seite im Internet. Susi deutete das Bild mit Glauber.

„Sieh mal hier, da steht unser Kollege zwischen lauter jungen hübschen Damen." Markus nickte.

„Hm, und alle verdammt jung! Aber das ist ja kein Verbrechen. Fragt sich nur, in welchem Zusammenhang er mit diesem Verein agiert, und warum er uns nichts davon erzählt hat! Das macht mich nun doch etwas misstrauisch."

Markus Ludwig wollte gerade noch etwas sagen als sich plötzlich die Tür mit Schwung öffnete und Jochen Glauber sichtlich überrascht stehen blieb.

„Oh, Sorry! Störe ich gerade?", fragte er schmunzelnd. Beide schüttelten die Köpfe.

„Nö, Sie kommen gerade recht, Herr Glauber!", betonte Susi mit zusammengezogenen Brauen. Glauber schloss die Tür und glitt langsam in seinen Sessel am Schreibtisch gegenüber Susi. Er sah sie gespannt an. Man sah, wie er zu ergründen versuchte, was gerade auf ihn zukam.

Markus Ludwig verabschiedete sich und Susi zog ihren Stuhl an den Schreibtisch und setzte sich demonstrativ hin, dann schlug sie die Beine übereinander. Einen Moment lang wechselten sie einen Blick, ehe Susi zu sprechen begann.

„Herr Glauber, mich bewegt die Frage, was für Kontakte sie zu dem tschechischen Kinderheim „Andělé děti" haben, was ja wohl übersetzt sowas Ähnliches wie „Engelskinder" bedeutet?"

Augenblicklich veränderte sich Glaubers Mimik. Er versuchte sein sonst übliches Grinsen aufzusetzen.

„Ach so! Also, eine Bekannte von mir stammt aus dem Ort Tachanow und arbeitet als Erzieherin in diesem Heim. Ich war bisher drei oder viermal dort. Das letzte Mal zum zehnjährigen Bestehen des Heimes. Das sind alles Kinder aus gestrandeten Familien zur Wendezeit, die dort untergebracht sind. Also Alkohol- und sonstige Abhängige. Aber wie kommen Sie darauf?"

„Weil Sie uns bisher noch nichts davon erzählt haben, Herr Glauber, ganz einfach!", erwiderte Susi und dann drehte sie ihren Laptop in Glaubers Richtung. Er sah das Bild und lachte.

„Ja, das Bild ist zu diesem Fest gemacht worden." Susi nickte zufrieden. Meinte dann aber:

„Und wie läuft die Zusammenarbeit mit dem Verein für Wirtschaftsförderung hier in unserem Kreisgebiet?"

Glauber stutzte einen Augenblick, und meinte gelassen:

„Nun ja, es gibt eine Reihe von Gönnern aus diesem Verein, die dem Heim ab und zu unter die Arme greifen. Alle zumeist honorige Bürger mit viel Geld. Wenn es die nicht gäbe, wäre es um das Bestehen dieser Einrichtung wohl ziemlich schlecht bestellt."

Susi sah Glauber direkt in die Augen, und der wich ihrem Blick wider Erwarten nicht aus.

„Haben sie zu diesen Herren irgendwelche Kontakte, Herr Glauber?" Jochen Glauber schüttelte den Kopf und schien die Lippen etwas zusammen zu pressen. Leiser sagte er dann:

„Das ist nicht meine Liga, Chefin! Wenn diese Herren feiern, dann ist unsereins garantiert nicht dabei!" Susi nickte zufriedengestellt.

„Was mich allerdings stutzig gemacht hat, bei meinem letzten Besuch drüben, war die Tatsache, dass diesen Altherren-Club etwas verbinden muss. Ich meine außer dieser Hilfsbereitschaft. Sie müssen alle Mitglieder in irgendeinem Club sein! Ich habe aber bisher nicht rausgekriegt in welchem Club!" Susi sah ihn aufmerksam an und dachte nach. Was hatte dieser Fakt in ihrem Fall für eine Bedeutung? Ein Club, in dem alte Männer Mitglieder waren?

„Hängt Ihre Fragerei mit dem Fall um das Heim zusammen?", fragte Glauber Susi nun seinerseits geradeheraus. Die schüttelte nur wortlos den Kopf und vertiefte sich in ihre Unterlagen.

Glauber schien etwas auf dem Herzen zu haben, denn er räusperte sich mehrmals vernehmlich, so das Susi aufsah.

„Ist was, Glauber?" Der nickte und hielt einen Hefter hoch.

„Ja, ich habe hier die Auswertung des Labors, Chefin!" Susi war sofort ganz Ohr.

„Na und? Was ist rausgekommen?" Er verzog ein wenig das Gesicht ehe er antwortete.

„Also, sagen wir mal so! Erstens, der Herr Abgeordnete muss uns erklären wie die Erde vom Tatort an die Kotflügel seines Wagens gekommen ist. Zweitens, der Direktor Buchmeier muss uns die gleiche Frage beantworten!", er grinste auf einmal. Susi war einen Augenblick zugegeben etwas baff. Ausgerechnet dieser Herr Krössner musste da oben gewesen sein!

„Und wer ist dieser Direktor Buchmeier?" Glauber stand auf und zeigte auf das Plakat mit dem Jahreskalender an der Wand.

„Bio-Milchwerke Chiemgauer Almenland und sein Direktor Josef Buchmeier!" Susi kratzte sich am Kopf.

„Oh je, Glauber! Das wird heikel! Machen wir es gemeinsam oder holen wir uns Verstärkung durch meinen Mann?" Glauber verzog das Gesicht für einen Moment, und Susi glaubte schon es sei wegen Markus.

„Also, wenn Sie mich so fragen Chefin, plädiere ich für die Hilfe von unserem Boss! Sonst stehen wir beide da wie die Hilfssheriffs!", meinte er und grinste dabei etwas verlegen.

Diesmal allerdings verzichtete Polizeirat Ludwig auf einen „Hausbesuch" beim Abgeordneten und lud diesen für den nächsten Vormittag ins Präsidium vor. Gleichzeitig musste auch der Herr Buchmeier erscheinen. Die beiden Herren waren höchst ungehalten und kündigten Konsequenzen an. Doch das alles prallte an Markus Ludwig ab wie an einer Regenpelerine.
Als erster betrat der Herr Abgeordnete Krössner das Büro des Polizeirates Ludwig, und in seinem Schlepptau sein Rechtsbeistand Adalbert Käsmüller, einer der renommiertesten Anwaltskanzleien im Raum Berchtesgaden. Anwalt Käsmüller war um die Sechzig, etwas klein geraten und ziemlich kugelrund. Markus bat die Beiden nicht in seine Sitzecke, sondern ließ sie vor seinem Schreibtisch Platz nehmen. Diese Distanz sollte die Herren ein wenig an den Ernst der Lage erinnern.

Käsmüller legte sofort los und zeterte darüber, wieso man einen angesehenen Bürger und Abgeordneten wie einen Kriminellen herbeizitierte. Markus schnitt ihm kurzerhand das Wort ab und deutete auf seinen Bericht auf dem Tisch, den Susi noch schnell hingelegt hatte. Sie und Glauber saßen etwas abseits, Susi tippte fleißig im Laptop mit.

„Meine Herren, niemand wird von uns wie ein Krimineller behandelt, solange er sich nichts zuschulden kommen lässt", begann Markus seine Ausführungen.

„Aber Hausbesuche wie letztens, vermitteln der Öffentlichkeit nur den Eindruck, dass man etwas verheimlichen will. Diese Vorladung die Sie erhalten haben, basiert auf der Tatsache, dass am Fahrzeug von Herrn Krössner die gleichen Erdpartikel gefunden wurden, wie an der Stelle, an der das tote Mädchen vor einer Woche gefunden wurde. Das ergibt für uns die Frage, was hat Ihr Mandant, wann da oben gemacht?"

Käsmüller sah seinen Mandanten einen Moment erschrocken von der Seite an, und bemühte sich zu der Bemerkung:

„Das habe ich ja nicht gewusst!" Krössner selbst wechselte innerhalb von zehn Sekunden dreimal die Farbe. Er schien höchst erregt zu sein.

„Was wollen Sie damit sagen? Dass ich das Mädchen umgebracht habe? Das ist absurd!", erregte er sich und richtete nun aufgebracht zum zweiten Mal seine blaue Krawatte.

„Herr Krössner, niemand hier beschuldigt Sie in dieser Richtung. Aber wie kommen diese Erdpartikel in die Radkästen Ihres VW-Amarok? Und Frage zwei, wo waren Sie in der Nacht von Samstag auf Sonntag wirklich?" Der Abgeordnete schien angestrengt nachzudenken und sah stur zu Boden. Plötzlich ging der Ausdruck einer gewissen Fröhlichkeit über sein Gesicht.

„Ja stimmt doch, ich war am Donnerstag vergangener Woche da oben in meinem Jagdrevier. Gemeinsam mit Herrn Direktor Buchmeier", erwiderte er sichtlich erleichtert. Markus horchte auf.

„Das ist Ihr Jagdrevier da oben?", fragte er interessiert nach. Markus konnte es sich nicht verkneifen noch hinzuzufügen:

„Aha, das war doch mal das Jagdrevier von Hermann Göhring, nicht wahr? Der verkaufte es noch zur Nazizeit an einen Bauern, und der hat es dann wohl Ihnen verkauft, stimmt das so, Herr

Abgeordneter?" Krössner schnappte kurz nach Luft und sein Kopf bekam die Farbe einer reifen Tomate und dann bellte er los:

„Was, was hat das denn jetzt mit diesem Fall zu tun, Herr Rat? Wollen Sie mich jetzt noch als Altnazi hinstellen, oder was?" Markus hob nun seinerseits schnell beschwichtigend beide Hände.

„Niemand will Ihnen hier etwas nachreden, Herr Krössner. Das war nur eine spontane Feststellung von mir. Entschuldigen Sie bitte, so war das doch nicht gemeint!" Krössner schien sich wieder zu beruhigen und Markus fuhr fort.

„Sagen Sie mal, in welcher Beziehung stehen Sie zu dem Kinderheim „Andělé děti" in Tschechien, Herr Krössner?" Der Herr Abgeordnete stutzte einen Moment, doch dann antwortete er ungezwungen lässig:

„Ja, einige meiner Parteifreunde und einige Wirtschaftsbosse unserer Region fühlen sich verpflichtet, diesen armen Kindern zu helfen. Wir spenden jedes Jahr größere Summen zum Erhalt des Heimes und natürlich auch für Bekleidung und Verpflegung." Markus sah hinüber zu Susi, die fleißig Notizen machte. Sie zwinkerte ihm zu und lächelte. Glauber saß die Beine lang ausgestreckt da und schien mit den Gedanken woanders zu sein. Markus klappte seinen Hefter zu.

„So meine Herren, damit wären alle unsere Fragen vorerst beantwortet. Ich danke Ihnen Herr Abgeordneter, dass Sie sich die Zeit genommen haben, uns Rede und Antwort zu stehen." Er erhob sich. Krössner lächelte besänftigt.

„Ich sehe es als meine Bürgerpflicht an, Ihnen jederzeit für Auskünfte zur Verfügung zu stehen. Wenn Sie Lust haben, können Sie uns ja mal an einem der Tage der offenen Tür im Heim besuchen. Die Kinder freuen sich immer über kleine Gaben, auch von der Polizei als dein Freund und Helfer!", erwiderte er und verabschiedete sich.

Als sich die Tür hinter den Besuchern geschlossen hatte, kam Ludwig zu Susi und Glauber an die Sesselecke.

„Na, was meint ihr?" Susi zuckte mit den Schultern, und Glauber meinte grinsend:

„Diese Herren sind aalglatt, die muss man beim Klauen schon direkt erwischen!" Markus nickte nachdenklich.

„Es steht also fest, sowohl der Herr Abgeordnete, als auch der Herr Buchmeier waren da oben! Jetzt seid ihr dran! Seht mal zu, was der Herr Direktor zu der Tatsache sagt! Ich habe jetzt leider keine Zeit mehr, ich muss kurz ins Landratsamt."

Die Befragung des Herrn Direktors erwies sich als weniger problematisch, bis das Thema auf das Ergebnis der KTU kam, die Bodenproben am Auto. Auf Susis Frage, wie es sein könne, dass ausgerechnet Bodenpartikel vom Tatort an das Auto gekommen waren, eierte der Herr Direktor zunächst herum. Doch dann schien auch ihm ein Einfall zu kommen.

„Ach ja, ich war vorige Woche mit Herrn Krössner auf der Jagd. Wir haben beide Autos gleich neben der alten Hütte abgestellt." Susi ersparte sich eine weitere Befragung und beendete diese kurzerhand. Glauber sah sie erstaunt an, als Buchmeier den Raum verlassen hatte.

„Und was ist mit seiner Verbindung zum Heim?" Susi winkte ab und musterte Glauber von unten herauf.

„Glauben Sie denn wirklich der würde was anderes aussagen als der Herr Krössner? Die Beiden haben sich vorher abgesprochen! Da verwette ich meinen Hintern darauf!" Sie ließ sich in ihren Schreibtischsessel plumpsen, und Glauber lachte plötzlich lauthals. Als sie ihn fragend ansah, meinte er forsch:

„Chefin, ich überlege gerade, ob ich diese Wette annehme und was ich dabei gewinnen könnte?" Da verdrehte sie die Augen und drohte ihm mit dem Zeigefinger.

„Glauber, Glauber! Eines Tages sehe ich Sie doch noch den Verkehr regeln, mit einer schönen weißen Uniformmütze!" Glauber verzog keine Miene weiter und grinste in sich hinein.

Ein neuer Fall

Als es an der Bürotür klopfte hob Susi den Kopf und sah auf.

„Herein!" Langsam wie im Zeitlupentempo öffnete sich die Tür und Susi wollte schon lachen, weil sie meinte, Glauber oder ihr Mann machten mal wieder einen Scherz. Doch dann stand auf einmal ein etwa zwölfjähriges Mädchen in der Tür und sah sie schüchtern an.

„Sind Sie die Frau Ludwig?", fragte sie scheu und ziemlich leise. Susi nickte und stand auf.

„Ja, ich bin die Frau Ludwig. Und wer bist du denn?", fragte sie zurück.

„Ich bin die Annika Wolff, Frau Polizistin", erwiderte die kleine Rothaarige und kam langsam näher und gab Susi die Hand. Susi bat sie lächelnd in der Sitzecke Platz zu nehmen.

„Schön und was willst du von der Polizei, Annika?", fragte sie vorsichtig, um die Kleine nicht noch mehr zu verunsichern. Die Kleine sah sie mit ihren großen hellblauen Augen an.

„Ich kenne das Mädchen aus der Zeitung! Unsere Klasse hat drüben in Tschechien eine Patenklasse. Und da gibt es auch ein Heim für Kinder die keine Eltern haben", erzählte die Kleine frisch drauflos. Susi setzte sich neben die kleine Annika.

„Schön, und wie heißt das Mädchen?", fragte sie weiter. Die Kleine schien einen Moment nachzudenken.

„Ich glaube sie heißt Milena, oder so ähnlich." Susi gab dem Mädchen einen roten Lolly.

„Schön, und die Milena wohnt in Tschechien in dem Heim?", fragte sie Annika nochmals, und die Kleine nickte wieder.

„Gut Annika, wissen deine Eltern, dass du hier bei mir bist?", fragte Susi weiter. Annika schüttelte rasch den Kopf.

„Nö, Papa sagt immer, den Bullen muss man nicht unbedingt helfen. Aber ich bin sehr traurig, dass Milena nicht mehr lebt und deshalb bin ich heute zu Ihnen gekommen."

Susi überlegte kurz. Eigentlich hätte sie die Kleine jetzt mit der Polizei zurück zu ihren Eltern bringen müssen, aber dann bekäme die jetzt wahrscheinlich Ärger mit dem Papa.

„Also gut, ich glaube du kannst jetzt allein wieder nach Hause gehen, du bist ja schon alt genug. Wie kommst du eigentlich zurück nach Schönau?", fragte sie nun doch vorsichtig geworden.

„In einer halben Stunde fährt mein Schulbus, und an der Anlegestelle in Schönau stehen Papa und Mama mit unserem Eiswagen", plapperte die Kleine vertrauensvoll. Susi sah auf ihre Armbanduhr.

„Gut Annika, dann bringe ich dich jetzt noch zum Bus. Und du erzählst bitte niemanden davon, dass du das tote Mädchen kennst." Und so begleitete Susi die Kleine bis zum Bus und wartete bis sie eingestiegen war und der Bus wegfuhr. Annika winkte ihr noch am Fenster sitzend zu. Susi Ludwig überlegte wie sie weiter vorgehen sollte. Eigentlich müssten die Eltern ja wissen, wenn das Kind zur Polizei geht um eine Aussage zu machen. Und so entschloss sie sich auf der Heimfahrt noch an dem Eiswagen vorbei zu fahren.

„Nimm mir nicht die Krone weg, ich bin eine Prinzessin, du böser Räuber Hotzenplotz!" dröhnte es gerade aus dem Fernseher im Wohnzimmer, als das Telefon im Flur zu läuten begann. Susi Ludwig schob ihren Laptop beiseite.

„Kann mal jemand den Fernseher leise drehen!" rief sie, bekam aber keine Antwort.

„Markus! Hörst du nicht, das Telefon klingelt!", rief sie über die Schulter hinüber in die Küche, wo sich ihr Gatte gerade an Pfannkuchen mit Heidebeeren versuchte, während Franzi vor der Klotze hockte und Film schaute.

„Ich geh ja schon, Liebling!", rief dieser zurück. Seiner Tochter die im Wohnzimmer saß und Benny Fernsehen schaute, gab er ein Zeichen, sie solle doch kurz auf den Pfannkuchen aufpassen. Dann eilte er in den Flur wo das Telefon stand und hob ab.

„Ludwig! Was gibt es? Ach Sie wollen meine Frau, gut ich hole sie. Warten sie einen Moment!" er legte den Hörer neben die Station.

„Susi! Dein Typ wird verlangt!", rief er durch die Tür zum Wohnzimmer, wo Susi Ludwig gerade leicht verzweifelt versuchte eine Mail zu öffnen. Sie schnupperte.

„Markus, das riecht aber verbrannt in deiner Küche!", rief sie auf dem Weg zum Telefon ihrem Mann zu. Sie hörte ihn laut fluchen, dann schepperte es, und dann hörte sie Tochter Franzi und Benny laut lachen. Der Eierkuchen war offenbar verbrannt und außerdem beim Wenden in der Luft auf dem Fußboden gelandet. Sie nahm den Hörer hoch und meldete sich. Am anderen Ende war der Diensthabende der Polizeiinspektion Berchtesgaden.

„Hallo Frau Ludwig, Brennecke hier. An der Rodelbahn ist wieder die Leiche eines kleinen Mädchens gefunden worden! Sie möchten bitte sofort hinkommen", gab er durch. Susi legte den Hörer zurück und trat langsam vor den Spiegel. Einen Augenblick besah sie sich ihr Konterfei. Seit sie die Haare lang trug, würde sie wie die amerikanische Schauspielerin Salma Hajek aussehen, hatte ihr Gatte unlängst gemeint. Ob er das jetzt auf ihre Oberweite oder ihre neue Haarpracht gemünzt hatte, war dabei offengeblieben.

Plötzlich stand ihr Mann auf einmal hinter ihr und umfasste sie mit beiden Armen an der Taille. Sein Mund berührte ihr Ohrläppchen und einen Augenblick spürte sie, wie seine Zähne sanft zubissen.

„Hat eben dein Liebhaber angerufen, Frau Oberkommissarin?", fragte er leise. Susi dreht sich zu ihm herum.

„Nö, das Präsidium! Wieder ein kleines Mädchen! Genau wie die vor zwei Wochen! Und diesmal an der Rodelbahn draußen!", erwiderte sie leise und machte sich aus seiner Umarmung frei.

„Ich muss rausfahren! Glauber wartet schon auf mich." Markus Ludwig schüttelte den Kopf.

„Warum hat der Brennecke denn mir nicht gleich gesagt was los ist und erst dich verlangt? Immerhin gehöre ich ja wohl auch noch zur Polizeiinspektion!", bemerkte er. Susi zuckte die Schultern.

„Keine Ahnung, Markus! Aber ich muss jetzt los. Pass auf, dass die beiden pünktlich ins Bett kommen! Franzi hat morgen in der ersten Stunde Sport, sie soll ihre Sportsachen nicht vergessen." Markus lachte leise.

„Wird gemacht Frau Oberkommissarin! Na fahr schon los, wir kriegen das schon hin!", erwiderte er und gab seiner Frau an der Tür noch schnell einen Kuss.

„Bis später! Wenn es spät werden sollte, bekommst du morgen früh zum Frühstück einen Bericht, Schatz! Tschüss!" Sie blieb kurz stehen.

„Ach so, übrigens, der Liebhaber weiß, dass er nicht zu Hause anrufen darf! Tschüss!", sprach`s und schloss lächelnd die Tür. Wenig später hörte er wie seine Frau wegfuhr. Markus Ludwig ging schmunzelnd zurück in seine Küche, wo Franzi gerade den verbrannten Eierkuchen entsorgte.

Der Weg von Ramsau bis zur Rodelbahn dauerte keine halbe Stunde. Während der Fahrt dachte Susi gerade daran, wie sie damals diesen Fredo Hohlmeier gejagt hatten, den die Presse als das „Phantom vom Königssee" hochstilisiert hatte. Dieser Fall war damals ihr Durchbruch bei der deutschen Polizei gewesen.

War sie doch eigentlich nur für eine kurze Zeit als Austauschkriminalistin von der Schweiz nach Deutschland delegiert worden, um Erfahrungen auszutauschen. Tja, und dann kam die Liebe und die sorgte dafür, dass sie hier im Berchtesgadener Land sesshaft geworden war. Ihr damaliger deutscher Chef war inzwischen schon seit vier Jahren ihr Ehemann.

Kriminaloberkommissarin Ludwig hatte das Areal der Rodelbahn erreicht und fuhr auf das Gelände bis knapp unterhalb des Starthauses. Dort stellte sie den Wagen ab und ging die letzten Meter zu Fuß bis zum Tatort.

Glauber empfing seine Chefin und gab ihr ein paar Gummihandschuhe und zwei Gummilaschen für die Schuhe. Dabei berichtete er schon mal kurz.

„Ja Chefin, wieder ein kleines Mädchen! Nicht viel älter als zehn Jahre, denke ich. Und diesmal wieder angezogen wie eine kleine Prinzessin und rothaarig. Beinahe genauso wie beim letzten Mal!"

Die Kriminaltechniker hatten bereits ihre Arbeit aufgenommen. Die aufgestellten Scheinwerfer gaben der Szene eine gespenstische Atmosphäre. Quirin Stadler kam auf Susi zu. Quirin Stadler kam auf Susi zu, die er schon seit ihrer Anfangszeit in Bayern kannte. Er lächelte gequält.

„Hallo Susi! Guten Abend! Tja, wieder so ein kleines Ding. Bestimmt nicht älter als zehn oder elf Jahre. Auch diesmal scheint es so, als ob sie nicht von hier ist! Sie muss da oben vom Gerüst gestürzt sein!" Susi sah ihn verdutzt und gleichzeitig fragend an.

„Was heißt nicht von hier?", fragte sie zurück. Er leuchtete mit seiner Lampe das kleine Mädchen an, das in einer Ecke lag, als wenn sie schlafen würde. Susi bekam einen Schreck, als sie das kleine Mädchen so daliegen sah. Das war kein Mädchen aus südlichen Gefilden! Ihre dunkelrote Lockenpracht wurde zwar von einem roten Band am Kopf zusammengehalten, sie trug auch kleine rote Schuhe, ein langes rotes Seidenkleid und darüber ein cremefarbenes Bolerojäckchen. Im Haar hatte sie links und rechts eine rote Schleife. Man konnte den Eindruck gewinnen, dass sich da jemand sehr viel Mühe gegeben hatte, sie hier sozusagen aufzubahren. Und Susi durchfuhr es wie ein Stromschlag.

„Annika! Mein Gott, das gibt´s doch nicht!"

Quirin Stadler zog Susi ein paar Schritte zur Seite, weg von der kleinen Leiche, als er sah wie Susi geschockt war, und schaute sie verständnislos an. Sie schluckte ein paar Mal, ehe sie stockend wieder zu reden begann.

„Die Kleine war vor drei Tagen bei mir im Präsidium. Sie erzählte mir, dass sie die Kleine von der Franzbachalm kenne. Heute früh habe ich erst mal den Bericht von diesem Heim erhalten. Wir planen einen Einsatz dort. Und jetzt das!" Quirin Stadler nickte beschwichtigend und zog Susi ein paar Schritte weiter weg von dem Kind.

„Sie hat auch unter dem Kleid nichts an, Susi! Das Schwein muss sie missbraucht haben! Schau lieber nicht hin!", stieß er nun hervor, und man sah, welche Kraft es ihn kostete, sich zusammenzunehmen. Sie sah kurz zu Glauber, der sich gerade ebenfalls abgewandt hatte und seinen Mageninhalt ins Gras entleerte. Susi schloss für Sekunden die Augen und musste selber schlucken.

„Wie lange ist sie schon tot?", fragte sie Stadler mit belegter Stimme. Der sah auf seine Armbanduhr.

„Also, wenn ich die warme Temperatur heute Nacht einbeziehe, dann höchstens sechs bis sieben Stunden", erwiderte er leise.

„Gibt´s irgendwelche Zeugen? Wer hat sie überhaupt hier gefunden?" Susi sah den älteren Mann an. Einer wie Quirin hat solche kleinen Geschöpfe bereits als Enkel. Kein Wunder, dass er beinahe gequält mit dem Kopf schüttelte.

„Zeugen gibt´s keine. Gefunden hat sie der Wachmann da drüben", er zeigte zum Polizeiwagen, wo ein Mann um die Vierzig in der Uniform eines privaten Wachdienstes stand und zu ihnen herübersah. Susi winkte ihn zu sich. Der Mann kam langsam auf sie zu. Er war nicht sehr groß, kleiner Schnauzbart, lange Koteletten und eine dunkelblaue Baskenmütze auf den grauen Haaren. Dazu eine 9 mm Pistole Walther PPK am Gürtel.

„Steiger, Christian ist mein Name. Ich habe die Kleine bei meinem Rundgang hier entdeckt. Erst dachte ich sie schläft nur. Als ich sie wecken wollte, merkte ich, dass sie bereits kalt war. Ich habe mich mächtig erschrocken und dann sofort euch angerufen." Glauber, der sich wieder einigermaßen gefangen hatte, notierte sich die Personalien des Mannes.

„Ist Ihnen jemand aufgefallen oder stand ein Fahrzeug an der Bahn oder auf der Zufahrtsstraße?", fragte Susi weiter. Der Mann schüttelte den Kopf.

„Nee, alles war ruhig hier, nix zu sehen gewesen", erwiderte er. Susi bedankte sich bei ihm und gab ihm eine Visitenkarte von sich.

„Hier Herr Steiger, falls Ihnen noch was einfällt, rufen Sie mich bitte an! Gute Nacht!" Der Mann verabschiedete sich und trabte dann davon. Susi sah Quirin von oben herab bei seiner Arbeit zu, der am Boden kniete. Er suchte nach Spuren im Umfeld der Toten.

Sie blieben noch eine Stunde, sahen sich im Dunkeln um, konnten aber nichts enddecken, nicht mal Autospuren. Susi entschloss sich wieder heimzufahren. Im Moment konnten sie nichts tun, außer auf Quirin warten, ob der was gefunden hatte, und vor allem Markus informieren. Außerdem stand ihnen noch ein unangenehmer Besuch bevor.

„Quirin, wir hauen wieder ab! Du gibst uns so schnell wie möglich Bescheid, ja!" Der sah kurz auf und nickte.

„Ja gut, morgen Vormittag hast du meinen Bericht! Gute Nacht! Grüß deinen Mann schön von mir!" Er winkte ihr kurz zu und sah sie durch seine kleinen runden Brillengläser traurig an. Susi ging mit Glauber zurück zum Wagen.

„Wie sind Sie eigentlich hierhergekommen?", fragte sie ihn plötzlich wie aus einem Traum aufgewacht, da sie kein weiteres Auto sah.

„Stadler hat mich mitgenommen, Chefin!" Susi nickte und startet den Wagen wieder. Sie setzte Glauber in der Stadt vor seiner Wohnung ab, dann fuhr sie erst mal nach Hause zu Markus. Als sie den Wagen vor der Garage des Einfamilienhauses abstellte, brannte im Wohnzimmer noch Licht. Leise öffnete sie die Wohnungstür.

Der kleine Westie-Rüde Karlchen kam angewackelt und begrüßte Frauchen überschwänglich und schwanzwedelnd. Als sie das Wohnzimmer leise betrat, lag ihr Mann auf dem Sofa, die Brille auf der Stirn, die Zeitung auf der Brust und schnarchte leise vor sich hin. Susi musste lächeln und versuchte ihm vorsichtig die Zeitung wegzunehmen, da wachte Markus plötzlich auf und gähnte.

„Da bist du ja endlich", meinte er schlaftrunken und Susi gab ihm einen Kuss. Er hielt sie kurz fest.

„Noch einen, Frau Oberkommissarin!", bat er und zog sie an sich. Susi setzte sich zu ihm auf das Sofa und erfüllte ihrem Mann seinen Wunsch. Er sah sofort, dass es in ihr arbeitete.

„Und, was ist es diesmal?", fragte er inzwischen nun richtig munter.

„Wieder ein Mädchen, nicht älter als zehn Jahre. Aber diesmal keine Ausländerin." Und dann erzählte sie ihm vom Besuch der Kleinen im Büro.

„Wir müssen unbedingt noch zu den Eltern der Kleinen. Ich wollte dich bitten mitzukommen. Jetzt gleich!" Markus sah auf seine Armbanduhr. Es war kurz vor 2.00 Uhr.

„Gut, also ruf Martha an. Sie soll gleich rüberkommen." Susi nickte wortlos und murmelte vor sich hin:

„Soll gleich rüberkommen, das wäre aber unhöflich mitten in der Nacht." Sie ging zum Telefon und ließ es Leuten bis sich eine verschlafene Stimme meldete.

„Martha Seeland". Susi bat sie rasch rüber zu kommen. Fünf Minuten später stand die treue Seele Martha schon im Flur.

„Ich leg mich ins Wohnzimmer auf die Couch, fahrt ihr nur los!", war alles was sie sagte. Sie schloss hinter Susi und Markus die Wohnungstür.

Als sie in Schönau ankamen war es kurz vor halb drei Uhr am Morgen. „Lindner Straße 5", deutete Susi auf das Hausnummernschild. Als sie ausstiegen, hörten sie aus einem offenen Fenster im Haus laute Musik und Lachen.

Markus drückte die Klingel mit der Aufschrift: „Gisela und Hansi Wolff". Nichts regte sich. Markus drückte wieder und ließ den Finger auf den Knopf. Plötzlich tauchte ein Männerkopf am hell erleuchteten offenen Fenster auf und brüllte herunter:

„Was soll denn das du Döskopp! Hör auf zu klingeln und hau ab!" Susi leuchtete mit ihrem Strahler hinauf, das Licht schien den Mann zu blenden, denn er hielt die Hand vors Gesicht.

„Polizei! Kommen Sie mal herunter!", rief Markus hinauf. Es schallte in der ganzen Straße, so laut war er. Der Mann oben war plötzlich weg und dann herrschte auf einmal Ruhe. Wenig später hörte man, wie jemand die Treppen herunterkam und die Haustür aufschloss. Markus stellte sich und seine Frau vor.

„Was denn Polente? Waren wir so laut? Wir feiern den Geburtstag meiner Frau!", entgegnete der Mann in T-Shirt und kurzen Sporthosen.

„Sind sie Herr Wolff?", fragte ihn Susi. Der Mann nickte erst, dann fragte er weiter:

„Na und, was wollen Sie von uns mitten in der Nacht?" Er sah die beiden Polizisten erst unsicher an, dann grinste er. „Wir machen ja leiser! Versprochen!" Markus schüttelte den Kopf.

„Darum geht es nicht, Herr Wolff! Wissen Sie wo sich Ihre Tochter Annika zurzeit aufhält?" Wolff machte ein dummes Gesicht, man sah, dass er angetrunken war. Markus überlegte kurz.

„Können wir nach oben gehen zu Ihrer Frau?" Wolff nickte verständnislos, und trabte voran die Treppen hinauf in den zweiten Stock. Als sie eintraten, hockten etwa zwölf Leute ziemlich angetrunken herum und lachten.

„He, die Polizei will mitfeiern, Gisela! Gib ihnen einen aus!", rief einer und alle lachten. Markus´s Kinn mahlte.

„Ruhe mal Herrschaften! Wir möchten jetzt Frau und Herrn Wolff allein sprechen! Und Sie junger Mann, schreiben mir auf, wer jetzt hier anwesend ist. Mit Adresse und Telefonnummer! Und dann verhalten Sie sich bitte ruhig!"

Frau Wolff, eine schlanke ziemlich verlebt aussehende Blondine mit einigen Tattoos auf den Armen, erhob sich unsicher vom Sofa und kam nach vorn. Sie zeigte auf die Küchentür.

„Da können wir reingehen!" Und sich zu ihren Freunden umwendend:

„Haltet jetzt mal die Klappe! Mal sehen was die Polente von uns will." Sie schwankte leicht, als sie voran in die Küche ging. In der sah es aus, als wenn zweihundert Mann gefeiert hätten. Schmutziges Geschirr überall, leere Schnaps- und Weinflaschen und volle Aschenbecher. Susi schloss die Tür und stellte sich mit dem Rücken davor. Im Wohnzimmer hinter ihr war eine heftige Diskussion im Gange. Markus wies sich mit dem Dienstausweis noch mal aus.

„So, Familie Wolff, jetzt meine Frage nochmal, wo ist Ihre Tochter Annika?" Die beiden sahen sich erst perplex an, dann meinte Frau Wolff:

„Na. ich denke die Göre ist bei ihrer Freundin Doreen! Es sind Ferien, da übernachtet sie manchmal dort. Manchmal ist sie aber auch bei ihrem Onkel Christian! Ist was passiert?" Susi zeigte ihr ein Bild vom Tatort.

„Ist das Ihre Tochter auf dem Foto?" Die Frau stierte auf das Bild, sah zu ihrem Mann und begann auf einmal haltlos zu schluchzen.

„He Hansi, ist das unsre Kleene da?" Sie zitterte und musste sich setzen. Herr Wolff sah auf das Bild und sah die beiden Beamten völlig perplex an. „Nee, das is nich Annika! Die hat doch niemals solche Klamotten an!" Er schien mit einem Schlag wieder nüchtern zu sein, während seiner Frau um ein Haar der Kopf von der Hand gefallen wäre, da sie den Arm auf dem Küchentisch abgestützt hatte. Markus sah Susi an, die verzog das Gesicht, als wollte sie sagen - das macht jetzt keinen Sinn. Doch Markus blieb hart.

„Gut, Sie ziehen sich bitte an und kommen mit aufs Präsidium. Dort wird sich alles aufklären. In fünf Minuten fahren wir unten ab!" Die beiden Eheleute verließen die Küche, kurz darauf war die Wohnung auch schon leer. Die Gäste hatten sich schleunigst davon gemacht. Auf dem Wohnzimmertisch lag der Zettel mit den Adressen der Anwesenden, den Markus an sich nahm.

Wenig später betraten sie das Untergeschoß zu Quirin Stadlers Reich. Markus machte im Kühlhaus Licht. Las zwei Namen an der Tür einer Kühlzelle und öffnete dann eine davon. Rasch zog er eine der fahrbaren Untersätze heraus, auf dem der kleine Leichnam lag. Die Wolffs standen da wie zu Eis erstarrt, als Quirin das Tuch zurückzog. Sie starrten auf den toten Körper des kleinen Mädchens. Dann plötzlich kippte Frau Wolff einfach um. Susi konnte sie im letzten Moment noch auffangen und gemeinsam setzten sie die Frau auf einen Stuhl. Herr Wolff, inzwischen wohl wieder völlig nüchtern, schüttelte mit einem Mal den Kopf und brüllte plötzlich:

„Verdammt! Was machen Sie hier mit uns! Das ist doch niemals unsere Tochter Annika, Herr Kommissar! Sie sieht ihr ähnlich, aber unsere Annika hat einen Leberfleck hier oben neben dem Schlüsselbein! Außerdem hat sie hellere Haare!" Er deutete auf die Haare und die Stelle oberhalb des Schlüsselbeins. Markus und Susi sahen sich an, als wenn gerade der Blitz eingeschlagen hätte.

„Dann müssen wir uns wohl bei Ihnen tausend Mal entschuldigen!" Und dann erzählte Susi, dass Annika bei ihr im Büro gewesen war und was sie erzählt hatte. Herr Wolff bekam einen roten Kopf.

„Ich rufe jetzt bei den Lamberts an! Egal wie spät es ist!", und griff zum Handy. Es klingelte und klingelte, und er wollte schon aufgeben, als sich plötzlich eine verschlafene Stimme meldete. Wolff gab Markus sein Handy. „Guten Morgen, Herr Lambert! Hier ist die Polizeidirektion Berchtesgaden. Eine Frage nur, ist Annika Wolff bei Ihnen? Bitte schauen Sie mal nach!" Er wartete eine Weile dann meldete sich die Stimme am anderen Ende wieder.

„Beide Mädels sind da. Gut, dann entschuldigen Sie, dass wir Sie so spät oder früh gestört haben. Ja, wir haben heute Nacht ein totes Mädchen gefunden, welches aussah wie die Annika. Gute Nacht! Und nochmals, Entschuldigung!" Markus gab Herrn Wolff das Handy zurück.

„Tja, und bei Ihnen müssen wir uns auch entschuldigen für den ganzen Aufwand hier. Wir fahren Sie aber nach Hause! Es liegt fast auf dem Weg den auch wir haben."

Wenig später fuhren sie wieder in Richtung Schönau. Vor der Haustür angekommen, meinte Herr Wolff plötzlich:

„Jetzt brauche ich erst noch einen richtigen Schluck Schnaps! Sie auch?" Dabei sah er Markus fragend an, doch der schüttelte den Kopf.

„Danke, aber Sie halten sich bitte noch zu unserer Verfügung, falls es Nachfragen gibt."

Als sie sich dann voneinander verabschiedeten, wich Frau Wolff rasch Susis Blick aus, als sie sich ansahen. Susi schüttelte den Kopf und stöhnte leise.

„Mensch ist mir das peinlich. Ich war voll davon überzeugt, dass die Kleine Annika sei", entfuhr es Susi. Markus schüttelte den Kopf.

„Das ist zwar saublöd gelaufen, aber du hast dich richtig verhalten, schließlich warst du ja überzeugt, dass es die Annika war." Sie setzten den Wagen wieder in Gang und Susi lehnte sich in ihrem Sitz zurück.

„Und trotzdem stimmt da was nicht, Markus! Die Frau Wolff konnte mir einfach nicht in die Augen schauen vorhin. Außerdem war sie zum Schluss auch merkwürdig unruhig. Wer ist zum Beispiel dieser Onkel Christian, wir haben sie nicht danach gefragt!" „Na hör mal, die ist beinahe umgekippt da unten. Sie hat gedacht sie sieht gleich ihre tote Tochter, und dann stellt sich heraus, dass es jemand anders ist. Das kann einen schon umhauen, vor allem bei dem Alkoholpegel der Frau."

„Das meine ich doch nicht! Oben in der Wohnung hat sie zwar einen Moment geheult als sie das Bild sah, aber jede andere Mutter wäre da schon zusammengeklappt. Sie aber setzte sich hin und schläft um ein Haar ein!"

„Sie war voll!", entgegnete Markus und Susi schüttelte wieder den Kopf.

„Ich sag dir, irgendwas stimmt hier nicht! Erstens, machte sie nicht den Eindruck einer liebenden Mutter! Eher das Gegenteil! Zweitens, sie verhielt sich völlig anders, als sich Mütter in einer solchen Situation verhalten. Und drittens, er war der Coole die ganze Zeit! Ist dir das nicht aufgefallen?" Markus lenkte gefühlvoll den Wagen um ein Schlagloch herum.

„Weißt du was mir aber aufgefallen ist! Die ganze Meute war schlagartig verschwunden. Bei sowas will man doch den armen Eltern beistehen, oder etwa nicht?" Susi schmunzelte.

„Siehst du, ich wusste doch, dass du auch ein Haar in der Suppe gefunden hast! Ich glaube, wir müssen mal beim Jugendamt nachfragen, ob es mit der Familie Probleme gibt oder gab." Er lächelte vor sich hin.

„Bei so einem Lehrmeister in Psychologie wie du! Aber wenn du das Jugendamt kontaktierst, und es gibt nix, dann kann das auch unangenehm werden", war alles was er noch sagte. Sie waren zu Hause angekommen.

Als sie im Schlafzimmer endlich in ihrem Ehebett lagen, kuschelte sich Susi dicht an ihren Mann, der den Arm um sie gelegt hatte. Das war ihre Art gemeinsam einzuschlafen. Plötzlich meinte Susi leise:

„Und sie hatte wieder keine Unterwäsche an! Sie schwiegen gemeinsam einen kurzen Moment. Markus Ludwig sah seine Frau fragend an. Dann sah er auf die Uhr, es war 3.30 Uhr.

„Aber jetzt schlafen wir erst mal, mein kleiner Sherlock Holmes! Es ist spät genug!" Er schloss sie in seine Arme, und Kopf an Kopf schliefen sie tatsächlich ein.

Markus Ludwig hatte sich am Morgen danach gerade an seinen Schreibtisch gesetzt, als auch schon das Telefon losschrillte. Er hob ab. Am anderen Ende der Leitung war der neue Polizeidirektor der Bezirksbehörde Polizeioberrat Nordwich. Ein Mann um die Vierzig und sehr karrierebewusst. Er beorderte Markus für 9.00 Uhr in sein Büro im dritten Stock.

Als Markus dort anklopfte und dann eintrat, saßen schon Susi, ihr Mitarbeiter Glauber und zwei junge Polizistinnen von der Sitte in der Sitzecke. Nordwich erhob sich als Markus eintrat und begrüßte ihn freundlich.

„Entschuldigung, dass ich Sie so herbeordert habe Herr Ludwig, aber der Anlass lässt keine Zeitverzögerungen zu. Bitte setzen Sie sich doch zu uns."

Markus grüßte in die Runde und setzte sich demonstrativ neben seine Frau. Jetzt hatte er Susis Fall ebenfalls an der Backe. Sie sahen sich kurz in die Augen und Susi grinste. Nun war es wie in alten Zeiten, nur dass sie nicht mehr seine Assistentin war, sondern jetzt die Untersuchung leitete. Und er konnte wiederum Susis Gedanken lesen, die hinter der kleinen Stirn unter dem schwarzen Pony jetzt kreisten. Er sah es an ihren Augen, diesen Stolz, endlich mal den Ton anzugeben im dienstlichen Bereich. Denn zu Hause hatte Susi sowieso die Hosen an.

Es klopfte wieder und Markus schreckte aus seinen Gedanken auf, Quirin Stadler trat noch ein und setzte sich neben ihn. Sie begrüßten sich kurz mit Handschlag.

„So Herrschaften, jetzt sind wir komplett!", ertönte Nordwich´s Stimme. Dann setzte auch er sich, aber natürlich an die Frontseite des Tisches, und bat Quirin Stadler um seinen Bericht. Quirin´s Bericht war kurz und knapp, so wie es seine Art war.

„Dem Anschein nach ist die Kleine etwa zehn Jahre alt. Der Kleidung nach ist sie keine Südländerin, wie wir erst vermuteten. Genaueres müssen wir da noch erforschen. Sie ist missbraucht worden, und sie hat ein Geheimnis", setzte er noch hinzu und schob dann eine kleine Plastetüte in die Mitte des Tisches. Alle sahen hin und sahen dann Stadler ziemlich verständnislos an.

„Was ist denn das?", war die Frage die im Raum stand. Quirin nahm die Brille ab und zwinkerte einen Moment und rieb sich ein Auge.

„Frage an alle - was ist das hier liebe Kollegen? Antwort - das ist ein Micro-Chip! Diesen Mini Chip fand ich bei der Kleinen in der rechten Achselhöhle. Ich habe ihn auch nur durch Zufall entdeckt, weil ich dachte, dass es eine alte Verletzung sei!" Gemurmel kam auf und Quirin setzte seine Brille wieder auf.

„Dieser Mikrochip enthält den Namen Mlada und eine achtstellige Nummer R807531K. Eigentlich könnte sie zum Beispiel aus Rumänien, Mazedonien, Kroatien oder Serbien stammen." Der kleine Chip in der Tüte machte die Runde und ging von Hand zu Hand. Er war nicht größer als 3x1,5 mm.

Susi nahm die kleine Tüte zur Hand und hielt sie gegen das Licht des Fensters.

„Ich kann mich nicht entsinnen, dass wir damals bei dem ersten Mädchen ähnliches gefunden hätten!" warf sie ein. Quirin nickte.

„Die Kollegen in Bad Tölz werden vielleicht nicht nach sowas gesucht haben, genau wie ich diesmal eigentlich nicht danach gesucht habe, liebe Kollegin! Das war einfach Zufall, weil die Kleine am Oberarm einen gelben Fleck hatte, den ich mir angeschaut habe. Der deutet aber wiederum auf eine Griffspur hin. Jemand hat sie sehr hart vor ihrem Tod angepackt!", setzte er noch hinzu.

Plötzlich meldete sich eine der jungen Kolleginnen zu Wort. Eine kleine, zierliche Blondine in engen Jeans und reichlich knapper Bluse.

„Wir hatten vor Monaten einen Hinweis wegen Misshandlungen in dem Waisenhaus in Schellenberg. Dort sind wohl zurzeit auch Flüchtlingskinder vom Balkan untergebracht. Vielleicht bringt uns das weiter", meinte sie etwas schüchtern. Markus Ludwig lächelte die Blondine an und nickte ihr aufmunternd zu. Susi sah es und grinste.

„Das ist ein guter Tipp, Frau Sommer! Wir werden dort mit unseren Nachforschungen ansetzen", lobte sie die junge Kollegin, schnell mit Blick auf ihren Gatten. Markus meldete sich zu Wort.

„Das ist ja alles gut und schön, ich sehe aber immer noch keinen Grund, weshalb wir das LKA da einschalten sollten. Oder gibt es einen Anlass für die Vermutung, wir hätten es hier mit einer Serie zu tun? Zwei Fälle im Abstand von einem Monat ist ja nun noch kein Anlass zu der Annahme, wir hätten es hier mit einer Serie von Gewaltverbrechen zu tun!", warf er ein.

Das aber machte Markus öfters, und immer dann, wenn er seine Mitarbeiter dazu reizen wollte, noch intensiver an solch einen Fall heran zu gehen. Dass es ein Gewaltverbrechen war, lag natürlich auf der Hand. Er sah, wie Susi die Augenbrauen runzelte und schob noch etwas Zündstoff nach. Es machte ihn immer wieder Freude, wenn er Susi etwas in Wallung bringen konnte. Und sie wusste, dass er es wusste und das ärgerte sie noch mehr. Und so reagierte sie auch sofort.

„Worüber streiten wir hier eigentlich? Natürlich haben wir es hier mit einem Gewaltverbrechen zu tun oder irre ich mich?" Sie sah sich in der Runde um. Und ihr Blick schien zu verkünden:

„Komme mir ja heute Abend nach Hause du hinterlistiger kleiner Giftpfeil!"

Markus grinste verhalten und sah dabei Nordwich mit unschuldiger Miene an. Der aber stand voll auf Susis Seite! Quirin wiederum war der neutrale Betrachter. Er sah das von außerhalb und schmunzelte nur. Solche kleinen Wortgefechte der Eheleute Ludwig kannte er schon. Denn Markus provozierte eben seine bessere Hälfte gerne etwas.

Susi Ludwig aber kamen plötzlich die beiden Beamten vom LKA in den Sinn. War es gut hier den anderen Kollegen davon zu erzählen, oder nicht? Sie sah Markus kurz an, und ihr Blick signalisierte ihm wiederum, dass Frau ein Problem hatte. Aber welches? Markus entschloss sich einzulenken.

„Also gut, es steht außer Zweifel, dass wir es hier mit zwei Gewaltverbrechen zu tun haben. Wäre sicher auch nicht verkehrt, wenn ein Profiler uns seine Meinung sagt, mehr ist wohl im Moment nicht notwendig." Allgemeines Schmunzeln am Tisch war die Folge und Nordwich sah von einem zum anderen. Hatten die beiden Ludwigs Krach zu Hause? Oder war das wieder nur Machogehabe von diesem Ludwig? Er entschloss sich das kleine Feuer sofort auszublasen, schon aus Sympathie für die kleine taffe Oberkommissarin. Denn die war eine von den Guten!

„Also Herrschaften, wenn ich hier einlade, dann hat das seinen Grund! Wenn das jemand in Frage stellt, dann muss er uns das sagen. Den Lösungsansatz von Frau Ludwig finde ich völlig in Ordnung! Wir werden dort in Schellenberg ansetzen! Sie Kollege Ludwig werden sich nochmal den alten Fall zur Brust nehmen. Vielleicht gibt´s ja doch Zusammenhänge mit dem Fall hier. Im Übrigen kommt heute Nachmittag bereits unsere Verstärkung vom LKA. So dass war´s! An die Arbeit Leute!"
Er stand auf und verließ den Raum, während Susi zu ihrem Mann trat, der gerade mit Quirin diskutierte.
„Störe ich?", fragte sie beide demonstrativ. Beide schüttelten die Köpfe. Und dann kniff sie ihrem Mann dicht an seiner Seite stehend mit der Rechten in die Pobacke. Markus verzog das Gesicht und unterdrückte einen Schmerzenslaut. Während Susi so tat, als sei alles in bester Ordnung und ihren Gatten anlächelte. Quirin erzählte gerade, dass er an der Kleinen mehrere schon ältere Spuren von Misshandlung bemerkt hatte. Susi schüttelte sich.
„Wer macht nur sowas? So ein kleines wehrloses Wesen so zu behandeln, ich finde das einfach nur furchtbar." Quirin nickte und Markus war auch wieder ernst geworden. Er versuchte seine Gattin milde zu stimmen.
„Wir sollten uns dieses Waisenhaus gründlich anschauen, aber ohne Vorankündigung! Wann machen wir es?" Er sah Susi fragend an.
„Na ich würde sagen wir rücken heute am Nachmittag noch an. Wir beide, Glauber, du Quirin und die zwei jungen Damen vom Jugendamt und von der Sitte. Und natürlich die Neue vom LKA. Wir nehmen den Laden mal gründlich auseinander."
Markus nickte gehorsam und Quirin grinste ihn dabei an. Susi tat so als ob sie nichts davon bemerkte. Auf dem Weg über den Flur boxte sie ihn dann in die Seite.
„Du mit deinen kleinen Spitzfindigkeiten, mein lieber Kollege Ludwig! Warte nur mal ab, dass ich dich nicht mal mit Liebesentzug bestrafe, wenn du mich dauernd ärgern willst! Die anderen werden sich auch schon so ihre Gedanken machen!" Er lachte kess.
„Dann gehe ich zu der kleinen Blonden, mein Schatz!" Nun aber lachte Susi ihrerseits halblaut vor sich hin.

„Na das mach doch mal. Mal sehen ob die auch deine Hemden bügeln kann, Wäsche waschen kann und dich pflegen kann, wenn es dir mal wieder schlecht geht! Alter Lustmolch!" Er blieb stehen, sah sich kurz auf dem Gang um, ob auch niemand kam, dann schloss er sie in seine Arme.

„Wehe das machst du, dann komme ich nämlich jeden Abend in dein Bett!". Er gab ihr schnell einen Kuss und ließ sie wieder los. In ihrem Büro angekommen, ließ er sich in Glaubers Stuhl fallen und verschränkte die Hände über dem Bauch. Sie sah es und grinste.

„Ich glaube du bist schwanger, Markus!" Mehr sagte sie nicht, denn Jochen Glauber trat ein und Markus räumte dessen Stuhl. Susi sah kurz auf die Uhr.

„So, ich rufe jetzt Martha an, dass es heute später wird. Und Franzi rufe ich an, damit sie Benny rechtzeitig ins Bett bringt." Markus lachte.

„Na das wird wieder ein Gezeter geben, wenn Benny auf seine große Schwester hören soll. Na gut, wann rücken wir ab?" Susi sah Glauber fragend an. Der zuckte mit den Schultern.

„Ist mir egal, auf mich wartet niemand".

Susi und Markus sahen ihn einen Augenblick entgeistert an, und Susi schüttelte den Kopf.

„Das glaube ich aber jetzt nicht! Keine Gespielin für einsame Abende, aber Herr Glauber!" Der grinste verlegen und nickte dann.

„Ist aber so, Chefin! Mich will eben keine haben." Markus erhob sich, klopfte Glauber auf die Schulter, und meinte dann leise und augenzwinkernd, so dass es Susi nicht hören konnte:

„Sind sie froh, wenn sie erst mal eine eingefangen hat, ist es vorbei mit der Freiheit!" Dann entschwand er lachend aus dem Büro. Susi sah ihren Mitarbeiter schmunzelnd an.

„Was hat der Chef eben gesagt, Glauber?" Der zuckte mit den Schultern.

„Das ist Männergeheimnis Chefin, dass darf ich leider nicht ausplaudern. Und sie halten mich ja wohl sowieso für eine Plaudertasche, oder?" Susi drehte ihren Schreibtischsessel in seine Richtung und sah ihren jungen Mitarbeiter von oben bis unten an.

„Wer sagt denn sowas? Wenn sie etwas mehr Elan zeigen würden, stünden sie wesentlich weniger im Kreuzfeuer. Und dass sie eine Plaudertasche sind, habe ich niemals behauptet! Mal im Ernst, ich halte Sie für einen guten Mitarbeiter, der aber nur leider, warum auch immer, sein Potenzial nicht voll ausschöpft. Verstanden?"

Jochen Glauber sah seine Chefin sinnend an, und schien so langsam zu begreifen, dass sie eigentlich ein netter Mensch war. Und so nahm er sich vor, künftig doch mehr Gas zu geben. Laut sagte er:

„Chefin, Sie mögen ja Recht haben. Ich meine das mit dem Potential, aber ich kann Ihnen ab jetzt versprechen, dass ich mir viel Mühe geben werde!" Susi nickte lächelnd.

„Schon gut, wir werden sehen. Kommen Sie heute Abend gleich ins Heim oder wollen wir uns hier im Präsidium treffen?" Glauber dachte kurz nach.

„Ich würde sagen, wir fahren alle gemeinsam hier ab, sonst kommt dort jeder einzeln an. Das ist nicht gut, besser wir laufen dort mit großem Aufgebot zusammen auf!" Susi nickte zustimmend.

„So machen wir das auch. Also wir treffen uns pünktlich 18.00 Uhr unten im Hof. Informieren Sie den Einsatzleiter?" Glauber nickte.

„Bin schon weg, Chefin!" Sprach`s und war auch schon zur Tür hinaus.

„Na geht doch", murmelte Susi und griff nun ihrerseits zum Telefon um die Ersatzmama Martha Seeland anzurufen, die sie engagiert hatten, wenn der Dienst verhinderte, dass zumindest einer von ihnen abends zu Hause war.

Martha war eine Frau um die 55, geschieden, kinderlos, aber eine Seele von Mensch. Markus meinte immer, Martha sei eine 75 Kilo Zusammenballung von Ehrlichkeit und Gutmütigkeit. Ihr Ex hatte das schamlos ausgenutzt und sich am Ende eine jüngere und gertenschlanke Blondine gesucht, die man bei Sturm nicht allein auf die Straße gehen lassen durfte.

Kurz vor 16.00 Uhr fuhr plötzlich im Hof der Polizeiinspektion ein BMW Z4 Cabrio vor, dem eine Brünette, etwa 1,70 m große, gertenschlanke langbeinige Frau mittleren Alters entstieg. Beim

Pförtner zeigte sie ihren Dienstausweis vor und fragte sich dann zum Büro des Polizeirates Ludwig durch.

Oben angekommen klopfte sie kurz und hatte auch schon die Tür offen, noch ehe Markus einen Ton sagen konnte.

Und dann standen sie sich nach Zwölf Jahren wieder gegenüber! Sie schob die Sonnenbrille auf die wallende Mähne nach oben und grinste ihn an.

„Da bin ich!", war alles was sie von sich gab. Markus erhob sich hinter seinem Schreibtisch und begrüßte sie freundlich.

„Hallo, Karin! Wir haben schon auf dich gewartet, in einer Stunde machen wir eine Kontrolle in einem Kinderheim und ich hoffe, du bist schon informiert worum es hier geht." Sie nickte und setzte sich, die Beine aufreizend übereinanderschlagend ohne das Angebot abzuwarten, in einen Sessel der Sitzecke.

„Setzt dich ruhig", meinte Markus wie nebenbei und setzte sich ihr gegenüber. Sie taxierte ihn wie ein Pferdehändler seinen Gaul.

„Bist aber schon ganz schön grau geworden, mein Lieber! Zuviel Stress, oder zu viel Liebe?" Markus lächelte. Ja, das war eben Karin Jordan wie sie leibt und lebte.

„Und du, in festen Händen?" Sie schüttelte ein wenig ernster werdend den Kopf.

„Nee, seit du mir davongelaufen bist, habe ich wohl zu große Anforderungen an die Männerwelt. Und du, ich sehe du trägst einen Ehering. Bist also unter der Haube!" Sie lachte verhalten und zeigte dabei eine Reihe ebenmäßiger weißer Zähne. Markus sah auf seine Uhr.

„Du wirst sie gleich kennenlernen, sie leitet die Aktion. Kommt aus der Schweiz und ist die Mutter meiner zwei Kinder. Karin Jordans Augen weiteten sich vor Staunen.

„Zwei Kinder, Donnerwetter! Und sie ist dein Chef?" Markus nickte grinsend.

„Klar, aber zu Hause! Hier im Dienst habe ich noch das Sagen." Karin Jordan schüttelte den Kopf.

„Jetzt bin ich aber platt, wer das ist, die dich unter den Pantoffel gekriegt hat!" Er lächelte sanft. Und wie auf Kommando klopfte es erst, dann öffnete sich die Tür. Susi trat ein, hinter ihr Glauber. Sie stutzte einen Augenblick, dann ging ein verstehendes Lächeln über Susis Gesicht. Das war sie also, die Vorgängerin!

Geschmack hatte er jedenfalls damals gehabt, ihr Markus. Ungezwungen gab sie ihr die Hand, und Markus stellte sie gegenseitig vor.

Glauber hatte bereits Stielaugen und ließ seine Blicke über die langen Beine und die Oberweite der Dame gleiten.

„Nicht schlecht, Herr Specht!", schien seine Miene zu sagen. Nach einer kurzen Einweisung, inzwischen waren auch die beiden jungen Damen vom Jugendamt angekommen, begaben sich alle zu den Autos auf dem Hof.

Erste Hinweise

Pünktlich um 17.00 Uhr rollten drei PKW´s durch die Einfahrt des Kinderheimes „Sonnenschein" und stoppten vor dem Haupteingang. Das Haus war eine alte Villa aus der Gründerzeit, mit zwei mächtigen Steinsäulen, die ein großes dreieckiges Portal trugen, schwere Holztüren und ein Flur der vollständig mit dunklem Holz ausgestaltet war. Susi sah sich um, als sie in die Eingangshalle traten.

„Mein Gott, das sieht hier aus wie in einer Villa eines reichen Industriellen und nicht wie in einem Kinderheim.", flüsterte sie Markus gerade zu, als ein beleibter Mann um die 50 Jahre in Mönchskutte würdig die Hände in den weiten Ärmeln versteckt, die Treppe herunter schritt. Markus hatte bemerkte, dass die Kinder, welche sie bei Ankunft neugierig umringt hatten, sich schlagartig zurückzogen, als der Mann in seiner Kutte auf der Bildfläche erschien. Er sah Markus und die Beamten missbilligend an.

„Was hat dieser Auflauf hier zu bedeuten, wenn ich fragen darf? Bei uns war niemand angemeldet worden!", erklärte er ziemlich kurz angebunden. Markus hielt ihm den Durchsuchungsbeschluss unter die Nase und meinte dann trocken:

„Mein Name ist Markus Ludwig, Polizeirat und das ist ein Durchsuchungsbeschluss für das Haus und das gesamte Anwesen! Und wer sind Sie, wenn ich fragen darf?" Der Kuttenträger holte tief Luft und stemmte beide Hände in die Seiten. Trotzdem musste er zu Markus Ludwig aufschauen.

„Ich bin Pater Guido Franke, ich bin der Leiter dieses Waisenhauses. Und was wirft man uns vor, dass Sie hier aufmarschieren wie zu einer Besetzung?" Er sah Markus an und sein Doppelkinn wackelte bedenklich dabei. Susi hielt dem Pater das Bild des rothaarigen toten Mädchens von der Rodelbahn vor die Nase.

„Kennen sie dieses Mädchen, Pater?" Der geistliche Herr sah kurz auf das Bild und schüttelte dann den Kopf.

„Wer ist dieses Kind?", fragte er seinerseits zurück. Susi steckte das Foto wieder ein.

„Das wissen wir noch nicht. Aber die Kleine ist tot und wurde missbrauchte, Pater!" Ihre Stimme hatte ein kleinwenig an Lautstärke und Härte zugenommen, was den Pater sichtlich erschreckte. Er zuckte mit den Schultern.

„Wir kennen dieses Kind nicht, glauben Sie es mir bitte!" Susi winkte ab.

„Das mit dem Glauben fällt in Ihr Ressort, Pater! Wir halten uns an Fakten. So, und nun zeigen Sie mir bitte alle Unterlagen der hier im Heim lebenden Kinder! Wenn ich bitten darf!" Dabei deutete sie mit der Hand die Treppe hinauf, auf der der Gottesmann vor wenigen Minuten würdig heruntergeschritten war. Die anderen verteilten sich und suchten die Zimmer der Kinder auf, um ihnen das Bild mit dem toten Mädchen zu zeigen. Da sie dalag, als ob sie schliefe, konnte man das Bild den Kindern getrost zeigen.

Und dann war Susi das erste Mal sprachlos. Wenn sie gedacht hatte, der Pater würde nun einen PC in Gang setzen, um ihr die Anwesenheitsdaten zu zeigen, irrte sie sich.

Der Pater nahm seine Kiste mit den Karteikarten der Kinder aus einem Schrank und übergab sie Susi. Dann bot er ihr einen Stuhl an und Susi nahm sich die Karteikarten einzeln vor. Zu ihrem Erstaunen stellte sie schon nach kurzer Zeit fest, dass beinahe die Hälfte der Kinder ausländische Wurzeln hatten. Sie wollte schon ergebnislos aufgeben, als ihr der Zufall in Form eines einzelnen Schreibens, zu Hilfe kam.

Der Absender dieses Schreibens war ein Don Magnus Knöpfler der Leiter des Kinderheims „Andělé děti" in Tachanow, Slowakei. Ein merkwürdiger Zufall!

Da Markus gerade das Büro aufsuchte, um sich nach ihrem Verbleib zu erkundigten, zeigte sie ihm das Schreiben. Darin war vermerkt, dass eine gewisse Mlada Switkovic, elf Jahre alt, am

21. März des Jahres nach Schellenberg überstellt wurde. Sie sahen auf den Kalender, das war vor genau fünf Monaten gewesen. „Markus, ich habe hier bei diesen Karteikarten keinen solchen Namen dabeigehabt! Es gibt hier keine Mlada Switkovic in diesem Heim." Sie sahen sich einen Moment überlegend an. Markus wandte sich nach dem Pater um, der gerade an seinem Schreibtisch etwas notierte. „Pater Franke, haben Sie einen Moment Zeit?", fragte er. Der Pater sah auf, nickte und kam näher. „Womit kann ich Ihnen helfen?", fragte er unsicher und wich Susis Blick aus.

„Hier steht, dass eine Mlada Switkovic, elf Jahre alt, zu Ihnen aus der Slowakei überstellt werden sollte. Einen solchen Namen hat meine Kollegin aber in den Karteikarten nicht gefunden. Dafür gibt es aber noch einen Milan Switkovic!" Er sah den Pater fragend an. Der stutzte einen Augenblick und versuchte etwas von dem Schreiben zu sehen, das Susi aber so hielt, dass er nichts lesen konnte. Er überlegte einen Augenblick, dann hellte sich sein Gesicht mit einem Schlag auf.

„Ach ja, wissen Sie, die Kleine konnte sich bei uns nicht eingewöhnen. Das passiert leider manchmal. Sie ist zweimal ausgerissen und wir mussten sie suchen. Ja, da haben wir sie letztlich wieder nach Tachanow zurückgeschickt. Gottes Wege sind uns Menschen eben manchmal unverständlich", erwiderte er mit leidvoller Miene.

„Aber da müsste es doch zumindest eine Karteikarte mit einem Bild von ihr geben. Und wieso ist der Junge gleichen Namens dann hiergeblieben?", fragte Susi ungeduldig. Der Pater schüttelte den Kopf.

„In diesem Fall des Mädchens schicken wir alle persönlichen Unterlagen mit dorthin, wo sie künftig leben werden." Zu dem Jungen sagte er kein Wort.

Markus sah ein, dass es keinen Sinn hatte weiter zu fragen, und nickte Susi zu, jetzt Schluss zu machen.

Ohne dass der Pater es bemerkte, hatte Susi das Schreiben eingesteckt. Sie standen schon unten auf dem Hof, als Susi plötzlich ein kleiner Bub von vielleicht sieben oder acht Jahren an der Jacke zupfte. Sie lächelte ihn an und der Kleine nahm sie wortlos an der Hand und zog sie weg. Er lief mit ihr ein paar Meter um

die Hausecke, dann blieb er wieder stehen. Susi ging in die Hocke.
„Willst du mir was erzählen? Wie heißt du denn?", fragte sie den kleinen Kerl. Der sah sie mit seinen großen braunen Augen erst an, dann meinte er gebrochen deutsch:
„Ich bin Milan, Tante! Bist du von der Polizei?" Susi nickte und sie setzten sich auf einen gemauerten Sims hinter dem eine Treppe nach unten in irgendeinen Keller ging. Sie saßen kaum als der Kleine plötzlich meinte:
„Zeigst du bitte noch mal Bild von Mlada?" Susi sah den Kleinen erstaunt an.
„Du kennst die Mlada?", fragte sie ihn. Der Kleine nickte ernsthaft und Tränen standen in seinen Augen. Susi sah es und drückte den kleinen Kerl ein wenig an sich. Er tat ihr plötzlich ziemlich leid.
„Wer ist denn nun die Mlada, Milan?", forschte sie weiter. Der Bub schnäuzte sich und Susi wischte ihm die Tränen ab. Dann flüsterte der Kleine:
„Mlada ist meine große Schwester, Tante! Sie oft böse gewesen und weggelaufen. Pater hat Mlada tüchtig verhauen und dann ist sie in der Nacht getürmt! Der Pater mir gesagt, Mlada ist wieder in Tachanow!" Susi sah den Kleinen einen Augenblick entgeistert an. Das tote Mädchen war also doch Milan Switkovic´s Schwester, aber warum verschwieg ihnen das der Pater?
Susi schenkte dem kleinen Milan einen Schokoriegel den sie in der Tasche hatte. Sie strich ihm über die kurzen roten Haare.
„Ja das stimmt Milan, deine Schwester ist wieder in Tachanow, da geht es ihr gut", log sie den Kleinen an. Sie sah das hoffnungsvolle Leuchten in seinen Augen und das Herz zog sich ihr zusammen. Aber sie konnte und wollte beim besten Willen dem kleinen Kerl nicht seine letzte Hoffnung nehmen, die Schwester irgendwann wiederzusehen.
Gemeinsam, Hand in Hand, liefen sie langsam wieder zurück. Als Milan sah, dass der Pater mit einem weiteren Mönch bei Markus stand und mit ihm redete, ließ der Kleine abrupt Susis Hand los. Doch der Pater hatte sie wohl kommen sehen. Susi verabschiedete sich von Milan und beugte sich zu ihm hinab. Da umarmte er sie plötzlich ungestüm und gab Susi einen Kuss auf die

Wange. Susi strich ihm noch einmal sanft über seine kurzen roten Haarstoppel.

„Schenkst du mir Bild von Mlada, Tante?", fragte er sie plötzlich leise und sah sie bittend an. Susi gab ihm das Bild seiner Schwester und er verbarg es rasch unter seiner kleinen Jacke, wie eine kostbare Reliquie. Dann rannte er zu seinen Kameraden zurück.

Susi trat zu den drei Männern. Mit einem Seitenblick und einem Augenbrauenrunzeln zu Markus, sprach sie den Pater nochmal an.

„Pater Franke! Warum verschweigen Sie uns, dass dieses tote Mädchen, welches ich Ihnen gezeigt habe, Mlada Switkovic ist, und ihr Bruder Milan ebenfalls hier im Heim ist?" Markus sah sie erstaunt an, und der Pater senkte verschämt den Blick.

„Ja das stimmt, das Bild welches Sie mir zeigten ist Mlada. Sie muss wieder aus Tachanow getürmt sein, und zu uns zurückgewollt haben. Und da muss ihr etwas Schreckliches widerfahren sein. Ich wollte keine Schwierigkeiten haben. Aber sie wurde von einem Wagen abgeholt, und der Fahrer wies sich durch Papiere aus. Sonst hätten wir sie ihm doch nicht mitgegeben." Markus fragte aufgebracht nach. Seine Stimme hatte einen dunklen drohenden Klang.

„Und, kannten Sie den Fahrer?" Pater Franke schüttelte den Kopf.

„Nein, er hatte nur eine Bestätigung mit, dass er die Mlada Switkovic abholen dürfe. Von dem Jungen war da keine Rede." Der Pater bekreuzigte sich. Mit einem Seitenblick sah sie, dass Milan zu ihnen herüberschaute und winkte ihm zu. Der Kleine winkte scheu zurück. Susi wandte sich noch einmal an den Pater.

„Ich habe dem kleinen Milan erzählt, dass seine Schwester in Tachanow ist und es ihr gut geht, Pater. Sie sollten auch dabeibleiben, der Kleine hat sehr große Sehnsucht nach seiner Schwester!"

Markus entschloss sich die Aktion zu beenden. Drei der Kinder hatten Mlada auf dem Bild wiedererkannt. Die Frage wie sie zu Tode kam, würden sie hier im Heim jetzt nicht lösen können. Dieses Rätsel musste die KTU lösen. Und der Pater lief ihnen ja nicht weg.

Markus gab das Zeichen zum Aufbruch. Den Frauen sah man an, dass ihnen der Abschied von den Knirpsen schwerfiel. Bei kleinen Kindern setzten eben alle kriminalistischen Intensionen aus, da waren sie eben nur Mütter! Er sah, wie schwer Susi daran zu kauen hatte und die Tränen unterdrückten musste, als sie vom Hof fuhren und ihr der kleine Milan noch scheu nachwinkte. Markus reichte Susi ein Papiertaschentuch hinüber. Sie nahm es ohne ihn anzuschauen, schnäuzte sich und tupfte sich dann über die Augen. Dann atmete sie einmal tief durch und sah ihren Mann und Chef an.

„Es ist jedes Mal furchtbar, wenn ich diese kleinen verängstigten Knirpse so sehe. Was tun Erwachsene diesen kleinen Kindern nur an! Ich könnte jedes Mal wieder Rotz und Wasser heulen."

Markus bog von der Landstraße ab und fuhr auf einen Parkplatz um dann anzuhalten. Sie sah ihn erstaunt an. Markus lächelte nur. Als sie ausstiegen überholte sie Glauber mit der Dame vom LKA.

„Komm, lass uns mal aussteigen! Gehen wir ein paar Schritte an der frischen Luft ", meinte er und stieg aus. Susi folgte seinem Beispiel und sie setzten sich auf eine Bank, die ein paar Meter weiter am Rand einer Wiese stand.

„Susi, ich hatte es dir schon am Anfang gesagt. Entweder du kannst deine Emotionen steuern, oder ich muss dich von diesem Fall abziehen. Ich will nicht nochmal das Gleiche erleben wie bei diesem ersten Fall!"

Damals war mit Susi tagelang nicht zu reden. Sie sprach nicht, aß nichts, und nahm die Welt wie in einem Tunnel wahr. Und er war nahe daran gewesen, seine Frau und Kollegin zu einem Psychiater zu schicken. Plötzlich sah sie Markus an und runzelte beinahe erbost die Stirn.

„Nun hör aber auf! Nur weil mir die kleinen Kerlchen leid- tun willst du mich von dem Fall abziehen? Das ist doch wohl nicht dein Ernst! Natürlich kann ich mich zusammennehmen. Aber ich bin eben auch Mutter und Frau und kein Computer, Herr Kollege Polizeirat!" Susi schien von Markus Bemerkungen tatsächlich angefressen zu sein, und er bemerkte es und versuchte einzulenken.

„Ich sage ja nicht, dass ich dich abziehen werde. Aber dieser Fall wird uns bestimmt noch viel mehr an die Nieren gehen, glaub es mir!" Er versuchte sich näher an sie heran zu schieben und den Arm um ihre Schultern zu legen. Doch Susi wehrte ihn zu seiner Überraschung ab. In ihren Augen schimmerte etwas, was er bei ihr noch nie bemerkt hatte. Dann wandte sie sich ihm zu und sah ihn ernst an.

„Hör mir mal gut zu Markus! Ich bin nicht euer kleiner Schweizer Schokoriegel, merk dir das!" Ihre Nasenflügel vibrierten, wie immer, wenn sie sich aufregte. Markus war einigermaßen erschrocken über die Reaktion seiner Frau.

„Warum bist du denn so aggressiv, Susi?", fragte er sie vorsichtig und versuchte ihr in die Augen zu schauen. So eine Situation hatten sie schon einmal bei einem Fall gehabt, damals wo sie diesen Freddy vom Königssee gejagt hatten. Auf einer Bootsfahrt vom Tatort wieder nach Hause zur Anlegestelle hatte Susi genauso reagiert. Er rutschte dicht an sie heran und umfasste sie energisch.

„Jetzt sei mal bitte nicht kindisch, Susi! Ich weiß, dass du eine gute Kriminalistin bist, und das wärst du auch, wenn du nicht meine Ehefrau wärst! Ich verstehe auch, dass euch Frauen so eine Sache vielleicht mehr an die Nieren geht, als uns Männern. Aber in diesem Fall müssen wir einen kühlen Kopf behalten, und die Emotionen zu Hause lassen! So ist das nun mal in unserem Job. Also sei wieder lieb, ich hab's doch nicht böse gemeint! O.k.?"

Sie sah ihn plötzlich an und versuchte zu lächeln.

„Ist schon gut, Chef! Ich verstehe dich schon. Manchmal muss ich eben ein wenig Dampf aus dem Kessel ablassen und dann geht es schon wieder. Ich bin ja froh, dass ich dich habe. Als Mann und als Chef!" Markus atmete auf und sie lachten beide erleichtert. Er küsste sie zärtlich, strich ihr die Haare aus den Augen und sah sie an. Und im Stillen dachte er:

„Mein Gott Alter, was hast du doch mit ihr für ein Glück gehabt!" Dann stiegen sie wieder in den Wagen und diesmal fuhren sie beinahe gemächlich in Richtung Präsidium. Dort angekommen, stand Glauber bereits vor einem Berg Unterlagen aus dem Heim und stöhnte hörbar auf als Susi eintrat.

„Chefin, schauen Sie sich mal diesen Berg Unterlagen an! Das ist Arbeit für drei Mann!" Susi lachte nur.

„Wir sind aber nur zu zweit, als los geht's!", und setzte sich zu ihm an den Tisch. Glauber sah sie stirnrunzelnd an.

66

„Und was treibt diese Jordan hier bei uns? Die könnte uns dabei helfen." Susi lachte belustigt. „Ach Glauber, und ich dachte nun sie kennen die Frauen, aber nun enttäuschen Sie mich. Sowas steht einer Beamtin vom LKA doch nicht zu! Die wird oben bei unserem Chef hocken." Dieser Satz von ihr war dann aber schon etwas giftiger, das musste man feststellen. Er schmunzelte und seine Chefin tat so als sei nichts gewesen.

„Chalet Braunhagen" war ein ehemaliges Herrenhaus aus den zwanziger Jahren. Mit Schiefer verkleidet und mit Schiefer auf dem Dach. Das Grundstück lag unterhalb einer Felswand auf einer kleinen flachen Anhöhe. Ringsum eingezäunt, und wer genau hinschaute, entdeckte an allen vier Ecken des Hauses und des Grundstückes kleine Überwachungskameras. Genau wie am großen eisernen Tor, dem ein schmaler Kiesweg folgte, der bis vor das Eingangsportal führte, zu dem man fünf breite Stufen emporsteigen musste.

In diesem Haus traf sich an diesem Abend eine Herrenrunde. Die Wagentypen vor dem Haus auf dem kleinen Parkplatz zeugten vom Kontostand der Wagenbesitzer. Maybach, Mercedes, BMW X6, Ranch Rover usw. Alle Nobelmarken, teilweise mit Chauffeuren, teilweise auch ohne. Und während drinnen die Herrschaften bei Kaviar und Schampus feierten, saßen die Fahrer draußen in einem kleinen gartenlaubenmäßigen Holzhaus und vertrieben sich die Zeit.

Ein schon älterer, weißhaariger in die Jahre gekommener Mann, klopfte mit seiner Gabel gegen sein Sektglas und bat um Aufmerksamkeit. Langsam verstummten die Gespräche und selbst das Murmeln verstummte, ehe der Weißhaarige zu sprechen begann.

„Meine Herren! Danke, dass Sie alle der Einladung Folge geleistet haben. Unsere Vereinigung begeht heute ihr zehnjähriges Bestehen. Also Zeit, einmal Bilanz zu ziehen."

Er nahm einen Schluck Schampus, wischte sich den kleinen Oberlippenbart ab und fuhr weiter fort:

„Über viele Jahre haben unsere Mitglieder immer wieder dort wo Not am Mann war, mit Rat und Tat geholfen. Nicht nur mit Geld, nein auch mit vielen guten Ratschlägen, die manchmal noch wirksamer als Geld waren. Unser Geld zirkuliert derzeit in mehr als 900 Einrichtungen, egal ob Privat, ob in Kirchenbesitz oder gar in staatlichen Einrichtungen. Wir haben beinahe überall, egal in welchem Land, unsere Hände an den Entscheidungshebeln. Dies ist ein grandioser Erfolgt! Deshalb erheben Sie mit mir das Glas!" Er hob sein Glas mit leicht zittriger Hand in die Höhe und man trank sich zu. Als er das Glas wieder auf den Tisch zurückgestellt hatte, sprach er weiter. Diesmal etwas leiser, gut akzentuiert und deutlich.

„Leider gab es aber auch in den letzten Monaten Ereignisse, die uns geschadet haben! Und das nur, weil es Menschen gab, die unsere Güte und unsere Großzügigkeit ausgenutzt haben. Eines dieser Negativ-Beispiele war in der Vergangenheit das Waisenhaus „Sonnenschein" in Schellenberg. Ich habe heute Morgen unseren Bruder Jerome Bleut beauftragt, den dortigen Pater Gudio Franke unverzüglich abzulösen, um Schlimmeres zu verhindern!"

Applaus wurde laut und ein gut vierzig-jähriger Mann mit einem kantigen Kopf und kurz geschnittenen graumelierten Haaren erhob sich kurz und nickte dankend in die Runde. Der Greis an der Spitze der Tafel fuhr weiter fort.

„Bruder Jerome hat schon mehrmals bewiesen, dass er für die Lösung diffiziler Aufgaben bestens geeignet ist. Und ich hoffe Bruder Jerome, Ihr werdet auch diesmal ganze Arbeit leisten."

Einen Moment nickte er dem Genannten zu.

„Gestatten Sie mir bitte zum Abschluss meiner kleinen Rede noch einmal darauf hinzuweisen, dass unser Wirken immer im Verborgenen stattfinden sollte. Jegliche Information an die Öffentlichkeit schadet unserem Ruf. Wir erlauben uns aber auch, entgegen der üblichen öffentlichen Meinungen, denen zu helfen, denen das Glück ein Kind aufwachsen zu sehen, verwehrt ist. Damit lindern wir gleichzeitig Armut und Hoffnungslosigkeit, und verhelfen den kleinen Erdenbürgern zu einem schöneren und erfolgversprechenden Leben. Man versucht uns seit langem, den Makel einer kriminellen Vereinigung anzuhängen. Und derzeitige polizeiliche Maßnahmen deuten darauf hin, dass man dieses schändliche Treiben noch weiter fortführen will. Aber wir werden nicht nachlassen in unseren Bemühungen, Menschen glücklich zu machen! Vivat!" Mit diesem Ausruf beendete der ältere Herr seine Rede und hob wieder das Glas.

Damit war die kurze Ansprache beendet. Wie auf ein verabredetes Zeichen hin, kamen plötzlich junge Männer in Livreen herein und brachten die Speisen.

Nach dem Essen traf man sich im Wintergarten um zu Rauchen und noch das eine oder andere Gläschen zu trinken, nicht ohne dabei auch über weitere Geschäfte zu reden. Der Verein „Gottes Burg" war ein Zweig eines bekannten Ordens welcher in Malta residierte.

Der alte Herr, welcher die Eröffnungsrede gehalten hatte, stand mit einem etwa gleichaltrigen Mann mit Glatze und einem Kneifer im rechten Auge und unterhielt sich. Der mit dem Kneifer war offenbar schlechter Laune.

„Ich sage es Ihnen noch einmal Don Bassilo, solche Pannen wie in diesem Kinderheim in Schellenberg darf es nie und nimmer mehr geben! Die Presse hat sich der Sache angenommen, und was noch schlimmer ist, die Polizei bei uns befasst sich mit diesem Fall. Ich sage nur eines, bringen Sie das in Ordnung! Der Großmeister ist äußerst ungehalten, seit er davon erfahren hat! Erst vor zwei Tagen ist im Kinderheim „Sonnenschein" die Polizei aufmarschiert und hat alles umgekrempelt. Dieser Berchtesgadener Polizeirat scheint ein ganz Scharfer zu sein. Wir sollten uns etwas einfallen lassen!" Der mit Don Bassilo angesprochene ältere Herr verbeugte sich kurz, sah aber dann sein Gegenüber abschätzend an.

„Don Marout, Ihr habt gehört was ich vorhin sagte. Wir werden diese Angelegenheit diskret lösen! Unsere Geheimwaffe heißt jetzt Bruder Jerome! Ein Mann mit christlichen Grundsätzen, eisernem Willen und logischem Denken. Ich vertraue ihm voll und ganz!"

Der Mann mit dem französischen Namen Marout, schien besänftigt zu sein. Denn er nickte beinahe huldvoll und lächelte nun, während er an seiner Zigarre zog und einige Rauchschwaden ausblies. Er sah seinem Gegenüber wieder fragend an.

„Wolltet Ihr heute nicht die Jahresbilanz verkünden, Don Bassilo?" Der Angesprochene nickte kurz.

„Stimmt, Ihr habt Recht, aber Don Miguel hatte es leider nicht mehr geschafft, heute pünktlich hier anwesend zu sein. Also müssen wir diesen Tagesordnungspunkt nun wohl oder übel auf das nächste Treffen in vier Wochen verschieben." Don Marout nickte erst langsam, dann sah er seinen Gegenüber kritisch musternd an. „Nun, wenn es nicht anders geht, dann verschieben wir es eben. Ich begebe mich jetzt zur Nachtruhe, denn mein Tag beginnt bereits vor dem Morgengrauen. Gute Nacht, Don Bassilo!" Der Kanzler, so war seine genaue Dienstbezeichnung, hatte alle Mühen in einen Neuaufbau der Strukturen im Bereich Süddeutschland, Tschechien und Ungarn gelegt. Und dieses Kinderheim in Tschechien war eines der Ersten im Lande gewesen. Aber Misswirtschaft, persönliche Bereicherung und teilweises Unverständnis, hatten ihnen immer wieder Schaden zugefügt. Der Orden unterhielt Schulen, Jugendhilfeeinrichtungen, ambulante Pflegedienste, Hospize und Einrichtungen der Altenbetreuung. Die Vermittlung von Waisen war inoffiziell und wurde nur von wenigen Kaplänen, Donaten Magistralen gesteuert. Einer davon war Don Bassilo, oder im Zivilleben auch als Heribert Krössner bekannt ...

Der Regen trommelte an diesem Nachmittag monoton auf das Autodach. Markus Ludwig stand mit seinem Wagen vor dem „Aldi" und wartete auf Susi, die mit Benny drinnen einkaufte. Franzi hatte es sich im Fond gemütlich gemacht und schlief schon eine Weile erschöpft vom Schulunterricht. Markus schreckte plötzlich aus seinen Gedanken auf. Auf der gegenüberliegenden Seite des Parkplatzes fuhr gerade ein weißer Renault-Transporter langsam vorbei. Auf der Hecktür prangte ein großes rundes farbiges Emblem. Markus schlug mit der Hand ärgerlich auf das Lenkrad. Ohne Franzi wäre er jetzt sofort diesem Transporter gefolgt. Er sah auf seine Armbanduhr. Es war 17.00 Uhr. Im gleichen Moment kamen Susi und Benny zurück und luden den Einkauf hinten ein. Als Susi wieder neben ihm im Wagen saß, erzählte ihr Markus von dem Transporter. Sie lachte.

„Na hör mal, es gibt doch noch mehr solche Kisten hier bei uns. Wenn du die alle verfolgen willst, na dann gute Nacht! Hast du das Kennzeichen denn gesehen?" Markus schüttelte den Kopf und startete den Wagen.

„Nee, habe ich nicht. Es war zu weit weg und außerdem hatte ich die Scheibenwischer nicht eingeschaltet." Susi lachte leise.

„Ja, ja Herr Rat! Wenn mir das nur passiert wäre, aber dann!" Markus Ludwig verzog das Gesicht, als wollte er sagen:

„Na da hast du mal wieder was womit du mich ärgern kannst." Der Sommerregen hatte so plötzlich wie er begonnen hatte wieder aufgehört. Die schwarzen Wolken verzogen sich in Richtung Osten und die warme Straße dampfte leicht und trocknete rasch wieder ab.

Sie freuten sich auf den Feierabend mit den Kindern. Zumal Markus im Garten ein Indianerzelt aufgebaut hatte, sogar mit einer Umzäunung aus langen Ruten. Am liebsten hätten die beiden Sprösslinge darin sogar des nachts geschlafen. Aber Susi hatte vehement dagegen protestiert.

Während Susi das Abendbrot zubereitete, saß Markus vor dem Fernseher und sah Nachrichten. Bilder von langen Flüchtlingskolonnen auf der Balkan-Route wurden gezeigt.

„Mein Gott, wo soll das denn noch hinführen!", murmelte er. Plötzlich klingelte das Telefon in der Diele. Er hörte wie Susi abhob. Schon am Tonfall ihrer Stimme hörte er, dass es wieder etwas Dienstliches sein musste, und verzog gequält das Gesicht. Susi kam an die Wohnzimmertür. Als sie sich ansahen, wusste er, dass sie wieder losmusste.

„Ich muss nochmal los, Markus! Glauber holt mich gleich ab!" Er nickte und stand auf um sich noch zu verabschieden.

„Was gibt's denn?", fragte er sie leise.

Susi flüsterte:

„Ein Toter im Waisenhaus Schellenberg!" Er erschrak förmlich.

„Schon wieder ein Kind?" Susi schüttelte den Kopf.

„Nein, der Prior, Pater Gudio Franke angeblich!" Sie gaben sich rasch noch einen Kuss dann hupte es draußen schon und die Tür schloss sich hinter Susi. Franzi protestierte ärgerlich.

„Immer, wenn wir was spielen wollen, muss Mama weg! Das ist doch blöde!" Markus ging zu seiner Tochter in die Küche die dort gerade noch dabei war, die Erdbeeren in einer Schüssel zu halbieren. Markus setzte sich neben sie und auch Benny kam angerannt um sich schnell auf Papas Schoß zu setzen.

„Franzi! Mama und ich, wir sind doch bei der Polizei. Das weißt du doch. Und immer, wenn etwas Böses geschehen ist, müssen wir los und wieder Ordnung schaffen. Leider machen aber gerade diese Gauner am Abend Blödsinn, wenn sie keiner sieht. Also müssen wir auch abends oft nochmal raus! Mama wäre jetzt auch lieber hier bei uns. O.k.?" Franzi nickte verständnisvoll, und schmiegte sich an ihn.

„Ich weiß das ja, aber Mama wollte sich heute noch meinen Aufsatz anschauen auf den ich eine Eins gekriegt habe", erwiderte sie traurig.

„Na dann zeigst du mir die Eins eben mal. Ich freue mich darüber genauso. Und Mama sieht sie sich eben morgen an." Franzi war beruhigt und Benny umarmte seinen Papa mit Inbrunst.

„Lieber Papa, lieber Papa, bester Papa", sang Franzi leise, dann drückte sie Markus ganz fest und gab ihm einen Kuss. Markus lachte.

„Na, womit hab´ ich denn das verdient, meine kleine Prinzessin?" Sie hielt ihm nochmal ihren spitzen Mund hin und schloss die Augen. Da Markus nicht gleich darauf reagierte öffnet sie wieder die Augen.

„Knutschen Papa!", lachte sie. Benny lachte ebenfalls und meinte dann:

„Franzi hat einen Freund der knutscht sie auch immer, wenn sie in die Schule kommt! Der Knutscher heißt Roland! Sein Papa ist bei der Bank." Markus musste lachen, und dachte bei sich:

„Na auch gut, dann hat sie eben schon einen Blick für Kerle mit Geld."

Als Glauber und Susi Ludwig am Waisenhaus ankamen, herrschte dort eine für ein Kinderheim ungewohnte Ruhe. Sie waren kaum ausgestiegen, kam ihnen auch schon ein lang aufgeschossener Mann mit kurz geschnittenen graumelierten Haaren entgegen und nahm sie in Empfang.

„Don Jerome!", stellte er sich kurz vor.

„Der Orden hat mich beauftragt einstweilen hier die Leitung zu übernehmen und den armen Pater Gudio Franke zu vertreten, bis ein neuer Prior ernannt worden ist", erläuterte er weiter. Während er sich so vorstellte, huschten seine kleinen eisgrauen Augen zwischen Glauber und Susi unablässig hin und her. Susi sah es, und konnte nicht behaupten, dass dieser Mann ihr auch nur eine Spur von Vertrauen einflößte. Irgendetwas Hinterlistiges lag in seinem Blick.

„Gut, und wo haben Sie denn nun Pater Gudio Franke gefunden?", fragte sie den Mann kurz angebunden. Dieser bat sie ihm zu folgen, und sie liefen ein paar Meter weiter bis zu einer Art Scheune. Don Jerome öffnete ein Kastenschloss und stieß die Tür auf, dann knipste er das Licht in der Scheune an. Susi hielt die Luft kurz an und sah kurz zu Glauber. Auch der stand einen kurzen Moment mit offenem Mund da.

Der Pater hing, einen Strick um den Hals, an einem Balken in der Luft! Sich wieder sammelnd, sah sie den Don Jerome an.

„Ist diese Scheune immer verschlossen?" Der Mann schüttelte den Kopf.

„Nein, abgeschlossen hatte ich, als ich den Pater gefunden habe, damit niemand hereinkommen kann. Die Kinder rennen ja überall herum", erwiderte er kurz. Susi nickte verstehend.

„Also Sie haben den Pater gefunden, wenn ich Sie richtig verstanden habe?" Don Jerome nickte wieder.

Susi besah sich kurz noch einmal den Toten, der bekleidet mit seiner Kutte, den Kopf leicht zu Seite geneigt, an dem Strick hing. Susi fiel auf, dass er nur eine Sandale anhatte, die rechte fehlte.

Während sie mit Don Jerome langsam wieder hinaus ging telefonierte Glauber mit der KTU. Die Kriminaltechniker hatten hier eine Menge Arbeit vor sich, das war klar. Was Susi allerdings beim Hinausgehen noch aufgefallen war, war die Tatsache, dass die gut vier Meter lange Leiter offenbar nach vorn in Richtung zum Tor hin umgefallen war.

„Wann haben Sie denn eigentlich den Pater das letzte Mal lebend gesehen?", fragte sie den Fremden. Der sah sie kurz, scheinbar irritiert, einen Augenblick an, ehe er antwortete.

„Nun, ich glaube zur Abendmesse", erwiderte er. Susi hakte nach.

„Hm, gut, und wann ist diese Abendmesse?" Don Jerome schien ein Lächeln zu unterdrücken.

„Immer zur gleichen Zeit, um 18.00 Uhr vor dem Abendessen", erwiderte er im belehrenden Tonfall. Susi fühlte sich in der Gegenwart des Mannes unwohl. Irgendwie musste sie in seiner

Gegenwart frösteln. Sein ganzes irgendwie geheimnisvolles Getue war ihr zuwider. Doch Susi schob noch eine Frage nach. „Sagen Sie, Don Jerome, welchem Orden gehören Sie und das Waisenhaus eigentlich an?" Der große stattliche Mann schien sich zu straffen ehe er antwortete.

„Wir gehören dem Orden „Gottes Burg" an, einem Ableger des Malteser-Ordens, Frau Ludwig." Susi sah den asketisch anmutenden Mann neben sich an.

„Aha, welchen der drei Stände gehören Sie dann an, Don Jerome?", fragte sie wie nebenbei. Der Mann sah sie erstaunt an und lächelt zum ersten Mal.

„Sie kennen sich aus in den Aufgaben und der Hierarchie unseres Ordens, Frau Ludwig?" Susi schüttelt den Kopf.

„Auskennen würde ich nicht sagen, aber wir hatten in der Schule in meiner Heimat der Schweiz, den Orden im Geschichtsunterricht. Viel davon ist aber leider nicht hängen geblieben. Ich weiß nur, dass Ihr Orden Krankenhäuser und andere Einrichtungen betreibt, sowie eine straffe Regierung hat, deren Sitz auf der Insel Rhodos ist."

Don Jerome wollte gerade antworten, als plötzlich zwei PKW auf das Gelände preschen und neben Susi stehen bleiben. Quirin Stadler ließ die Seitenscheibe herunter.

„Also du schon wieder! Kannst du nicht mal deine Leichen am Tage finden?", spottete er und stieg aus, um Susi herzlich zu begrüßen. Sie stellte ihm Pater Jerome vor. Quirin sah den Pater kurz durch seine runden Brillengläser an, nickte und wandte sich seiner Aufgabe zu.

„Und, wo liegt denn nun deine Leiche diesmal?", meinte er burschikos. Susi korrigierte ihn.

„Sie liegt nicht, sie hängt mal zur Abwechslung. Da drüben, Quirin!" Sie zog Quirin am Ärmel ein paar Schritte zur Seite.

„Quirin, bevor du loslegst, schau dir mal die Szenerie erst in Ruhe an!", empfahl sie ihm. Quirin sah Susi erstaunt an.

„Gibt's woas besondres Kloane?", fragte er in seinem oberbayrischen Dialekt. Susi deutete wortlos auf das offene Tor. So wie er war, mit Gummistiefeln und Galoschen darüber stakste Quirin zum Tor. Blieb stehen, kratzte sich an seinem Haarkranz am Hinterkopf, und sah sich nach Susi um.

„Wau, so an geistlichen Herrn hob i nur im Kino hänge sähen!",
stieß er hervor und besah sich die Szenerie. Plötzlich stieß er ei-
nen kurzen Pfiff aus und sah Susi an, die sich neben ihn gestellt
hatte.
„Du meinst die umgefallene Leiter, ja?", fragte er sie leise.
Diesmal wieder in gut verständlichem Deutsch. Susi nickte, und
Glauber, der inzwischen hinzugekommen war, deutete auf die
Höhe des Balkens an dem der Pater hing.
„Das sind geschätzte vier Meter bis zum Balken, meine ich."
Quirin sah ihn an.
„Und? Was will der Herr Glauber uns damit sagen?"
„Das werden Sie sofort sehen, wenn ich die Leiter am Balken
angelehnt hab´!", erwiderte Glauber gelassen.
Quirin stieg währenddessen in seinen weißen Ganzkörperanzug
und zog die Gummihandschuhe über. Mit seiner kleinen runden
Brille, dem Anzug und den Stiefeln sah er aus wie ein Alien. Er
wandte sich wieder an Susi.
„Also was sagt uns nun die ganze Szenerie hier? Ich meine,
erstens - wenn einer da hochsteigt, um sich aufzuhängen und
stößt die Leiter um, rutscht die zumeist in 90% der Fälle nach der
Seite weg! Selten direkt nach vorne! Das erfordert ziemlich viel
Kraftaufwand! Zweitens - die Leiter erscheint mir recht kurz und
etwas zu steil zu stehen, wenn man sie anstellt um da dann hoch
zu steigen!" Susi nickte wieder zustimmend.
„Genau meine Meinung, der Kandidat bekommt zehn Punkte,
Quirin! Das mit der Leiter war mir gleich nicht sympathisch! Am
besten ihr holt ihn erst mal runter, den guten Pater!" Quirin
grinste und nickte.
„Machen wir doch sofort, Chefin!" Dann gab er seinen beiden
jungen Mitarbeitern Anweisung.
„Holt den Mann da runter, Leute!" Mit Hilfe einer zweiten Leiter holten sie dann Pater herunter und legten ihn auf eine Plane.
Quirin Stadler besah sich den Toten. Zunächst einen Blick in die
Augäpfel, dann inspizierte er das Genick und den Kopf des Paters. Susi stand daneben und sah ihm über die Schultern.
Als er sich langsam wieder erhob, sah er zunächst ziemlich nachdenklich aus. Dann gab er den Auftrag die Leiche zu entfernen.
„Bringt ihn in meinen Keller, er muss gründlich untersucht
werden." Susi sah ihn fragend an.

„Und, was meinst du Quirin? Wie lange ist er schon tot?" Der Pathologe rieb sich die Knollennase.

„Bedenken wir welche Temperaturen wir haben und wie spät es ist, würde ich sagen, mindestens seit 12 Stunden." Susi und Glauber sahen ihn ungläubig an.

„Das wäre aber doch so gegen 11.00 Uhr mittags! Dieser Don Jerome meinte aber, er habe ihn noch um 18.00 Uhr zur Abendmesse gesehen!" Quirin lachte scheppernd.

„Ist wohl ein Witzbold, was? Nee, nee, da lege ich mich mal richtig fest! Todeszeitpunkt zwischen 11.00 Uhr und 12.00 Uhr heute Mittag! Basta! Viel Spaß beim Rätseln!", setzte er noch hinzu und ging wieder zu seinen Leuten. Susi gab Glauber einen kleinen Klaps auf die Schulter.

„So, und jetzt holen wir uns mal diesen Herrn Jerome! Gehen wir!" Als sie im Waisenhaus ankamen herrschte Stille im Haus. Susi und Glauber stiegen hinauf in den ersten Stock, wo sie das Büro des Paters wiederzufinden hofften. Halb auf der Treppe kam ihnen eine ältere Frau mit einer weißen Haube, hellblauer Bluse und Rock sowie einer weißen Schürze entgegen. Sie stellte sich als Schwester Siglinde vor, sie war der Nachtdienst. Auf die Frage wo sie denn Don Jerome finden könnten, zuckte sie mit den Schultern. Der hohe Herr sei doch vor wenigen Minuten weggefahren. Auf die Frage wann sie denn Pater Gudio Franke das letzte Mal gesehen habe, antwortete sie kurz und knapp:

„Am gestrigen Abend bei Dienstantritt." Glauber wollte wohl auch noch was beitragen und fragte sie:

„Ist Ihnen was am Pater aufgefallen? War er anders als sonst?" Die Nachtschwester verneinte, und Glauber gab sich zufrieden mit ihrer Antwort.

Als sie wieder auf dem dunklen Hof des Waisenhauses standen, rieb sich Glauber die Hände.

„Dieser Don Jerome hat uns belogen, das steht wohl fest. Bleibt die Frage warum, und weshalb der Herr das Weite gesucht hat." In der Scheune waren die Mitarbeiter von Quirin Stadler immer noch bei der Arbeit, obwohl der Leichnam inzwischen in das Institut für Rechtsmedizin gebracht worden war. Quirin stapfte mit seinen Gummistiefeln vorbei und verzog das Gesicht.

„Hier gibt's mehr Spuren als Flöhe kann ich euch sagen. Aber feststeht, der Pater ist nicht von alleine da hochgestiegen! Da hinten in der Ecke muss es einen heftigen Kampf gegeben haben. Wir haben Blutspuren an einem Holzscheit und auf dem Boden gefunden. Ich verwette meinen Hut, wenn das nicht das Blut des Paters ist! Morgen früh wissen wir mehr. Wir machen jetzt hier Schluss, sperren aber den Zugang ab. Kann sein, dass wir nochmal zurückkommen müssen. Also, gute Nacht verehrte Frau Oberkommissarin!" Dabei betonte er das „Ober" besonders und grinste dabei. Er mochte die kleine Schweizerin einfach und machte auch keinen Hehl daraus.

Glauber und Susi Ludwig waren gerade wieder auf dem Weg zurück zum Auto und gingen an einem Niedergang zu irgendeinem Keller vorbei, als es dort raschelte. Susi blieb stehen und leuchtete mit der Taschenlampe in den Niedergang und sah etwas Helles kurz aufleuchten. Sie hielt Glauber am Ärmel fest. Mit drei Schritten war sie an der Treppe und leuchtete diese hinab. Zu ihrem Erstaunen kauerte dort im gestreiften Schlafanzug ein kleiner rothaariger Bub. Er sah Susi mit seinen großen Augen erschrocken an.

„Milan! Was machst du denn mitten in der Nacht da unten? Du erkältest dich doch. Komm bitte herauf!", rief Susi leise. Vorsichtig kam der Kleine die Treppe herauf. Susi ging in die Hocke um mit dem Kleinen auf Augenhöhe zu sein.

„Was machst du denn um diese Zeit noch hier draußen, hm?", fragte sie ihn nochmal leise. Da legte der Kleine seine dünnen Ärmchen um Susis Hals und flüsterte vertrauensvoll in Susis Ohr:

„Isch habe Pater gesehen. Ging nach Messe in die Scheune. Dann kam fremder Mann und schlug Pater mit Stock. So und so, immer wieder! Isch atte Angst und lief weg." Milan machte vor wie der fremde Mann den Pater geschlagen hatte. Susi strich dem Kleinen über das Haar.

„Hat dich jemand dabei gesehen, als du das beobachtet hast, Milan?" Der Kleine schüttelte den Kopf. Sie musste lächeln wie er so in seinem gestreiften Schlafanzug und in Pantoffeln dastand und sie mit großen Augen ansah. Sie war versucht ihn auf den Arm zu nehmen, unterließ es aber dann doch.

„Und wie kommst du jetzt wieder hinein und in dein Bett?", fragte sie ihn weiter. Milan zeigte die Treppe hinab, wo ein geöffnetes Fenster war.

„Da! Da unten muss ich rein. Durch den dunklen Keller wo kein Licht ist. Kommst du wieder Tante?", fragte er sie treuherzig zu ihr aufschauend. Susi nickte.

„Hör zu Milan, ich gebe dir jetzt meine Taschenlampe. Und du gehst rasch in dein Bettchen. Und wenn ich wiederkomme, dann gibst du mir die Lampe zurück. Machen wir es so?" Milan nickte erfreut und sah dabei mit begehrlichen Blicken auf die LED-Taschenlampe. Susi gab sie ihm und Milan gab Susi dafür wieder einen Kuss auf die Wange. Lachte dann und war im Nu durch das Fester wieder hineingestiegen. Sein kleiner rothaariger Kopf schaute noch einmal heraus, und mit einer Hand winkte er Susi nochmals zu ehe er vollends in der Dunkelheit verschwand. Glauber hatte die ganze Zeit danebengestanden und wortlos zugesehen. Jetzt grinste er und meinte dann leise:

„Ich wette jetzt mit Ihnen, Sie haben gerade darüber nachgedacht wie es wäre, wenn Sie den Kleinen adoptieren würden! Stimmt´s?" Susi sah Glauber einen Augenblick erstaunt an.

„Sagen Sie mal, seit wann können sie denn Gedanken lesen, Jochen?" Sie hatte ihn zum ersten Mal mit dem Vornamen angeredet, und Jochen Glauber hatte es sofort registriert und lächelte. Wortlos gingen sie zurück zum Wagen und fuhren vom Hof des Waisenhauses zurück in die Stadt.

„Bringen Sie mich nach Hause?", fragte sie Glauber, der den Wagen gemächlich über die nächtliche Straße rollen ließ. Der Mondschein war so hell, dass man auch gut ohne Scheinwerfer hätte fahren können.

„Soll ich Sie dann morgen früh wieder abholen, oder kommen Sie selber mit dem Wagen?", fragte Glauber zurück. Aber da der Dienstwagen in der Polizeiinspektion stand, bat Sie ihn, sie doch wieder abzuholen. Mit Markus konnte sie nicht mitfahren, weil dieser stets eine Stunde früher aufbrach. Da hatte er Zeit, morgens in aller Ruhe bei einem Kaffee seine Berichte zu lesen. Susi brachte dann zumeist Franzi zum Schulbus und Benny in die KITA.

Es war knapp vor 1.00 Uhr, als Susi aus dem Wagen stieg und sich von Glauber verabschiedete. Einen Moment sah sie noch den immer kleiner werdenden Rücklichtern hinterher, ehe sie die Haustür aufschloss und leise eintrat.

Die Bäume des unmittelbar hinter dem Haus beginnenden Waldes rauschten leise. Hier am Ende der Zufahrtsstraße kam nur noch Wald. Die kleine Wendeschleife reichte gerademal für den Schulbus, der kaum mehr als zwölf Sitzplätze hatte, und alle Kinder aufnahm, die in den nahen Kindergarten oder zu Schule mussten. In diese Idylle waren sie damals gezogen, noch bevor Benny auf die Welt gekommen war. Sie hatten das Haus von einem Kollegen erworben, der nach dem Norden versetzt worden war. Susi schlich sich leise nach oben ins Bad und von dort ins Schlafzimmer. Kaum hatte sich Susi hingelegt, als sich auch schon Markus´s Arm unter ihren Kopf schob und sie sich an ihn seitlich ankuschelte. Sie bekam noch einen Kuss, dann war sie schon mit einem Gefühl von Sicherheit so gut wie eingeschlafen. Ihr letzter Gedanke galt aber dem kleinen Milan.

Am nächsten Morgen, sie saßen gerade beim Frühstück, begann Benny plötzlich laut zu plärren. Bei einem Jungen wie er geradezu eine Seltenheit.

„Warum weinst du denn?", fragte ihn Susi. Der Vierjährige schluchzte ohne Unterlass.

„Franzi hat gesagt, dass ich ins Heim komme, weil ich wieder ihr Nintendo genommen habe. Ich will aber nicht ins Heim, ich will bei euch bleiben", schluchzt er und dicke Tränen rollten über seine Wangen. Susi sah ihre Tochter über den Tisch hinweg vorwurfsvoll an.

„Warum erzählst du dem Kleinen so einen Quatsch?", fuhr sie Franzi erbost an.

„Möchtest du mal sehen wie es in einem solchen Heim zugeht? Soll ich dich mal mitnehmen in das Waisenheim wo wir gerade zu tun haben? Da kannst du mal sehen, wie es den armen Kindern ohne Eltern geht!", fuhr sie das Mädchen an. Franzi saß Susi am Tisch gegenüber, senkte den Blick und man wusste nicht recht, ob sie diesen Unsinn den sie gemacht hatte begriff, oder ob sie nur so tat. Plötzlich warf sie ihren Eierlöffel auf den Tisch, sprang auf und rief noch im Hinausgehen:

„Ich habe ihm schon zwanzigmal gesagt, er soll meine Sachen in Ruhe lassen! Aber der Hosenscheißer darf ja alles, ist ja auch Papas Liebling!" Und rums war die Tür zu.

Markus kam gerade vom Blumengießen vom Balkon zurück und setzte sich an den Frühstückstisch.

„Was hat denn unsere Prinzessin heute früh?", fragte er belustigt.

Susi belegte ihre Semmel mit Wurst und meinte leicht verärgert:

„Prinzessin hat mal wieder ihren Aufmucktag. Benny hat sich ihr Nintendo ausgeborgt ohne sie zu fragen. Darüber hat sich Prinzessin aufgeregt. Wie mir scheint, passiert das jetzt in letzter Zeit öfters!" Markus wiegelte kauend ab.

„Das ist nun mal so bei Geschwistern, das gibt sich. Wenn sie beide gemeinsam irgendeinen Blödsinn aushecken, halten sie zusammen wie Pech und Schwefel." Susi schüttelte den Kopf und schob ihm eine Schüssel mit frischen Erdbeeren hin.

„Da irrst du dich mein Lieber! Madam hat in letzter Zeit öfters solche Anwandlungen. Ich glaube, das hat was mit ihrer neuen Freundin zu tun. Jetzt ist ihr Benny nämlich ein Klotz am Bein, die Damen wollen alleine sein. Ich habe erst vor zwei Tagen einen Lippenstift bei ihr gefunden, der ist weder von mir, noch habe ich ihn ihr gekauft". Markus Ludwig sah seine Frau fragend an und löffelte dabei seine Erdbeeren.

„Wer ist die neue Freundin?", fragte er mit vollem Mund kauend.

„Na die Tochter von dem Anwalt da in der Nummer zwei, die kürzlich eingezogen sind. Die Kleine ist ein Jahr älter als Franzi, tritt aber wie eine kleine Diva auf und hat ein ziemlich loses Mundwerk." Markus nickte.

„Frech, aufdringlich und verlogen, stimmt´s?" Susi sah ihren Mann erstaunt an.

„Da hast du aber sowas von Recht, woher weißt du das?" Er schnäuzte sich kurz.

„Wolfgang Moosbär hat´s mir erzählt. Diese Diva war bei seiner Tochter Nicole vor drei Wochen zu Besuch. Die beiden sitzen in der Schule nebeneinander. Na jedenfalls ist die kesse Göre bei ihnen einfach in den Kühlschrank gegangen und hat sich eine Wiener rausgeholt. Auf die Vorhaltungen seiner Frau, dass man sowas nicht macht, wenn man fremd ist, bekam sie doch tatsächlich zur Antwort:

„Nun mach dir mal nicht ins Hemd, Tante Diana!" Da hat sie die Kleine rausgeschmissen und ihrer Nicole jeglichen Umgang mit dieser Nathalie verboten. Die waren sogar in der Schule und haben verlangt, dass Nicole einen anderen Platz in der Klasse bekommt. Jetzt macht diese Nathalie die Nicole überall schlecht und erzählt irgendwelchen Mist. So etwa in der Art, Nicoles Eltern würden Katzen schlachten." Susi blieb erst der Mund offenstehen, dann schluckte sie mehrmals.

„Wir müssen unbedingt mit Franzi darüber reden, nicht dass die unsere Kleine zu irgendwelchem Blödsinn anstachelt und es noch Ärger gibt. Rede du mal mit ihr, mit mir hat sie zurzeit wohl eher Stress." Markus lachte vor sich hin.

„Was hatte ich doch mal für ein ruhiges Leben!" Susi warf einen Toast nach Markus.

„Du bereust es wohl schon, was? Kannst dich ja wieder scheiden lassen! Dann hast du wieder Ruhe!" Markus trat neben Susis Stuhl und ging in die Hocke. Er hielt Susis Hand fest, die gerade einen Toast zum Mund führen wollte.

„Jetzt mach aber mal einen Punkt, Susi! Das war doch nur Spaß! Ich habe euch drei doch alle sehr, sehr lieb. Warum reagierst du in letzter Zeit auch so gereizt? Hm, was ist los? Sag´s mir doch bitte". Susi legte den Toast beiseite und holte tief Luft.

„Weil ich manchmal den Eindruck habe, du interessierst dich kaum noch für unsere Querelen hier und ich muss alles ausbaden. Dazu noch der Fall, ich stehe manchmal richtig neben mir!" Sie legte ihren Arm um seinen Hals, beugte den Kopf etwas tiefer und sah ihn dabei in die Augen.

„Sei ehrlich, nerven wir dich manchmal. Und du denkst an die Zeit wo du alleine warst?" Bei Markus Ludwig begannen alle Alarmglocken auf einmal zu läuten. Susi war am Zweifeln, er musste unbedingt was dagegen unternehmen, und zwar sofort!

„Frau Ludwig! Ein für alle Mal! Ihr geht mir n i c h t auf die Nerven! Ich bin froh euch alle drei zu haben. Unser beider Dienst lässt halt nur wenig Zeit für Privates. Also nochmal, ich bin froh, dass es euch in meinem Leben gibt! Ich habe euch wirklich alle richtig lieb. Es gibt keinen Grund an meiner Liebe zu dir und zu den Kindern zu zweifeln. Weißt du was, wir machen am Sonntag wiedermal einen richtigen Ausflug! Und wir zwei gehen am Samstagabend mal wieder aus! O.k.?"
Beinahe eindringlich hatte er mit Susi geredet und die begann zu lächeln und nickte.

„Wo gehen wir hin?" Er gab ihr einen Kuss.

„Du suchst es dir aus, klaro?" Hinter ihnen räusperte sich jemand leise. Als sie sich umwandten stand Franzi in der Tür. Wie es aussah war sie tatsächlich ehrlich zerknirscht.

„Papa, Mama ich muss euch was sagen.", begann sie stockend. Und dann erzählte sie.

„Nathalie und ich waren vorige Woche im Schuler-Markt. Da hat sie einfach einen Lippenstift geklaut und ist dabei erwischt worden. Sie haben unsere Namen alle aufgeschrieben." Sie begann zu schluchzen. Susi nickte und verzog das Gesicht, als wollte sie sagen:

„Na, hab´ ich es nicht gesagt!" Markus zog seine Tochter zu sich auf den Schoß.

„Komm mal her, Prinzessin. Erinnerst du dich, was ich dir über die Kinder von Polizisten, Lehrern usw. erzählt habe?" Franziska nickte und begann zu weinen.

„Hast du Schmiere gestanden, also aufgepasst als sie den Lippenstift weggenommen hat?" Franzi schüttelte den Kopf.

„Nein, ich habe mich gerade nur so umgeschaut, wir wollten uns ja eigentlich einen Lollipop kaufen. Da hat sie den Lippenstift einfach eingesteckt."

„Und dieser Lippenstift den du hast, woher ist der?"

„Den hat mir Nathalie geschenkt." Markus wischte seiner kleinen Prinzessin die Tränen ab.

„Also hör zu. Du gibst ihr diesen Lippenstift heute wieder zurück. Du bist gerademal zwölf Jahre, da braucht man keinen. Und dann bitte ich dich, dass du Nathalie in der Freizeit nicht mehr triffst. Du hast genügend andere Freundinnen, die gleichaltrig sind. Und vor allem keine Diebe sind. Also, versprichst du Mama und mir das?" Franzi nickte und schlang die Arme um den Hals ihres Papas. Leise raunte sie ihm ins Ohr:

„Das mache ich nie, nie wieder, Papa! Versprochen!" Markus lächelte und drückte die Kleine an sich.

„Das ist gut so, Prinzessin. Und erzähle Benny bitte nicht nochmal solchen Unsinn, wie das mit dem Heim, ja. Er nimmt sowas ernst, und glaubt, wir haben ihn nicht mehr lieb. Das willst du doch nicht, oder?" Franzi schüttelte den Kopf.

„Er kann mein Nintendo ja ruhig nehmen, aber er soll mich vorher auch fragen." Markus nickte.

„Da hast du auch Recht, wenn man was nehmen will was einem nicht gehört, muss man fragen! Ich rede nochmal mit ihm. Alles klar?" Die Zwölfjährige atmete erleichtert auf, und Markus nahm sich vor, noch vor Dienstantritt im Markt vorbei zu fahren. Bevor das Ganze erst offizielle Formen annahm.

Im Schuler-Markt angekommen, fragte sich Markus zum dortigen Marktleiter durch. Er fand ihn inmitten von Kartonagen aller Art.

„Herr Lohmann!", rief Markus den Mann um die Vierzig, mit Glatze und schwarzer Hornbrille an. Der drehte sich herum und blaffte:

„Ich habe jetzt keine Zeit! Rufen sie an und machen sie einen Termin aus, dann können wir über den Job sprechen!" Markus musste lachen und zeigte seinen Dienstausweis auf und hielt ihn hoch. Lohmann klappte der Mund auf und er ließ den Bananenkarton fallen.

„Ach so, die Polizei! Ich dachte sie wollen sich bei uns im Lager bewerben", brummte er dann und kam näher heran. Markus stellte sich nochmals vor und kam gleich zur Sache.

„Bei ihnen haben vor ein paar Tagen zwei kleine Mädchen einen Lippenstift mitgehen lassen. Haben sie die Sache schon gemeldet?" Lohmann sah Markus erst unsicher an, dann schüttelte er den Kopf.

„Nö, habe ich nicht. Zuviel Arbeit zurzeit hier im Laden, und zweitens ist mir die Schreiberei viel zu viel Aufwand wegen den 7,99 €. Außerdem ist die eine wohl die Tochter von einem Anwalt, das gibt nur Ärger", erwiderte er. Markus Ludwig lächelte hintergründig.

„Na ja, die andere war meine Tochter! Sie meint allerdings, sie habe es zwar gesehen, dass ihre Freundin was eingesteckt hat, war aber selber unbeteiligt daran." Lohmann nickte grinsend.

„Aha, so ist das also. Die Töchter von Polizisten und Rechtsanwälten. Früher haben die armen Schlucker mal geklaut, heute klauen die von gut situierten aus Spaß an der Freude. Also, ich habe nicht die Absicht was zu unternehmen, wenn dies der Grund Ihres Besuchs ist." Dabei grinste er breit und eine Spur zu frech, so dass Markus dienstlich wurde.

„Hören sie mal Herr Lohmann, ich bin nicht hier, weil ich meine Tochter da rauspauken will. Ich will aber wissen, ob dieses andere Mädchen schön öfters hier aufgefallen ist, und damit auch Unbedarfte, wie meine Tochter mit reinzieht. Verstanden? Und wenn meine eigene tatsächlich auch solchen Mist machen würde, dann gäbe es für sie auch keine Ausnahme, nur damit wir uns verstehen, Herr Lohmann! Wer klaut wird bestraft, egal was der Papa von Beruf ist!" Lohmann war die ganze Sache wohl inzwischen ein wenig unangenehm. Zum einen hatte er sich wohl in dem Polizisten geirrt, zum anderen war die andere Kleine schon mal aufgefallen.

„Also, die Tochter vom Anwalt hat eine Kollegin von mir mal in der Backwarenabteilung erwischt, als sie eine Brezel einstecken wollte. Aber sie hat sie aus dem Markt gejagt und gut war es." Markus nickte verstehend.

„Gut, verbleiben wir mal so. Aber ich werde wohl mal bei diesem Anwalt vorbei gehen. Nur damit Sie Bescheid wissen, Herr Lohmann." Der Marktleiter verabschiedete sich von Markus und ging wieder zurück an seine Arbeit, und Markus fuhr ins Büro.

Die Villa „Brandkopfalm" war eine in die Jahre gekommene ehemalige Villa eines Textilfabrikanten, stand inmitten einer großen umzäunten Schonung an einem Waldsaum und war gesichert wie ein militärisches Objekt. Das Ganze lag unterhalb des Vorderen Brandkopf, auf ungefähr 1068 Höhenmetern. Der Besitzer war ein ehemaliger Brigadegeneral a.D. Richard von Lockwitz.
Weit über dem Tal thronte das im Stil eines Bergbauernhofes gebaute Chalet. Ein schmaler Zufahrtsweg durch den Hochwald von Glaser herauf, vorbei am Friedhof am Brandkopfweg, und in einer Linkskurve vom Hauptweg abbiegend, war der einzige Zugangsweg zu diesem Grundstück. Bewohnt war das Grundstück eigentlich nur in den Sommermonaten. Hier gab es einen Hausdiener, eine Köchin und einen Gärtner.
Brigadegeneral a.D. von Lockwitz hatte dieses Anwesen vor Jahren von einem verarmten Industriellen gekauft und ausgebaut. Gesichert war das Grundstück durch Überwachungskameras. Außerdem liefen des Nachts mehrere Dobermänner frei im Gelände herum.

An diesem Abend herrschte im Salon im ersten Stock ein heftiges Wortgefecht zwischen dem Hausherrn und einem seiner Gäste. Neben von Lockwitz waren der Landtagsabgeordnete Krössner, der Direktor Buchmeier und der Anwalt Käsmüller, sowie zwei bulligen Kerlen die aussahen wie Preisboxer, anwesend. In dem großen Raum prasselte ein Kaminfeuer, da es im Moment in den Abend- und Nachtstunden ziemlich frisch wurde. Es war ein August, den man lieber vergessen mochte. Mal heiß bis zu 30 Grad Celsius, mal kühl bis 17 Grad Celsius. Des nachts hatte man hier oben schon Temperaturen bis zur 10 Grad gehabt. Auf dem Tisch standen Gläser und zwei Karaffen mit Wein. Einer dieser bulligen Typen mit tätowierten Oberarmen und einem Bizeps, der manchen hätte das Bein ersetzen können, lag mit dem Hausherrn gerade in Streit.

„Wie kann man denn einfach einen Pater aufhängen", fauchte der Gentlemen im feinen Zwirn. Erregt sog er an seinem Zigarillo. Der so Gemaßregelte verteidigte sich lautstark.

„Unser Befehl lautete, diesen Pater unverzüglich auszuschalten, damit kein größerer Schaden entsteht! Don Jerome hatte uns extra darauf verwiesen!"

„Innerhalb von zwei Wochen zwei Pannen dürfen wir uns einfach nicht erlauben! Zuerst dieses Kind aus Rumänien, und dann kaum zwei Monate später nochmal ein Kind! Sind wir denn von lauter Unfähigkeit umgeben?", fauchte der Oberst a.D. Seine Stimme wirkte dunkel und rau und seine grauen Augen blitzten förmlich die beiden bulligen Typen an. Oberflächlich gesehen, konnte man beide für Brüder halten.

„Diesen Pater mussten wir verschwinden lassen! Er wusste einfach zu viel! Die Abgeordnete sah den Kerl mit der Preisboxerstatur erst mit finsterem Blick an, dann meinte er abfällig:

„Benutzen Sie mal lieber das Hirn, werter Igor, dann würden Sie sich vielleicht Gedanken machen, dass man seitens der Polizei in einem solchen Fall alle Register zieht, den Tod des Paters aufzuklären. Ich möchte damit nichts zu tun haben! Wir können keine negative Publicity gebrauchen!"

Der mit Igor angesprochene Mann grinste schief und schüttelte den Kopf.

„Was hätten wir denn mit ihm machen sollen, Don Bassilo? Die Zeit war knapp, wir mussten handeln."

„Dachte ich mir schon!", erwiderte Don Bassilo, der mit dem zivilen Namen Heribert Krössner hieß, und wandte sich an den Generaloberst a.D. den man in ihren Kreisen nur mit Don Richard anredete.

„Wir müssen in diesem Geschäft mit mehr Fingerspitzengefühl vorgehen. So geht das nicht! Wir sind doch keine Bande von Schleusern. Diese jungen Frauen verdienen ihr Geld in dem sie anderen Freude bereiten. Kleine Kinder hatten wir da aber nicht mit eingeplant! Wir sind doch hier kein Verein von Pädophilen. Es geht einzig und allein darum, diesen armen Kindern ein neues zu Hause zu geben."

Joseph Käsmüller, Anwalt der hier Anwesenden, drehte sich zu seinem Freund Bernd Hornemann um. Der Vorstandsvorsitzende trug im Orden den Namen Don Bernardo.

„Jetzt mach aber einen Punkt, Bernd! Wir sind aber auch kein Reisebüro! Es wird immer den einen oder anderen Ausfall geben. Das kommt vor, nur müssen wir eben dann auch wissen was zu tun ist. Die beiden Mädchen waren die Töchter von diesen zwei Rumänienweibern. Die eine hat sogar noch einen kleinen Jungen, der ist jetzt in diesem Heim in dem der Pater verantwortlich war, der leider verstorben ist. Die Mutter ist in einem Puff gelandet!", erklärte er und grinste dabei. Hornemann sah ihn einen Moment misstrauisch an.

„Und was weiß der Kleine vom Verbleib seiner Schwester? Habt ihr da schon mal dran gedacht, he?" Bornemann schien erregt zu sein.

„Die Rotznase kann ein Mitwisser sein, Sepp!", stieß er hervor. Käsmüller sah ihn erstaunt an.

„Ein Achtjähriger? Nun mach aber einen Punkt! Was soll der denn wissen?"

„Na warum seine Schwester zweimal abgehauen ist aus dem Heim, zum Beispiel! Das hatte doch wohl seinen Grund, oder?" Käsmüller klatschte mit der flachen Hand auf die Tischplatte.

„Dieser verdammte Pfaffe! Konnte der sich nicht eine Nonne suchen für seine Spielereien! Und wir haben jetzt den Mist auszubaden." Und nach einem kurzen Moment:

„Der Kleine muss da weg! Wir sollten ihn rüber nach Tschechien bringen." Hornemann sah ihn fragend an.

„Oder ganz weg, Sepp? Er kann eine Gefahr sein!" In den Augen des Abgeordneten stand der Schreck. Natürlich konnte Hornemann Recht haben! Krössner schüttelte den Kopf. „Bringt ihn rüber nach Tschechien, dort hat unsere Polizei keinen Zugriff auf ihn."

Susi hatte wie schön öfters in letzter Zeit, mal wieder schlecht geschlafen. So ein blöder Traum hatte sie mitten in der Nacht hochfahren lassen. Eine dunkle Gestalt hatte in das Zimmer von Milan im Heim eindringen wollen, und sie hatte den Kerl verjagt, und war dann selber schweißnass aufgewacht. Schwer atmend hatte sie kurz das Licht angemacht, war hinüber in Bennys Zimmer gegangen und hatte nachgeschaut ob alles in Ordnung sei. Dann war sie zum Fenster gegangen vor dem sich die Gardine leicht bewegte, und hatte das es geschlossen. Markus hatte von alledem nichts mitbekommen und fest geschlafen.

Beim Frühstück erzählte sie ihrem Mann davon. Der wollte erst zu lachen anfangen, doch dann legte er plötzlich seine Semmel auf den Teller zurück und sah Susi beinahe erschrocken an. Sie bemerkte es.

„Was ischt mit dir? Wasch guckscht so deppert, Liebster?", frotzelte sie. Markus schüttelte leicht den Kopf.

„Das mir das nicht gleich eingefallen ist!", erwiderte er zögernd. Susi stutzte nun endlich doch.

„Wasch meinst du denn?" Markus biss kurz von seiner Semmel ab und lehnte sich zurück.

„Hast du schon mal dran gedacht, dass der kleine Milan in Gefahr sein könnte? Bei dem, was der kleine Detektiv alles so gesehen haben könnte, ist es doch logisch, dass die Drahtzieher, wer immer sie auch sind, zu der gleichen Schlussfolgerung kommen können! Verdammt, wir haben gepennt!", entfuhr es ihm jetzt. Er sah auf seine Uhr.

„Hör zu Susi, ich muss in einer Stunde im Rathaus sein und nehme die Kids mit. Du fährst mit Glauber sofort in das Heim und holst dort den Kleinen ab. Komm, wir müssen uns beeilen. Nicht das der Kleine unseren Bockmist noch mit seinem Leben bezahlen muss!"

Er stand auf, scheuchte Franzi und Benny in die Diele zum Anziehen, während Susi zum Handy griff und Glauber anrief. Der stand zwanzig Minuten später vor ihrer Haustür.

„Wo brennt es denn, Chefin?", fragte er belustigt. Susi winkte ab.

„Einsteigen, ich erzähle dir alles während der Fahrt! Komm, mach Betrieb Junge! Gib Gummi!" Glauber grinste, weil sie ihn wieder mit du angesprochen hatte, was in letzter Zeit häufiger vorkam.

Auf der Fahrt erzählte sie ihm von Markus Befürchtungen. Glauber hörte ihr still zu und schlug sich dann vor die Stirn.

„Verdammich, da hätten wir aber auch selber draufkommen können!" Susi schmunzelte erst, dann erzählte sie ihm von dem Hergang des Ganzen. Glauber schüttelte den Kopf.

„Also ich träume immer von schönen Sachen!" Susi nickte und erwiderte:

„Glaube ich, ganz bestimmt von drallen Blondinen, oder?" Glauber verdrehte die Augen.

„Was Sie nur immer von mir denken, Chefin!" Sie lachte dezent.

Eine halbe Stunde später erreichten sie das Kinderheim. Die diensthabende Schwester Agneta wirkte völlig desorientiert. Sie war schätzungsweise knapp 80 Jahre alt, hatte weißes Haar, eine kleine runde Brille und lächelte nervös.

„Ja um Gottes willen! Was will denn die Polizei von unserem kleinen Milan? Den hat vor wenigen Minuten ein Mönch aus dem tschechischen Kinderheim abgeholt, er sollte doch zurück zu seiner Schwester! Der junge Mönch, Pater Vaclav, hatte mir eine schriftliche Bestätigung vorgelegt.", erwiderte sie völlig außer Atem und musste sich erst mal setzen.

„Haben Sie diese Bestätigung hier vorliegen, Schwester Agneta?", schrie Glauber förmlich, weil er dachte die alte Nonne höre schlecht. Die sah ihn erbost an.

„Was schreien Sie mich denn so an, junger Mann? Sie denken wohl, weil ich so alt bin höre ich auch noch schlecht, oder was", beschwerte sie sich. Glauber entschuldigte sich sogleich und Schwester Agneta meinte, sie habe es nicht völlig gelesen, und den Schein habe der junge Mönch wohl wieder mitgenommen. Susi atmete tief durch um ruhig zu bleiben.

„Schwester Agneta, was für ein Auto fuhr denn der Mönch?", fragte sie vorsichtig nach. Schwester Agneta zuckte mit den Schultern.

„Mit Autos kenne ich mich doch nicht aus. Aber es war so ein großes rotes, ich glaube man sagt dazu Bus", antworte sie. Susi bedankte sich und stürmte zurück zum Wagen, griff zum Sprechfunk und rief die Zentrale an.

„Rudi, gib eine Fahndung raus nach einem roten Bus mit tschechischen Kennzeichen. Gefahren von einem Mönch! Beeil dich, der fährt garantiert in Richtung Grenze!" Und zu Glauber gewandt:

„So, jetzt zeig mal was du kannst! Jetzt kannst du mal richtig Gas geben, und mach das Blaulicht an!" Sowas ließ sich Glauber nicht zweimal sagen! Susi musste sich festhalten, als der BMW aus der Einfahrt des Kinderheimes schoss und mit durchdrehenden Hinterrädern dann losfuhr.

Von Berchtesgaden bis nach Dolina Dvoriste waren es 217 km und der Mönch würde sicher in Österreich die A1 nehmen, um schneller voranzukommen.

Inzwischen kam die Rückmeldung, dass der Grenzübergang in Wullowitz, sonst nicht mehr besetzt, von zwei Streifenwagen besetzt worden war. Die Kollegen kontrollierten alle ausfahrenden Fahrzeuge. Susi nahm kurz per Handy Kontakt mit ihrem Chef auf.

„Markus, es kann heute später werden, und du müsstest die Kids abholen! Der kleine Milan ist 10 Minuten vor unserem Eintreffen schon abgeholt worden. Wir sind jetzt auf dem Weg zur Autobahn und kontrollieren alle Parkplätze bis zur Grenze." Markus Ludwig bat seine Frau um Vorsicht. Sie wussten nicht, wer dieser ominöse Mönch war. Er würde aber die Österreicher informieren.

„Also passt auf! Auch Mönche können manchmal zur Waffe greifen, wenn sie in die Enge getrieben werden!" Susi lachte.

„Machen wir Chef, wir passen schon auf uns auf. Außerdem habe ich ja meinen Kollegen Glauber dabei", entfuhr es ihr und sie hörte noch wie Markus etwas sagte, aber da hatte sie schon aufgelegt. Glauber saß grinsend hinter dem Lenkrad und starrte konzentriert auf die Straße. Er dachte gerade darüber nach was sie wohl mit dieser Bemerkung gemeint haben könnte, als Susi plötzlich rief:

„Achtung! Ein Parkplatz kommt!" Glauber bremste scharf ab und der BMW schoss in die Einfahrt des Parkplatzes. Im Schritttempo fuhren sie durch. Keine Spur von einem roten Bus! Also fuhren sie wieder auf den Autobahnzubringer auf. Da der teilweise dreispurig war mussten sie aufpassen.

„Noch eine Abfahrt, dann kommen wir an die Grenze! Was machen wir dann?" Susi zuckte mit den Schultern.

„Wenn wir eine Streife von den Ösis treffen, halten wir am besten mal an. Unmittelbar an der Ausfahrt kam noch eine zweite Spur die auf einen LKW Parkplatz führte. Susi deutete dorthin.

„Fahr mal da raus!" Glauber blinkte rechts und fuhr in die Ausfahrt und dann gleich wieder links auf den Parkplatz. Ringsum war Wald und es war ziemlich felsig. Glauber bremste urplötzlich ab.

„Da! Da drüben steht ein roter Bus!", rief er aufgeregt.

„Fahr langsam ran und bleib hinter dem Lastzug dort stehen", raunte Susi und öffnete den Haltegurt. Kaum, dass sie standen stiegen beide aus. Susi entsicherte ihre Waffe im Laufen. Plötzlich sahen sie jemanden, der von einem Müllcontainer weg, zu ihnen blickend, in den Wald hineinlief. Es war ein Mönch! Seine langen Rockschöße flatterten als er losspurtete. Mit einem Blick sah sie durch die geöffnete Tür des roten Busses, dass ein kleiner Junge herausschaute. Noch im Laufen rief sie ihm zu: „Milan! Steig aus und gehe zu einem der Truckerfahrer da drüben! Ich komme gleich zu dir!" Der Junge winkte ihr lachend zu. Glauber hatte inzwischen den Waldrand erreicht wo der Mönch mit langen Schritten verschwunden war. Das Gelände war ziemlich steil ansteigend, und es war ein lichter Wald mit wenig Bäumen und vielen Gebüschen. Susi folgte Glauber und hatte ihn gerade eingeholt, als sie sah, wie der Mönch plötzlich stehen blieb, sich umdrehte und den rechten Arm hob. Dann peitschte ein Schuss durch den Wald. Beide warfen sich wie auf Kommando auf den Boden. Doch Glauber vom Jagdfieber gepackt, war diesmal schneller als Susi wieder auf den Beinen, rief laut:

„Halt stehenbleiben, Polizei! sprang wieder auf und schoss nun seinerseits hinter dem Flüchtenden her.

Susi rappelte sich wieder auf und sah, wie der Mönch plötzlich die Arme hochwarf, ins Stolpern kam und dann der Länge lang hinschlug. Glauber musste ihn mit einem einzigen Schuss getroffen haben! Vorsichtig näherten sie sich von zwei Seiten dem auf den Waldboden Liegenden. Seine Waffe lag einige Schritte weiter weg im Moos. Trotzdem näherte sie sich vom Rücken her dem Mann, der auf dem Bauch lag. Und dann sahen sie es! Der Mönch mit den vollen schwarzen Haaren die zu einem Zopf gebunden waren, hatte eine blutende Kopfwunde, genau auf dem Hinterkopf. Glauber schüttelte ungläubig den Kopf und sah Susi an.

„Das gibt´s doch gar nicht! Ich habe auf seine Beine gezielt!“, stieß er hervor. Susi kniete sich neben den Mann hin und fühlte den Puls. Sie schüttelte den Kopf. Tief durchatmend meinte sie dann:

„Und morgen steht dann in der BILD-Zeitung: Polizist erschießt Mönch!“ Sie griff zum Telefon und rief die KTU an. Ehe die nicht da waren, durften sie ihn nicht weiter anfassen wegen der Spuren.

Susi zog Glauber ein paar Schritte beiseite.

„Bleib du hier, ich gehe zu dem Jungen zurück und schick die KTU dann herauf!“ Glauber nickte, setzte sich auf einen Baumstamm und brannte sich mit zittrigen Fingern eine Zigarette an. Susi räusperte sich.

„Rauchen ist bei uns im Wald verboten, Jochen!“ Glauber sah sie lächelnd an und nickte.

„Schon gut, Susi!“, erwiderte er. Zum ersten Mal hatte er sie beim Vornamen genannt. Susi registrierte es gelassen und nickte nur lächelnd, dann stapfte sie durch das Laub des Waldes zurück zum Parkplatz. Dort standen vier von den Truckern beisammen, weil sie die Schießerei gehört hatten.

„Ist was passiert, junge Frau?“, rief einer Susi zu. Die schüttelte den Kopf und bemerkte aber erst jetzt, dass sie die Pistole noch in der rechten Hand hielt. Sie steckte die Waffe ein.

„Nix weiter passiert, dieser Mönch hat auf uns geschossen!“, erwiderte sie und wollte lächelnd vorbeigehen. Als sie sah, dass zwei der Männer drauf und dran waren in den Wald gehen zu wollen, rief sie:

„Halt Jungs, hierbleiben! Das da oben ist ein Tatort und gesperrt! Hier kommen gleich noch mehrere von uns!" Die Männer nickten verstehend und sie hörte wie einer sagte:

„Na wenn´s die Alte zu Hause hast, brauchst keinen Wachhund mehr!" Alle lachten und Susi drohte ihm mit dem Zeigefinger.

„Ich hab´s gehört!", rief sie zurück und ging dann weiter zum Bus. Dort stand die Schiebetür offen und der kleine Milan war weg! Susi erschrak und sah sich um. Gleich nebenan stand ein Truck aus Hamburg und der Fahrer war dabei sich einen Kaffee zu brühen. Und neben ihm saß Milan! Sie trat auf die beiden zu. Milan sah sie zuerst.

„Tante Susi! Ich freu mich!", rief er in gebrochenen deutsch. Als sie sich vor ihm hinkniete, fiel er ihr einfach um den Hals, und drückte sie mit beiden Armen, ihren Hals umfassend an sich. Sie sah ihn an.

„Na du, geht´s dir gut?" Der Kleine nickte plötzlich wieder traurig.

„Ja scho, aber der Pater Nicolaus hat mich belügt! Denn er saggte wir fahren jetzt zu Mlada. Aber meine Mlada ist doch tott! Weisch ich doch!"

Susi bedankte sich beim Hamburger Trucker, dass er den Kleinen beschützt hatte. Der lächelte nur und meinte dann:

„Ich habe selber zwei solche Rangen. Milan kam und setzte sich einfach neben mich hin und meinte:

„Ich muss hier auf Frau von Polizei warten, Onkel! Hilfst du mir, wenn böser Pater kommt?" Sie lachten und Susi setzte sich neben Milan auf einen alten Holzstamm. Und dann hockte sich Milan einfach auf ihren Schoß und sah sie mit seinen großen braunen Augen ernst an.

„Mlada ist doch bei den Engeln im Himmel, ja?", fragte er Susi und sah sie traurig an. Susi nickte und musste die Tränen unterdrücken.

„Ja Milan, die Mlada ist jetzt bei den Engeln im Himmel und sieht auf dich herunter. Sie beschützt dich jetzt von da oben aus", erwiderte Susi und deutete in den Himmel. Er streichelte plötzlich ihre Wange.

„Tante Susi, weinst du?", fragte er leise. Susi nickte wortlos und wischte sich eine Träne ab. Er gab ihr einen Kuss auf die Wange. Dann sah er sie wieder traurig an.

„In welches Heim bringst du mich denn jetzt?", fragte er weiter. Und ohne lange, oder überhaupt weiter zu überlegen, sagte Susi auf einmal:

„Du kommst heute mit zu mir nach Hause, und dann sehen wir weiter. Einverstanden?" Milan strahlte über das ganze kleine pausbäckige Gesicht mit den roten Sommersprossen.

„Au fein! Kann ich dann bei dir baden?", fragte er weiter. „Wir dürfen nämlich im Heim alle nur einmal im Monat baden oder duschen!", radebrechte er weiter.

Quirin Stadlers blauer Opel Zafira rollte neben ihnen aus. Sie begrüßten sich und Susi wies ihn und seinen Leuten den Weg zum Tatort. Im Nu wimmelte es auf dem Parkplatz von Polizei. Die Trucker fuhren alle weiter. Die Polizei ist nun mal nicht unbedingt ihr Freund und Helfer.

Da die Abläufe schnell geklärt waren, Glauber seine Waffe bei Quirin zum Vergleich der Patrone und der Hülse abgegeben hatte, fuhren sie nach einer Stunde vom Ort des Geschehens ab. Glauber war still und sah nur konzentriert auf die Straße.

Als sie den Ortseingang Berchtesgaden wieder erreicht hatten, sah er sie von der Seite an.

„Was machen wir jetzt mit dem Knirps? Die Jugendhilfe wird um diese Zeit kaum noch arbeiten." Susi lächelte vor sich hin, hatte sie sich doch gerade ausgemalt was Franzi und Benny sagen würden, wenn der Kleine mit nach Hause käme.

„Wir fahren zu mir nach Hause, Jochen! Der Knirps bleibt erst mal bei uns. Im Heim ist mir die ganze Sache zu unsicher, solange wir noch nicht abgeklärt haben, was sich da abspielt." Jochen Glauber hob die Augenbrauen und grinste.

„Da wird sich Ihr Mann aber freuen, glaube ich", meinte er spitzbübisch lächelnd. Susi nickte.

„Das glaube ich auch, er wird sich riesig freuen! Aber Sie wissen doch selber wie das ist, im wahren Leben haben die Frauen die Hosen an!", erwiderte sie und schmunzelte über seinen Gesichtsausdruck. Und Glauber nickte tatsächlich.

„Das glaube ich inzwischen auch, Chefin!", meinte er schmunzelnd.

Als erstes fuhren sie in der KITA vorbei und holten Benny ab, danach hielten sie noch am Haus der Nachbarin um dort Franzi einzusammeln. Die drei Kids saßen im Fond des BMW und musterten sich gegenseitig wortlos. Susi sah, dass Franzi eine Frage auf der Seele brannte, doch sie schwieg noch bis sie vor der Haustür anhielten und ausstiegen.

„Hol mich morgen früh ab, Glauber. Ich werde wegen dem Kleinen jetzt erst mal mit unseren Chefs telefonieren, und morgen sehen wir dann weiter. Schönen Feierabend!" Während Glauber davon fuhr, sah Susi auf die Armbanduhr. Es war erst 15.00 Uhr, eigentlich noch zu früh, aber bei den Überstunden konnte sie sich diesen Luxus mal leisten.

Als sie das Haus betraten, sah sich Milan ehrfürchtig um, und ließ dabei Susis Hand nicht los.

„So Kinder! Franzi und Benny, ihr nehmt Milan mit ins Bad zum Händewaschen, danach kommt ihr in den Garten. Es gibt heute Kuchen und Eis, weil wir einen Gast haben!" Die drei verschwanden flugs ins Bad und man hörte, wie sie sich bereits mit Milan unterhielten. Kontaktschwierigkeit war bei ihren beiden Kits ein Fremdwort. Wenig später kamen sie zurück und Milan hielt Susi seine Hände hin, und drehte sie einmal um. Susi lachte.

„Milan, bei uns müssen die Kinder die Hände nicht vorzeigen, wenn sie gewaschen sind. Ich glaube dir das auch so", erklärte sie dem Kleinen. Und Milan nickte wortlos. Gemeinsam aßen sie gerade Erdbeertorte, als sich der Schlüssel im Schloss drehte und die Flurtür aufging. Markus trat ein und kam in den Garten. Als Milan den fremden Mann sah, ließ er den Löffel fallen, stand auf und hopste auf Susis Schoß. Zitternd presste er sich an sie. Markus hatte gerade etwas sagen wollen, sah aber das Verhalten des Kleinen und kam nun ganz langsam, freundlich lächelnd, näher.

„Hallo, alle miteinander! Ich habe gehört, wir haben heute Besuch, und da bin ich mal eher heimgekommen als sonst. Du bist also der Milan, ja?" Der Junge nickte. Markus strich ihm über die Wange.

„Du musst keine Angst haben Milan, ich bin der Papa von Benny und von Franzi, und ich bin, wie Tante Susi, bei der Polizei. Also iss schön deinen Kuchen weiter, du musst dich nicht fürchten, hier sind alle lieb zu dir!", erklärte er dem Kleinen und setzte sich mit an den Tisch.

Als sie mit essen fertig waren, stand Franzi auf, kam um den Tisch herum und nahm Milan an der Hand.

„Komm, ich zeige dir mal unsere Zimmer! Mama, wo schläft der Milan heute Nacht?" Susi dachte kurz nach und sah Markus fragend an.

„Versuchen wir es bei Benny?" Markus nickte zustimmend.

„Der Milan schläft heute im Jungs Zimmer bei Benny, da können sie noch eine Weile quatschen", erwiderte sie und sah Milan dabei an, um zu sehen wie er reagierte. Doch es schien ihm zu gefallen, denn er lachte Benny an.

„Kommst du auch mit, Benny?" Der einen Kopf kleinere Benny grinste und rutschte ebenfalls vom Stuhl. Zu dritt verschwanden sie im Haus. Susi sah ihren Mann und Chef an.

„Ich wusste wirklich nicht wohin mit ihm. Im Heim ist mir das zu gefährlich. Schade, dass wir von dem Mönch nun keine Auskunft mehr erhalten werden." Markus nickte und verzog das Gesicht leicht.

„Wie es aussieht, war der Kerl gar kein Mönch! Schade, dass Glauber so gut gezielt hat." Susi schüttelte den Kopf.

„Da konnte er nix dafür. Er ist dem Kerl nachgerannt und der drehte sich plötzlich um und schoss auf uns. Glauber schoss im vollen Lauf zur gleichen Zeit, aber da hatte sich der Mönch schon wieder umgedreht. Das war alles ein blöder Zufall!" Markus Ludwig lächelte seine Frau an.

„Du verteidigst ihn tatsächlich diesmal! Oh ha! Wie denn das?", fragte er belustigt. Susi schmunzelte und rieb sich die Nase dabei.

„Was wahr ist, muss wahr bleiben. Außerdem macht er sich in letzter Zeit wirklich gut! Zumindest überlegt er mehr, bevor er was sagt. Aber in dem Fall hätte der Mönch, der wohl keiner war, auch treffen können! Also ich meine, wir sollten ihn mal loben!" Markus nickte zustimmend.

„O.k., das machen wir! Bei der nächsten Dienstberatung werden du oder ich sein umsichtiges Handeln loben. Gut so?" Susi nickt und grinste.

„Gut Chef! Was kochen wir heute?" Markus zuckte mit den Schultern. Er sah zurück zum Haus.

„Es ist so verdächtig ruhig, wir sollten vielleicht mal nachschauen. Kommst du mit? Komm!" Leise schlichen sie sich ins Haus und nach oben zu den Kinderzimmern. In Franzis Zimmer saßen die Kits zu dritt auf dem Bett und Franzi las den Jungs eine

Geschichte vor. Leise entfernten sie sich wieder und gingen nach unten.

„Schönes Bild, die drei so einträchtig beisammen, gell!", meinte Susi zu ihrem Mann. Der sah seine Frau an und schmunzelte.

„Ich verstehe die Andeutung schon, Frau Ludwig! Wenn sie schon so groß sind mag das ja toll sein. Aber nochmal Windeln waschen, schlaflose Nächte und so weiter. Nee, bitte nicht, Susi! Dazu sind wir schon zu alt!" Susi lächelte vor sich hin und meinte dann plötzlich ganz nebenbei:

„Nun ja, dann behalten wir eben Milan! Der hat keine Eltern mehr, keine Schwester mehr, er ist ganz allein auf der großen weiten Welt!" Markus Gesichtszüge wurden eine Spur ernster. Er sah seiner Frau in die Augen.

„Ich habe das Gefühl, du denkst darüber tatsächlich ernsthaft nach, oder?" Susi nickte ebenso ernsthaft.

„Du hast Recht, Markus. Wäre das denn schlimm? Er ist ein lieber kleiner Kerl, schon sehr ernsthaft für seine sechs Jahre und sehr selbstständig. Eigentlich genau wie Benny und damit vielleicht sowas wie ein großer Bruder für ihn! Ich glaube, die drei würden sich gut vertragen, oder was meinst du?"

Markus Ludwig setzte sich an den Küchentisch und nahm die Zeitung zur Hand. Sah aber nochmal zu Susi auf.

„Wer kann dir denn da mit diesen Argumenten schon widersprechen, Liebling! Deine Argumente sind so unanfechtbar, wie immer, wenn du dir was in den Kopf gesetzt hast. Aber wir sollten uns das nochmal gut überlegen!" Dann sagte er nichts mehr und las die Zeitung.

Susi schälte Kartoffeln und summte lächelnd vor sich hin. Sie war fest entschlossen in Milans Lebensweg einzugreifen und es in eine freudige Zukunft zu lenken. Manchmal war es doch ganz einfach einem Menschen eine Freude zu machen. Denn wie sah die Alternative für Milan sonst aus? Den bürokratischen Hürdenlauf würden sie schon bestehen.

Zwei Tage später kam eine Nachricht von den tschechischen Behörden. Der tote Mönch war tatsächlich ein bekannter Gauner, der für zwielichtige Aktionen bekannt geworden war. Er gehörte zu einer Bande, die mit allem Handel betrieb, was sich verkaufen lies. Unter anderem bestand der Verdacht mit rumänischen Banden zusammen zu arbeiten, deren Geschäft der Menschenhandel war. Verstärkt hatte man sie in Rumänienbei der Schleusung von Syrern und Menschen aus anderen Konfliktregionen beobachtet. Ein Zusatz im Bericht der tschechischen Kollegen machte Markus besonders stutzig. Dieses Kinderheim „Andělé děti" oder zu Deutsch „Engelskinder" konnte nach Meinung der Ermittler in Tschechien eine Art Umschlagplatz sein. Denn immer wieder wurden Kinder nach Westeuropa vermittelt. Insgesamt neun allein im letzten Jahr. Dabei wurden zwei Kinder ausfindig gemacht, deren Eltern in Rumänien noch lebten. Diese hatten ausgesagt, dass ihre Kinder praktisch über Nacht verschwunden waren.

Markus Ludwig griff zum Telefon und rief seine Frau eine Etage tiefer an.

„Kannst du mal zu mir hochkommen? Ich habe hier ganz interessante Informationen für euch!"

Wenig später saßen sie gemeinsam in der Sesselecke und Susi las die Übersetzung des tschechischen Berichtes. Sie legte den Hefter beiseite und schüttelte den Kopf.

„Irgendwie werde ich aus der ganzen Geschichte nicht mehr schlau. Fassen wir mal die Fakten zusammen:

Also erstens, zwei dieser Kinder aus Rumänien werden bei uns in Deutschland tot aufgefunden, beides Male Mädchen im Alter um die zehn Jahre.

Zweitens, wenn das Geschäft schon so läuft wie beschrieben, warum wurden sie nicht vermittelt, sondern getötet?

Drittens, welche Rolle spielen diese beiden privaten Kinderheime dann tatsächlich in diesem Spiel?

Und viertens, welche Rolle spielen dann unsere Honorationen bei dieser Sache? Wissen die was da abläuft?"

Markus Ludwig nickte leicht. Man sah förmlich wie seine Gedanken ratterten, dann sah er Susi an.

„Die kleine Mlada ist ihnen mehrmals abgehauen, warum? Kein Kind türmt, wenn es eine Verbesserung seines bisherigen Lebens in Aussicht hat! Ist sie vielleicht deswegen abgehauen, weil sie wieder nach Hause wollte zu den Eltern? Oder ist sie abgehauen, weil sie nicht die Lust von ein paar alten Knaben befriedigen wollte? Dann war das in den Augen von diesen

Lustmolchen eine Panne, die man sofort bereinigen musste, damit die ganze Chose nicht aufflog und sie am Pranger stehen würden."

Susi schüttelte den Kopf, stand auf und ging zum Fenster. Einen Augenblick sah sie hinaus.

„Mag ja alles so stimmen, aber Mlada und Milan haben definitiv keine Eltern mehr! Sie verbrachten die letzten zwei Jahre bei ihrer Oma und die ist verstorben, daher kamen sie ins Heim!" Markus Ludwig nickte zustimmend.

„Stimmt, aber nicht in Rumänien, wie es normal gewesen wäre, sondern in Tschechien, und zuletzt hier bei uns!" Susi setzte sich wieder.

„Es gab aber im Kinderheim „Sonnenschein" keinerlei Unterlagen, die eine Verbindung nach Rumänien zulassen. Das heißt aber für mich, sie wurden illegal nach Tschechien geschafft. Und dann auf Grund besonderer Umstände, zu uns nach Deutschland gebracht. Aber warum? Und der Mann, der uns das vielleicht hätte beantworten können, hat sich aber leider aufgehängt oder wurde aufgehängt! Wieder die Frage warum? Lauter Fragen, aber keine Antworten!"

Markus Ludwig sah zur stuckverzierten Decke hinauf, als ob dort die Antwort zu finden wäre.

„Wir müssen sofort alle Vermittlungen der letzten beiden Jahre unter die Lupe nehmen und den Weg der Kinder verfolgen. Vielleicht gibt das dann Antworten. Also nehmt euch die Liste vor und dann ran an die Buletten!" Susi stutzte.

„Buletten? Ist das nicht was zu essen?" Markus lachte.

„Das ist so eine Redensart bei uns in Deutschland", erwiderte er. Susi schüttelte den Kopf.

„Ihr habt aber sonderbare Ausdrücke, wie soll das ein Ausländer noch verstehen!" Markus winkte ab.

„Ihr Älpler redet doch auch solch verworrenes Zeug, das kein Mitteleuropäer versteht!" Susi grinste, stand auf, ging zu Markus und gab ihm einen Kuss.

„Aber des versteschst scho, gell? Des isch international, ha?"

Markus gab ihr einen ganz leichten Klaps auf die rundliche Kehrseite.

„Hau schon ab, verführerische Geiß! Dienst ist Dienst, und ...",
weiter kam er nicht.

„Schnaps ist Schnaps", echote Susi und verließ lachend wieder sein Büro.

Jochen Glauber nahm die Liste zur Hand und griff zum Telefon. Die erste Adresse die er ausgewählt hatte, lag am nächsten. „Dr. Otto Denthagen Zahnarzt. Strub/Bischofswiesen", las er leise vor sich hin. Es tutete, aber niemand meldete sich. Susi kam herein. „Und schon Erfolg gehabt?" Glauber schüttelte den Kopf. „Unser erster Kandidat ist ein Zahnarzt in Strub drüben, gleich neben der Kaserne. Da meldet sich aber niemand." Susi sah zur Uhr. Es war Punkt 13.00 Uhr. „Vielleicht machen die Mittagspause." Glauber verneinte. „Ich habe die Wohnung angerufen, nicht die Praxis". Susi hob die Augenbrauen und nickte anerkennend. „Sehr gut kombiniert, Herr Glauber! Kinder findet man ja auch zu Hause und nicht in der Praxis, gell!" Glauber sah sie etwas verwirrt an, weil er nicht genau wusste, ob das nun ein Lob war oder sie ihn veräppeln wollte. Susi nahm ihre Jacke vom Haken. „Kommen Sie Watson, wir machen einen Besuch beim Zahnarzt!", ulkte sie und steckte den Zündschlüssel ein, ein Zeichen dafür, dass sie diesmal selber fahren würde. Der Kommissar Glauber schmunzelte. Wusste er doch, dass seine Chefin ab und an seinen Fahrstiel missbilligte, außer sie hatte es mal sehr eilig! Zwanzig Minuten später standen sie vor dem Haus der Familie Denthagen. In der Garageneinfahrt parkte ein Wagen, aus dem ein Staubsauger zu hören war und zwei schlanke nackte Frauenbeine in Sandalen steckend, herausragten. Der dazugehörige Allerwerteste war schön anzusehen in der kurzen Jeans. Susi schmunzelte über Glauber´s Absicht ja nicht hinzuschauen, um sich nicht wieder einen Kommentar seiner Chefin einzufangen. Die lachte nun doch hell auf.

„Glauber, schauen Sie ruhig hin! Ich sehe es ja doch!" Der so Ertappte errötete leicht und versteckte sich hinter seiner Piloten-Sonnenbrille. Sie traten näher und sprachen die Frau an, doch nichts geschah. Sie hörte sie wohl nicht. Susi zog den Stecker aus der Dose und der Staubsauger schwieg. Ruckartig kam der Rest der Frau zum Vorschein. Sie sah die beiden Besucher erschrocken an.

„Entschuldigung, der Staubsauger ist so laut. Ich habe nix gehört. Wie kann ich Ihnen helfen?" Susi zeigte den Dienstausweis vor. „Hallo, sind sie Frau Denthagen?". Die junge hübsche schwarzgelockte Frau mit dem Teint einer Kreolin, schüttelte den Kopf. „Nein, ich bin die Kinderfrau und oft auch die Frau für alle Fälle in diesem Haus. Ich heiße Julia Robinsoin", erwiderte sie. Ein Blick von Susi verhinderte, dass Glauber die Frage stellte: „… für wirklich alle Fälle?" Er verschlang das langbeinige Wesen förmlich mit den Augen. „Gut, und wo sind die Denthagen´s?", war Susis nächste Frage. „In der Praxis, von 9.00 Uhr bis 17.00 Uhr täglich", erwiderte die Frau für alle Fälle freundlich mit Akzent. Und dann: „Worum geht´s denn, vielleicht kann ich Ihnen helfen?" Susi nickte und verständigte sich mit einem Blick mit ihrem Kollegen Glauber, der immer noch stumm war. „Wir hätten gerne ein paar Auskünfte über das Mädchen Alena, das in Ihrem Hause wohnt." Die Frau mit dem Namen Julia lächelte freundlich und offen. „Ah, die Alena? Hat sie mal wieder was ausgefressen?" Susi schüttelte den Kopf. „Nein, aber können sie mir sagen wann und wie die Kleine zur Familie Denthagen kam?" Plötzlich erklang es hinter ihnen: „Wäre es nicht angemessen mir diese Frage zu stellen?" Unbemerkt war eine Frau um die 50 Jahre hinzugetreten und sah die Besucher zornig an. Ihre stark geschminkten Lippen zuckten ein wenig. Susi stellte sich nochmal vor. „Was will die Polizei von uns?", fragte die Frau wieder unfreundlich. Glauber schaltete sich plötzlich ein. „Sie haben vor einem Jahr ein Mädchen aus Rumänien hier aufgenommen, eine Alena Popescu aus Arad. Sie war vorher im Kinderheim. Erst in Tschechien, dann hier in Deutschland. Wir hätten gerne die Adoptionspapiere der Kleinen gesehen. Hier ist unsere Vollmacht!" Sie hielt ein von Markus unterschriebenes Papier vor die Nase der Frau. Eine Genehmigung der Staatsanwaltschaft hätte viel zu lange gedauert. Und da Gefahr in Verzug war, reichte dieses Schreiben für den Moment aus. Glauber bemerkte den kleinen Trick seiner Chefin und musste schmunzeln.

„Dürfen wir uns das Zimmer von Alena mal anschauen?", fragte er plötzlich die Hausherrin. Die nickte erst zögerlich, doch dann bat sie die beiden Kommissare ins Haus. Glauber ging mit der Frau für alle Fälle in den ersten Stock und begann augenblicklich zu balzen wie ein Auerhahn. Fehlte nur noch, dass er zu Tanzen angefangen hätte. Aber er machte offensichtlich Eindruck, und sie nahm seine Visitenkarte lächelnd entgegen.

Susi überflog die Papiere. Auf den ersten Blick schien alles in Ordnung zu sein. Die Hausfrau musterte sie eine Weile.

„Was interessiert sie an Alena so sehr?", fragte sie auf einmal unsicher wirkend. Susi wandte sich an die Frau.

„Wir haben inzwischen zwei Tötungsdelikte an solchen Mädchen wie Alena, und wir fragen uns, wie diese Kinder aus Rumänien hierher nach Deutschland gekommen sind. Auch Alena kam, wie ich hier lese, über das Kinderheim „Andělé děti" nach Deutschland. Aber wie kam sie von Rumänien aus dort hin?" Frau Denthagen wurde blass.

„Heißt das etwa, dass man uns die Kleine wieder wegnehmen kann?", fragte sie mit bebender Stimme. Susi versuchte beruhigend auf die Frau einzuwirken.

„Nein, aber wissen sie, ob Alena noch Eltern in Rumänien hat?" Frau Denthagen nickte plötzlich.

„Ja, sie hat noch einen Vater. Aber der hat sie zur Adoption freigegeben, nachdem seine Frau verstorben war. Er war ein Herumtreiber, hat nicht gearbeitet und gesoffen. Da haben ihm die Behörden das Kind weggenommen. Aber wie sie dann von dort wegkam und nach Tschechien gekommen ist, wissen wir nicht. Ehrlich nicht!"

Plötzlich ertönte es von der Eingangstür her:

„Hallo Mama! Ich bin wieder da!" Ein Mädchen um die zwölf Jahre trat ein, stutzte wegen der fremden Frau und grüßte.

„Grüß Gott!" Sie hatte bis über die Schultern reichende lange tiefschwarze Haare, trug Jeans von der besten Sorte und ein T-Shirt. Sie gab Susi artig die Hand, dann wandte sie sich an ihre Stiefmutter.

„Mama, ich habe Hunger wie ein Karpatenwolf! Was hast du gekocht?", fragte sie mit leichtem Akzent und hielt sich an Frau Denthagen liebevoll fest. Susi schob die Papiere zusammen.

„Gut, ich glaube wir haben alles besprochen, und so wie ich es sehe, ist da auch alles soweit in Ordnung. Sollten wir noch Fragen haben, melden wir uns nochmal bei Ihnen. Auf Wiedersehen! Tschüss Alena!" Sie wurden zu Tür gebracht. In der Tür stehend meinte Frau Denthagen plötzlich zu Alena.

„Sag doch mal der Frau Kommissarin was du vorgestern zu mir gesagt hast beim Frühstück!" Die Kleine stutzte, doch dann lachte sie ein wenig.

„Ach so! Na ja, ich habe gesagt, in Deutschland ist es wie im Paradies. Alles so schön und ordentlich. Bei uns zu Hause war es furchtbar schmutzig. Papa hat getrunken und mich gehauen. Ich wollte nur noch weg. Und der liebe Herrgott hat mir meinen Wunsch erfüllt. Im Kinderheim war es noch nicht so gut, aber dann kam ich ja hierher. Und hier bin ich richtig glücklich." Als die Kleine so drauflos plapperte, standen Frau Denthagen die Tränen in den Augen und sie sah Susi fest an.

„Bei uns ist sie in guten Händen, glauben Sie mir das!" Susi nickte.

„Das glaube ich auch, Frau Denthagen. Also dann, tschüss!" Sie ging zu Glauber der bereits am Auto stand und zum Fenster hinauf im ersten Stock sah. Dort sah man den Kopf der „Frau für alle Fälle" aus dem Fenster schauen und ihm zuwinken. Susi schüttelte den Kopf und lachte leise.

„Jochen Glauber, du bist ein hoffnungsloser Fall! Trefft ihr euch?" Der Kommissar hupte einmal kurz und fuhr los, sagte aber kein Wort. Doch dann meinte er:

„Sie sieht doch toll aus, oder nicht?" Susi nickte.

„Ja schon, aber das hier ist ein laufendes Verfahren und sie ist eine Beteiligte. Also sei vorsichtig, mein Junge!"
Glauber nickte erfreut.

„Ehrensache Chefin! Aber mal reden oder telefonieren ist eben auch Ermittlungsarbeit!" Susi lachte vor sich hin.

„Lass dich nicht vom Chef erwischen!" Er sah sie an.

„Wenn sie mich nicht verpfeifen!" Susi schüttelte den Kopf.

„Ich weiß von nix, klar!" Jochen Glauber nickte dankbar, und dann meinte er so nebenhin:

„Ich glaub das könnte mal was richtig Festes werden." Susi sah ihn einigermaßen erstaunt von der Seite an.

„Wissen Sie das schon nach einer Viertelstunde?" Glauber bremste sehr vorsichtig ab, weil eine Herde Schafe die Straße wechselte und der Schäfer den Arm gehoben hatte.

„Wie lange haben Sie denn gebraucht bis Ihnen klar war, dass der Chef der Richtige war?" Susi überlegte erst, dann lachte sie leise.

„Ehrlich gestanden, auch nicht länger als zehn Minuten, obwohl ich in den ersten fünf Minuten glaubte, er sei ein eingebildeter Schnösel. Dass es aber so schnell geht, hätte ich nicht gedacht. Aber es heißt ja auch, dass zwei die sich mögen in den ersten zwei Minuten feststellen, ob es klappt. Hat wohl was mit dem Geruch zu tun!" Glauber lachte aus vollem Hals und hatte Mühe den Wagen auf Kurs zu halten, weil er Tränen in den Augen hatte.

„Jetzt weiß ich auch warum Sie mich anfangs nicht leiden konnten, Chefin! Ich muss fürchterlich gestunken haben! Hahaha!" Susi musste, ob sie wollte oder nicht, in das Gelächter einstimmen. Und dann geschah etwas, was Susi keine Sekunde auch nur geahnt hätte. Glauber trat plötzlich auf die Bremse, so dass sich Susi am Gurt festhalten musste, beugte sich zu ihr herüber und gab ihr einen Schmatz auf die Wange. Dann gab er wieder Gas und fuhr mit einer fassungslosen Frau Oberkommissarin Ludwig neben sich weiter.

„Was war denn das jetzt, Glauber? Sind sie jetzt übergeschnappt?", entfuhr es ihr in ihrer Verwirrung.

„Ich musste das mal loswerden, Chefin! Ich find, Sie sind eine unwahrscheinliche Frau, die man einfach mögen muss. Und ich mag Sie wirklich, auch wenn Sie mich manchmal zusammendonnern. Das wollte ich Ihnen schon lange Mal sagen. Passiert nie wieder, versprochen! Großes Indianerehrenwort!" Er hob die drei Finger der rechten Hand hoch. Susi gab ihm einen Klaps darauf und meinte dann schmunzelnd:

„Ist schon in Ordnung, Kommissar Glauber!" Dann schwiegen sie bis zur Polizeiinspektion und jeder hing seinen Gedanken nach.

„Ja, ja der Glauber. Der Luftikus hat eben auch seine guten Seiten", dachte Susi Ludwig. Und Jochen Glauber dachte:

„Wenn die nicht schon vergeben wäre, würde ich sie ohne Ende anbaggern. Sowas von Frau bekommt man nicht oft."

Mit Genehmigung des Staatsanwaltes und des Jugendamtes durfte Milan Switkovic auch weiterhin bei den Ludwigs wohnen bleiben. Milan ging mit Benny jeden Tag in die KITA, und die Einrichtung hatte Order, den Kleinen nur an die Familie Ludwig rauszugeben. Beim Spielen im Hof musste die zwei Tanten immer ein Auge auf Milan haben. Für den Notfall hatten sie eine Telefonnummer der Polizei, die Markus vorbehalten war.

Eines Abends, Susi überzog gerade die Betten der Kinder neu, entdeckte sie ein kleines Heft. In der Annahme es sei von Franzi, nahm sie es an sich und schlug es auf. Auf einmal musste sie sich setzen. Im Heft, auf dem Innendeckel stand mit krakeligen Buchstaben MLADA SWITKOVIC, und dann folgten zwei Seiten mit Bildern. Ein dunkler Mann der sich über ein rothaariges Mädchen beugte und ein Messer in der Hand hatte. Unter dem Kopf des Mädchens war eine Blutlache angedeutet. Im zweiten Bild lag ein nacktes Mädchen auf dem Bett und der schwarze Mann beugte sich über sie und ein Phallus stand von ihm ab. Darunter stand: „Di Paul face Mlada rànit!" Auf der nächsten Seite sah man ein offenes Fenster. Am Himmel zwei Vögel. Und unter diesem Bild stand: „Mlada va pleca ìnaintea lui Pavel!!!" Und dahinter drei Ausrufezeichen! Aber was sollte das heißen? Susi war sich sicher, dass der Text in rumänischer Sprache geschrieben war.

Susi steckte das kleine Heft in ihre Schürzentasche und wischte sich dabei ein paar Tränen ab, die ihr über die Wangen kullerten. Wieder einigermaßen gefasst ging sie hinunter, wo alle bereits am Abendbrottisch saßen. Milan schaute jedes Mal zu Susi oder zu Markus bevor er etwas wegnahm. Egal ob es Brot, Wurst oder Obst war. Wenn er etwas trinken wollte, fragte er erst. Franzi und Benny sahen es mit Verwunderung, sagten aber kein Wort. Wenn Milan zu Bett ging, nahm er jedes Mal heimlich ein Stück Brot oder irgendetwas Essbares mit hoch. Am dritten Abend nahm sie sich den Jungen beiseite und erklärte ihm, dass er immer, wenn er noch Hunger hätte aufstehen könnte und sich etwas holen könnte. Milan hatte sie dabei mit großen Augen angesehen und gefragt:

„Und du bist mir nicht böse, Tante Susi?" Was Susi aber am allermeisten verwunderte, war die Tatsache, wie akkurat Milan seine Sachen neben seinem Bett zusammengelegt aufstapelte, anfangs sehr zur Verwunderung von Benny. Jetzt machten es die Jungs am Abend bereits beide so.

Als alle drei im Bett lagen holte Susi das Heft hervor und legte es Markus auf den Schoß. Sie lümmelten beide auf der Couch, nebenbei lief der Fernseher, und jeder machte noch etwas. Markus las eine Autozeitung und Susi nähte eine Hose von Milan ab, die sie zu groß gekauft hatte. Markus nahm das Heft und besah sich die Bilder.

„Und das hatte der Kleine bei seinen Sachen?" Susi nickte.

„Er hatte es in seinem kleinen Spielzeugkoffer und der lag aufgeklappt unter dem Bett. Ich bin zufällig darauf gestoßen." Markus schnaufte.

„Du musst es ihm sagen, dass du das Heft genommen hast. Er wird es sicher suchen. Und ich mache gleich eine Kopie von den Zeichnungen, wir müssen sehen wer uns das schnell übersetzt." Minuten später hatte Markus die Kopien fertig ausgedruckt. Susi nahm das Heft und ging nach oben. Als sie das Zimmer der Jungs betrat, saß Milan auf dem Bett und weinte bitterlich. Benny saß daneben und versuchte seinen neuen Freund zu trösten. Susi gab Milan sein Heft zurück. Sofort trat wieder ein Lächeln in sein Gesicht und er wischte sich die Tränen ab.

„Ich habe gedacht Mlada´s Buch ist weg", schluchzte er noch immer. Susi setzte sich neben ihn und nahm ihn in den Arm. In den anderen Arm nahm sie Benny, damit gar nicht erst das Gefühl von Konkurrenz bei den Jungs aufkam.

„Milan, ich habe das Buch beim Saubermachen gefunden und dem Onkel Markus gezeigt. Weißt du was Mlada da geschrieben hat?" Milan schüttelte den Kopf.

„Ich kann doch nicht lesen. Aber sie hat es mir am Abend gegeben, als sie in der Nacht aus dem Fenster gestiegen ist. Sie hat mir gesagt, sie will Hilfe holen und ich soll es gut aufheben. Und dann kam sie nicht mehr wieder", beendete er seine Geschichte leise. Das Heft drückte er fest gegen seine Brust. Den Kopf an Susis Seite gelegt sah er sie mit seinen großen runden Augen an.

„Tante Susi, darf ich für immer bei euch bleiben? Es ist so schön hier und ich möchte nicht mehr weg", flüsterte er ihr ins Ohr. Susi drückte ihn an sich und strich ihn über seine kurze Stoppel auf dem Kopf. Weil sie ihm keine falschen Versprechungen machen wollte, wechselte sie schnell das Thema und versuchte Benny einzubeziehen. Aber der Frage konnte sie dennoch nicht ausweichen, denn nun fragte Benny seinerseits: „Mama, bleibt Milan für immer bei uns? Das wäre toll, sag doch ja Mama!" Susi versuchte eine Erklärung.

„Benny, bei Kindern die keine Eltern mehr haben, muss man erst einen Antrag bei der Behörde stellen. Du weißt doch was eine Behörde ist, ja?" Benny nickte, denn Papa hatte es ihm vor einiger Zeit mal erklärt. Plötzlich ging die Tür leise auf und Franzi im Schlafanzug kam herein.

„Ich kann nicht einschlafen, ich habe euch reden gehört. Und, bleibt Milan nun für immer bei uns?", fragte auch sie ganz nebenbei. Susi saß in der Klemme.

„Hört zu, morgen früh zum Frühstück reden wir nochmal darüber. Aber jetzt wird geschlafen. Alles in die Betten, hopp hopp!", versuchte sie lustig zu sein.

Als sie wieder unten im Wohnzimmer erschien, sah ihr Mann Markus ihr schon entgegen.

„Ihr habt heute aber lange gebraucht. War noch was?" Susi setzte sich zu ihm und nahm einen Schluck Rotwein, den Markus schon geöffnet hatte. Und dann erzählte sie ihm was nun auf sie zukommen würde. Markus nickte.

„Mir war von Anfang an klar, dass dieses Themas irgendwann aufkommen würde. Und? Wie stehen wir selber dazu, Frau Ludwig?" Susi lächelte und lehnte sich in die Kissen zurück.

„Frau Ludwig hätte nichts dagegen, wenn wir unsere Familie um ein Mitglied erweitern. Ein Mitgebrachtes von mir, ein eigenes von uns beiden, und nun ein Fremdes. Eine bunt gemischte Familie, meine ich!" Markus lächelte breit vor sich hin und sah seine Frau an.

„Der Kleine ist mir inzwischen genauso ans Herz gewachsen wie dir. Also, warum sollte ich dann dagegen sein. Bloß müssen wir dann den Behördenweg gehen. Also alles was eine Adoption braucht! Willst du das wirklich auf dich nehmen?" Susi nickte ernsthaft.

„Will ich! Außerdem dürfte das bei uns beiden wohl nicht allzu schwierig werden, denke ich. Erkundigst du dich mal? Du kennst doch ein paar Leute, Chef." Sie kuschelte sich an ihren Chef und gab ihm einen Kuss.

„Hat doch auch Vorteile, oder? Keine Windeln waschen, kein nächtliches Geschrei usw." Markus nickte.

„Ich setze die Sache in Bewegung, gut?" Sie umarmte ihn und flüsterte dann:

„Dafür hast du dir eine Belohnung verdient, Markus Ludwig!"

Bei der zweiten Recherche machte Glauber einen Glücksgriff. Er ermittelte einen Industriellen und seine Gattin, außerhalb von Bayern. Die Bitte um Amtshilfe erbrachte einen klaren Hinweis auf unechte Adoptionspapiere. Und so kam die Maschine endlich ins Laufen.

Innerhalb von vier Wochen hatten sie insgesamt acht Fälle. Davon waren vier Kinder aus Rumänen, zwei aus Afghanistan und zwei aus Syrien. Die Syrer und Afghanen waren über die Balkanroute ins Land gebracht worden. Doch noch immer war unklar, wer in diesem Geschäft die Drahtzieher waren. Trotzdem ordnete Markus die verstärkte Überwachung der Bahnhöfe der DB und der Busbahnhöfe an.

Über Berchtesgaden konnte man ja per Bahn oder Bus ohne viel Probleme nach Tschechien, oder auch nach Österreich reisen, und umgekehrt. Da die Balkanroute gesperrt war, kamen auch immer mehr Flüchtlinge aus Italien herauf. Und gerade dieser Hinweis auf Italien sollte noch für viel Aufregung sorgen.

Schweren Herzens hatten Markus und Susi ihre Tochter darüber eingeweiht, warum man so sehr auf Milan aufpassen musste. Und verständig wie Franzi nun einmal war, nahm sie das sofort sehr ernst. Denn fortan beobachtete sie akribisch, wer sich auf der Straße bewegte und fremd war. Eines Abends legte sie zum Abendbrot eine ganze Liste mit Autokennzeichen ihren Eltern auf den Tisch. Die aus der Straße, oder die ihr bekannten Personen hatte sie rot markiert. Zunächst war Susi erstmal sprachlos, lobte sie aber und bat sie dabei aber sehr vorsichtig zu sein. Außerdem bat sie Franzi sich nicht von fremden Leuten ansprechen zu lassen und wenn es geschah, dann sofort Mama oder Papa zu informieren. Markus brachte ihr dafür am Abend ein Handy mit nach Hause, worüber Franzi besonders stolz war.

Und wie es der Zufall wollte, verglichen Markus und Susi eines Tages die Kennzeichen der Autos. Und siehe da, zwei Wagen waren in den letzten sieben Tagen insgesamt viermal an ihrem Haus vorbeigefahren. Markus informierte Susi darüber, die gerade zu Hause war und ihren freien Tag hatte.

Schon am gleichen Abend hatte man die Halter der Autos ermittelt. Ein Serbe aus München und ein Tscheche aus dem Nachbarort des Kinderheimes „Andělé děti"! Sofort begann die Überwachung der beiden Ausländer. Das deutsche Kennzeichen des serbischen Fahrers war falsch, dass des Tschechen war normal angemeldet.

Der Serbe hieß Ludowiko Bojan und war Mitglied einer Schieberbande. Doch als die Polizei an der Wohnungstür des Serben klingelte, war der schon ausgeflogen. Also wieder ein Fehlschlag! Der Tscheche gab bei der Befragung an, er habe sich nur umgeschaut und nach alten Möbeln gesucht. Das konnte man glauben oder auch nicht.

Doch dann geschah doch etwas. Die tschechischen Behörden überprüften überraschend das Kinderheim „Andělé děti" Dabei stellten sie fest, dass drei kleine Mädchen aus Rumänien dabei waren, die keine offiziellen Papiere hatten. Niemand wusste, wo sie hergekommen waren und wer sie überhaupt eingeliefert hatte. Der leitende Prior Monsignore Zuzitsch gab sich ahnungslos. Die Kinder seien schon dagewesen, als er sein Amt vor kurzem angetreten habe.

Und dann kam noch ein Fakt ans Tageslicht. Das tote Mädchen von der Rodelbahn war missbraucht worden und der DNA-Abgleich brachte es ans Tageslicht. Für den Moment war man im Präsidium sprachlos!

Eine Stunde später hielten zwei Streifenwagen im Hof der Libera AG. Die Beamten wurden zwar für einen Moment vom Pförtner aufgehalten, doch dann bahnten sie sich den Weg in den zweiten Stock, dort wo das Büro des Direktors lag. Das Aufgebot an Polizeibeamten ließen die Maler auf den Fluren bei der Arbeit innehalten. Susi klopfte am Sekretariat Zimmer des Direktors kurz an und trat ein. Ohne sich von der Sekretärin aufhalten zu lassen, klopfte sie am Büro des Direktors und öffnete die Tür.

Dr. Bernd Lössnitzer saß gerade am Schreibtisch und telefonierte, als die Beamten in sein Zimmer traten. Aufgebracht protestierte er und drohte mit Konsequenzen.

„Was erlauben Sie sich hier einfach bei mir einzudringen! Ich werde mich über sie beschweren!" geiferte er und tupfte sich dabei mit einem Taschentuch den Mund ab. Der Mann war etwa zwischen 55 und 60 Jahre, hatte eine Halbglatze und eine Brille, von der Glauber behauptete, die Gläser seien aus Glasaschenbechern. Nicht größer als 1,65 Meter und rund wie ein Springball. Susi überhörte sein Gezeter und hielt ihm den Haftbefehl vor die Nase.

„Herr Lössnitzer, Sie sind verhaftet, bitte folgen sie den Beamten." Als er nach einem Anwalt verlangte, den man sofort herbeiholen sollte, wehrte Susi wieder ab.

„Sie haben auf dem Präsidium ausreichend Gelegenheit Ihren Anwalt zu verständigen! Und jetzt gehen wir! Je weniger Sie herumschreien, umso weniger Aufmerksamkeit erregen Sie!"

Eine Stunde später saß der Festgenommene mit dem bekannten Anwalt Käsmüller im Vernehmungszimmer. Genau der Herr Käsmüller, der schon im Falle vom Abgeordneten Krössner eingeschaltet worden war. Offenbar war dieser Anwalt der juristische Berater einer ganzen Klientel von „Großkopferten" wie Markus sie bezeichnete.

Glauber und Susi Ludwig saßen dem Festgenommenen und seinem Anwalt gegenüber. Markus Ludwig beobachtete gemeinsam mit dem Staatsanwalt Bärnacher durch die verdeckte Scheibe die Szenerie im Vernehmungsraum. Bärnacher rieb sich die Nase, ein Prachtstück von einem Zinken, und meinte:

„Na wollen wir mal hoffen, dass unsere Beweise ausreichen, sonst gibt's einen Aufruhr. Diese Herren sind sehr empfindsam, wenn es um ihre Ehre und den guten Ruf geht." Markus winkte ab.

„Da verlassen Sie sich mal auf unsere beiden Ermittler! Meine …, die Kollegin Ludwig und der Kollege Glauber sind ein gutes Team." Bärnacher grinste verhalten.

„Na Sie müssen es ja wissen, oder? Immerhin ist diese fleißige Kollegin ja Ihre Gattin!"

Glauber schob den beiden auf der anderen Seite des Tisches das Ergebnis der DNA-Analyse über den Tisch.

„Wie Sie sehen Herr Anwalt, wurden eine Menge Spuren am Leichnam des Mädchens gefunden, die von Ihrem Mandanten stammen. Das Ergebnis ist zweimal gegengecheckt worden und ist zu 100 Prozent identisch mit Ihrem Mandanten! Welche andere Erklärung gibt es, als das damit Herr Lössnitzer sexuellen Kontakt mit dieser Elfjährigen hatte!" Anwalt Käsmüller schaute verdrossen auf das Papier auf dem Tisch. Er sah offenbar ein, dass es hier kein Schlupfloch geben würde, durch das er seinen Mandanten da wieder herauspauken konnte. Lössnitzer selber schwieg und starrte die Wand an. Käsmüller wandte sich an Susi.

„Frau Kommissarin, gestatten Sie, dass ich einen Moment mit meinem Mandanten allein sprechen kann?" Susi nickte wortlos und stand auf. Gemeinsam mit Glauber verließen sie den Vernehmungsraum und trafen dabei auf den Staatsanwalt und Markus Ludwig. Bärnacher war optimistisch.

„Aus der Schlinge kann ihn auch der Käsmüller nicht mehr rausholen. Der Schweinehund ist geliefert!" Doch Susi teilte seine Euphorie nicht.

„Der Lössnitzer war nicht alleine, Herr Staatsanwalt! Es müssen drei weitere Personen dabei gewesen sein. Aber wer sind die? Ich glaube nicht, dass Lössnitzer deren Namen preisgibt.

Eine Viertelstunde später konnte die Vernehmung fortgesetzt werden. Anwalt Käsmüller hatte eine Erklärung seines Mandanten parat, die folgendermaßen lautete:

„Herr Lössnitzer ist bereit die Untersuchungsorgane in Ihrer Arbeit zu unterstützen. Daher gibt er zu, mit dem Mädchen, welches im August an der Rodelbahn tot aufgefunden worden ist, oralen Verkehr gehabt zu haben. Das Geschehen fand im Chalet des Richard Lockwitz statt. Anwesend waren der hier anwesende Mandant Lössnitzer, der Herr Lockwitz, sowie zwei fremde Herren, die ihm nicht näher bekannt waren. Als mein Mandant am Abend des 12. August das Chalet verlassen hat, war das Mädchen noch bei bester Gesundheit und sollte eine halbe Stunde später von Pater Jerome wieder abgeholt werden. Wie das Mädchen zu Tode kam, ist meinem Mandanten nicht bekannt. Datum/ Unterschrift gez. Lössnitzer

Susi und Jochen Glauber sahen sich gegenseitig an. Das hatten sich die Herren aber sehr schön ausgedacht. Lössnitzer gab den sexuellen Kontakt zu, wollte aber sonst mit der ganzen Angelegenheit nichts zu tun haben. Staatsanwalt Bärnacher schüttelte wütend den Kopf.

„Die halten uns wohl für geistig minderbemittelt? Aber so einfach kommt der feine Herr nicht aus der Sache heraus. Der geht in Untersuchungshaft, es besteht Verdunklungsgefahr! Basta! Und Sie lieber Ludwig, spornen Sie Ihre Leute an, damit wir in dieser Sache weiterkommen! Wenn die Presse Wind von der Angelegenheit bekommt, rennen die uns die Bude ein! Also vorwärts, ich brauche Ergebnisse!" Mit diesen Worten rauschte der Staatsanwalt davon. Polizeirat Markus Ludwig rief die beiden Ermittler heraus.

„Also, Lössnitzer geht in U-Haft! Ihr kauft euch sofort den Herrn General a.D.! Ich besorge euch einen Durchsuchungsbeschluss für sein Chalet! Morgen früh 8.00 Uhr starten wir!"

Der Ring zog sich langsam aber sicher enger zusammen! Doch als sie am nächsten Morgen am Chalet des Herrn Lockwitz auftauchten, standen sie vor verschlossenen Türen. Auf dem Hof bellten mehrere Hunde, die offenbar in einem Zwinger steckten. Susi zuckte verärgert mit den Schultern und gab das Zeichen zum Abzug. Sie überlegte krampfhaft, wie sie an diesen Herrn herankommen konnte.

Als die Wagen den schmalen Waldweg wieder hinab fuhren, bewegte sich im Dachgeschoß am Fenster die Gardine. Ein junger Mann sah vorsichtig hinunter zum Eingangstor.

„Sie hauen wieder ab, Chef!", meinte er und sah auf den älteren Herrn, der im Bademantel auf der breiten Couch lag und Zeitung las. Er lies die Zeitung langsam sinken und schob die Brille auf die kahle Stirn hinauf.

„Die werden wiederkommen, Hans-Jochen. Diese Kommissarin Ludwig ist wie ein Dackel, der vor einem Hasenbau sitzt. Die wird nicht nachlassen. Es sei denn wir halten sie in ihrem Drang auf!" Der mit Hans-Jochen angesprochene junge Mann sah seinen Chef fragend an.

„Und an was haben Sie da so gedacht, Chef?", dabei setzte er sich auf den Rand der Couch und strich beinahe zärtlich über die behaarten Hände des Alten.

„Nun, ich meine wir sollten der Dame eine Lektion erteilen, mein Sohn!", erwiderte von Lockwitz.

„Sie stört unsere schönen Stunden. Wobei du allerding da auch einen Teil Schuld daran trägst, das weißt du sicherlich." Der junge Mann in seinem schwarzen Pulli, schwarzen Hosen und straff gescheitelten kurzen Haaren nickte ergeben.

„Ich weiß, Chef! Aber ich konnte wirklich nichts dafür. Ich wollte wie abgesprochen die Kleine an der Rodelbahn dem Pater vom Heim wieder übergeben. Doch der war unpünktlich und wir mussten warten. Plötzlich sprang die Göre aus dem Wagen und rannte los. Ich lief hinter ihr her. Ich hatte sie fast eingeholt, da kletterte sie auf die Brüstung der Bahn hinauf, ehe ich sie erreichte. Und dann ist sie auf einmal abgerutscht und fiel mit dem Kopf zuerst auf einen der Stahlträger. Als ich sie aufhob atmete sie schon nicht mehr. Aber gerade in diesem Moment kam der Idiot vom Wachdienst und ich musste schleunigst verschwinden. Ich konnte sie nicht mehr mitnehmen! Er hätte mich sofort gesehen, Chef!", erwiderte der junge Mann beinahe weinerlich. Lockwitz richtete sich auf und nahm den jungen Mann plötzlich wie ein Vater in seine Arme.

„Ich weiß Junge, ich weiß. Aus diesem Grund müssen wir wohl oder übel hier unseren Abgang vorbereiten. Aber wir brauchen noch etwas Zeit, lass dir also was einfallen!"

Seine Stimme hatte plötzlich einen härteren Klang angenommen und er ließ den jungen Mann wieder los. Der nickte stumm und ergeben. Hans-Jochen Mattuschek dachte nach. Was hatte er doch für schöne Stunden zusammen mit der kleinen Rothaarigen verbracht. Er hatte mit ihr gekuschelt und sie war sogar auf sein sexuelles Verlangen eingegangen. Bis dahin war alles gut. Aber dann glaubte dieser alte Bock aus der Kreisstadt sich ebenfalls mit ihr vergnügen zu können. Er hatte versucht sie zu beschützen, doch an diesem Abend war er erst später ins Chalet zurückgekommen, und da war es schon passiert. Er hatte die Kleine auf seinem Zimmer in einer Ecke hockend, weinend gefunden. Sie hatte ihm erzählt wie der Alte ihr wehgetan hatte. Sie wollte nie wieder hierherkommen. Und so war sie ihm dann an der Rodelbahn vor der Übergabe ausgerissen und auf das Gerüst geklettert. Hans-Jochen Mattuschek war Österreicher, 22 Jahre alt, hatte noch nie eine Freundin gehabt, und hatte sich schon immer mehr zu Männern hingezogen gefühlt. Bis auf diese kleine rothaarige Mlada. Ihre Vorgängerin hatten die alten Böcke im Gebirge, nahe einer Almwirtschaft, damals abgelegt. Die hatten sie erstickt, weil sie glaubten, die Kleine sei schwanger. Was natürlich Unsinn war, aber die Herren waren in Panik geraten. Und dieser Abgeordnete war der Schlimmste von allen gewesen! Wer die kleine damals umgebracht hatte, wusste er nicht. Da schwiegen sie alle eisern.

Doch nun schien die Zeit hier oben im Wald, zwischen den Bergen, vorbei zu sein. Wo würde der Chef sie hinführen? Er hatte zahlreiche Verbindungen, und der Handel mit Kindern war bisher ein einträgliches Geschäft gewesen. Nicht anders wie mit den jungen Frauen, die man aus Rumänien holte, und die froh waren, der Armut zu entrinnen. Doch anstatt eine vernünftige Arbeit zu bekommen, steckte man sie in die Bordelle in Deutschland und den Nachbarländern.

Hans-Jochen wischte sich die Tränen aus dem Gesicht, und überlegte wie er seinen Fehler wieder gut machen konnte. Plötzlich hielt er mitten im Gehen inne. Hatte diese Kommissarin nicht eine Tochter, die so alt war wie Mlada? Wenn man die entführte, hatte man ein Faustpfand, um in Ruhe verschwinden zu können! Das war die Idee! Sollte er dem Alten davon erzählen? Lieber noch nicht! Zunächst musste er einen Schlachtplan entwerfen, einen der hieb und stichfest war! Er ging zurück in sein Zimmer und schaltete den Laptop ein. Wie hieß die Kommissarin? Ludwig, genau wie der Polizeirat von Berchtesgaden. Also waren die beiden ein Paar, und sie hatten zwei Kinder. Einen kleinen Jungen und ein Mädchen. Er musste unbedingt herauskriegen wo die Kleine zur Schule ging.

Zur Mittagszeit meldete er sich bei Lockwitz ab, er wollte in die Stadt fahren und Besorgungen machen. In der Tasche hatte er die Liste mit den drei Schulen. Zum einen diese Christophorus-Schule, das Gymnasium und die Mittelschule. Nach seiner Auffassung, würde die Kleine sicher ins Gymnasium gehen, immerhin sie die Tochter des Polizeichefs. Da kam eine Mittelschule wohl kaum in Frage. Und diese Christophorus-Schule war eine christliche Einrichtung. Da gingen zwei Jungs aus dem Heim hin, aber sonst? An diesem Tag stellte er sich von 13.00 bis 16.00 Uhr in Sichtweite des Gymnasiums auf. Er wollte schon aufgeben, als plötzlich ein schwarzer BMW hielt und ein grauhaariger Mann ausstieg. Hans-Jochen war wie elektrisiert. Das musste dieser Ludwig sein! Der Polizeiboss persönlich holte seine Tochter ab!

Schon nach kurzer Zeit kam er wieder heraus. An der Hand ein Mädchen, etwa 12 Jahre alt, langes schwarzes krauses Haar, zu einem Pferdeschwanz gebunden. Hans-Jochen erschauerte förmlich, so schön war die Kleine. Als der BMW vorbeifuhr, folgte er ihm in gehörigem Abstand. Sie verließen die Stadt und kamen raus nach Ramsau. In einer Siedlung bog der Wagen ab und hielt dann vor einem Einfamilienhaus. Die Kleine stieg aus, verabschiedete sich von dem Fahrer und lief dann winkend ins Haus. Der BMW kehrte an der Wendeschleife um und rauschte an Hans-Jochen vorbei. An alles hatte er gedacht, aber dass es so einfach sein würde nicht. Gerade wollte er losfahren, als ein zweites Auto kam und in die Einfahrt des gleichen Hauses fuhr. Eine dunkelhaarige Frau und zwei kleine Jungs stiegen aus. Hans-Jochen wurde es an diesem Tag zum zweiten Mal heiß. Der eine Junge, dieser rothaarige kleine Bengel, das war Mlada's kleiner Bruder Milan! Also hier hatte man ihn untergebracht! Der Alte würde Augen machen, wenn er ihm davon erzählen würde. Nach diesem Jungen hatten sie gesucht! Niemand wusste, was dieser Knirps von Mlada's Ausflügen in das Chalet wusste. Grinsend hängte er den Gurt ein und startete. So, nun galt es herauszufinden, wie man an die Kleine herankam. Aber das musste er wohl oder übel mit seinem Patenonkel beraten.

Der Fehlschlag oben am Brandkopf hatte Markus wütend gemacht.

„Warum hat keiner daran gedacht, dieses Anwesen da oben ein paar Tage zu beobachten? Wir fahren da hinauf mit großem Aufgebot, wie zu einer Kaffeefahrt! Ich fasse es nicht!", hatte er gemeckert. Glauber musste zugeben einen Fehler gemacht zu haben. Jetzt konnte es sein, dass die da oben gewarnt waren. Aber Susi war diesen einen Tag mal zu Hause geblieben, und ausgerechnet fiel es Glauber ein, so eine Aktion zu starten. Aber sollte sie ihn nun auch noch anmeckern? Sie verzichtete darauf, und das brachte Glauber wiederum beinahe aus dem Gleichgewicht. Dabei hatte er ein ordentliches Donnerwetter von ihr erwartet. Doch Susi winkte nur ab.

Ab sofort wurde der Zufahrtsweg zum Chalet überwacht. Da es nur den einen gab, brauchte man dazu nicht viel Personal.

Alle Treffen waren im Chalet abgesagt worden. Lockwitz war sich sicher, dass sie nun überwacht werden würden. Als dann Hans-Jochen mit seinem Vorschlag kam, hatte er im ersten Affekt abgewunken, dann aber doch überlegt, ob man es nicht doch durchziehen sollte. Ihre Tarnung hier oben war wie es schien aufgeflogen. Die beiden Kinderheime hatten innerhalb von zwei Wochen beide Besuche von der Polizei bekommen. Die beiden Kinderleichen waren zwei zu viel gewesen.

Jochen Glauber und ein Kollege von der Streifenpolizei hatten die erste Nachtwache übernommen. Sie standen mit einem Zivilfahrzeug etwa einhundertfünfzig Meter unterhalb des Chalets in einem Waldweg. Der September war immer noch warm und sie hatten die Fenster des Wagens auf. Plötzlich schnupperte Herbert Gießner und stieß Glauber an der vor sich hindöste.
„Riechst du das auch?" Glauber schreckte auf.
„Was ist? Hast du einen ziehen lassen, Herbert?", neckte er seinen Beifahrer. Der zeigte ihm einen Vogel.
„Halt mal deinen Riechkolben aus dem Fenster, vielleicht merkst du dann was ich meine!", erwiderte der etwa gleichaltrige Polizist. Glauber schnupperte in den Wald hinein.
„Tatsächlich, Alter! Sieht so aus, als ob die oben im Haus was verbrennen! Lass uns mal nachsehen, komm!"
Rasch stiegen sie leise aus und liefen die wenigen Meter bis zum Zaun. Tatsächlich! Im hellen Licht des Vollmondes sah man dicke dunkle Qualmwolken aus einem der Schornsteine herausquellen.
„Möchte wissen was die da gerade verfeuern", flüsterte Gießner und trat hinter der Tanne hervor, die ihn bis jetzt gedeckt hatte. Vorsichtig lief er am Drahtzaun entlang und blieb dann stehen.
„Komm, wir schauen mal, ob es doch hier irgendwo ein Loch gibt", flüsterte er Glauber zu. Doch kaum waren sie zehn Schritte auf dem Waldboden gegangen, als plötzlich mehrere Hunde anschlugen. Und dann sahen sie die ersten zwei über den Hof hetzen, genau auf sie zu! Blitzschnell machten die beiden Beo-

bachter kehrt und liefen zurück zum Auto. Auf dem Gelände wurde es mit einem Mal hell, mehrere Strahler waren angegangen. Man hörte eine Stimme, welche die Hunde zurückrief. „Verdammt, Scheiße!", fluchte Glauber und ließ sich in den Fahrersitz fallen. Gießner schüttelte den Kopf. „Das Gelände ist bewacht wie ein Hochsicherheitstrakt! Ich frag mich nur warum." Glauber grinste schon wieder. „Der Herr Oberst a.D. war mal beim Bund. Vielleicht hat der noch ein oder zwei alte Panzer da oben stehen", scherzte er.

Hans-Jochen drehte sich in seinem Bürostuhl herum als Lockwitz eintrat. „Ich konnte nix erkennen, Chef. Vielleicht hat eine Wildsau sich am Zaun zu schaffen gemacht und den Alarm ausgelöst. Die Hunde waren ja sofort draußen! Aber auch die haben sicher nix gesehen, denn sie kamen sofort zurück als ich sie gerufen habe." Lockwitz machte erst einen langen Hals auf den flimmernden Monitor, dann trat er an das Fenster und sah hinaus.
„Es wird Zeit, dass wir hier verschwinden, Hans-Jochen! Wir können uns hier oben nicht ewig verstecken. Ich hoffe, du hast alle Akten die ich dir in den Keller geschafft hatte schon verbrannt." Der junge Mann nickte beflissen.
„Hab´ ich, Chef. Alles was mit den Heimen zu tun hatte ist in Rauch und Asche aufgegangen. Und was machen wir nun?" Lockwitz sah den jungen Mann beinahe liebevoll an und strich ihm über die Schultern.
„Wir führen deinen Plan aus! Der ist gut und bringt uns Zeit. Heute ist Freitag, ich würde sagen am Montag starten wir die Aktion. Du bringst die Kleine hoch in die Jagdhütte. Fahre übers Wochenende alles hoch, was ihr da oben für zwei bis drei Tage braucht. Aber lass die Kleine vorerst in Ruhe! Anschließend fahren wir rüber nach Ramsau, und von dort über die Kammerlingalm und den Hintersee, rüber auf die Staatsstraße 306. Wir werden die Kleine aber nicht mitnehmen, hörst du! Auf keinen Fall nehmen wir die mit! Wir werden dieser Ludwig einen Schlag versetzen, den sie nie wieder im Leben vergisst!"
Hans-Jochen sah seinen Gönner von unten herauf an. Dann machte er eine Geste mit der flachen Hand unter seiner Kehle entlang.

„Du meinst so, Onkel?" Lockwitz nickte wortlos. Und dann meinte er:

„Diesmal kannst du was gut machen, Junge! Zeigen, dass auf dich Verlass ist!" Dann ging er aus dem Zimmer. Warum sollte er sich die Hände schmutzig machen! Wenn es schlimm kam, musste das Weichei eben die Suppe auslöffeln. Er würde sich beizeiten absetzen!

Das Wochenende hatten sie sich vorgenommen, gemeinsam hinauf zum Hintersee zu fahren. Der war zwar zum Baden zu kalt mit seinen 14 Grad im Sommer, aber man konnte wunderbar einkehren und eine Bootsfahrt machen.

Und so wanderten sie am Sonntag früh schon beizeiten los. Milan und Benny waren fürchterlich aufgeregt, und Susi musste zweimal ihre Rucksäcke kontrollieren, damit sie nicht zu viele Spielsachen mitnahmen. Franzi war da schon die Ältere und gab sich neuerdings auch so. Susi musste immer wieder schmunzeln, wie sie die beiden Jungs im Griff hatte. Sie würde sicher mal eine gute Mama werden. Als Susi ihren Mann darauf aufmerksam machte, lacht der nur.

„Ich sehe das schon, Schatz. Sie wird dir immer ähnlicher. Genau den gleichen Dickschädel, und alles was sie macht, das macht sie mit der gleichen Akribie und Ausdauer wie du! Wer sie mal kriegt, hat´s bestimmt auch nicht einfach." Susi sah Markus gespielt wütend an.

„Heißt das etwa, du hast es nicht leicht mit mir? He? Willst du das damit sagen, Herr Ludwig?" Markus grinste nur.

„Ach geh Schatzerl, i lieb di doch", ulkte er und drückte Susi im Laufen an sich. Franzi war die ganze Zeit zwischen ihnen und den Jungs gelaufen, jetzt drehte sie sich um.

„Seid ihr fertig mit schmusen? Iiii, und auch noch küssen!" Sie verzog das Gesicht. Markus lachte belustigt.

„Das nennt man Liebe, Tochter! Wirst du auch noch mal machen!", rief er ihr zu. Franzi schüttelte den Kopf.

„Buh, niemals Papa!" Gute zwei Stunden später hatten sie den Hintersee erreicht und die Hütte, wo es etwas zu Essen und zu Trinken gab. Milan war selig. Man sah wie er sich freute, das alles erleben zu können.

Und so wurde es ein schöner Nachmittag. Eine Fahrt über den See beendet den Ausflug, und sie nahmen den Bus der sie zurück nach Ramsau brachte. Keiner schenkte dem roten Fiat Aufmerksamkeit, der bei ihrer Heimkehr am Anfang der Straße stand, und dann wegfuhr.

Susi war müde vom Ausflug, genau wie die Kids, die sich beizeiten in die Betten verkrochen. Immerhin war der nächste Tag ein Montag und die Schule fing wieder an.

Susi stand im Morgenmantel auf dem Balkon des Schlafzimmers, als sie plötzlich in der Dunkelheit glaubte einen Schatten am Gartenzaun zu sehen. Hatte sie sich getäuscht? Der Halbmond war teilweise von Wolken verdeckt, und so war die Sicht nicht gerade gut. Aber sie war sich beinahe sicher, dass sie zwischen dem Kirschbaum und der Gartenlaube, auf diesem etwa zwei Meter breiten Stück, einen Schatten entlang huschen gesehen hatte. Aber wer sollte da hinten in der Dunkelheit herumlaufen? Nach ihrem Zaun kam ein Weg und dann begann schon der Wald. Sie lauschte angestrengt in die Dunkelheit hinein, doch nichts regte sich. Sie ging die Treppe hinunter, wo Markus noch im Bad war und erzählte ihm von ihrer Wahrnehmung. Er sah sie erst ungläubig an, doch dann zog er den Bademantel über den Schlafanzug, steckte seine Dienstpistole in die Manteltasche und nahm die Taschenlampe mit sich.

„Ich geh mal nachschauen, Schatz! Bleib du hier im Haus." Und schon war er durch die Balkontür draußen im Garten. Susi sah ihn in der Dunkelheit noch ein paar Meter, doch dann war er verschwunden.

Markus Ludwig ging in der Dunkelheit bis zum Zaun, dann schaltete er die große LED-Stabtaschenlampe ein. Der Lichtstrahl erhellte den Waldweg taghell. Doch nichts außer das Rauschen der Bäume war zu hören. Nach einer Weile löschte er das Licht, blieb aber stehen und lauschte weiter. Plötzlich glaubte er in Richtung Dorfmitte einen Wagen zu hören, der gestartet wurde. Dieser Waldweg kam vorn gleich neben der Bäckerei heraus. Markus nahm sich vor am nächsten Morgen beim Bäcker anzuhalten und nachzufragen. Susi erzählte er aber alles sei ruhig gewesen. Die Dienstpistole aber legte er unter sein Kopfkissen. Susi rutschte plötzlich unter seine Decke und ganz dicht an ihn heran. Plötzlich fummelte sie unter seinem Kopf entlang und meinte dann:

„Aha, es war nix draußen, aber deine Pistole hast du unter dem Kopfkissen. Warum das? Komm, sag es mir, ich bin schon groß und hab keine Angst". Markus drückte sie an sich.

„Es war wirklich nichts, aber besser ist eben manchmal besser! Ich habe auch alle Fenster und Türen nochmal überprüft! Nur zur Sicherheit!" Sie legte ihren Kopf auf den angewinkelten Arm.

„Was ist los, Markus? Du schläfst doch sonst nicht mit der Waffe unter dem Kopfkissen!" Markus Ludwig knipste die Nachttischlampe an.

„Also gut, du gibst ja sonst keine Ruhe. Irgendwas ist im Busch, ich habe so ein Bauchgefühl. Ich weiß nicht warum, aber mein Gefühl sagt mir, dass irgendetwas passieren wird. Ich habe schon überlegt, ob es nicht besser wäre, die Kinder für ein paar Tage mit ins Präsidium zu nehmen." Susi sah ihn erstaunt an, dann lachte sie leise.

„Kannst du dir vorstellen was das für ein Gerede geben würde? Und vor allem warum?" Er sah sie ernst an.

„Weil ich diese Kinderhändler nicht unterschätze, Schatz! Die sind skrupellos und gehen über Leichen. Und noch haben wir keinen von denen festnageln können. Auch dieser Lockwitz kann abends wieder frei sein, wenn wir ihn früh festnehmen. Wir haben nicht den geringsten Beweis! Zurzeit haben wir nur einen großen dicken Wollknäul mit zig losen Enden! Und jetzt lass uns schlafen, komm. Ich liebe dich, wollte ich nur noch gesagt haben!" Er gab ihr einen Kuss, den Susi liebevoll erwiderte.

Markus Ludwigs erster Weg am Morgen führte zur Bäckerei Wieser. Den Chef kannte er vom Schützenverein. Sein Anliegen war schnell vorgebracht. Der Bäckermeister wischte sich den Schweiß von der Stirn.

„Gegen halb eins in der Nacht, sagst du?", fragte er den Kriminaler, wie er ihn immer im Scherz nannte.

„Ja Ernst, dass muss so gegen halb eins gewesen sein. Wenn ich es richtig gehört habe, muss da ein PKW bei euch hier vorn auf die Hauptstraße gefahren sein." Der Bäcker kratzte sich am Kopf.

„Also ich habe nix gehört, um die Zeit schlaf ich noch wie ein Toter. Aber frag doch mal die Anneliese, die ist vorn im Laden." Markus verabschiedete sich und ging durch einen schmalen Gang von der Backstube nach vorn zum Laden. Die Chefin saß in dem kleinen Raum und trank gerad einen Kaffee. Markus erklärte auch ihr, weshalb er gekommen war. Anneliese bot ihm Platz an, doch Markus lehnte mit Blick auf seine Uhr ab, er hatte es eilig. Die Chefin verzog das Gesicht.

„Na du hast Fragen, Markus! Aber warte mal, um die Zeit bin ich gerade ins Schlafzimmer hoch. Stimmt, da muss unten ein Auto aus dem Waldweg gekommen sein und dann in Richtung Ortsmitte hingefahren sein. Ich habe mich auch noch gewundert, wer um diese Zeit da hinten herumkutschiert. Stimmt, das war halb eins!" Markus bedankte sich.

Da auf diesem Waldweg garantiert kein Förster entlangfuhr, mussten es Fremde gewesen sein, wer sonst? Das hieß aber, er hatte sich nicht getäuscht. Markus beschloss Susi nichts davon zu erzählen und in den kommenden Nächten aufmerksamer zu sein. Er rief im Büro an und gab Bescheid, dass er ein wenig später kommen würde. Sein nächster Weg führte ihn in den Elektro-Baumarkt in Berchtesgaden. Dort kaufte er zwei Bewegungsmelder mit Strahlern für die Gartenseite. Zwei Stunden später untersuchte die KTU den Waldweg und fand Spuren von einem PKW, mehr aber auch nicht.

Susi hatte in der KITA Bescheid gesagt, dass nur sie oder ihr Mann die beiden Jungs in Zukunft abholen würden. Die Erzieherin hatte sie verwundert angeschaut, aber Susi hatte keine weiteren Erklärungen dazu abgegeben.

„Frau Schneider, wenn eine fremde Person, die sie nicht kennen, sich nach Benny oder Milan erkundigen sollte, rufen sie uns bitte sofort im Präsidium an. Und auf keinen Fall die Jungs jemand herausgeben! Passen sie aber auch in den nächsten Tagen auf alle anderen Kinder gut auf. Wir suchen seit Tagen einen Kinderschänder! Informieren sie bitte alle ihre Kolleginnen!" Frau Schneider machte ein entsetztes Gesicht und versprach noch besser aufzupassen als sonst, und vielleicht erst mal weniger rauszugehen.

Als Susi im Präsidium ankam hockte Glauber schon vor dem Computer und schimpfte, weil der Drucker bockte. Susi setzte sich ihm gegenüber.

„So Jochen, was sagen unsere Beobachter? Regt sich was im Chalet?" Jochen Glauber schüttelte den Kopf.

„Nix, absolute Ruhe da oben. Ich fress´ einen Besen, wenn da nicht doch jemand oben ist. Denn bei Tag sind die Hunde im Zwinger, in der Nacht aber draußen. Die gehen doch nicht von alleine in ihren Stall."

„Das heißt Zwinger, Jochen", belehrte sie ihn.

„Na ja, dann eben Zwinger. Wir sollten nochmal rauffahren und uns mal die Mühe machen, das Grundstück zu umrunden. Mit Gummistiefeln müsste das doch machbar sein." Susi stand wieder auf.

„Na dann komm, machen wir uns gleich auf den Weg! Ein Morgenspaziergang im Wald ist nie verkehrt." Wenig später fuhren sie vom Hof.

Als Markus im Präsidium ankam führte ihn sein erster Weg zum Büro von seiner Frau Susi und Glauber. Doch das Zimmer war leer. Als er nebenan nachfragte, bekam er zur Antwort, die beiden seien in den Wald gefahren. In den Wald? Was suchten die beiden jetzt am Morgen im Wald? Er griff zum Handy und rief Susis Nummer an. Kurze Zeit später hatte er sie in der Leitung. Sie lachte auf seine Frage warum sie in den Wald fuhr.

„Wir schauen uns bei Tag das Gelände rund um das Chalet an. Nicht, dass es da noch einen Hinterausgang gibt", erklärte sie. Markus musste zustimmen, fragte aber gleich:

„Warum kam da nicht früher jemand drauf? Jetzt sind schon zwei Tage vergangen!" Susi druckste ein wenig, und Glauber rief während er fuhr:

„Chef, der Forstplan sagt aus, dass es nur die eine Zufahrt vom Friedhof herauf gibt. Wir sehen uns das mal an." Markus gab sich zufrieden. Glauber verzog das Gesicht und grinste dann.

„Da hat unser Chef aber mal wieder Recht gehabt. Forstplan hin, Forstplan her." Susi nickte wortlos. Seit sie um die Kinder in Sorge war, machte sie Fehler. Sie nahm sich vor, sich mehr zu konzentrieren.

Endlich hatten sie den kleinen Parkplatz im Wald unterhalb des Chalets erreicht, und zogen Gummistiefel an. Langsam stapften sie einen Hang hinauf, der an das Grundstück grenzte. Glauber sah durch sein Fernglas.

„Keine Fliege zu sehen, Chefin!", und gab das Glas Susi. Sie sah auf die einzelnen Fenster und den Teil des Hofes, den sie von ihrem Standpunkt aus einsehen konnten. Eine halbe Stunde später waren sie auf der anderen Seite des Grundstücks. Plötzlich zeigte Glauber auf einen schmalen Weg unterhalb ihres Standortes.

„Da unten Chefin, ein Weg!" Sie rutschten den Hang hinab und standen auf dem schmalen, kaum zwei Meter breiten Pfad. Und der führte genau zum Grundstück bzw. von dort in den Wald hinein. Wenig später standen sie vor einem kleinen Tor. Es war mit einem Kastenschloss verschlossen. Susi deutete auf die schmalen Reifenspuren im aufgeweichten Boden.

„Da haben wir den Salat! Aber ein Auto kann es nicht gewesen sein, dafür ist die Spur zu schmal." Glauber bückte sich und prüfte das gut sichtbare Profil.

„Also, ich fress´ mal wieder den bekannten Besen, wenn das nicht Spuren von einem Quad sind, Chefin!" Susi sah sich um. Der schmale Weg führte in den Wald hinein und musste dann weiter in Richtung Berchtesgaden führen.

„Wir müssen dem Weg folgen, Jochen! Mehr als 5 km dürften es nicht sein, bis man im Ort ist." Glauber sah sie entsetzt an.

„Fünf Kilometer zu Fuß und dann wieder zurück? Und dann wieder bis zum Auto? Chefin, das wird ein Tagesmarsch!" Susi überlegte kurz. Doch dann schien sie die Lösung des Problems gefunden zu haben, lächelte und nahm das Handy zur Hand. Sie wählte und lauschte dann.

„Hallo Renate! Hör mal zu, ich stehe hier mitten im Wald am Chalet „Brandkopfalm". Schau doch mal auf deine große Wandkarte, ob von dort aus, ein kleiner Pfad in Richtung Stadt geht. Ja, der Forstweg endet ja am Chalet. Aber wir stehen auf der anderen Seite des Grundstücks, und da ist ein Pfad. Schau mal nach und ruf mich bitte gleich wieder an! O.k., bis gleich!" Sie sah Glauber an.

„Jetzt habe ich was gut bei dir, Jochen! Ich erspare dir einen Fuß-marsch von mindestens zehn Kilometer!", lachte sie. Glauber wiegelte ab.

„Abwarten! Abwarten ob ihre Freundin was findet, Chefin!" Susis Handy summte wieder, sie nahm das Gespräch an.

„Und wie sieht es aus, Renate? Also doch! Ich wusste es doch! O.k., danke für deine Hilfe!" Sie sah Glauber siegessicher an.

„Wie ich es mir schon dachte, der Pfad geht über die Ausflugs-gasstätte „Buchenkopf" und kommt hinter dem Wellness-Bad wieder heraus! Und von dort bist du im Nu auf der Hauptstraße und am Bahnhof! So, mein lieber Glauber, die sind uns einfach abgehauen!" Glauber nickte betrübt.

„Und wir sitzen wie die Deppen im Wald und warten, so eine Sch…", den Rest verschluckte er.

Wieder im Präsidium machte sich Susi auf den Weg zu ihrem Chef und Ehemann. Es würde ein Gang nach Canossa werden, dessen war sie sich sicher.

Markus hörte sich ihren Bericht ohne eine Miene zu verziehen an, dann stand er auf und trat ans Fenster.

„Gib zu, das war keine Meisterleistung! Oder?" Susi nickte ge-knickt.

„Ich will mich ja nicht rausreden, aber hat irgendjemand daran geglaubt, dass es außer diesem Forstweg noch einen Weg da oben in dieser Einöde gibt? Jeden den du fragst, selbst die Ein-heimischen, kennen diesen Pfad nicht! Ich habe mich erkundigt. Aber klar, es war unser Fehler. Da gibt´s nix dran zu rütteln." Markus grinste sie plötzlich an.

„Ich mache euch keinen Vorwurf, Susi! Ich wäre auch nie auf die Idee gekommen, die Karte zu Rate zu ziehen. Dieser Forst-weg ist jedem bekannt, und alle Welt meint er endet oben am Chalet. Und das Stück Weg vom Grundstück bis zum nächsten Waldweg wurde in den Siebziger Jahren von dem Vorbesitzer einfach durch den Forst angelegt. Ein Wunder, dass ihn jemand auf der Karte eingezeichnet hat. Ich war nämlich bei Renate und habe selber nachgeschaut! Den hat jemand per Hand eingezeich-net! Wer weiß wann!" Susi atmete auf, also keine Standpauke von ihrem Chef. Sie lächelte ihn an.

„Danke Schatz, dass du das so locker nimmst." Er beugte sich zu ihr herunter und gab ihr rasch einen Kuss.

„Schließlich bist du ja meine Ehefrau, oder?" Sie grinste und nickte.

„Ich denke schon, Herr Ludwig!" Plötzlich klingelte ihr Handy. Sie nahm es lächelnd zu Hand und meldete sich. Plötzlich wurde sie bleich.

„Sie ist noch nicht da? Und hat auch nicht angerufen! Ich komme sofort nach Hause!" Susi hatte Tränen in den Augen und Markus sah sie fragend an.

„Was ist los?", fragte er.

„Franzi war nicht im Schulbus! Doris war gerade dran!" Markus sah sie einen Augenblick starr an, dann griff er zum Telefon und rief die Schule an. Nach wenigen Minuten hatten sie die Klassenlehrerin am Apparat. Deren Auskunft war nebulös. Franzi sei mit den anderen zum Parkplatz gegangen, wo der Schulbus abfuhr. Mehr wisse sie auch nicht.

Susi begann ihre beiden Freundinnen zu Hause anzurufen. Hannah, die gleich nebenan wohnte, hatte Franzi noch gesehen, sei aber eingestiegen, ohne darauf zu achten, ob Franzi nachkam. Lucia erzählte ihr, Franzi sei nochmal zurückgegangen, weil sie was vergessen hatte. Sie hatten eine Weile gewartet, aber als sie nicht kam, sei der Busfahrer schimpfend losgefahren.

Beide hatten den gleichen Gedanken, sie mussten zuerst nochmal zur Schule fahren! Dort am Parkplatz angekommen, sahen sie den Hausmeister, der Laub zusammenfegte. Markus sprach ihn an. Der etwa fünfzigjährige schlanke Mann überlegte kurz. Und dann meinte er:

„Als der Bus abfuhr, stand da drüben neben dem Weg der zur Schule führt, ein kleiner VW-Van. Die Farbe war blau. Ich wollte ihn da schon wegscheuchen, weil da Parken nicht erlaubt ist. Hab es aber dann gelassen, weil er sowieso plötzlich losraste wie ein Irrer. Nach dem Kennzeichen musste der aber von hier sein. Es war glaube ich BGL." Markus nickte.

„Also Berchtesgadener Land!" Der Hausmeister stimmte zu. Sie verabschiedeten sich. Markus starrte eine Weile vor sich hin.

„Hör zu Susi, du holst jetzt die Jungs und bleibst zu Hause! Ich veranlasse eine Ring-Fahndung, ein Bild von Franzi habe ich auf dem Schreibtisch. Ich glaube, man hat sie entführt! Warum, müssen wir nicht lange rätseln. Wir sind jemand dicht auf den Fersen, und der wehrt sich jetzt." Susi wischte sich die Tränen ab.

„Sag Glauber, er soll sich um den blauen Van kümmern! Blaue VW-Vans mit BGL dürfte es keine hunderte geben!" Markus fuhr Susi zurück zum Präsidium, weil dort ihr Auto stand.

„Wir finden sie, Susi! Das wird wohl eine Erpressung werden. Also fahr nach Hause und beschütze die Jungs! Ich melde mich wann immer ich was Neues weiß. Ich liebe dich!" Er presste sie fest an sich.

„Und jetzt leiere ich die Fahndung an! Ich muss los!" Er verabschiedete sich von seiner Frau und rannte die Stufen zum Eingang hoch, drehte sich an der Tür nochmal und winkte ihr zu.

Franzi hatte auf dem Weg zum Schulbus bemerkt, dass sie ihren Turnbeutel in der Halle liegen gelassen hatte. Also war sie kurz nach der Ausgangstür nochmal umgedreht und zurück zur Umkleide gelaufen. Dort hatte sie ihren Turnbeutel gefunden und sich wieder auf den Weg zum Bus gemacht. Gerade als sie das Haus, wo die Turnhalle untergebracht war, verließ, wurde sie plötzlich von hinten von zwei starken Armen gepackt. Jemand zog ihr etwas über den Kopf, nahm sie unter den Arm und rannte mit der heftig Zappelnden zu einem Auto. Sie spürte wie sie auf einen Sitz gepackt wurde, eine Schiebtür zuflog und das Auto losraste. Es roch irgendwie eklig. Der Geruch erinnerte Franzi an einen Besuch mit Markus beim Metzger vor einiger Zeit. Es mussten außer ihr noch eine Person im Auto sein. Einer fuhr den Wagen, der andere hielt sie wie ein Schraubstock fest. Sie fuhren etwa eine halbe Stunde oder kürzer, dann stiegen sie wieder aus. Und wieder packte sie jemand unter den Armen und trug sie weg, obwohl sie sich wie wild dagegen wehrte. Es ging mehrere Stufen hinunter, dann waren sie in einem Raum. Es roch muffig, wie es in alten Kellern oft riecht. Endlich befreite sie jemand von dem alten Sack, den man ihr über den Kopf gezogen hatte. Sie starrte zitternd auf die Gestalt die da vor ihr stand, mit einer Maske wie ein Alien, dunkle Hose, dunkle Jacke und weiße Turnschuhe, über die weiße Socken mit einem bunten Rand herausschauten. Der Mann, denn Franzi war sich sicher, dass es ein Mann war, schob sie unsanft zu einem alten Bett.

„Setz dich da drauf!", befahl er mit verstellter Stimme barsch. Als sie sich hinsetzte, fesselte er plötzlich eine Hand am Bettgestell. Er zeigte auf den Eimer.

„Wenn du mal musst, dann kannst du da rein machen! Und zu schreien brauchst du auch nicht, hier unten hört dich niemand! Ich komm bald wieder und bring dir was zu essen und zu trinken."

Der Mann verließ den Raum und Franzi war allein. Sehnsucht nach Mama und Papa und den Jungs überkam sie auf einmal. Was wollte der Mann von ihr? Natürlich hatte sie schon davon gehört, dass Kinder verschleppt worden waren. Oh Gott, ob man sie auch entführt hatte? Oder war alles nur ein blödes Spiel? Hatte die blöde Nathalie vom Rechtsanwalt sich wieder was ausgedacht? Seit der Sache im Supermarkt sprachen sie nicht mehr miteinander. Sie begann zu weinen, legte sich rücklings aufs Bett und sprach leise mit ihren Eltern. Das tat sie öfters, wenn sie alleine war. Sie sprach mit Mama, und sie sprach mit Onkel Markus, der ja eigentlich nicht ihr richtiger Papa war, den sie aber sehr liebhatte. Wie sollte sie nur aus diesem Keller jemals wieder herauskommen? Oder wollten die sie umbringen? Sie hatte von den zwei toten Mädchen gehört, und eine davon war Milans Schwester gewesen. Das hatte sie eines Abends zu Hause aufgeschnappt, als sich Mama und Papa Markus darüber unterhalten hatten. Ob das Ganze mit Milan zusammenhing?

Susi hatte die Jungs abgeholt und sie auf ihr Zimmer geschickt. Sie brauchte Zeit und Ruhe um nachzudenken. Wer hatte Franzi entführt? Der Schlüssel lag für sie im Kinderheim „Sonnenschein", dessen war sie sich sicher. Und wenn sie Franzi nach Tschechien brachten? Sie griff zum Telefon und rief Markus an. Als sie ihm von ihren Befürchtungen erzählte, versuchte der sie zu beruhigen.

„Susi, wir haben an allen ehemaligen Grenzübergängen nach Österreich und die Tschechei Beamte stehen, die jedes Fahrzeug kontrollieren." Dass es genügend Schleichpfade gab, über die man ins Nachbarland gelangen konnte, war ihm aber auch klar. Am Abend fasste Susi dann einen Entschluss. Sie schrieb einen Zettel und legte ihn auf den Küchentisch.

„Markus! Ich bringe die beiden Jungs zu meinen Eltern in die Schweiz. Ich komme schnellstens wieder zurück, um mich an der Suche zu beteiligen. Versprich mir, dass du nicht nachlässt und Franzi finden wirst. Ich liebe dich! Susi!"

Der Versuchung ihren Mann anzurufen und ihm ihren Plan zu erklären, widerstand sie, um jeder Diskussion aus dem Weg zu gehen.

Als Markus spät in der Nacht nach Hause kam und den Zettel las, musste er sich erst einmal setzen. Warum hatte sie nicht vorher mit ihm darüber gesprochen? Er hätte doch zugestimmt! Er sah auf seine Uhr, und griff zum Handy. Susi musste noch unterwegs sein. Er wählte ihre Nummer, und tatsächlich sie meldete sich.

„Schatz! Verzeih mir, aber ich musste es tun. Die Jungs sind genauso in Gefahr wie Franzi. Wenn ich zurückkomme, werde ich versuchen mit den Entführern Kontakt aufzunehmen und mich zum Austausch anbieten. Ich bin fest entschlossen das durchzuziehen! Notfalls nehme ich Urlaub, dann gibt es zwischen uns kein dienstliches Dilemma! Was ich im Urlaub mache ist meine Privatsache."

Markus Ludwig schluckte mehrmals ehe er antworten konnte. Er wusste, dass er Susi niemals umstimmen konnte. Er wollte es aber auch nicht! Und das sagte er ihr eindringlich. Und er machte ihr Hoffnung! Es gab erste Hinweise, wo man Franzi suchen musste. Sie verabredeten sich für den übernächsten Tag in Berchtesgaden.

Oberst a.D. Lockwitz sah seinen Neffen zornig an und schlug mit der Faust auf den Tisch.

„Bist du denn von allen guten Geistern verlassen! Wie kann man nur so blöde sein und die Tochter des Polizeichefs einfach nur so entführen, du Idiot! Ich dachte du machst die Sache diesmal richtig, so wie mit der Kleinen an der Rodelbahn! So eine Idiotie!" Hans-Jochen sah seinen Onkel erschrocken an.

„Aber, aber du hast doch gesagt ich soll mir was einfallen lassen! Und als ich es dir dann erzählte, hast du doch zugestimmt", stammelte er. Lockwitz winkte ab und ging vor dem Fenster der Hütte auf und ab. Er schnaufte außer Atem.

„Was willst du denn nun mit der Kleinen machen, he? Und wo ist sie denn jetzt eigentlich?" Hans-Jochen hatte sich wieder gefasst.

„Sie ist im alten Braukeller unter unserer stillgelegten Brauerei. Dort wo wir schon mal eine Ladung Kinder untergebracht hatten. Die damals nach Holland gingen." Lockwitz nickte.

„Ach so, stimmt ja. Und damals ist dir auch eine abgehauen. Weißt du noch? Und am Ende war sie tot, genau wie die Zweite! Du machst mir langsam Angst, Junge! Du machst zu viele Fehler! Was glaubst du, wenn die Bagage in Berchtesgaden das herausbekommt! Dieser Abgeordnete und seine beiden Busenfreunde aus der Wirtschaft wissen wie sie sich herausreden können. Du stehst dann als Mörder da, und die hatten ihren Spaß! Man, ich fasse es nicht! Wir müssen uns genau überlegen was wir mit der Kleinen nun machen, da sie noch lebt! Aber wehe ihr passiert auch wieder was! Pass auf sie auf! Ab sofort schläfst du drüben bei ihr. Aber in dem kleinen Büro und nicht bei ihr, hast du mich verstanden!", fügte er vorsorglich noch hinzu. Hans-Jochen sah seinen Onkel schon wieder hinterhältig grinsend an.

„Ich werde ihr schon nichts antun, Onkel! Aber wie geht's nun weiter?" Von Lockwitz überlegte kurz.

„Ich muss erst noch einige Dinge regeln. Danach können wir verduften. Wir gehen über die Kammerlingalm rauf in Richtung der Leoganger Steinberge. Bis zur Alm gibt´s einen Forstweg, da können wir mit dem Quad fahren. Danach geht´s zu Fuß weiter. Aber lasse dir ja nicht einfallen die Kleine mitzunehmen! Gib ihr genug Wasser und zu essen, damit sie ein paar Tage da unten aushält. Ich will nicht noch ein totes Kind haben! Vorher aber muss ich unbedingt nochmal rauf zum Chalet, da liegt unsere Kriegskasse noch, die wir unbedingt brauchen, wenn wir Deutschland verlassen. Du bringst mich mit dem Quad hin. Morgen Abend fahren wir rauf! Und jetzt verzieh dich zu deinem Gast, morgen gegen 20.00 Uhr holst du mich hier ab! Und nun hau ab!"

Von Lockwitz schaute aus dem Fenster der Berghütte und sah wie sein Neffe den Helm aufsetzte und dann knatternd mit dem Quad im Wald verschwand.

„So ein Narr, und ich dachte er beseitigt die Kleine diesmal!", knurrte er wütend vor sich hin. Ihr schönes Geschäft mit den Kindern aus Rumänien und Arabien schien zu Ende zu sein. Er hätte niemals seinen Neffen da mit einbeziehen sollen, dessen war sich von Lockwitz inzwischen sicher. Und seine Mitstreiter aus der oberen Gesellschaft würden ihn fallen lassen, wie ein Stück heißes Eisen.

Als Franzi aufwachte war es draußen noch hell. Sie musste eingeschlafen sein. Neben ihrem Bett stand ein Hocker auf dem Obst, zwei Semmeln, zwei paar Wienerle und eine große Flasche Fruchtsaft standen. Sie besah sich die Kette, mit der ihre rechte Hand am Bett gefesselt worden war. Ihre Füße waren so aneinandergefesselt, dass sie gerade mal zwei Schritte machen konnte. Die Kette war so lang, dass sie bequem den Eimer in der Ecke erreichen konnte, wo sie Pipi machen konnte. Auf dem Boden lag eine Rolle Toilettenpapier daneben.

Franzi erinnerte sich an den Film, den sie mal im Fernsehen gesehen hatte. Da hatte man auch einen Jungen gefangen gehalten. Der hatte sich aber befreien können und war getürmt. Ob sie hier auch rauskam? Weinen half ja doch nichts. Mama und Papa Markus würden sie bestimmt schon suchen! Sie setzte sich auf dem Bett auf und aß einen Apfel. Dabei sah sie sich um und überlegte. Der Keller war viel größer als ihr Zimmer zu Hause. Ein kleines Fenster gab es. Der Rahmen war morsch und verfault, die beiden kleinen Glasscheiben waren blind und sahen aus, als ob sie jeden Moment rausfallen würden. Als sie die kleinen Glasscheiben sah kam ihr eine Idee. Sie besah sich die weißen Plastebänder, die um ihre Handgelenke eng geschlossen waren und dann mit der Kette verbunden waren. Ob man die Plastebänder zerschneiden konnte? Aber dazu brauchte sie ja die Glasscheiben! Und wie sollte sie da rauf kommen? Und dann war ja noch die Tür, und die war verschlossen. Franzi lehnte sich gegen das Kopfteil des Bettes und nahm ihre Nintendo aus der Schultasche und begann zu spielen.

Susi war wie verabredet nach zwei Tagen und einer Nacht in Berchtesgaden zurück. Zuerst hatte sie sich mit Markus ausgesprochen und dabei gespürt, dass ihr Mann ihr keinerlei Vorwürfe machte. Im Gegenteil, er fand es richtig, dass die Jungs jetzt in der Schweiz in Sicherheit waren. Ein wenig verschnupft war er nur, weil sie sich ihm nicht vorher anvertraut hatte. Aber das war ausgeräumt.

Inzwischen hatte man das Kinderheim unangemeldet durchsucht und auf den Kopf gestellt. Doch von Franzi gab es keine Spur. Susi hatte eine Idee, und diesmal redete sie mit ihrem Chef vorher darüber.

„Ich werde das Gefühl nicht los, dass da oben im Chalet die Er-klärung für alles liegt. Wir sollten uns da mal umsehen!" Markus Ludwig sah seine Frau ernst an.

„Wenn ich dich richtig verstehe, meinst du heimlich und ohne Beschluss, ja?" Susi nickte forsch.

„Genau! Ich würde Glauber mitnehmen, der kann ja auf mich aufpassen", scherzte sie verhalten. Markus Ludwig sah seine Frau an.

„Und wann?", fragte er sie.

„Heute Nacht schon, Schatz! Wir müssen Franzi finden, es sind schon vier Tage vergangen! Sie wird sich zu Tode ängstigen, Markus!" Er nickte und stöhnte dann gequält:

„Ich weiß, Liebling! Ich mag gar nicht daran denken wie es ihr jetzt geht." Den Gedanken:

„Na hoffentlich lebt sie noch", verschwieg er lieber.

„Gut, ich bin einverstanden Susi! Ihr geht heute Nacht da rein, aber seid vorsichtig! Denk an die Hunde!" Susi schmunzelte ein wenig.

„Für die wird gesorgt sein, zwei Kilo Hackfleisch und eine fette Dosis Betäubungsmittel werden sie schlafen lassen! Ich habe schon mit dem Doc geredet, Quirin gibt mir das Mittel nachher. Natürlich auch heimlich, und auch du weißt von nichts!" Markus Ludwig nickte beruhigt.

„Aber hast du an die Alarmanlage gedacht? Wie willst du die umgehen?" Susi rieb sich die Nase.

„Ach weißt du, manchmal fällt eben auch mal der Strom aus. Man kann ja nie wissen wann", erwiderte sie. Er schüttelte den Kopf.

„Manchmal hast du direkt eine kriminelle Energie, du machst mir Angst." Sie stand auf und stellte sich direkt vor ihn hin. Dabei legte sie den Kopf nach hinten.

„Gib mir einen Kuss, Chef, und sag was Liebes. Ich werde noch verrückt, wenn ich an unsere kleine Franzi denke!" Er küsste sie.

„Franzi ist genauso stark wie du, Susi! Sie wird garantiert nicht endlos heulen. Ich denke, sie wird eher darüber nachdenken, wie sie ausbüxen kann, ich habe das so im Gefühl!" Susi unterdrückte die Tränen. Dann meinte sie leise:

„Du bist zwar nicht ihr Erzeuger, aber du bist der beste Papa der Welt! Sagt sie ja übrigens auch selber, was den Papa betrifft!" Susi machte sich aus seinen Armen frei. „Ich fahre jetzt mit deiner Erlaubnis nach Hause und lege mich ein Stück hin. Glauber holt mich um 21.00 Uhr ab. Bleibst du hier oder kommst du nach Hause?" Er zögerte ein wenig. „Was soll ich alleine zu Hause. Ich warte hier auf euch, bis ihr wiederauftaucht. Wir bleiben in Verbindung! O.k.?" Susi nickte. „O.k., Chef. Aber es wird wohl spät werden." Sie verabschiedeten sich mit einer liebevollen Umarmung. Als sie sich an der Tür noch einmal umdrehte um ihm zuzuwinken, sah er die Angst in ihren Augen, die Angst um Franzi. Polizeirat Markus Ludwig sah die Berichte durch, die auf seinem Schreibtisch lagen. Alle Kontrollstellen hatten den Befehl erhalten, zweimal am Tag einen kurzen Bericht zu schicken. Diese wurden von der Soko ausgewertet. Doch bis jetzt war kein einziger Hinweis auf den Verbleib von Lockwitz und seinem Neffen aufgetaucht. Die beiden waren wie vom Erdboden verschluckt.

Es war 21.30 Uhr als die beiden Kommissare unterhalb des Chalets ankamen. Der Himmel war mit Sternen übersät, ein Halbmond spendete blaugraues Licht und die großen Tannen sahen mit ihren schwarzen Konturen wie Geister aus, die sich im Wind hin und her bewegten. Susi löste den Gurt und sah Glauber an.

„Du bleibst hier, ich gehe da alleine rein. Wenn es schief geht, hast du mit der Sache nix zu tun, klar!" Glauber wollte protestieren, unterließ es aber dann. Er kannte seine Chefin zu gut, Diskussion war in dieser Situation fehl am Platz. Sie sah auf ihre Armbanduhr.

„Hör zu, Jochen! Wenn ich in einer Stunde nicht wiederauftauche, rufst du meinen Mann an. Er weiß, dass wir hier sind. Die Soko weiß nichts davon. Wir bleiben per Handy in Verbindung, wenn ich drinnen bin, rufe ich dich an. Dann halten wir Dauerverbindung und du kannst mithören. Also los geht´s!"

„Viel Glück, Chefin! Wenn sie Hilfe brauchen, rufen sie mich ruhig", erwiderte er mit dem Versuch einen Scherz zu machen. Susi lächelte.

„Mach ich, keine Angst!" Und schon war sie ausgestiegen und nach wenigen Schritten in der Dunkelheit verschwunden.

Zielstrebig ging Susi am Zaun entlang bergauf. Nach zehn Minuten hatte sie die Stelle erreicht, an der sie über den Zaun steigen wollte. Noch einmal überprüfte sie ihre Pistole, die in einem Holster unter der linken Achsel steckte. In ihrer schwarzen Lederjacke und den schwarzen Lederhosen war sie kaum im Halbdunkel des Waldes zu sehen. Sie bewegte sich geräuschlos, kein Zweig knackte, kein Stein rollte. Susi Ludwig hing mit einem Satz am Drahtzaun, zog sich mit beiden Armen hoch, bis sie ein Bein über den Zaun legen konnte. Dann rutschte sie auf der anderen Seite wieder hinunter. Von den Hunden war nichts zu hören und zu sehen. Immerhin war sie am frühen Abend schon einmal hier gewesen und hatte drei Kilo Hackfleisch, versetzt mit einem Mittel der Tierärzte zum Einschläfern von Tieren, ausgelegt. Auf diese abgerichteten Bestien konnte sie keine Rücksicht nehmen. Im Normalfall fielen sie auch Menschen an.

Vorsichtig kletterte sie den Abhang hinunter, der auf den Hof des Anwesens führte. Sie lauschte angestrengt in die Nacht hinein, doch nichts war zu hören. Irgendwo weiter unten im Ort bellte ein Hund, dem ein zweiter antwortete. Susi schlich weiter, erreichte die Rückseite des Gebäudes, und umkurvte es auf der Suche nach einem Eingang.

Plötzlich stand sie an einer Treppe, unten sah man eine Kellertür im Schein der Taschenlampe. Susi stieg hinunter, doch die Tür war verschlossen. Sie knipste ihre Stirnlampe an, kniete sich nieder und begann die Tür zu öffnen. Da es ein einfaches Sicherheitsschloss war, dauerte es keine zwei Minuten und die Tür war auf. Zufrieden lächelnd huschte sie hinein und schloss die Tür wieder geräuschlos hinter sich. Ein langer Kellergang war im Schein der Lampe zu sehen. Susis Herz schlug schneller. Vielleicht hatten sie Franzi ja hier unten eingesperrt. Hastig leuchtete sie in jeden Verschlag hinein. Aber mehr als Gerümpel war nicht zu sehen. Eine Treppe führte nach oben, und Susi stieg sie hinauf. Oben angekommen, musste sie feststellen, dass auch diese Tür verschlossen war. Wieder versuchte sie das Schloss zu öffnen, und wieder dauerte es nicht lange und sie hatte Erfolg. Vorsichtig öffnete sie die leise quietschende Tür und stand in einem Hausflur. Sie war drinnen! Sie zog das Handy aus der Tasche und wählte Glauber an. Er meldete sich sofort.

„Ich bin drinnen, Jochen! Ab jetzt lassen wir das Handy an, so hörst du alles mit."

„Okay, Chefin! Ich bleibe dran." Susi steckte das Handy vorsichtig in die obere Brusttasche der Lederjacke, dann ging sie weiter den Gang entlang. Mehr als drei Türen gab es hier unten nicht. Eine führte in einen Abstellraum mit Kühlschrank, die zweite in eine Küche und in die dritte Tür beherbergte eine Garderobe mit Regenmänteln und Gummistiefel.

Vorsichtig stieg sie die Treppe hinauf in den ersten Stock. Ihre Hoffnung Franzi vielleicht hier zu finden schwand langsam. Die obere Etage war im U-Format gebaut, und einige Türen waren zu sehen. Alles in poliertem dunklem Holz gehalten, mit zahlreichen alten Bildern an der Wand. Susi zog die Pistole heraus, entsicherte sie und öffnete die erste Tür. Im Schein der Stirnlampe sah sie, dass es ein Schlafzimmer war. Auch hier war alles mit alten Möbeln ausgestattet, das breite Bett hatte einen Baldachin. Susi schüttelte den Kopf über den Geschmack des alten von Lockwitz. Die zweite Tür gab den Blick frei in einen Salon der dreißiger Jahre. Hier also hatten die Herren getagt, wenn sie ihre ominösen Treffen hatten. Sie schnupperte, die Luft war erfüllt von einem süßlichen Duft.

Sie wollte sich gerade umdrehen, als das Licht im Zimmer anging. Als sie mit gezogener Pistole herumfuhr, starrte sie in das verblüffte Gesicht von Oberst a.D. von Lockwitz und seine Jagdbüchse die er im Anschlag hielt. Der Lauf zielte genau auf Susi. Lockwitz´s Gesicht verzog sich zu einem hämischen Grinsen.

„Ich könnte Sie als Einbrecher jetzt einfach erschießen!" knarrte seine heißere Stimme. Dabei zuckte sein linkes Augenlid in einer Tour. Susi lächelte, und unterstützte ihre rechte Hand, welche die Waffe hielt, mit der Linken.

„Das wäre dann allerdings Ihr Todesurteil gewesen, Oberst! Ich bin Schweizer Schützenmeisterin der Polizei", erwiderte sie ungerührt. Dabei ging sie nun zwei Schritte nach rechts und setzte sich auf den Rand des Tisches der da stand.

„Sie haben meine Tochter entführt, Lockwitz! Ich fordere Sie auf, diese unverzüglich mir herauszugeben!" Ihre Stimme hatte einen harten Klang bekommen, und von Lockwitz registrierte das sofort. Mit dieser Frau war nicht gut Kirschen essen, das stand fest! Klein, drahtig, und wahrscheinlich auch wieselflink. Wenn sein erster Schuss sie nicht außer Gefecht setzen würde, wären seine Chancen bestimmt nicht groß, hier noch lebend rauszukommen. Er war dreiundsiebzig, sie höchstens vierzig. Doch er schüttelte den Kopf.

„Woher wollen Sie denn wissen, dass ich Ihre Tochter habe, Kommissarin? Vielleicht ist sie nur ausgerissen." Susi schüttelte den Kopf.

„Meine Tochter reißt nicht einfach mal aus. Und zweitens haben wir eindeutige Hinweise darauf, wer sie an der Schule abgefangen hat. Es muss einer Ihrer Mitstreiter gewesen sein. Aber das ist alles nur eine Frage der Zeit, bis wir klarsehen, und dann Oberst, geht es Ihnen an den Kragen, genau wie Ihrer feinen Gesellschaft! Also, geben sie meine Tochter frei!"

„So einfach wie Sie sich das denken, geht das nicht, meine Liebe", erwiderte er langsam. Dabei überlegte er angestrengt, wie er weiter verhandeln sollte. Aber es machte keinen Sinn mehr die Entführung abzustreiten, Hans-Jochen hatte mal wieder gepfuscht!

„Wenn Sie mich erschießen, werden sie nie mehr erfahren wo ihre Tochter ist, Frau Kommissarin Ludwig!" Er nahm ein Handy aus der Manteltasche und hielt es Susi hin. Der Schweinehund war genau wie sie, live verbunden, denn sie sah den Kopf von Franzi mit einem Knebel im Mund, und daneben den Kopf eines anderen Kerls mit einer Maske! Susi befahl sich zusammenzunehmen. Nur jetzt nicht durchdrehen! Da kam ihr eine Idee!

„Hören Sie zu, Lockwitz! Tauschen sie meine Tochter gegen mich aus! Ich garantiere Ihnen, Ihnen wird nichts geschehen bis Sie das Land verlassen haben. Mein Wort drauf!" Von Lockwitz sah sie überrascht an und schien nachzudenken. Wenn er das Kind loshätte, würde er auf jeden Fall, egal wie die Sache ausging, besser dastehen. Er grinste sie an.

„Dann müssen Sie mir aber jetzt Ihre Waffe aushändigen, Verehrteste! Und Ihre Tochter muss ich erst herbringen lassen", entgegnete er. Susi dachte darüber nach was es brachte, wenn sie den Alten mit einem gezielten Schuss erst einmal kampfunfähig schießen würde. Wenn er eisern blieb, und er hatte nichts zu verlieren, wäre das das Ende für Franzi. Sie wusste, dass er es wusste!

„Ich mache Ihnen einen Vorschlag, Lockwitz! Sie bringen meine Tochter her, dann gebe ich Ihnen meine Waffe und gehe mit Ihnen. Einverstanden? Oder noch besser, mein Kollege holt die Kleine von Ihrem Kumpan ab! Er wird Ihn laufen lassen!" Von Lockwitz sah Susi mit durchdringenden Blicken an, als taxiere er, inwieweit man diesem Vorschlag trauen konnte. Doch dann nickte er.

„Gut, Sie können die Kleine in der Brauerei am Felsenkeller abholen lassen." Susi nahm das Handy aus der Brusttasche und Lockwitz´s Augen weiteten sich. Dieses Miststück hatte ihn wohl geleimt! Oder? Susi schaltete den Lautsprecher ein.

„Glauber, hörst du mich?", rief sie ins Handy.

„Ich habe alles mitgehört, Chefin!" Susi sah Lockwitz an und machte eine beschwichtigende Geste.

„Hör zu Glauber! Du holst Franzi in der alten Brauerei am Felsenkeller ab und bringst sie umgehend zu meinem Mann. Den Kerl dort lässt du in Ruhe! Ich bleibe als Pfand hier und werde mich dem Herrn Lockwitz anschließen. Mach keinen Unsinn und hole auf keinen Fall Verstärkung hier her. Ich bin ab sofort sein Pfand, bis er über die Grenze ist, sag das meinem Mann! Alles klar? Gib mir sofort Bescheid, wenn Franzi bei dir ist. Und lass den Kerl in Ruhe der sie dir gibt!"

„Okay, Chefin! Viel Glück, ich mache alles so wie Sie es gesagt haben!" Susi steckte das Handy wieder ein. Lockwitz streckte ihr die Hand entgegen, er wollte ihr Handy. Doch Susi schüttelte den Kopf.

„Erst wenn meine Tochter in Sicherheit ist, Lockwitz! Und nun sind Sie dran!" Er grinste verhalten und rief nun seinerseits seinen Komplizen an.

„Hör zu, ein Wagen wird gleich bei dir sein und die Kleine abholen. Dem Fahrer übergibst du die Kleine und verschwindest sofort. Er wird dich gehen lassen, wenn er seine Chefin ein wenig gernhat", erklärte er süffisant. Als er das Handy wieder eingesteckt hatte, lehnte er sich gegen den Türpfosten. Seine alten Knochen taten ihm weh. Das Gewehr hielt er schussbereit unter dem Arm. Susi setzte sich im Schneidersitz auf den großen runden Tisch. Der Lauf ihrer Pistole zielte immer noch auf den Alten. Lockwitz grinste verhalten.

„Was haben Sie eigentlich hier gesucht, wenn ich fragen darf?", wandte er sich an Susi.

„Vielleicht Unterlagen über Ihren lukrativen Menschenhandel, Herr von Lockwitz", erwiderte sie. Er sah sie erst starr an, dann meinte er zynisch:

„Was denn für Menschenhandel? Wir unterstützen lediglich zwei Kinderheim bei ihrer aufopferungsvollen Arbeit." Susi lachte lauthals.

„Oh ja, nur dass Ihnen dabei immer wieder tödliche Unfälle passieren! Wie zum Beispiel die kleine Mlada, das Mädchen an der Rodelbahn, oder wie die oben auf der Königsbach-Alm! Diese Mädchen sind Ihnen ausgerissen, und da fragt sich doch jeder warum! Wir wissen aber warum! Und was wir wissen, bringt Sie alle zehn Jahre hinter Gitter! Ja, zehn Jahre, leider nur zehn Jahre, Herr von Lockwitz! Ihre feine Gesellschaft wird wieder mit Anwälten anrücken, um rauszuholen was rauszuholen geht! Leider!"

Susis Stimme war eine Oktave höher geworden und Lockwitz sah etwas besorgt auf ihre Pistole, die ziemlich nervös hin und her zuckte während sie sprach.

Während sie sich ihren Zorn von der Seele redete, dachte er nach wie es nun weitergehen sollte. Sie mussten diese Frau mitnehmen, aber war das klug? Diese Frau war wie ein richtiger Terrier, was sie einmal in den Zähnen hatte, ließ sie nicht wieder los. Doch sein Innerstes weigerte sich den Gedanken, sie einfach umzubringen, Raum zu geben. Das war dann Polizistenmord! Wenn sie geschnappt würden, käme er nie wieder aus dem Knast heraus. Und Hans-Jochen in seiner Beschränktheit, war kein Partner für eine risikovolle Aktion! Er dachte an Krössner, diesen fetten aalglatten Abgeordneten, der mit seinem Anwalt Käsmüller alles auf ihn schieben würde. Warum hatte er denen nur sein Chalet zur Verfügung gestellt, jetzt saß er in der Tinte! So wie es aussah, wussten die Bullen wer alles an diesem Spiel beteiligt gewesen war. Der einzige Vorteil bestand darin, dass die drei Mädchen alle tot waren und nichts aussagen konnten. Und dieser blöder Pater Franke war zum Glück auch schon in der Hölle!

Hans-Jochen Mattuschek machte sich bereit, die kleine Franzi aus dem Keller zu holen. Der Alte hatte also seinen schönen Plan wieder umgeworfen, er wurde langsam zu weich für das Geschäft. Verärgert öffnet er die eiserne Tür und stieg die Treppen hinunter. Unten angekommen schloss er die dicke Holztür auf, löste Franzis Fessel, und meinte dann zu ihr:

„He, komm raus Kleine! Ich bringe dich jetzt wieder zu deiner Mama! Los, beweg deinen kleinen Knackarsch! In den hätte ich zu gerne mal reingebissen. Oder wir hätten auch mal Liebe machen können, du und ich! Wäre doch toll gewesen, oder?", lachte er. Die Kleine sah ihn entsetzt an und lief dann rasch die Treppe hoch, so dass Hans-Jochen Mühe hatte ihr zu folgen. Oben angekommen sah er für einen Augenblick, wie die Kleine die eiserne Tür in die Hände nahm. Und dann knallte ihm diese massige Tür auch schon gegen den Kopf! Mit einem Aufschrei fiel er rücklings wieder die Treppe hinab und blieb unten liegen. Er hörte wie die Kleine etwas von außen gegen die Tür stemmte und dann davonlief. Franzi rannte was das Zeug hielt die schmale Straße entlang. Als sie plötzlich ein Polizeiauto kommen sah, stellte sie sich breitbeinig auf die Straße und winkte mit beiden Armen, bis der Wagen vor ihr hielt. Glauber stieg aus und Franzi jubelte plötzlich los.

„Onkel Glauber, ich habe den blöden Kerl die Tür vor den Kopf gedonnert und bin einfach abgehauen! Er hat gesagt, er wollte mit mir Liebe machen! Igitt!" Glauber hob die Kleine glücklich lächelnd einfach hoch und trug sie zu seinem Wagen und setzte sie auf die Rückbank.

„So Franzi! Das hast du toll gemacht, ich bringe dich jetzt zu deinem Papa ins Präsidium! Aber vorher muss ich schnell noch deine Mama anrufen, damit die sich keine Sorgen mehr machen brauch!" Und so wählte er Susis Nummer.

Plötzlich schnarrte Susis Handy los! Sie nahm das Gespräch an. Glauber war am Apparat.

„Hallo Chefin! Hier will jemand mit Ihnen reden! Ich gebe Sie mal weiter!" Franzis Stimme war zu hören.

„Hallo Mami hörst du mich? Ich bin jetzt bei Onkel Glauber. Ich habe dem Entführer die Tür an den Kopf geknallt und bin einfach ausgerissen? Geht es dir gut, Mama?" Susi musste sich zusammenreißen um nicht loszuplärren.

„Hallo Schätzchen! Ja, mir geht es gut. Du fährst jetzt zu Papa ins Präsidium. Ich komme später dann nach. Tschüss!" Glauber meldete sich nochmal zu Wort.

„Ich habe dem Kerl nichts getan, Chefin! Mit einem Mal stand die Kleine ganz alleine auf der Zufahrtsstraße. Von dem Kerl keine Spur. Sind Sie bitte vorsichtig! Es wird schon alles gut ausgehen!" Susi verabschiedete sich von Glauber, dann gab sie von Lockwitz ihr Handy und ihre Dienstwaffe. Einen Augenblick lang war sie versucht gewesen, den Alten jetzt zu überrumpeln. Sie war sich sicher, dass ihr das gelungen wäre. Aber dann wäre der zweite Mann immer noch unbekannt und auf freiem Fuß. Nur wenn sie sich letztlich denen auslieferte konnte sie weitere Fakten sammeln.

Auch von Lockwitz schien aufzuatmen. Auch er hatte darüber nachgedacht, die Kommissarin hier einfach einzuschließen und dann abzuhauen. Aber wie weit kämen er und Hans-Jochen? Mit einer Geisel standen ihre Chancen wesentlich besser! Er sah auf die Uhr. Ob Hans-Jochen noch zu ihm herkam, nachdem er die Kleine losgeworden war?

„Also gehen wir! Sie gehen voran, Verehrteste! Sie kennen ja den Weg nach unten." Mit der Pistole in der Hand dirigierte er sie aus dem Raum.

Susi hatte gerade einen Schritt aus der Zimmertür auf den Flur hinaus gemacht, als ihr seitlich etwas gegen den Kopf knallte und ihr schwarz vor Augen wurde. Sie kippte auf den Fußboden um und blieb liegen. Irgendjemand stülpte ihr etwas über den Kopf und band es zu. Von Lockwitz lachte leise.

„Du bist wirklich mehr als schnell mein Junge, das muss ich schon sagen!" Doch Susi hörte davon nichts. Man schleppte sie die Stufen hinab und verfrachtete sie dann in den Holzkasten eines Quads am Hinterausgang. Nach einer halben Stunde Fahrt spürte Susi, dass man angehalten hatte. Ihre Hände und ihre Füße waren mit Kabelbindern gefesselt. Sie hörte schwach wie sich die beiden vorn unterhielten. Ihre Lage in der offenen Holzkiste war zwar nicht bequem, war aber auszuhalten. Plötzlich sprach sie jemand an. Es war aber nicht Lockwitz.

„So, dann wollen wir mal die Frau Kommissarin wieder herausholen", sagte eine junge Stimme. Das musste der Komplize von Lockwitz sein. Man hob sie aus dem Kasten heraus und stellte sie auf die Füße. Dann wurden die Kabelbinder an den Gelenken entfernt. Susi hatte Mühe zu laufen, so steif waren ihre Beine geworden. Doch man hielt sie vorsorglich fest und führte sie über eine Wiese in ein Haus. Susi roch die frische Landluft, doch wenig später führte man sie in einen Raum. Hier roch es muffig, die Luft war abgestanden. Vorsichtig konnte sie sich auf ein altes Metallbett setzen, auf dem eine Decke ausgebreitet war. Susi fühlte den rauen Stoff mit den Händen. Plötzlich nahm man ihr den Sack ab, in dem sie die ganze Zeit gesteckt hatte, und Susi sah in eine Clownsmaske die sie angrinste. Sie schätzte den Kerl vielleicht auf 20 bis 25 Jahre. Er sah ziemlich unsportlich aus. In seinem Gürtel steckte ihre Dienstwaffe. Susi deutete mit dem Kopf darauf.

„Ich wäre an Ihrer Stelle vorsichtig. Da hat sich schon so mancher in den Fuß geschossen", meinte sie und lächelte. Sie hatte sich vorgenommen keinerlei Angst zu zeigen. Je resoluter sie auftrat, umso mehr beeindruckte sie die Kerle. Der Maskenträger öffnete das Fenster, das von außen vergittert war. Frische Luft strömte herein.

„Haben Sie sich schon mal überlegt, dass Sie ab sofort dauernd auf der Flucht sind? Egal wohin Sie auch gehen, am Ende wird Interpol nach Ihnen fahnden. Besser Sie geben auf, junger Mann!" Der Maskenträger, der gerade das Fenster wieder schloss, fuhr herum, riss die Waffe aus dem Hosenbund, zog den Schlitten durch und hielt ihr den Lauf auf die Stirn.

„Halt die Fresse du Bullenschlampe, oder ich schieß dir ein Loch in deinen blöden Bullenschädel!", fauchte er sie gereizt an. Susi lächelte ungerührt.

„Was glaubst du was das für eine Sauerei gibt, wenn du das machst! Außerdem wird dir der Oberst wohl kräftig in den Hintern treten! Er weiß nämlich, was auf Polizistenmord steht. Da kommst du aus dem Knast nie wieder raus!", erwiderte Susi kalt lächelnd. Der Clown verließ wortlos den Raum und knallte die Tür zu, so dass es im ganzen Haus zu hören war. Susi machte es sich auf dem Bett einigermaßen bequem. Fest stand, der junge Mann hatte schlechte Nerven! Das machte die Sache einfacher. Ein ausgebuffter Profi ließ sich nicht so leicht aus der Reserve locken. Sie versuchte auf ihre Armbanduhr zu gucken. Da man ihre beiden Hände hinten zusammengebunden hatte, gelang das nicht. Und richtig liegen konnte sie so auch nicht. Außerdem taten ihr die Gelenke der Oberarme weh. Sie wollte gerade rufen als die Tür wieder aufging. Diesmal war es von Lockwitz persönlich. Er brachte ein Tablett mit Abendbrot.

„Na das ist ja wie im Hotel hier", entfuhr es Susi. Von Lockwitz schnitt ihr ungerührt die Kabelbinder an den Händen durch.

„So, damit Sie auch essen können", meinte er nur und öffnete eine Flasche Wasser und stellte sie Susi hin. Susi deutete auf den Mann an der Tür.

„Ist das Ihr Neffe? Warum trägt er denn eine Maske, ist er so hässlich?", fragte sie kauend. Von Lockwitz schmunzelte ein wenig.

„Zu beeindrucken sind Sie nicht so leicht, was? Aber ich würde ihn nicht allzu sehr reizen. Er neigt manchmal zu Kurzschlusshandlungen bei Stress." Susi deutete die Pistole in der Hand des Jungen.

„Meinen Sie nicht, dass die Waffe bei Ihnen besser aufgehoben ist, eben wegen der Gefahr eines Kurzschlusses, oder gar der Selbstverstümmelung!" Von Lockwitz drehte sich zu seinem Neffen herum.

„Steck die Knarre weg und nimm endlich die blöde Maske ab", forderte er den Jungen auf. Susi biss in einen Apfel.

„Wo sind wir hier eigentlich, Oberst?" Der grinste und schüttelte langsam den Kopf.

„Ich glaube nicht, dass ich Ihnen das verraten möchte Frau Kommissarin. Sie kämen vielleicht nur auf dumme Ideen, und das wiederum wäre auch für Sie ungesund." Susi verstand seine versteckte Drohung, fuhr aber weiter fort.

„Was glauben Sie Oberst, wie weit Sie kommen? Wenn einmal Interpol nach Ihnen sucht, sind Ihre Tage in Freiheit gezählt." Von Lockwitz lachte verhalten.

„Wir könnten ja auch hierbleiben! Ich lade meine Freunde ein, und wir haben ein paar Tage unseren Spaß mit Ihnen, junge Frau! Sie sind ja ganz hübsch!" Susis Augen bekamen ein gefährliches Funkeln und man sah, wie ihre Backenknochen mahlten.

„So wie mit den kleinen unschuldigen Mädchen, meinen Sie, ja? Ich frage mich immer, was in den Köpfen von solchen Menschen wie Ihnen eigentlich vorgeht!" Von Lockwitz´s Gesichtsausdruck hatte sich schlagartig geändert. Seine freundliche Biedermannmaske war einem harten, brutalen Ausdruck gewichen.

„Treiben Sie es nicht auf die Spitze, Verehrteste!", knurrte er und stand auf, nahm ihr die Wasserflasche aus der Hand und wandte sich zum Gehen.

„Ich muss mal für kleine Polizistinnen, Oberst!", beharrte Susi. Er deutete auf die kleine Tür im Raum.

„Da drinnen können sie für kleine Polizistinnen!" Sprachs und verschwand mit seinem Neffen. Susi stand auf und trat an das kleine Fenster. Die Scheibe war seltsam matt. Sie klopfte dagegen. So ein Mist! Das war starkes Plexiglas, das zerbrach nicht so leicht. Der Alte hatte an alles gedacht und vorgesorgt. Draußen wurde es langsam dunkel, über den Bergen leuchtete ein herrliches Abendrot. Susi versuchte etwas zu erkennen. Einige Berggipfel waren zu sehen. Vor dem Haus war eine seichte Senke, und in der Senke sah sie das Wasser eines kleinen Sees. Nicht größer als das Schwimmbecken im Freibad. Sie versuchte sich zu erinnern, wo sie das eventuell schon mal gesehen hatte. Nach einer knappen dreiviertel Stunde Fahrt konnten sie nicht allzu weit von Berchtesgaden entfernt sein. Sie war wieder aufgewacht, als der Wagen losfuhr. Wo waren sie also?

Markus hatte seine kleine Franzi umarmt und hochgehoben. Die Kleine hatte ihre Arme um seinen Hals geschlungen und bitterlich geschluchzt und dann alles erzählt.

„Papa, die haben mich an der Schule einfach geschnappt und in ein Auto gezerrt! Dabei haben die mir einen Sack über den Kopf gesteckt! Ich habe solche Angst gehabt, aber ich habe nicht geweint!", erklärte sie stolz. Und dann erzählte sie stolz wie sie dem Entführer entwischt war. Markus streichelte sie und drückte sie fest an sich.

„Du warst sehr tapfer, Schatz!" Sie sah ihn mit ihren dunkelbraunen Augen ernst an.

„Haben die jetzt die Mama?" Markus nickte.

„Ja, sie haben dich gegen die Mama freigelassen. Jetzt müssen wir nur die Mama wiederfinden!" Die Kleine sah sich im Büro um, wo immer wieder Beamte ein- und ausgingen.

„Suchen die alle die Mama?", fragte sie interessiert. Markus bejahte ihre Frage.

„Hör zu Schatz, so lange wir Mama nicht gefunden haben, kannst du nicht in die Schule gehen. Ich habe uns hier im Haus ein Zimmer herrichten lassen, da schlafen wir beide, und du gehst bitte da auch nicht raus. Am Tag wird eine Beamtin in deiner Nähe sein, ansonsten bin ich gleich nebenan, wenn du mich brauchst. Sei so lieb und geh bitte ja nicht aus dem Haus raus, klaro?" Franzi nickte.

„Ich weiß schon Papa, wegen der bösen Männer. Sonst könnten die mich ja wieder klauen." Markus musste lachen.

„So ist es, Schatz. Und wir wollen ja nicht, dass ich euch dann beide suchen muss. O.k.?" Franzi nickte.

„Papa, ich könnte aber ein paar Sachen zum Anziehen und ein paar Spielsachen gebrauchen", meinte sie ernsthaft.

„Ich fahre heute noch nach Hause und hole alles was du brauchst. Am besten du schreibst mir einen Zettel, was du alles haben möchtest." Es wurde eine umfangreiche Liste die Franzi anfertigte. Sie schien sich mit dem Gedanken, ein paar Tage im Präsidium bleiben zu müssen, angefreundet haben. Aber sie war natürlich auch pflegeleicht. Markus dachte an die beiden Jungs, die in der Schweiz waren. So oft es ging rief er an und erkundigte sich, wie es ihnen ging. Das nun auch noch Susi entführt worden war, brachte Susis Eltern in große Sorge. Doch Markus versuchte ihnen Mut zu machen, dabei musste er selbst seine gesamte Willenskraft aufbringen, um Hoffnung zu haben.

Glauber war seit dem Abend am Chalet ein anderer geworden. Er machte sich verantwortlich für das Misslingen der Aktion. Sie hätten nach seiner Meinung zu zweit reingehen müssen! Markus versuchte ihm das auszureden, schließlich kannte er Susis Sturkopf lange genug.
Aber Glauber legte plötzlich Eigenheiten frei, die man von ihm früher nie erwartet hätte. Er war beinahe rund um die Uhr im Dienst. Und er hatte ein Bewegungsprofil erstellt! Und er hatte sofort eine Ortung des Handys seiner Chefin angeordnet. Doch als sie die Ortung aufnehmen wollten, war das Handy der Chefin ausgeschaltet worden.

Die Suche nach von Lockwitz war ausgedehnt worden. Alle Grenzübergänge waren wiederbesetzt worden, und Glauber hatte sämtliche Möglichkeiten ausgekundschaftet, wie man aus Bayern herauskam. Alle Polizeistationen hatten Bilder vom Oberst, seinem Neffen und von Susi. Selbst im Fernsehen wurden diese gezeigt. Es war nur eine Frage der Zeit, bis erste Ergebnisse eintreffen mussten.

Hans-Jochen Mattuschek war Österreicher oder besser gesagt, er war in Österreich aufgewachsen. Seine Liebe galt allem was süß war, und da vor allem Backwerk. Beißer-Torte, Sachertorte, Schaum-Rollen und anderes war ihm ein Hochgenuss. Und da er an einem Morgen hinunter ins Tal fahren musste um einzukaufen, ging er in die nächste Bäckerei. Dort deckte er sich sofort mit Torte ein und trug das Paket zum Jeep. Im Rausgehen sah er plötzlich an der Glasscheibe der Tür ein Foto kleben. Vor Schreck wäre ihm um ein Haar der Autoschlüssel zu Boden gefallen, und dass ausgerechnet dort wo ein Gully Deckel war. Im letzten Moment hatte er den Schlüssel noch festhalten können. Gebückt neben dem Jeep kniend, sah er auf das Foto in der Ladentür! Es zeigte ihn, seinen Onkel und die Polizistin! Es war ein Fahndungsbild der Polizei! Mit zitternden Fingern stand er auf, versuchte die Autotür zu öffnen, sprang hinein, ließ den Wagen an und preschte mit kreischenden Rädern davon! Dabei übersah er aber, dass eine der Verkäuferin im Laden am Fenster gestanden hatte und zu ihm herüber gestarrt hatte. Die gleiche junge Frau eilte sofort zum Telefon und rief die Polizei an.

„Hallo! Hier ist die Bäckerei Mohnhaupt in Au. Mein Name ist Nadine Krüger. Ich habe gerade einen der Männer auf dem Fahndungsfoto bei uns im Laden gesehen", erklärte sie aufgeregt dem Beamten.

Dreißig Minuten später preschte Glauber durch die Dorfstraße und hielt mit quietschenden Bremsen vor der Bäckerei. Er trat ein und fragte nach Frau Krüger. Die Angesprochene lächelte.

„Das bin ich, Herr Kommissar." Glauber starrte die junge Frau an. Ihre rote Kräuselmähne verschlug ihm den Atem. Und Holz vor der Hütten hatte die aber auch! Er nahm sich zusammen und ließ sich erklären, was sie gesehen hatte.

„Ich kann es beschwören, es war der junge Kerl da auf dem Foto, Herr Kommissar. Als er gemerkt hat, dass ich ihn vom Fenster aus beobachtet habe, ist er wie ein Irrer losgerast. Mit kreischenden Rädern ist er davon gedonnert, so wie sie gerade eben", erklärte sie unbefangen. Glauber grinste.

„Ach Sie meinen ich bin auch so ein Irrer, oder?", fragte er sie grinsend. Die junge Frau wurde über beide Ohren rot. Beinahe so rot wie ihre Haarpracht.

„Nää, das hob ich net so gmeint, Herr Kommissar", versuchte sie sich herauszureden.

„Schon gut, und was für ein Auto war das denn?", fragte Glauber weiter.

„Es war ein Jeep, so ein kleiner Grüner mit einem Ersatzrad hinten drauf." Glauber dachte kurz nach.

„Ein Suzuki vielleicht?" Die junge Frau nickte.

„Mein Onkel hat so einen, ja das war ein Suzuki, ein älteres Modell!"

„Die Nummer haben Sie sich nicht gemerkt, oder?" Die junge Frau schüttelte den Kopf.

„Nö, das ging alles so schnell als er lospreschte." Glauber bedankte sich und gab ihr augenzwinkernd seine Visitenkarte.

„Hier, falls Ihnen noch was einfällt rufen Sie mich einfach an! Tag und Nacht!" Das Letztere betonte er ausdrücklich und die junge Frau wurde wieder rot. Glauber verabschiedete sich.

„Tschau, Frau Nadine! Der Name passt übrigens gut zu Ihnen!", meinte er und zwinkerte ihr lachend zu, als er den Laden verließ. Die Kollegin der Frau Krüger trat aus der Seitentür und grinste.

„Der hat dich aber angeschmachtet, meine liebe Nadine! Der würde sich bestimmt freuen, wenn du ihn nochmal anrufst", meinte sie grinsend. Nadine Krüger wurde abermals rot. Fesch war er ja gewesen, der Herr Kommissar.

Glauber gab seine Erkenntnisse sofort weiter, und tatsächlich auf den Namen des Obersts war ein Suzuki-Jeep zugelassen. Nun war die Nummer bekannt und kam mit in die Fahndung. Als Markus das hörte, atmete er auf. Also mussten diese Ganoven noch in der Nähe sein. Aber die konnten natürlich überall in den Bergen sein. Fieberhaft suchte man im Bekanntenkreis von Lockwitz nach Leuten die ein Alm- oder Ferienhaus oder sowas ähnliches besaßen. Insgesamt kamen sechs Immobilien zusammen, und ein kleiner Wildtier-Park oben am Knappenstadl. Das gehörte einem Dr. Kahlroter, einem Banker. Der und von Lockwitz schienen des Öfteren schon Geschäfte miteinander gemacht zu haben. Das ging jedenfalls aus den Akten, die sie bei Lockwitz im Chalet gefunden hatten, hervor. Und der fuhr als Zweitwagen einen Suzuki Jimny Ranger, den er zur Jagd benutzte. Und der hatte ein Ersatzrad an der Heckklappe. Markus ordnete in allen sechs Fällen die Überprüfung an. Tatsächlich waren von den sechs Fahrzeughaltern, vier Jäger und zwei Handwerker. Die Fahrzeuge der Jäger hatten Vorrang! Markus schickte allen vier die KTU ins Haus, und Glauber war immer dabei. Er und Quirin Stadler arbeiteten wie besessen an dem Fall. Zum ersten Mal sah man Quirin, der sonst die Ruhe in Person war, verzweifelt. Doch in keinem Auto konnte man etwas von Susi feststellen. Dabei war klar, dass sie vom Chalet mit einem Auto weggebracht worden war. Und da das nicht auf dem normalen Anfahrtsweg geschehen war, ging das nur mit einem Jeep, mit dem man ins Gelände fahren konnte.

In der ersten Nacht in der engen Kammer hatte Susi schlecht geschlafen. Immer wieder waren ihr die Bilder von Franzi, den Jungs und Markus durch den Kopf gegangen. Und immer wieder hatte sie überlegt, wie sie hier rauskommen könnte. Ewig konnte man sie hier oben nicht festhalten. Um sechs Uhr hatte sie weit entfernt eine Kirchenglocke gehört. Aber noch interessanter war das Gespräch, das sie zwischen Lockwitz und seinem Neffen mit angehört hatte. Auch wenn sie nur Bruchstücke der Unterhaltung verstehen konnte, ging es ohne Zweifel um eine letzte Geschäftsabwicklung, und es ging um eine Anzahl von Kindern. Sie hörte wie der Neffe gerade sagte:

„Wir müssen die vier Fratzen so schnell wie möglich noch an Mann bringen, Onkel. Das sind immerhin nochmal Achtzigtausend!" Und dann hörte sie von Lockwitz sagen:

„Ich weiß, du musst unbedingt runterfahren und dann den Keller sauber machen. Nimm den Dampfstrahler, die Brauerei hat mehrere Wasseranschlüsse im Keller."

Susis Gedankengänge wurden vom Neffen unterbrochen, der ihr das Frühstück brachte. Er löste ihr die rechte Hand von der Fessel und grinste sie dabei überheblich an. Plötzlich meinte er: „Ich hatte mir schon überlegt, Sie heute Nacht mal zu besuchen. So ein kleines Schäferstündchen mit einer Nummer wäre doch bestimmt nicht schlecht." Susi blieb für einen Moment der Bissen im Halse stecken.

„Du Milchgesicht willst wohl frühzeitig deine Eier verlieren, was!", erwiderte sie giftig. Das fehlte ihr gerade noch, dass dieser Milchbubi sich was ausrechnete. Sie schob das Glas mit dem Saft zur Seite, so dass es vom Stuhl fiel und zerbrach.

„Ich mag keinen Saft! Bring mir eine Flasche Wasser, aber bitte noch verschlossen!" Der junge Mann sah sie verstehend an.

„Ach so, du denkst du kriegst K.O.-Tropfen von mir! Keine schlechte Idee!", lachte er. Susi sah ihn von unten herauf an.

„Warte ab mein Freund, wenn du mir im Vernehmungsraum gegenübersitzt! Freiheitsberaubung, Kinderhandel usw.! Da gibt´s mindestens 10 Jahre Knast dafür!" Hans-Jochen griente sie breit an und lehnte sich gegen das Fenster.

„Dazu müsstest du uns erst mal kriegen, du Schlampe! Außerdem müsstest du erst mal hier lebend rauskommen! Und das bezweifle ich, auch wenn mein Onkel in dieser Sache anders denkt wie ich. Der Alte wird langsam zu weich und ich wird´ mich nach anderen Geschäftspartnern umsehen müssen. Und die zögern keinen Moment, dich umzulegen! Aber davor haben wir beide erst nochmal richtig Spaß!" Susi grinste.

„Träum weiter, Milchgesicht! Du wirst bald aufwachen! Und merke dir eins, ich kriege dich! Das ist versprochen!" Auch wenn sie im Moment noch nicht wusste, wie sie ihn zum Aufwachen bringen sollte. Wenn sie hier rauswollte half nur eins – Gewalt! Zu den Mahlzeiten kamen die beiden abwechselnd. Wenn der Junge heute ins Tal hinab fahren wollte, würde wohl der Alte die nächste Mahlzeit bringen. Bis dahin musste sie sich was einfallen lassen! Sie war tagsüber mit einer Handfessel, an der eine lange Kette hing, am Stahlrohrrahmen des Bettes gefesselt. Es war ein typisches Armeebett, also zusammengesteckt! Das war es! Die Kette hing mit einem Ring am Bein des Bettes. Irgendwie hatten die beiden nicht weit gedacht. Sie musste nur den Stahlfederboden aus dem am Boden verschraubten Bein herausziehen, und schon war die Kette frei. Allerdings musste sie die fünf Meter Kette dann mitschleppen, aber das war ihr egal. Das Ganze erinnerte sie irgendwie an die Geschichte damals, als sie auch in einer Almwirtschaft gefangen gehalten worden war. Manchmal schienen sich die Geschichten zu wiederholen.

Mitten in diese Gedanken hinein hörte sie einen Hubschrauber über das Haus fliegen. Ob sie schon auf der Suche nach ihr waren? Bestimmt würde Markus nicht ruhen, bis sie einen Anhaltspunkt gefunden hatten.

Pünktlich acht Uhr klingelte es an der Haustür der Villa von Dr. Kahlroter. Verärgert sah er zur Standuhr hinüber, die gerade angefangen hatte zu schlagen. Wer störte ihn denn schon zum Frühstück? Die Hausdame kam herein.

„Herr Doktor, die Polizei ist draußen, sie wollen Sie sprechen", erklärte sie leise. Der Banker tupfte sich den Mund ab und stand auf. Schob die Hosenträger nach oben wo sie hingehörten und ging zur Eingangstür. Draußen standen vier Leute in Zivil.

„Sie wünschen bitte?", fragte er kurz angebunden. Glauber hielt dem Banker ein Blatt Papier vor die Nase.

„Kommissar Glauber und Kommissar Hufschmid von der Kriminalpolizei Berchtesgaden!", stellte sich Glauber vor.

„Und das ist ein Durchsuchungsbeschluss, wir suchen Ihren Suzuki-Jeep, Herr Kahlroter." Der Banker war für einen Augenblick rot angelaufen, doch dann fasste er sich.

„Was wollen Sie mit meinem Jeep, wenn ich fragen darf?" Glauber sah ihn ungeduldig an.

„Wir sind bei der Aufklärung eines Gewaltverbrechens, darf ich nun bitten!" Er streckte dem Banker die Hand hin. Der nahm den Zündschlüssel vom Haken und gab ihn Glauber.

„Bitte folgen Sie mir, er steht in der Garage. Aber verraten Sie mir nun mal was Sie ausgerechnet von mir und meinem Jeep wollen?" Glauber trat unter das hochfahrende Rolltor der Garage. Tatsächlich, der Jeep stand da.

„Kennen sie einen Oberst a.D. von Lockwitz, Herr Kahlroter?" Der Banker nickte zögernd und schien bei der Nennung dieses Namens etwas verunsichert zu sein.

„Den kenne ich, ja, wir gehen zusammen gelegentlich zur Jagd."
Glauber gab Quirin einen Wink mit der Untersuchung zu beginnen.

„Dann kennen Sie vielleicht auch das Chalet des Herrn Oberst?", fragte er weiter. Glauber bemerkte, wie der Banker für einen kurzen Moment die Luft anhielt und hakte sofort wieder ein.

„Und, kennen Sie das Anwesen?" Der Banker nickte zögerlich.

„Na ja, ich war ein oder zweimal da oben ja. Wir haben gefeiert!"

„Und, waren da auch kleine Mädchen dabei, bei dieser Feier?" Diese Frage ließ den Banker blass werden und er empörte sich sofort.

„Sagen Sie mal, für wen halten Sie mich denn? Ich werde jetzt wohl mal lieber meinen Anwalt anrufen!" Glauber machte eine zustimmende Geste, und Kahlroter trabte zurück ins Haus. Quirin tippte Glauber auf die Schulter und schüttelte bedauernd den Kopf.

„Nichts, sauber wie ein Kinderpopo! Eigentlich zu sauber, wenn du mich fragst." Glauber zuckte mit den Schultern.

„Gut, dann rücken wir wieder ab."
Als der Herr Anwalt Käsmüller eine Dreiviertelstunde später auf der Bildfläche erschien, waren die Beamten schon wieder abgezogen, und so zogen sich die beiden Herren für ein Gespräch in den Wintergarten zurück.

Markus Ludwig saß im Halbdunkel des Zimmers in einer kleinen Sitzecke. Hinter der geöffneten Tür des Nebenraumes standen sein Bett und ein zweites in dem Franzi selig schlief. Seit gut einer Woche schon kampierten sie hier unter dem Dach des Präsidiums, und Franzi ging nicht zur Schule. Er hatte es organisiert, dass die Hausaufgaben von einer Lehrerin am Nachmittag gebracht wurden. Frau Gruber arbeitete dann zwei Stunden mit Franzi, damit sie nicht zu viel vom Stoff versäumte.
Sie hatten hier oben eine kleine Küche, eine Art Wohnzimmer und ein Schlafzimmer. Die Angst, dass Franzi wieder entführt werden konnte, wenn sie weiter zur Schule ging, hatte ihn zu diesen Mittel greifen lassen. Es war ein Provisorium, das wusste er.

Jede Woche telefonierte er zweimal mit Susis Eltern in der Schweiz, bei denen die beiden Jungs sich offenbar recht wohl fühlten. Doch die Sorge um Susi machte ihn krank. Die intensive Suche nach diesem Oberst von Lockwitz hatte bisher noch keinen Erfolg gehabt. Obwohl sein Jeep vor zwei Tagen ja in Au aufgetaucht war. Doch die Karre war wie vom Erdboden verschluckt. Selbst mit Hubschraubern hatten sie die gesamte Umgebung abgesucht. Nichts! Rein gar nichts! Nicht zu wissen wie es seiner Frau ging, machte ihn beinahe wahnsinnig. Den Gedanken, dass Susi vielleicht schon nicht mehr am Leben war, schob er kategorisch beiseite. Er wusste, dass sie in entscheidenden Situationen immer das Richtige tat. Sie war nicht nur eine gute Frau und Mutter, sie war auch eine erstklassige Polizistin, die ihren Job zu hundert Prozent beherrschte. Irgendwie erinnerte diese ganze Situation an die Tage als sie das Ungeheuer vom Königsee jagten. Auch da war Susi in einen Hinterhalt geraten und mehrere Tage festgehalten worden. Damals waren sie am Anfang ja nur befreundet gewesen. Und er erinnerte sich noch sehr genau an den ersten Tag, als diese kleine, zierliche Schweizer Beamtin ihm plötzlich an seinem Schreibtisch gegenübersaß. Vom ersten Moment an hatte es zwischen ihnen geknistert. Das war vor acht Jahren gewesen. Und heute hatten sie einen gemeinsamen Sohn, eine Tochter Susis und den kleinen rumänischen Ziehsohn Milan, den sie adoptieren wollten. Aber im Moment fehlte die Hauptperson dieser Familie, die Mama, Ehefrau und die Kollegin!

Susis Vertreter Jochen Glauber, hatte sich in den letzten Tagen vom Hans Guck in die Luft, zu einem verbissen arbeitenden Polizisten verwandelt. Systematisch graste er sämtliche Almen rund um Au ab.

Susi sah gerade aus dem vergitterten Fenster ihrer Kammer, als sie sah, wie der alte Oberst runter zum See ging. Jetzt konnte sie endlich loslegen! Sie nahm den stabilen Hocker an einem Bein und schlug mit voller Wucht von unten gegen die Stahlmatratze, die an den vier Beinen des Bettes eingehängt war. Was ihr erst mit bloßer Zugkraft der Hände nicht gelungen war, schien jetzt zu funktionieren. Millimeterweise rutschte der Metallzapfen aus seiner Halterung. Ein weiterer Schlag, und der Stahlfederboden hatte sich ausgehängt. Nun musste sie nur noch das zusammengesteckte Kopfteil trennen. Wieder schlug sie mehrmals mit dem Holzhocker dagegen. Endlich hatte sie auch das geschafft, der Eisenring fiel auf den Fußboden! Sie war frei! Rasch steckte sie das Bett wieder zusammen, legte die Kette so, dass es so aussah, als ob sie noch am Bett befestigt war. Und sie ließ die Handschelle noch am linken Handgelenk, die mit der Kette verbunden war. Susi stellte sich im Geist vor, wie sie den, der ihr die nächste Mahlzeit bringen würde, außer Gefecht setzen wollte. Und so setzte sie sich auf den Hocker neben die Tür. Den Kettenring hatte sie so deponiert, dass ihr Kopfkissen ihn zudeckte. Sie setzte auf den Überraschungsmoment, wenn die Tür aufging!

Von Lockwitz´s Neffe war zum Glück noch nichts zu sehen und zu hören. Ihn außer Gefecht zu setzen würde sich nicht ganz so einfach gestalten, wie bei dem Alten. Diesen alten klapprigen Zausel getraute sie sich mit einer Hand umzuwerfen. Hoffentlich kam der bald.

Susi hörte wie er wieder hustend zur Haustür hereintrat. Er hatte offenbar trockenes Holz geholt, damit der Schornstein in der Nacht nicht allzu sehr rauchte, wenn sie kochen wollten. Sie hörte seine schlurfenden Schritte auf dem Flur näherkommen. Kam er heute eher als sonst? Leise erhob sich Susi von ihrem Holzschemel. Ergriff ihn an einem Bein und stellte sich seitlich neben die Tür. Automatisch hielt sie die Luft an.

Im gleichen Augenblick hörte sie es draußen hupen! Dieser verdammte Hans-Jochen war zurück! Die Schritte im Flur entfernten sich wieder schlurfend. Susi hätte laut aufschreien mögen und setzte sich dennoch wieder auf den Hocker zurück! Sie schnaufte vor Anspannung hörbar durch.

Dann hörte sie, wie sich die beiden draußen aufgeregt unterhielten, und wie Lockwitz schon zum zweiten Mal zornig werdend rief:

„...dann muss der Jeep sofort weg, Mensch! Fahr ihn doch einfach runter in die Schlucht neben dem Steinbruch, jetzt, sofort! Beeil dich, Junge! Wie kann man nur so dämlich sein!"

Hans-Jochen schien noch etwas auszuladen, dann hörte Susi wie der Wagen wieder ansprang und sich langsam erneut entfernte. Sie atmete auf. Hoffentlich kam der Alte nun bald mal!

Tatsächlich hörte sie die Schritte des Alten wieder im Flur! Er kam direkt auf ihre Tür zu! Der Schlüssel rasselte im Schloss, dann ging die Tür auf und Oberst von Lockwitz trat nichtsahnend ein.

Wie ein Panther sprang Susi hinter der Tür hervor, holte weit aus, und schlug von Lockwitz den Holzschemel seitlich gegen den Kopf! Mit einem unterdrückten Seufzer ging der Alte in die Knie und kippte dann wortlos zur Seite um! Aus seiner Nase tropfte Blut auf den Dielenboden. Aber das war Susi im Moment egal. Sie fühlte seinen Puls, der unregelmäßig schlug. Sie raffte die lange Kette zusammen, stopfte sie vorn in ihren Sweater und rannte aus dem Raum hinaus in den Flur. Einen Moment sah sie sich um, dann ging sie in die Küche auf der Suche nach einem Handy. Und sie fand ihr Handy tatsächlich in einer der Schubladen des Küchenschrankes. Es war ausgeschaltet. Als sie anschalten wollte kam die Meldung, dass der Akku leer sei!

„Verdammt!", fluchte sie leise. Susi raffte zwei Semmeln, eine Flasche Wasser und eine Wurst zusammen und verließ, sich vorsichtig umschauend, das Haus. Einen Moment musste sie sich orientieren, ehe sie wusste in welche Richtung sie loslaufen musste. Dann machte sie sich auf den Weg in Richtung nach Hause! Immer am Waldrand entlanglaufend, erreichte sie einen Bergbach. An diesem wollte sie sich abkühlen und vor allem endlich die Handschelle vom linken Handgelenk loswerden. Sie wusch sich gerade das Gesicht ab, als sie plötzlich hinter sich jemand Lachen hörte. Entsetzt drehte sie sich herum und starrte in die grinsende Visage des Neffen! Der stand gegen einen Baum gelehnt da, die Pistole in der Hand und auf sie gerichtet, und grinste sie an.

„Das hast du dir wohl so gedacht, he? Einfach abhauen! Was hast du mit meinem Onkel gemacht? Sag was, los!", brüllte er plötzlich los.

„Sag was, oder ich leg dich gleich hier um!", wiederholte er hysterisch schreiend. Dabei fuchtelte er dauernd mit ihrer Waffe herum, so dass Susi befürchten musste, dass sich ein Schuss lösen konnte, weil sie nicht sehen konnte, ob die Waffe entsichert war.

Susi taxierte den jungen Mann und überlegte, wie sie ihn überraschen konnte. Er stand aber gute fünf Meter von ihr entfernt. Der

Wald war hier ziemlich dicht, und ehe Hans-Jochen überhaupt begriff was geschah, sprintete Susi mit einem Satz los! Sie hörte wie er hinter ihr her brüllte, sie solle sofort stehen bleiben. Dann knallte es! Einmal, zweimal, dreimal. Das Echo wiederholte die Schlussfolge zu einer Salve. Wenn jetzt ein Jäger unterwegs war und das hörte, dann standen ihre Chancen gut! Susi erreichte eine kleine Lichtung. Wieder knallte es! Sie spürte den leichten Luftzug der Kugel, die nahe am rechten Ohr vorbeigezischt war. Der Schweinehund hatte offenbar aufgeholt und schoss gezielt auf sie. Er hatte viermal geschossen, also hatte ihre Waffe noch vier Patronen im Magazin. Wenn er weiter aufholte würde er sie unweigerlich treffen! Sie war halt keine zwanzig mehr, und Laufen hatte sie nun wirklich nicht trainiert. Sie entschloss sich zu einer List!

Susi stolperte beabsichtigt und ließ sich einfach auf der Lichtung zu Boden fallen. Dann rührte sie sich nicht mehr. Sie musste ihn überlisten! Wenn er allerding erst nochmal auf sie schoss, ehe er sich ihr näherte, war alles aus! Sie hörte an seinen Tritten auf dem Waldboden, wie er langsam näherkam. Da er aus der Richtung kam, in die sie ihren Kopf gedreht hatte, sah sie blinzend wie er die Waffe plötzlich in den Hosenbund steckte und sich nach einem Holzknüppel bückte. Er hatte sich wohl überlegt, sie nicht zu erschießen, sondern zu erschlagen! Warum blieb sein Geheimnis. Allerdings, wenn er sie erschoss, war alles klar! Wenn sie anders zu Tode kam, erhoffte er sich wahrscheinlich besser wegzukommen oder gedachte alles abzustreiten. Er handelte also doch überlegt!

Hans-Jochen näherte sich langsam Susi. In der Rechten hielt er einen etwa einen halben Meter langen armdicken Ast. Er stand genau in Höhe ihres Knies. Da Susi auf der Seite lag brauchte es nur einen einzigen gewaltigen Ruck und sie würde ihn umfassen und umwerfen! Und so geschah es dann auch. Mit aufgerissenen Augen sah Susi wie er mit Schwung ausholte, dabei leicht auf die Fußspitzen ging, und zuschlagen wollte! In diesem Augenblick schnellte sie hoch, umfasste seine Beine unterhalb der Knie und warf ihn mit voller Wucht und Zuhilfenahme ihres Gewichts zu Boden! Auf Grund seiner Aushohlbewegung flog der Knüppel in hohen Bogen nach hinten davon und Susi saß mit einem Satz auf seinem Rücken und drückte ihm beide Arme hinten zusammen.

Dann riss sie zu allererst die Pistole aus dem Hosenbund und schlug ihn mit dem Griff der Waffe an den Kopf. Ein unterdrückter Aufschrei und der Junge lag schlaff auf dem Waldboden unter ihr. Sie fühlte kurz seinen Puls, aber der schlug noch. Mit dem anderen Ende der Kette fesselte sie ihn an Händen und Füßen und zog die Kette zusammen. Nun war er unweigerlich mit ihr verbunden! Aber es wurde langsam dunkel, das Abendrot schimmerte durch die Bäume. Susi überlegte was sie machen konnte. Dann durchsuchte sie seine Taschen und fand sein Handy. Gottseidank! Sie klappte es auf und fluchte an diesem Tag zum zweiten Mal. Sie hatte hier oben kein Netz! Das passierte zwar selten, aber ausgerechnet hier war es so.

Susi rappelte sich langsam auf und zerrte den leblosen Körper des jungen Mannes zum nächsten Baum. Dann begann sie mit der Kette um den Baum herumzulaufen und kettete ihn so fest. Sitzend, gegen den Baum gelehnt, konnte er sich nicht rühren. Susi saß drei Meter neben ihm und überlegte wie es nun weiter gehen sollte. Hilfe rufen war derzeit unmöglich. Hans-Jochen Mattuschek öffnete blinzelnd die Augen und sah sich verstört um. Der Kolben der Waffe hatte ihn einen ziemlich großen blauen Bluterguss beschert. Er verzog schmerzhaft das Gesicht und starrte sie hasserfüllt an. Susi lachte.

„Da siehst du mal mein Freund, so schnell ändert sich die Lage! Jetzt bist du derjenige der gefangen ist!" Hans-Jochen spuckte aus und knurrte gehässig:

„Fick dich, alte Schlampe!" Susi nahm es gelassen.

„Eine gute Kinderstube hast du auch nicht gerade gehabt, was? Na ja, ich denke du wirst mir noch viel erzählen in den nächsten Stunden. Wir haben ja viel Zeit."

Dabei überlegte sie gerade, wie es dem Alten derzeit ging. Wenn der sich aber auf die Suche machte, konnte es für sie brenzlig werden! Sie überprüfte ihre Waffe. Eine Patrone steckte im Lauf, drei waren noch im Magazin. Und, sie durfte heute Nacht nicht einschlafen!

Langsam kroch die Nacht über die Berge und Täler im Berchtesgadener Land. Susi begann in ihren dünnen Sachen zu frieren. Immer wieder ertappte sie sich dabei, wie ihre Konzentration nachließ und sie einzuschlafen drohte. Der Wind hatte aufgefrischt und das hielt sie dann doch wach. Sie hörte vereinzelte

Tiere schreien, einen Uhu laut rufen, und der Wind bewegte die Tannen, deren Geäst leise knackte und rauschte.

Oberst von Lockwitz kam langsam wieder zu sich. Mühsam öffnete er die Augen. Seine rechte Gesichtshälfte war blutverklebt, sein Schädel brummte wie ein Schwarm Hornissen. Als er sich aufrichten wollte, wurde ihm übel und er musste sich übergeben. Langsam erinnerte er sich wieder daran was passiert war. Die Polizistin hatte ihm eins über den Schädel gegeben, als er ins Zimmer kam. Wie war die bloß mit der Kette eigentlich bis zur Tür gelangt? Er starrte auf das zerlegte Bett. Das war es also! Sie hatte das Bett auseinandergenommen. Und jetzt war sie weg! Garantiert war sie auf dem Weg ins Tal. Das hieß, er konnte nicht mehr auf seinen Neffen warten und musste weg! Die ganze Sache war ihm aus den Händen geglitten, und alles nur, weil auf seinen Neffen kein Verlass war. Er war ein elender Versager! Und Lockwitz hasste Versager!

Wieder versuchte der Oberst sich aufzurichten. Mühsam kam er diesmal hoch und hielt sich einen Augenblick am Tisch fest. Seine Armbanduhr zeigte 19.00 Uhr an, und Hans-Jochen war noch nicht wieder zurück! Vor gut zwei Stunden hatte er den Wagen wegbringen sollen. Vom Steinbruch bis hierher zum Haus war es zu Fuß keine halbe Stunde. Wo war der Junge nur? Von Lockwitz musste sich einen Moment auf den Hocker setzen. Diese verdammte Kommissarin war nicht von schlechten Eltern! Sie hatte auf ihre Chance gewartet und rücksichtslos zugeschlagen. Im wahrsten Sinne des Wortes! Ob er wollte oder nicht, er zollte ihr seinen heimlichen Respekt. Diese Frau war nicht so ein Weichei wie sein Neffe Hans-Jochen.

Als es langsam hell wurde, wachte Susi aus ihrem Halbschlaf plötzlich auf. Erschrocken sah sie hinüber zu dem Baum an dem ihr Gefangener über Nacht angekettet gewesen war. Er war noch da und schlief. Susi erhob sich und streckte sich. Sie schnüffelte an ihrem Sweater und rümpfte die Nase.

„Ich glaube, ich muss bald mal baden", murmelte sie und stieß mit dem Fuß gegen den ihres Gefangenen.

„He, alte Schlafmütze aufstehen!", weckte sie ihn. Dann musste sie plötzlich lachen.

„Ach Gott, du kannst ja gar nicht aufstehen. Eigentlich müsste ich jetzt loslaufen und dich hier hängen lassen! Aber das geht ja nicht, du hast ja keine Schlüssel für die Handschellen. Dein Pech, mein Junge!" Der junge Mann schüttelte den Kopf und versuchte sich zu strecken.

„Nee, die hat mein Onkel einstecken!", erwiderte er lustlos. Susi atmete tief durch. Sie grinste ihn an.

„Dann habe ich jetzt aber eine kleine Überraschung für dich! Dann sieh mal was ich hier in meinem Schuh unter der Einlegsohle habe! Da habe ich überhaupt nicht mehr dran gedacht gestern!" Sie zog den linken Schuh aus, nahm die Einlegsohle heraus und brachte einen kleinen Schlüssel zum Vorschein. Es machte zweimal Klick, und ihre Hände waren frei. Irgendwann in der Nacht hatte sie plötzlich die Erkenntnis überrascht, dass sie sich nach der Gefangennahme damals durch den Königssee-Mörder dieses Versteck für einen Handschellenschlüssel extra von ihrem Schustermeister hatte anfertigen lassen. Und diese alten Latschen trug sie immer noch, wenn sie zum Einsatz ging. Reine Glückssache!

„So, hör zu Jungchen, ich werde dich jetzt von deinen Ketten befreien und dir die Handschellen anlegen. Wenn du auch nur versuchst Zicken zu machen, schieße ich dir ins Bein. Denk dran, ich bin schneller als du! Also die Hände schön herhalten und brav sein!" Hans-Jochen Mattuschek hatte wohl eingesehen, dass er gegen die taffe Oberkommissarin keine Chance hatte und hielt ihr nun seine beiden Hände artig hin. Susi schlang die schmalen Kettenglieder zwischen den gefesselten Händen durch und hatte ihn so immer in der Gewalt. Mehr als zwei Meter ließ sie ihm nicht Platz.

„So, wir marschieren jetzt hinunter ins Tal. Wenn du Zicken machst, schieße ich dir wie gesagt, ohne zu zögern, ein Loch ins Bein! Du kannst sicher sein, das tut weh! Aber ich mache es! Außerdem kannst du dir mal inzwischen überlegen, ob du mir nicht was von den Geschäften deines Onkels erzählst und dir so ein paar Jahre Knast ersparst." Hans-Jochen stand auf. Susi verkürzte die Kette, indem sie sich ein Stück zusammenlegte. Der Zwischenraum zwischen ihr und dem Jungen betrug jetzt knapp zwei Meter. Er stöhnte.

„Ich muss dringend mal pissen!" Susi sah ihn erstaunt an.

„Und ich soll dir jetzt die Hose aufmachen und deinen … Nö mein Freund, da wird nix draus! Das musst du dir eben in die Hose machen. Ich greife dich nicht an, das steht fest!" Sie zog an der Kette.

„Los geht´s! Je eher wir unten sind, umso eher kannst du aufs Klo gehen. Los, auf geht's!" Hans-Jochen maulte während er losstolperte. Von seiner Überheblichkeit war nichts mehr geblieben. Susi lächelte ihn an.

„Erleichtere dein Herz, mein Liebling! Je mehr du uns erzählst umso kürzer wird dein Knastaufenthalt."

Und dann begann Hans-Jochen tatsächlich zu reden, und er redete sich alles von der Seele. Es wurde eine lange Beichte. Und so erfuhr Susi endlich wie der Kinder aus Rumänien herausgebracht wurden. Sie stammten größtenteils aus zerrütteten Familien, die ihre Kinder für Geld hergaben. Im Grunde war es das Beste was den Kleinen passieren konnte, wenn nicht einige geldgierige und abartige Zeitgenossen diesen Umstand ausnutzen würden. Und es gab einen der die ganze Sache lenkte. Dieser Natan n war ein Zigeuner, einer der mit allem handelte was Geld einbrachte. Und er hatte in Deutschland und in Tschechien sogenannte Geschäftspartner. Oberst von Lockwitz war einer von ihnen, ein anderer war Bulgare und hieß Boris Nentschow. Die Kinderheime waren die Verteilstationen.

Endlich, nach einer Stunde Marsch hatten sie den Ortseingang von Au erreicht. Es war bereits kurz vor Mittag. Susi sah ein Taxi am Straßenrand vor einem Bäckerladen stehen. Sie steuerte zielsicher darauf zu. Im gleichen Moment kam der Taxifahrer aus dem Geschäft und sah das seltsame Gespann neben seinem Wagen stehen. Susi grüßte den Taxifahrer, der sie argwöhnisch ansah. Offenbar hatte er die Pistole gesehen, die in Susis Hosenbund steckte.

„Hallo Chef, sind sie frei?", fragte ihn Susi so unbefangen wie möglich. Der ältere Mann mit Glatze nickte unsicher.

„Wo wollt ihr beiden denn hin?", fragte er ziemlich gehemmt und unsicher. Irgendwie war ihm dieses Pärchen nicht geheuer.

„Wir müssten unbedingt zum Polizeipräsidium in Berchtesgaden. Nehmen sie uns mit, dann muss ich nicht erst im Laden dort anrufen, damit man uns abholt. Keine Angst, ich bin Polizistin.

Den Ausweis haben mir der hier und sein Kumpel leider abgenommen. Ich konnte ihnen entwischen und hab den gleich mitgebracht!", versuchte Susi die Lage zu erklären. Im Gesicht des Taxifahrers regte sich etwas.

„Ach Sie sind das! Sie werden doch gesucht! Das stand vorgestern in der Zeitung, und der Kerl war auch abgebildet! Na dann steigen Sie mal schnell ein, ich bring Sie ins Präsidium!" Bereitwillig öffnet er die hintere Tür und ließ erst Mattuschek und dann die Polizistin einsteigen.

Eine halbe Stunde später hielten sie vor dem Präsidium in Berchtesgaden. Susi tippte den Fahrer auf den Ärmel.

„Ich habe jetzt kein Geld dabei. Entweder Sie schreiben mir eine Rechnung oder Sie müssten mit hochkommen zu meinem Chef. Sie bekommen das Geld aber garantiert auch überwiesen." Der Fahrer winkte ab und schrieb bereitwillig eine Quittung aus und lachte.

„Freut mich, dass ich Ihnen helfen konnte. Wenn ich das meiner Frau erzähle, wen ich heute gefahren habe, flippt die völlig aus!" Susi stieg aus und zog an der Kette.

„Komm mein Hase, wir sind am Ziel. Aussteigen und schön artig sein!" Als sie mit ihrem Gefangenen das Eingangsportal durchquerte, sahen ihr zahlreiche erstaunte Augenpaare entgegen. Einige grüßten, andere lachten über das ungleiche Paar. Susi stapfte die Treppen hinauf, ihr Gefangener an der Kette stieg ihr nach. Endlich war sie oben und stand vor der Tür von ihrem Chef. Einen Moment atmete sie tief durch, dann klopfte sie an.

Polizeirat Markus Ludwig saß gerade an seinem Schreibtisch als es an der Tür klopfte.

„Herein!" Langsam öffnet sie die Tür und dann schob sich ein Kopf herein und grinste ihn an!

„Susi!" Mit einem Satz war Markus Ludwig hinter seinem Schreibtisch hervor geeilt. Und da stand sie! Die seit Tagen gesuchte Polizistin, Ehefrau und Mutter!

„Mein Gott wo kommst du denn auf einmal her?", war alles was ihm im ersten Moment einfiel. Dann sah er den jungen Mann der hinter ihr stand und ihn verstört anschaute. Markus sah die Handschellen an seinen Händen und bat nun beide endlich ins Zimmer herein.

„Kommt rein! Er hielt ihnen die Tür auf. Der junge Mann trottete Susi mit gesenktem Kopf hinterher wie ein folgsamer Hund. Susi lächelte.

„Darf ich dir vorstellen, Hans-Jochen Mattuschek, linke und rechte Hand des Herrn Oberst a.D. von Lockwitz! Einer der Akteure im Kinderhandel!", stellte Susi den jungen Mann vor. Und dann meinte sie:

„Ich glaube, ich muss erstmal duschen und dann eine Runde schlafen! Ich werde erstmal nach Hause fahren. Nimmst du mir den Herrn ab? Er muss übrigens mal aufs Klo." Markus nahm ungeachtet des Besuchers seine Frau zärtlich in die Arme und flüsterte ihr ins Ohr:

„Geh eine Etage höher, dort haben wir unsere Zweitwohnung seit du verschwunden warst. Da gibt´s ein Bad, ein Bett und einen Kühlschrank. Und vor allem, es wartet da oben jemand auf dich!"
Er gab ihr seinen Schlüssel.

„Gehe ruhig, ich kümmere mich um den jungen Mann. Leg dich hin und schlaf eine Runde, dann reden wir weiter." Sie gab ihren Mann und Chef einen Kuss.

„Danke, ich geh dann mal hoch." Als sich die Tür hinter ihr geschlossen hatte, bat Markus den jungen Mann Platz zu nehmen.

„So, Herr Mattuschek! Nun hören Sie mir mal gut zu! Wenn Sie die Karten offen auf den Tisch legen, können Sie damit rechnen, dass man Sie als Kronzeuge akzeptiert. Das heißt dann, dass Sie ziemlich glimpflich aus der ganzen Sache herauskommen könnten." Und so erzählte Mattuschek alles was er bereits Susi erzählt hatte nochmal. Und was da ans Tageslicht kam, war nichts für schwache Nerven.

Susi stieg derweil die Treppen hinauf und ging auf dem halbdunklen Gang bis zur zweiten Tür rechts. Sie lauschte einen Moment, denn hinter der Tür hörte man einen Fernseher laufen. Es musste eine Kindersendung sein. Susis Gesicht verzog sich zu einem Lächeln. Leise schloss sie die Tür auf und trat ein. Rechter Hand war eine kleine Küche und aus der nächsten Tür kamen die Geräusche des Fernsehers. Susi sah ganz vorsichtig um die Ecke. Tatsächlich, über die Lehne der Couch ragte ein kleiner schwarzer Wuschelkopf heraus. Susi rief leise:

„Franzi! Franzi!" Und weil sich nichts regte nochmal und etwas lauter:

„Franzi Ludwig!" Blitzartig fuhr der kleine schwarze Kraushaarkopf herum.

„Mami! Du bist da! Mami!" Und schon hing sie Susi am Hals.

„Mami, wo warst du denn so lange?", fragte sie mit Tränen in den Augen und presste sich fest an ihre Mutter. Susi ließ ihren Tränen freien Lauf. Alles was sich in den letzten Tagen an Angst angestaut hatte, brach aus ihr heraus, und sie flennten und lachten um die Wette. Und dann versuchte Susi ihrer Tochter kindgerecht zu erklären was sie aufgehalten hatte. Franzi strahlte schon wieder.

„Und du hast ihn einfach k.o. gehauen?", fragte sie voller Stolz auf ihre Mama. Susi sah auf die Uhr.

„Weißt du was, jetzt rufen wir ganz schnell die Oma und den Opa an! Damit die Jungs auch wissen, dass ich wieder da bin!" Und so geschah es dann auch.

Eine Stunde später lag Susi Ludwig zusammengekuschelt mit ihrer Tochter auf dem großen Doppelbett und beide schliefen. Am späten Nachmittag kam Markus mit einem großen Päckchen Kuchen nach oben, brühte Kaffee auf, und weckte dann seine zwei Frauen. Zum ersten Mal seit Wochen hatten sie wieder eine gemütliche Stunde am Nachmittag.

In den späten Abendstunden, kurz vor Sonnenuntergang, marschierte ein älterer Herr in Richtung Kammerlingalm, welche die Grenze zwischen Deutschland und Österreich bildete. Bis nach Weißbach auf der österreichischen Seite waren es noch gut zehn Kilometer. Er würde dort einen Bekannten treffen, der ihn weiterhelfen würde, dessen war sich Oberst von Lockwitz absolut sicher. Außer den Kopfschmerzen von diesem Schlag mit dem Hocker, fühlte sich der alte Herr wieder ziemlich gut. Diese Kommissarin hatte ihn einfach überrascht. Überhaupt schien man sie ernst nehmen zu müssen, ihre Verbissenheit ein Ziel zu erreichen, nötigte ihn, trotz aller Widernisse, höchsten Respekt ab.

Die einzige Sorge die er hatte, war der Verbleib seines Neffen. Hans-Jochen war ein Weichei. Wenn er der Polizei in die Hände fiel, würde er plaudern wie ein altes Weib. Einen Augenblick dachte er mit Schrecken daran, dass die Kommissarin ihn letztlich vielleicht doch noch erwischt hatte. Dabei sollte er nur den Jeep wegbringen und dann zurückkommen. Aber selbst das schien nicht geklappt zu haben.

Aber er hatte nun nicht auf ihn warten können. Er musste so schnell es ging untertauchen. Beim Lohofer, Sepp in Weißbach lagen ein neuer Pass, eine Menge Bargeld und eine American Express-Geldkarte. Derart ausgerüstet würde er nach Innsbruck fahren und dann via Airline nach Costa Rica abfliegen. Zum Glück hatte er rechtzeitig vorgesorgt! Mochten diese beiden Möchtegern-Gangster Farian und Boris nach ihm suchen, er war nicht mehr auffindbar.

Markus Ludwig hatte den Bericht des jungen Mannes aufmerksam gelauscht. Was er erzählte hatte Hand und Fuß. Mal sehen was man für ihn tun konnte. Ludwig griff zum Telefon und rief den Staatsanwalt an. Er berichtete ihm von Susis Rückkehr und der Einvernahme von Mattuschek. Staatsanwalt Bärnacher versprach sich unverzüglich mit den österreichischen Kollegen in Verbindung zu setzen. Wenn dieser Oberst untertauchen wollte, würde er garantiert in Weißbach drüben zuerst sein Geld holen wollen. Immer vorausgesetzt, dieser Mattuschek hatte sie nicht belogen. Aber warum sollte der eigentlich jetzt noch lügen?

Kurz nach Mitternacht stapfte der alte Mann schnellen Schrittes durch den kleinen Ort Weißbach in Österreich. An der Metzgerei Lohofer blieb er einen kurzen Augenblick stehen und sah sich um. Die Dorfstraße war wie ausgekehrt, irgendwo bellte ein Köter durch die Nacht, zwei Straßenlampen verbreiteten diffuses Licht. Lockwitz klopfte gegen ein Fenster im Erdgeschoss und wartete eine Weile, bis plötzlich hinter den Gardinen ein Licht anging und eine Hand den Riegel öffnete. Ein älterer Mann mit einem Rauschebart und einer Glatze sah verschlafen heraus.
„Was ist? Was wollen Sie mitten in der Nacht?", fragte er barsch. Von Lockwitz lachte leise.
„Hallo Sepp, grüß dich! Ich bin´s, der Alfred!" Der Mann im Schlafanzug hinter dem Fenster begann leise zu lachen.
„Was rennst du denn mitten in der Nacht hier herum, sag mal? Warte, ich mache gleich auf. Komm hinten in den Hof!" Und

rums war das Fenster wieder zu. Wenig später knirschte ein Schlüssel im Schloss des Hoftores. Das breite Tor öffnete sich einen Spalt und von Lockwitz huschte hindurch. Sie begrüßten sich herzlich.

„Komm rein, Oberst! Aber leise, meine Alte schläft meist schlecht und ist öfters munter. Komm herein!" Sie betraten eine kleine Stube die eine Tür in den Laden hatte und eine kleine Durchreiche besaß.

„Setz dich, Alfred! Magst ein Schnapserl?" Lockwitz nickte.

„Wenn de noch ein Bier dazu hast, wäre das gut gegen meinen Durscht!", erwiderte er. Sie tranken sich zu, und Lockwitz wischte sich den Schaum vom Mund. Die matte Glühbirne, die an einem Draht von der Decke hing, spendete ein mattes warmes Licht.

„Hör zu Sepp, ich brauch meine Sachen! Ich muss schnellstens verduften! Unser Geschäft drüben ist aufgeflogen, ein paar haben die Nerven verloren. Einer davon ist mein Neffe, der Hans-Jochen." Lohofer schüttelte seinen massigen stiernackigen Glatzkopf.

„Es war von Anfang an ein Fehler, den Knirps mit einzubeziehen! Ich habe es dir immer gesagt! Jetzt haben wir den Salat." Er schenkte nochmal zwei Schnäpse ein.

„Und, was willst nun machen, Alfred?", fragte er neugierig und prostete Lockwitz zu.

„Ich fahr nach Innsbruck und flieg von dort über den großen Teich! Am besten kommst gleich mit, Sepp! Geld haben wir genug." Der Metzgermeister schüttelte betrübt den Kopf und machte sich nun doch auch noch ein Bier auf.

„Das geht nicht, mei Alte ist krank, und wir werden wohl zuschließen müssen. Der Arnold will das Geschäft net übernehmen. Der arbeitet lieber in der Großwursterei als Abteilungsleiter, da hat er seinen Feierabend und am Wochenende frei. Na ja, seine Monika wäre sowieso keine Frau für das Geschäft. Die hat ihren Frisörsalon. Also werden wir den Laden zumachen. Lohnt ja auch kaum noch bei der Konkurrenz durch die Supermärkte." Er sah auf die Uhr.

„Ich schlage vor, du bleibst den Rest der Nacht hier bei uns. Eine Kammer und ein Bett haben wir immer empfangsbereit, falls mal die Enkel hierbleiben wollen. Morgen früh rufe ich dir ein Taxi nach Innsbruck. Einverstanden?" Von Lockwitz nickte erleichtert.

„O.k. Sepp, aber bring mir mal bitte noch meine Sachen, damit wir das nicht morgen früh machen müssen, wenn dein Weib dabei ist." Lohofer nickte und verschwand für kurze Zeit, dann kam er mit einer Aktentasche zurück.

„Hier, ich hoffe alles ist noch beisammen! Außerdem, ich gehe mal davon aus, mein Name taucht nirgendswo auf! Denn wenn das meine Alte erfährt von den jungen Dingern, dann ist Sturm im Schacht! Schade, dass nun alles vorbei ist", setzte er noch hinzu und gab von Lockwitz die Aktentasche.

„Komm mit, ich zeig dir deine Kammer, Alfred! Aber leise!" Sie stiegen auf Zehenspitzen die Treppe empor und dann war von Lockwitz endlich in seinem Zimmer. Der Oberst hielt seinen Gastgeber einen Moment zurück.

„Wart´ mal Sepp, ich habe noch was für dich!" Sprachs und griff in seine Aktentasche, brachte ein Bündel Euro-Noten heraus und drückte sie dem Metzgermeister in die Hand.

„Hier Seppl, mach dir mit deiner Alten ein paar schöne Tage! Sozusagen als Dankeschön für deine guten Tipps!" Lohofer war beinahe gerührt und umarmte den Oberst kurz.

„Dank dir, Alfred! Warst immer ein guter Freund!" Dann verabschiedeten sich die beiden voneinander.

Von Lockwitz setzte sich ächzend auf das weiche bezogene Bett. Klein aber fein, mit blaukarierten Bettbezügen. Wenige Minuten später hörte man ihn bereits schnarchen.

Doch der Morgen sollte anders beginnen als sich das der Oberst gedacht hatte. Er war um 6.00 Uhr in der Früh aufgestanden, hatte mit Sepp gefrühstückt und sich dann fertig gemacht. Sepp hatte ein Taxi gerufen, und nun saßen sie in der Küche und warteten darauf. Vorne im Laden war schon Betrieb, die ersten kauften bereits ein.

Punkt sieben Uhr hupte es vor dem Haus. Von Lockwitz griff nach seiner Aktentasche und verabschiedete sich von seinen Gastgebern. Die Metzgers Frau hatte ihm noch ein Wurstpaket eingepackt, dass Lockwitz dankend in seiner Aktentasche verschwinden ließ. Sie gingen nach draußen. Der Metzgermeister öffnete die Tür und ließ den Oberst den Vortritt. Das Taxi stand einige Meter von der Haustür entfernt. Doch in dem Moment, in dem von Lockwitz zur Haustür hinaustrat, stand er plötzlich vier Polizisten der österreichischen Gendarmerie mit gezogener Waffe gegenüber!

„Oberst von Lockwitz sie sind verhaftet!", erklärte ihm ein Zivilist und hielt ihm den Haftbefehl vor die Nase. Einen Augenblick starrte der Oberst den Metzgermeister an, und in seinen Augen stand die Frage: „Hast du mich verraten?" Sepp Lohofer zuckte entschuldigend mit den Schultern.

„Ich habe nix gewusst Oberst, dass musst du mir glauben", stammelt er nur und wollte den Ort des Geschehens verlassen. Er wollte mit dieser ganzen Sache nichts mehr zu tun haben. Doch während Lockwitz den Wagen der Gendarmerie bestieg, folgte einer der Zivilisten dem Metzgermeister.

„Herr Lohofer, ich hätte da noch ein paar Fragen, wartens mal! Ich komme gleich mit."

Die Meldung von der Festnahme des Obersts von Lockwitz erreichte Markus Ludwig eine Stunde später. Die Österreicher würden den Festgenommenen in den nächsten Tagen nach Bayern überstellen.

Markus und Susi Ludwig hatten sich entschlossen noch nicht wieder in ihr Haus in Ramsau zu ziehen. Noch waren die Hauptakteure dieser Bande nicht gefasst, und sie überlegten, ob sie Franzi nicht während der Sommerferien die anstanden nicht ebenfalls zu den Großeltern in die Schweiz bringen sollten. Und so fuhren sie am Wochenende nach Oberhofen am Thuner See und brachten Franzi schweren Herzen ebenfalls zu den Großeltern. Die freuten sich natürlich mächtig, dass nun auch noch die Große zu Besuch kam.

Beim Kaffeetrinken schüttelte Susis Vater Leonhard den Kopf.

„Da muss man als Polizist schon seine Kinder vor diesen Gangstern verstecken. Verstehe einer die Welt noch." Er sah seine Tochter über den Tisch hinweg besorgt an.

„Siehschst aber auch net gerade gesund aus, Madel!", bemerkte er besorgt, während seine Frau den Kaffee brachte. Susi lächelte tapfer, obwohl ihr im Moment überhaupt nicht zum Lachen war.

„Weißt du Papa, wenn wir diese zwei Gangster aus dem Verkehr gezogen haben, ist die Welt wieder ein ganz kleines Stück sicherer. Und die Tage während meiner Gefangenschaft waren auch ziemlich stressig." Leonhard Thoma winkte resigniert ab. „Und dann kommen die nächsten, oder?" Und jetzt lachte Susi tatsächlich.

„Ja Ätti, dann hättest du mich eben Friseuse lernen lassen müssen. Dann hätte ich es jetzt nicht mit dem Abschaum dieser Welt zu tun." Gerlinde Thoma, Susis Mama, mischte sich ein.

„Ah geh Leonhard! Sei doch ehrlich, du bist doch stolz wie ein Pfau auf deine Tochter!", warf sie in die Debatte ein, und legte den Arm um Markus Schultern.

„Siehst, und dann hast du ja auch noch einen deutschen Polizeipräsidenten in der Verwandtschaft! Deine Eisstockschützen werden vor lauter Ehrfurcht keine politischen Witze mehr erzählen!", lachte sie. Markus musste berichtigen.

„Schwiegermama, ich bin nur Polizeirat! Das ist etwas weniger als Präsident." Leonhard Thoma nickte verhalten vor sich hin.

„Trotzdem möchte ich eure Arbeit nicht machen. Jeden Tag von früh bis spät immer nur die Schattenseiten einer Gesellschaft sehen, das wäre nix für mich." Markus zuckte mit den Schultern.

„Ach weißt du, das ist auch nicht unangenehmer, als wenn ich immer den armen Leuten einen Kredit verweigern muss, nur weil sie arm sind, aber unbedingt Geld brauchen. Das möchte ich nun auch nicht unbedingt machen müssen. Und die, die schon genug haben, die kriegen das Geld hinterhergeschmissen. Oder war das etwa bei dir in der Bank anders, Leonhard?" Der winkte ab.

„Natürlich war es so." Während der ganzen Diskussion hatte niemand bemerkt, dass ein kleiner rothaariger Kerl in der Tür stand und sie mit großen Augen ansah. Susi bemerkte Milan zuerst.

„Milan! Komm her zu mir, mein Kleiner!" Kaum hatte sie es ausgesprochen, saß der kleine Kerl schon auf ihrem Schoß und umarmte sie herzhaft. Susis Mama nickte.

„Ja, unser Milan hat so oft nach der Tante Susi gefragt! Ich glaube er hatte richtige Sehnsucht nach euch, genau wie der Benny! Der zeigte es nur nicht so, da ist er wie du." Susi sah ihre Mutter dankbar.

„Wird euch das auch nicht zu viel, Mama? Ich meine, die drei machen schon eine Menge Wirbel." Gerlinde Thoma schüttelte vehement den Kopf.

„Ach wo, die beiden Jungs waren so artig und haben dem Opa bei den Bienen und im Garten geholfen. Da müsst ihr euch keine Sorgen machen. Aber sag mal, könntet ihr nicht mal wieder hier bei uns Urlaub machen? Eine Ferienwohnung haben wir immer für euch frei! Ihr könntet rüber zum Thuner See mit dem Boot fahren und wandern gehen. Mal wieder richtig in die Berge gehen, das hat dir doch früher so gefallen!" Susi nickte und sah dabei auf ihre Armbanduhr, und dann mit einem Seitenblick auf ihren Mann.

„Das würden wir gerne machen, Mama. Aber im Moment haben wir dazu keine Zeit. Wir müssen endlich diese Bande zerschlagen, und wenn das geschafft ist, glaube ich, wird mir mein Chef sicher auch Urlaub geben", bemerkte sie mit einem Seitenblick auf Markus. Der grinste nur, nickte dann aber doch noch.

„Das machen wir, versprochen! Drei Wochen Urlaub am Stück! Ich schwöre es vor Zeugen!"

Franzi, die hinter Markus gestanden hatte, legte die Arme um seinen Hals und schob ihren Wuschelkopf über seine Schulter.

„Versprichst du das wirklich, Papa? Du weißt doch - ein Versprechen darf man nicht brechen!" Bei dem Wort „Papa" sahen sich Susi und ihre Mutter kurz an und lächelten. Ja, er war zwar nicht der Erzeuger der Kleinen, aber er war ihr Papa! Das brachte Susi dazu, ihrer Mutter einen Wink mit den Augen zu geben, und sie gingen in die Küche.

„Du sag Mama, hast du schon mal wieder was von Erich gehört?", fragte sie ihre Mutter. Erich Lohner war Franzis richtiger Papa, hatte sich aber nach der Geburt rasch aus dem Staub gemacht. Gerlinde Thoma zuckte mit den Schultern.

„Irgendwann hat mir mal jemand erzählt, man habe ihn drüben in Lichtenstein verhaftet. Da ging es wohl um Geldwäsche oder so was Ähnliches. Aber sonst habe ich nix mehr gehört, Gott sei Dank! Der Kerl hat dir genug Sorgen gemacht. Nicht das du ihn auch noch irgendwann verhaften musst!", lachte ihre Mutter leise. Susi blies die Backen auf.

„Na das fehlte mir gerade noch! Aber sollte er irgendwann in der Nähe von Franzi auftauchen, dann gib mir bitte sofort Bescheid! Versprichst du mir das?" Ihre Mutter nickte.

„Mach ich, mein Mädel! Aber er hat sich die letzten zwölf Jahre nicht um sie gekümmert, warum solle er das gerade jetzt tun?"

Markus stand in der Tür und hatte wohl den letzten Satz seiner Schwiegermutter noch gehört, sagte aber kein Wort dazu. Er sah lächelnd auf die Uhr.

„Schatz, wir müssen wieder los! Sonst kommen wir erst mitten in der Nacht zu Hause an. Ich habe um 7.00 Uhr meinen ersten Termin mit dem Chef!"

Und so kam die Verabschiedung, natürlich mit Tränen, wobei die besonders die Jungs und die Oma vergossen.

Markus wählte die kürzeste Strecke, die von Oberhofen über Lichtenstein und Innsbruck nach Berchtesgaden ging.

Susi hatte es sich auf dem Beifahrersitz gemütlich gemacht. Der Diesel des BMW X5 brummte gleichmäßig über die breiten Straßen die nach Lichtenstein hinein führten. Dann wurde es bergig und vor allem kurvig.

„Sag mal Schatz, jetzt könnten wir ja eigentlich nach Ramsau fahren! Die Kinder sind außer Schussweite, warum sollten wir nicht mal wieder in unserem eigenen Bett schlafen!" Markus grinste.

„Schlafen oder schlafen, Frau Ludwig?", fragte er leise. Sie sah ihn schmunzelnd an.

„Du hast Recht, wir hatten schon ewig lange keinen Sex mehr! Weißt du noch wann das das letzte Mal war?" Und Markus schüttelte den Kopf.

„Keine Ahnung, dass muss schon Jahre her sein!", erwiderte er lachend. Susi protestierte sofort.

„Aber nun übertreibe mal nicht! Aber du hast natürlich Recht! Und wir haben eine sturmfreie Bude! Das wird ein Fest!" Sie sah Markus an, der aufs Gaspedal getreten hatte, so dass der BMW losschnurrte wie eine Hornisse.

„Was rast du auf einmal so?", fragte sie schmunzeln. Ihr Gatte schaltete das Licht ein.

„Zeit ist bei der Liebe unumgänglich, meine Liebe!" Und so erreichten sie gegen 22.30 Uhr wieder Ramsau. Markus nickte anerkennend. Sie hatten sich zwischendurch beim Fahren abgewechselt.

„Fünf Stunden und zehn Minuten! Du bist gut gefahren auf dem letzten Stück, Frau!" Susi nickte lachend.

„Wie sagtest du heute schon mal! Zeit ist in der Liebe unumgänglich! Also los, ausladen, duschen und dann ab in die Heia!" Das Wiedersehen zwischen Susi und ihrem Kollegen Glauber im Büro des Polizeipräsidiums war kurz aber herzlich. Und er hatte ihr tatsächlich einen Strauß bunter Blumen mitgebracht und auf ihren Schreibtisch gestellt.

Die Festnahme von Oberst Lockwitz in Österreich drüben brachte wieder Fahrt in den Fall. Denn nun galt die Suche den beiden Hauptakteuren dieser Schleuserbande, dem Rumänen Natan Farian und dem Bulgaren Boris Nentschow. Beide wurden inzwischen von Interpol gesucht. Aber auch eine Panne hatte es gegeben! Der Neffe des Obersten war erkrankt und musste ins Krankenhaus zum Röntgen gefahren werden. Dabei war Hans-Jochen dann verduftet. Ein Sprung aus dem Fenster im Erdgeschoß des Krankenhauses hatte ihn die Freiheit wiedergebracht! Susi war sprachlos vor Zorn und brauchte einige Zeit, Glaubers Nachricht zu verdauen.

„Ich weiß nicht ob du schon davon informiert bist, dass dieser Farian noch in Süddeutschland unterwegs sein soll. Das ist jedenfalls der letzte Stand unserer Informationen." Oberkommissarin Ludwig sah ihren Kollegen Glauber über den Schreibtisch hinweg fragend an.

„Woher kommt diese Info, Jochen?" Glauber grinste verhalten, weil sie ihn bereits wieder mit dem Vornamen ansprach.

„Auf der letzten Zusammenkunft bei ihrem Mann oben war das ein Thema. Ich weiß aber auch nicht, ob das nun der allerletzte Stand der Dinge ist. Wir sollten das Kinderheim wieder überprüfen!" Susi sah Glauber erschrocken an.

„Ich denke das ist geschlossen worden!" Glauber schüttelte den Kopf.

„Im letzten Moment gab es eine einstweilige Verfügung des Amtsgerichtes, beantragt vom Herrn Rechtsanwalt Käsmüller. Und nun rate in wessen Auftrag!" Susi sah ihn völlig überrascht an.

„Jetzt sage bloß, im Auftrag vom Landrat Krössner?" Glauber nickte.

„Genauso ist es! Begründung, es gäbe keine anderweitigen Unterbringungsmöglichkeiten für die Kinder dort." Susi kratzte sich am Haarschopf.

„Was haben eigentlich die Untersuchungen bei Lockwitz gebracht? Ich meine die Überprüfung seiner Bücher!" Glauber winkte resignierend ab und lehnte sich in seinem Stuhl nach hinten.

„Alles sauber wie ein Kinderhemd! Nur eine Reihe von Spenden an das Heim war verwunderlich. Beinahe regelmäßig einmal im Monat, und jedes Mal so um die 1.500 €! Das hat er dem Heim überwiesen! Das sind im Jahr glatte 18.000 Euro! Aber wo die herkommen, keine Ahnung!" Susi winkte ab.

„Der Herr Oberst hat vier Mehrfamilienhäuser in Bayern und Baden-Württemberg. Er ist beteiligt am Milchimperium Hornemann mit sage und schreibe 15%. Da steigt kein Mensch dahinter, wo diese Summen herkommen." Jochen Glauber hielt ein Schreiben hoch.

„Das haben wir in seinen Unterlagen gefunden! Ein Mietvertrag über ein Chalet in Österreich drüben. Unterschrieben von drei Personen, und nun höre gut zu!" Er schob das Schreiben auf dem Schreibtisch so, dass Susi mitlesen konnte.

„Also, erstens von Don Bassilo, alias Landrat Heribert Krössner, zweitens: von Don Richard, alias Oberst Richard von Lockwitz, und drittens: von Don Bernardo, alias Bernd Hornemann! Unterschrieben und im Auftrag der Malteser Vereinigung „Teutonia e.V." in Rhodos!" Susi starrte Glauber erst einen Augenblick ungläubig an, dann begann sie zu lachen.

„Jetzt komm, und sage mir nur noch, diese Herren sind Vertreter des Malteser Ordens! Dann unterstehen sie nämlich in ihren beruflichen Aktivitäten nicht der deutschen Gerichtsbarkeit!" Glauber nickte nachdenklich.

„Stimmt, und solche wie dieser Farian und der Nentschow sind nur billige Handlanger, das große Geschäft mit den Kindern machen andere!" Susi fuhr hoch.

„Jochen kneif mich! Wir sind hier einer internationalen Bande auf der Spur! Jetzt wundert mich nichts mehr! Ich glaube, wir müssen ganz schnell mit unserem Chef über die Lage reden. Die

Soko muss weiter bestehen bleiben und arbeiten! Wir haben den Umfang wahrscheinlich völlig unterschätzt! Hier spielen nicht ein paar ältere Herren mit kleinen Kindern, hier wird aus Leid richtig Kohle gemacht!"

Susi Ludwig griff zum Telefon und rief ihren Mann und Chef an. Sie erklärte ihm was sie gerade diskutiert hatten.

„Gut Markus, wir kommen gleich rauf!", sie legte wieder auf.

„Komm Jochen, gehen wir mal eine Etage höher! Der Boss hat Sehnsucht nach uns." Glauber lachte.

„Das gilt ja wohl mehr dir als mir, oder?" Sie schmunzelte vor sich hin und nickte dann aber wortlos. Markus Ludwig stand am Fenster und drehte sich herum als sie eintraten.

„Und ich habe gedacht wir haben den Sumpf schon so gut wie trockengelegt!", empfing er seine beiden Mitarbeiter. Susi ließ sich in den Sessel gleiten und schlug die Beine übereinander. Entspannt saß sie da und starrte an die Decke. Glauber dagegen, war auf 200 und schnaufte hörbar.

„Die spielen mit uns Katz und Maus, Chef!", brach es aus ihm heraus.

„Die haben uns die ganze Zeit an der Nase herumgeführt! Wenn es gut geht, kommen die nicht mal vor Gericht!" Susi richtete sich wieder auf.

„Nicht so pessimistisch, Jochen! Wenn wir Hans-Jochen wieder einfangen, wird der noch weiter singen! Ich bin mir sicher, der weiß mehr, als er uns erzählt hat! Er war oder ist drauf und dran seinen Onkel aus diesem Geschäft zu verdrängen! Er hat es mir damals, als ich ihn im Wald geschnappt habe, selber erzählt!" Glauber machte einen Einwand.

„Ja, wenn ihn nicht der Farian oder der Nentschow vor uns in die Finger kriegen! Wenn das passiert ist der Knabe hin!"

Markus hatte die ganze Zeit still zugehört und machte sich so seine Gedanken. Die Beiden war ein gutes Team geworden und offenbar nun auch per du. Glauber hatte sich um 180 Grad gedreht, jetzt kam in ihm der Spürhund so langsam durch. Er musste lächeln ohne es selbst zu bemerken.

„Was lächelst du so, Markus? Ich habe doch recht, oder?" Markus schreckte auf.

„Entschuldige, ich habe gerade festgestellt, dass ihr beiden ein tolles Team geworden seid. Das freut mich wirklich! Aber du

169

hast auch Recht, ganz so einfach kommen die Herren nicht raus aus der Sache. Was haben wir als Straftat? Hm?" Er sah seine beiden Mitarbeiter fragend an. Susi begann:

„Na zum ersten, Entführung!" Glauber nickte.

„Zum Zweiten: Verführung Minderjähriger, und Bildung einer kriminellen Vereinigung!" Markus nickte wieder.

„Also passiert nun folgendes, erstens – wir suchen weiter nach Hans-Jochen! Zweitens – Krössner und Hornemann werden morgen Vormittag verhaftet! Das macht ihr Beiden! Nehmt euch aber genug Leute mit und nehmt den ganzen Laden auseinander! Wir brauchen Beweise für ihre krummen Geschäfte, denn irgendeiner muss deren Buchhaltung ja letztlich verwalten. Bei den Summen um die es dabei geht unabdingbar! Wir müssen deren Zentrale finden! Schaut euch das Chalet in Österreich an, ich rede mit den Kollegen in Österreich! Die wollen sich schließlich auch einen Orden verdienen, wenn sie den Laden ausheben! Morgen früh punkt acht Uhr stehen zwei Teams bei Krössner und Hornemann. Krössner nimmst du, Susi! Und den Hornemann nimmst du, Jochen! Wäre doch gelacht, wenn wir die Sache nicht doch noch erfolgreich abschließen können."

Glauber sah seinen Boss etwas perplex an. Hatte der ihn gerade geduzt? Er sah wie Susi grinste und verkniff sich jeglichen Kommentar, außer – „Geht klar, Chef!"

Als es punkt 8.00 Uhr an der Wohnungstür des Landtagsabgeordneten Krössner klingelte, und seine Hausdame öffnete, standen etwa zehn Beamte vor der Tür und begehrten Einlass. Die arme Hausdame kam nicht dazu ihren Chef zu informieren, was da gerade auf ihn zukam. Der saß gemütlich beim Frühstück und las die Morgenzeitung, als es kurz klopfte und die Tür aufging. Missgelaunt sah sich der Herr Abgeordnete um. Störungen während des Frühstücks waren in seinem Haus ein Vergehen! Er wollte gerade losschnarren, als er plötzlich Susi Ludwig mitten im Zimmer stehen sah.

„Herr Landtagsabgeordneter, Sie sind verhaftet! Hier ist mein Haftbefehl!" Susi hob ihn mit dem Arm hoch.

„Bitte folgen Sie mir!" Krössner begehrte auf.

„Was fällt Ihnen ein, mich hier wie einen Gangster abführen zu lassen! Das wird ein Nachspiel für Sie haben! Sie werden froh sein, wenn Sie dann noch den Verkehr regeln dürfen!", bellte er los. Susi lächelte nur mitleidig und baute sich vor Krössner auf. Da sie etwa gleich groß waren, konnten sie sich in die Augen sehen. Und Susi bemerkte das Flackern in seinem Blick!

„Herr Krössner, oder sollte ich vielleicht lieber Don Bassilo sagen, wer kleine Mädchen unter dem Vorwand in Rumänien von seinen Eltern weglockt, um sich dann in Deutschland an ihnen vergeht, oder sie wie ein Stück Vieh weiterverkauft, ist in meinen Augen mehr als ein Gangster! Und jetzt hören Sie auf hier herumzualbern, ziehen Sie sich was an, und folgen Sie uns aufs Präsidium!"

„Ich bestehe darauf sofort meinen Anwalt zu verständigen!", schrie Krössner hysterischer werdend. Susi nickte freundlich.

„Natürlich dürfen Sie Ihren Anwalt und Mitverschwörer Don Joseph als Rechtsbeistand zu Rate ziehen. Die Frage bleibt nur, ob der Herr Anwalt Käsmüller nicht genauso viel Dreck am Stecken hat wie Sie! Dann bräuchte er selbst einen Anwalt! Und nun Abmarsch, bringen Sie den Herrn zum Wagen, Herr Polizeiobermeister!"

An der händeringenden Hausdame vorbei wurde Heribert Krössner zum Polizeiwagen begleitet. Und welcher Spatz auch immer es den Presseleuten gepfiffen hatte, sie standen bereits am Tor und knipsten wie die Verrückten, um ein Bild von dieser Verhaftung zu erhaschen. Die nächste Ausgabe der Zeitung war gesichert! Sie würde weggehen wie warme Semmeln. In einer Stadt wie Berchtesgaden, wo jeder jeden kennt, war das die Sensation!

Nicht anders verlief die Aktion in den Milchwerken. Bernd Hornemann war gerade in einer Dienstbesprechung mit seinen Abteilungsleitern, als es klopfte, die Tür aufging und sich annähernd acht Polizisten und ein Zivilist durch die Tür schoben. Der Zivilist war Glauber und hielt ein Blatt Papier hoch.

„Einen Moment Aufmerksamkeit, meine Herren!", rief er laut in den Raum. Hornemann fuhr wie von einer Tarantel gestochen hoch und rief:

„Was erlauben Sie sich hier, ich werde mich über Sie beschweren!" Glauber winkte genervt ab.

„Sparen Sie sich Ihre Entrüstung Herr Hornemann, oder soll ich Sie lieber Don Bernardo nennen? Ich nehme Sie hiermit fest, wegen Entführung, Kindeshandel und Kindesmissbrauchs! Bitte folgen Sie uns!"

Er gab dem am nächsten stehenden Polizisten einen Wink. Der legte Hornemann Handschellen an. Die Anwesenden saßen starr mit offenen Mündern da, als ihr Chef aus dem Raum geführt wurde. Kaum war die Tür zu, brach sich eine Welle der lautstarken Diskussionen Bahn. Der Alte hatte sich an Kindern vergriffen, na gute Nacht, wenn das seine Frau erfuhr!

Und Frau Hornemann erfuhr es beinahe zur gleichen Zeit, weil zwei Beamte an ihrer Haustür klingelten und sie baten mitzukommen. Die Bombe war hochgegangen! Aber nun galt es genügend Beweise auf den Tisch zu legen. Denn die Krössner´s und Hornemann´s haben meist gute Anwälte und Drähte in die Politik!

Die Aufmacher der Zeitungen am nächsten Morgen waren dementsprechend. Bei Markus Ludwig klingelte das Telefon im Minutentakt, so dass der Staatsanwalt sich entschloss, eine Pressekonferenz anzuberaumen. Beweise hatten sie ja Gott sei Dank schon reichlich.

Indessen lief die Fahndung nach Mattuschek, Farian und Boris Nentschow weiter auf Hochtouren. Fahndungsplakate hingen an allen Bahnhöfen und öffentlichen Gebäuden. Doch noch blieb der Erfolg aus.

Oberkommissarin Susi Ludwig und Kommissar Glauber setzten große Hoffnungen auf das Chalet in Österreich. Doch noch fehlte die Zusage der Verantwortlichen in Österreich. Doch die kam einen Tag später, nachdem der Oberstaatsanwalt sich mit dem Landeshauptmann auf der anderen Grenzseite in Verbindung gesetzt hatte. Diese gemeinsame Aktion sollte am Mittwoch früh beginnen.

Susi hatte sich die ganze Nacht unruhig hin und her gewälzt, war aufgestanden und eine halbe Stunde am Fenster gestanden. Die Nachtluft im August war angenehm mild. Sie dachte an ihre drei Lieblinge bei Oma in der heimatlichen Schweiz, an ihren ganzen Werdegang seit sie sich damals entschlossen hatte, das Angebot zu einem Erfahrungsaustausch in Bayern anzunehmen. Ihre ersten Kontakte zu ihrem damaligen Chef Ludwig. Die erfolgreiche Jagd auf das „Monster vom Königssee", wie es die Presse genannt hatte, obwohl der Junge mit seinen achtzehn Jahren nur ein gehemmter und fehlgeleiteter kleiner Junge war, hatte sie im Landkreis berühmt gemacht. Der Polizeipräsident hatte sie öffentlich gelobt, und der Polizeichef von Berchtesgaden hatte sie letztlich geheiratet. Und so war sie nun in Bayern zu Hause, und sie fühlte sich wirklich zu Hause, seit sie mit Markus Ludwig ein Kind hatte, und mit ihm verheiratet war.

Aber dieser verfluchte Job brachte sie gelegentlich an ihre Grenzen, besonders wenn es, wie in diesem Fall, um Kinder ging. Sie spürte wie Markus hinter sie trat und vorsichtig umarmte.

„Kannst du mal wieder nicht schlafen, Oberkommissarin?", fragte er leise und biss ihr liebevoll und zärtlich in ihr Ohrläppchen, dann küsste er ihren Hals und sie überlief ein Schauer. Vorsichtig löste sie sich von ihm und drehte sich herum.

„Ja, ich kann mal wieder schlecht schlafen. Der Einsatz morgen geht mir im Kopf herum. Hoffentlich schnappen wir die Bande bald. Und dann machen wir drei Wochen Urlaub am Stück! Ohne Verbrecher und Dienstberatungen, nur wir zwei und unsere drei Kids", flüsterte sie ihm zu. Er nickte, umarmte sie und drückte sie sanft an sich.

„Es wird alles gut, Schatz! Und den Urlaub habe ich schon mal vorab beantragt, ich wollte es dir gestern schon sagen. Im Moment warte ich noch auf Nachricht vom Jugendamt wegen Milan. Die lassen sich eine Zeit, das ist unverständlich! Hoffentlich spuckt uns da keiner in die Suppe, das wäre für den Kleinen eine Katastrophe." Susi sah ihn entsetzt an.

„Ist die Lage noch so ungeklärt? Dann entführe ich den Kleinen in die Schweiz und bleibe drüben!", entfuhr es ihr unbedacht.

„Und was wird dann aus mir?", kam sofort seine Frage. Sie merkte, dass sie übers Ziel hinausgeschossen war.

„Das war doch nur ein Scherz, Liebling. Ich könnte dich niemals alleine hier zurücklassen! Niemals, glaube es mir bitte!", flüsterte sie flehentlich. Er presste sie an sich.

„Das will ich hoffen, denn ohne dich käme ich mir inzwischen reichlich verloren vor", erwiderte er. Sie nahm ihn an der Hand.

„Komm, lass uns wieder ins Bett gehen. Versuchen wir noch drei Stunden zu schlafen, um sechs Uhr müssen wir raus." Markus umfasste sie von hinten im Bett, und Susi kuschelte sich in seine Arme und musste leise lachen.

„Du hast wohl unruhige Gefühle, oder? Ich spüre da einen der mich dauernd von hinten drückt", wisperte sie. Er knurrte.

„Er war nur mal kurz aufgewacht, das gibt sich wieder. Schlaf jetzt, du unruhige Geiß!"

Pünktlich 8.00 Uhr fuhr ein mit Allrad ausgerüsteter Mercedes-Van mit acht bewaffneten Beamten der Bundespolizei und begleitet von einem BMW X5, besetzt mit Oberkommissarin Ludwig und Kommissar Glauber, vom Hof des Kommissariats. Oben im dritten Stock stand Amtsleiter Markus Ludwig und sah den beiden Fahrzeugen hinterher. Am liebsten hätte er diese Aktion begleitet, aber das ging leider bei seinen zahlreichen Aufgaben nicht. Hoffentlich hatten seine Leute Erfolg!

Sie nahmen Kurs auf Ramsau, durchquerten den Ort und nahmen Kurs auf die Forststraße, die bis hinüber nach Österreich führte. Es war eine herrliche Fahrstrecke durch die dichten Wälder und die Felsformationen der Leoganger Steinberge. Der Ausblick vom Jagdhaus Fallek war einzigartig. Die Forststraße führte vorbei am Kammerlinghorn und dem betonierten Wasserspeicher. Sie erreichten den kleinen Ort Pürzelbach, und dann kam auch schon ihr Ziel Stockklaus. Das waren vier Gehöfte mit Ferienvermietung. Am Abzweig kam der Gasthof Lohfeyer, von hier aus ging es auf die Bergstraße L110. Und in 800 Meter Entfernung erreichten sie die Seisenbergklamm am roten Fels. Hier stand in einer Lichtung das „Chalet Seisenberg".
Sie wurden bereits erwartet. In einem Waldweg standen die österreichischen Gendarmen, insgesamt vier an der Zahl. Susi wunderte sich.

„Wieso schicken die denn diese Gendarmen? Wir rücken hier mit einer Spezialeinheit an! Na das kann ja heiter werden. Machen wir uns mal bekannt!" Sie hielt den BMW an und stieg aus. Die Österreicher sahen ziemlich erstaunt auf das Aufgebot aus Deutschland. Susi machte sich mit dem Gendarmerie-Hauptmann Kraushaar bekannt. Er begrüßte sie ausgesucht höflich und mit echtem Charme.

„Seien´s gegrüßt, gnädige Frau Oberkommissarin! Wir sind schon seit dem frühen Morgen hier, aber das Chalet erscheint leer, es ist wohl niemand da." Susi drehte sich nach Glauber um und stellte ihn als ihren Stellvertreter vor. Glauber nahm es gelassen, er hatte vorgesorgt. Im Kofferraum des BMW lagerten zwei Thermoskannen mit Kaffee und eine große Tüte mit Wurstsemmeln.

„Macht nichts, da haben wir ein wenig Zeit uns auszutauschen, Herr Hauptmann?", erwiderte er ungerührt. Kraushaar nickte bereitwillig.

„Also setzen wir uns da drüben hin und dann schauen wir mal was wir dazu beitragen können. Diese Bande muss das Chalet schon seit mindestens zwei Jahren besitzen. Es war mal als Ausflugslokal gedacht gewesen, aber der Bauherr war Pleite gegangen. Und so erstand es wohl diese seltsame Gemeinschaft." Susi musste lachen.

„Seltsame Gemeinschaft ist gut, Herr Hauptmann! Das sind alles Leute aus der Gemeinschaft eines Zweigs des Malteser-Ordens! Hier läuft seit langem ein lukratives Geschäft mit Kindern vom Balkan, insbesondere aus Rumänien. Die wir suchen sind ein Rumäne und ein Bulgare, sie sind sozusagen das Aufräumkommando, also die, die am Ende die Drecksarbeit machen. Und die sind gefährlich! Außerdem suchen wir einen Hans-Jochen Mattuschek, der Neffe von Oberst von Lockwitz, alias Don Richard. Eine illustre Gesellschaft also!" Hauptmann Kraushaar sah sie perplex an.

„Sie suchen einen Hans-Jochen Mattuschek? Der war vorgestern in Weißbach auf der Polizeistation und erkundigte sich nach einem Manfredo Altini, einem Südtiroler, der hier leben sollte. Er sei sein Patenonkel, meinte er. Wir konnten ihm helfen, denn dieser Altini betreibt ein Eis-Café drüben in Weißbach."

„Und dann spazierte der wieder bei Ihnen raus?", fragte Susi außer sich. Kraushaar nickte nur, und Susi erzählte ihm ihre Erlebnisse mit Mattuschek. Der verdrehte die Augen und stöhnte dann:

„Ach du heiliges Kanonenrohr! So eine Pleite! Aber wir wussten ja von nix." Susi winkte ab.

„Da können Sie nix dafür, die Bürokratie und der Dienstweg haben hier mal wieder geglänzt! Ich frage mich manchmal, ob wir das jemals in den Griff bekommen können mit der grenzüberschreitenden Zusammenarbeit! Und dass trotz Extremistengefährdung und Bombenleger aller Art!"

175

Kraushaar dachte einen Moment nach, dann griff er zum Telefon und rief in Weißbach an. Der Café-Besitzer Altini gab ihm Auskunft. Einen Neffen mit dem Namen Mattuschek habe er nicht. Ein zweiter Anruf von ihm setzte eine Fahndung nach Mattuschek in Gang. Susi bedankte sich bei ihm. Inzwischen war es Mittag geworden. Susi rief Markus an und informierte ihn.

„Das kann länger dauern, Markus! Kann sogar sein, dass wir uns die Nacht um die Ohren schlagen müssen. Bis jetzt ist hier absolute Ruhe, wir müssen warten." Markus schimpfte auf die schlechte Aufklärung im Vorfeld durch die Österreicher. Sein Zorn war zwar berechtigt, nützte aber im Moment nicht viel. Sie gab Kraushaar das Telefon und der bekam langsam rote Ohren. Als er Susi das Telefon zurückgab, hatte er einen roten Kopf und schnaufte, stand auf und entfernte sich. Dann sah man ihn mit seinen Leuten diskutieren. Als er zurückkam, meinte er nur:

„Wir fahren jetzt zurück, kommen aber vor dem Dunkelwerden wieder her und bringen euch was zu essen und zu trinken mit!" Glauber lachte.

„Na das wird doch noch ein lustiges Picknick werden, Herr Hauptmann!" Wenig später waren sie alleine im Wald. Glauber und einer von der Bundespolizei machten sich auf Erkundung rund um das Chalet.

Dieses Chalet war alles andere als ein einfacher Gasthof! Ein vier Meter hoher Stahlzaun und Überwachungskameras an allen unübersichtlichen Stellen sicherten das Gebäude wie eine Festung. Der Polizeihauptkommissar Bernd Schuster zog die Augenbrauen hoch.

„Mein lieber Mann, wenn wir da rein wollen, brauchen wir wohl noch Verstärkung! Fort Knox ist nix dagegen." Jochen Glauber feixte breit.

„In so was geht meine Chefin alleine rein, wenn du es willst!", erwiderte er. Schuster sah ihn an und grinste.

„Hab schon gehört, ist doch die Frau von eurem Boss. Die soll ganz schön taff sein! War doch letztens erst in Gefangenschaft geraten und hat dann einen der Entführer gleich mitgebracht. Super Frau!", begeisterte sich Schuster. Glauber nickte.

„Ja, ja und der ist dann bei einem Aufenthalt im Krankenhaus wieder abgehauen. Die Fußlatscher haben nicht aufgepasst!" Damit meinte er die beiden Streifenpolizisten die Mattuschek begleitet hatten.

„Die ganze Scheiße war für umsonst! Und jetzt hängen wir hier rum, weil die Ösis nicht aufgeklärt haben!" Er sah zum Himmel hinauf, von dem die Mittagssonne brannte. Dann sah er seinen Begleiter an.

„Sag mal, was hältst du davon, wenn wir da mal reingehen und uns umschauen? Von Hunden ist nix zu sehen!" Der Hauptkommissar sah Glauber erstaunt an.

„Und was sagt deine Chefin dazu?" Glauber zuckte mit den Schultern.

„Ich frag sie einfach mal. Vielleicht hat sie Lust und kommt sogar mit!" Schuster blies die Backen auf.

„Glaubst du wirklich?" Glauber zuckte mit den Schultern.

„Komm, wir reden mit ihr! Allemal besser als hier stundenlang untätig rumzusitzen! Komm mit, ich frage sie!"

Jochen Glauber trat zu Susi Ludwig, die gerade auf einem Holzstumpf sitzend einen Kaffee aus der Thermoskanne trank. Sie sah zu Glauber auf und blinzelte wegen der Sonne, die ihr in die Augen schien.

„Ist was Jochen?" Er nickte.

„Ja, der Herr Polizeikommissar und ich, wir würden ganz gerne mal in diese Bude da reinschauen. Ich meine, ganz unverbindlich mal drum herumlaufen und so." Er zwinkerte Susi zu.

Susi hörte Glauber erstaunt zu, dann nickte sie einfach und stand auf.

„Kommt Männer, wir gehen jetzt da rein! Und Ihre Gruppe sichert uns. Und wenn jemand kommt, informiert uns möglichst rechtzeitig! Auf geht's!" Der Hauptkommissar war baff. Aber diese Frau war nach seinem Geschmack! Er instruierte seine Männer und dann zogen sie los, um sich einen Platz zu suchen, wo sie ungesehen von Kameras reinkamen. Und den fanden sie ausgerechnet an einem Holzschuppen hinter dem Zaun. Ein, zwei drei, und schon standen sie auf dem Dach des Schuppens. Eigentlich viel zu einfach bei so viel Überwachung! Susi sprach es aus, und Schuster pflichtete ihr bei. Und dann sahen sie die Bescherung! Unter ihnen lagen so circa sechs Wölfe und knurrten sie böse an.

„Ach du Scheiße", fluchte Schuster. Glauber hielt einen Augenblick inne, dann meinte er:

„Ich muss nochmal zurück! In ein paar Minuten bin ich wieder da!" Und schon sprang er wieder vom Dach des Schuppens und eilte davon. Susi und Schuster sahen sich sprachlos an, setzten sich aber erst einmal auf das Dach und sahen zu den Wölfen hinunter.

„Ob die hungrig sind?", fragte Susi etwas leise. Schuster lachte.

„Wollen Sie es ausprobieren?" Susi verzog das Gesicht.

„Sie sind doch bestimmt Kavalier und drängeln sich vor, stimmt´s?" Doch Schuster schüttelte den Kopf.

„Ich bin zwar Kavalier, und für eine heiße Nacht würde ich das schon mal wagen. Aber nur um dann rühmend im Polizeibericht zu stehen, nö danke, da verzichte ich lieber!" Susi grinste ihn breit an.

„Alter Feigling, Bundespolizist!" Der lachte ebenfalls.

„Lieber mal feige sein, als ein Leben lang tot sein!", sagte mein Großvater immer. Und der ist vor Verdun gestanden und unversehrt wieder heimgekommen!"

Glauber keuchte wieder heran. Unter dem Arm trug er seine Tüte mit den Wurstsemmeln. Als er die nach oben warf, entgegnete ihm ein zweistimmiges Stöhnen.

„Och, so schöne Wurstsemmeln! So eine Verschwendung!" Glauber nahm ungerührt Susi die Tüte wieder aus der Hand.

„Nix gibt´s, Chefin! Die Biester da unten sollen satt werden, damit sie uns in Ruhe lassen!" Und schon warf er zielgenau seine Semmeln hinunter. Die Meute stürzte sich darauf und balgte sich um die Beute. Schuster sah Susi an und meinte:

„Und so hätten die sich um mich gestritten!" Susi grinste.

„Vielleicht sind sie ja auch ungenießbar!" Schuster verzog das Gesicht.

„Das finde ich gemein!" Glauber sah die beiden kritisch an. Flirtete die Chefin hier etwa mit dem Rambo-Polizisten? Das fehlte noch! Er warf die letzte Semmel und sprang dann zum Entsetzen seiner Chefin hinterdrein! Schuster guckte genauso deppert, sprang dann aber auch sofort nach. Susi folgte als letzte. Die Frage war aber nun, wie kamen sie da unten auch wieder raus?

Doch Glauber hatte im Nu die Tür aus den Angeln gehoben! Jetzt konnten die Wölfe allerdings auch mit raus! Sie machten sich schleunigst auf den Weg zum Haus. Die Wölfe gingen zögerlich ihrer eigenen Wege und sahen sich zuerst einmal in ihrer neuen Freiheit um. Sie schlichen, immer mit Blick auf etwaige Überwachungskameras, um das Haus herum. Am hinteren Eingang, offenbar dem Küchentrakt, war ein kleineres Fenster nur angelehnt. Die beiden Männer sahen sich an und schüttelten den Kopf. In der Montur in der sie waren, und mit Schussweste kamen keiner von ihnen durch dieses Fenster. Susi sah das Manko der beiden und entledigte sich kurzer Hand ihrer schusssicheren Weste. Dann gab sie Schuster ein Zeichen, er solle sich hinstellen, damit sie hochsteigen konnte. Immerhin waren es gute 2,50 m bis zum Sims. Susi grinste Schuster an.

„So, jetzt können Sie mich mal auf Händen tragen und hochheben, ich hoffe Ihr Frühstück war reichlich genug!" Der Hauptkommissar verzog mitleidig das Gesicht.

„Sie halbe Portion, Frau Oberkommissarin, hebe ich noch mit einem Arm hoch!" Sprach´s, und schon hing Susi in der Luft und krallte sich am Fensterrahmen fest, um sich dann hochzuziehen. Langsam verschwand sie im Fenster und man hörte sie drinnen abspringen. Sie war jedenfalls schon mal drinnen! Susi sah sich einen Moment um. Sie stand auf einem Treppenabsatz, also ging sie vorsichtig, die Pistole in der Rechten, die Treppe hinunter, wo sie eine Tür vermutete. Und tatsächlich, unten angekommen, sah sie die Tür, der Schlüssel steckte von innen. Sie schloss auf und öffnete die Tür. Ihre beiden Begleiter grinsten sie an. Glauber überreichte seiner Chefin wieder die Weste.

„Erst das Ding wieder anziehen, Chefin! Wo fangen wir an?" Schubert deutete mit dem Finger nach unten, dann gab er per Sprechfunk die Meldung weiter, dass sie im Haus waren.

Vorsichtig stiegen sie die Treppe in den Keller hinab und knipsten das Licht an. Zahlreiche Vorratsräume, Anstellkammern und ein Waschhaus kamen zum Vorschein. Im Waschhaus deutete Glauber auf den Fußboden.

„Da, das ist garantiert Blut!" Schnell nahm er einen kleinen Plastebeutel aus der Tasche, zog ein paar Einweghandschuhe über seine Lederhandschuhe und kratzte mit seinem Taschenmesser etwas von dem Blut ab, um es dann in dem kleinen Plastebeutel zu verstauen. Er steckte die Probe ein. Sie gingen weiter, fanden aber nichts. Also gingen sie in den ersten Stock hinauf. Traten als erstes in die Küche und Glauber öffnete den Kühlschrank. Er war proppenvoll! Genau wie das Tiefkühlfach.

„Somit steht fest, hier wohnt noch jemand", konstatierte Susi. Im nächsten Zimmer sahen sie sich plötzlich in einem edel eingerichteten Jagdzimmer um. Glauber schob die Kästen auf und pfiff leise. Dann hielt er eine Pistole hoch.

„Seht mal her! Eine Makarow 9 mm! Russisches Fabrikat. Passt genau zu unserem Bulgaren und dem Rumänen. Die nehmen wir gleichmal mit zum Vergleich!" Susi steckte sie in ihren kleinen Rucksack, dann gingen sie weiter. Im nächsten Raum standen fünf Tische mit Computern darauf. Glauber schaltete den ersten an. Sie mussten eine Weile warten bis er hochgefahren war. Sie sahen sich atemlos an! Auf dem Bildschirm prangten das Zeichen einer Armee und kyrillische Buchstaben, das war garantiert Bulgarisch!

„Mist, das kann kein Mensch lesen!", knurrte Glauber missgelaunt. Schubert tippte ein paar Buchstaben ein- und die Maske ging auf. Er grinste seine beiden Begleiter an.

„Bulgarisch ist in vielen Details der Schrift wie Russisch. Und das habe ich mal gelernt in früheren Jahren!" Er tippte weiter und pfiff plötzlich durch die Zähne. Eine Tabelle mit Geldsummen erschien. Susi nahm ihr Handy und fotografierte die Tabelle ab. Sie hatten offenbar die Schaltzentrale der Organisation in Deutschland und Österreich gefunden. Wenig später fanden sie Bilder von Farian und Nentschow in Armeeuniformen.

„Dachte ich mir es doch!", knurrte Glauber. „Alte Kameraden aus früheren Zeiten!" Plötzlich schnarrte Schusters Sprechfunkgerät los.

„Achtung! Hier Seelöwe an Pinguin! Zwei Fahrzeuge mit mindestens acht Insassen im Anmarsch! Verdrückt euch!" Schuster bestätigte die Meldung und sah seine Begleiter an.

„Und nun?" Susi deutete die Treppe hinauf.

„Auf den Boden hinauf, dort haben wir die beste Übersicht. Ich rufe meinen Chef an, wir brauchen unbedingt Verstärkung." Rasch griff sie zum Handy. Sekunden später meldete sich

Markus, als habe er schon auf den Anruf gewartet. Sie erklärte ihm die Lage.

„Gut, ihr bleibt da oben und unternehmt nichts! Ich rufe meinen österreichischen Kollegen an, der auch auf meinen Anruf wartet. Er wird euch die Einheit „Cobra" als Verstärkung schicken! Vorher wird nichts unternommen! Ist das verstanden, Susi? Das ist ein Befehl!" Sie musste lachen und bestätigte seinen Befehl. Es knackte und das Gespräch war unterbrochen. Unten hörte man verschiedene Männerstimmen, und einer gab wohl Anweisungen. Dann hörten sie eine wimmernde Stimme! Susi wurde zusehends bleich. Das war doch Hans-Jochen Mattuschek! Hatten sie ihn tatsächlich geschnappt. Sie hörten wie er geschlagen wurde und heulte.

„Armer Kerl", knurrte Glauber leise. Susi sah ihn empört an.

„Der kleine arme Kerl hätte mich um ein Haar erschossen, Jochen!" Schubert war inzwischen mit seiner Maschinenpistole bis zur Tür geschlichen und klinkte sie leise auf. Sie sah, dass er einen Schalldämpfer auf den Lauf aufgeschraubt hatte. Mit zwei Schritten war sie bei ihm und hielt ihn fest.

„Bleib hier und fang keinen Krieg an, Hauptkommissar! Du hast gehört was mein Chef gesagt hat!" Schuster rümpfte die Nase.

„Ein Kripochef hat uns nix zu befehlen, klar! Wir sind eine Sondereinheit der Bundespolizei und handeln manchmal nach eigner Regie! Also, lass mich raus, Oberkommissarin! Ich will nicht, dass dir was passiert! Klaro? Dein hübscher kleiner Arsch soll unverwundet bleiben, also bestimme ich jetzt wo es lang geht!" Er sah sie eindringlich mit seinen braunen Augen an. Susi blieb für Sekunden die Luft weg! So eine Frechheit hatte sich schon lange keiner mehr ihr gegenüber erlaubt! Sie wollte gerade losblaffen, als sich seine Hände mit den Lederhandschuhen blitzschnell um ihren Mund schlossen. Sie drehte die Augen heraus und wollte ihm auf die Fußspitzen treten. Doch er hatte diese verdammten Rambo-Stiefel an, da ging nix durch! Doch dann hörte sie, wie zwei Männer die Treppe heraufkamen und sich lachend unterhielten. Er ließ sie los, und Susi verschwand hinter einem Schornstein. In den Augenwinkeln sah sie, wie Glauber ebenfalls einen Schornstein als Deckung nahm. Schuster stand neben der Tür, die MPi aber auf dem Rücken. Mit seinem schwarzen Helm, der schwarzen Gesichtsmaske und dem schwarzen Kampfanzug sah er richtig gefährlich aus. Die beiden Männer schoben die Tür zum Speicher auf und traten ein. Und dann geschah alles so schnell, dass Susi es später nicht mal richtig erklären konnte. Mit nicht mehr als drei Schlägen hatte Schuster die beiden völlig überraschten Gangster zur Strecke gebracht. Sie lagen reglos auf dem Boden. Schuster gab Glauber ein Zeichen, er solle die beiden nach weiter hinten ziehen. Wahrscheinlich nahm er an, man würde die zwei suchen, wenn sie nicht wieder zurückkamen. Indessen hatte er Glauber eine Rolle Klebeband zugeworfen, dem schien das ganze richtig Spaß zu machen. Grinsend umwickelte er den beiden Gangstern Handgelenke, Fußgelenke und den Mund, und legte sie schön nebeneinander in eine Ecke, nachdem er ihre Taschen ausgeleert hatte. Susi ging wieder zu Schubert nach vorn und tippte ihn an.

„Und jetzt?", fragte sie ihn wispernd. Er lächelte sie an und flüsterte dann:

„Entschuldige wegen vorhin, ich wollte nicht grob sein." Sie nickte gnädig.

„Schon gut! War ja wohl notwendig." Er deutete auf die Dachfenster.

„Schaut mal raus ob ihr was seht! Vielleicht kommen die Ösis ja noch!" Doch als Susi vor dem Dachfenster stand, musste sie mal wieder feststellen, dass sie zu klein geraten war. Schuster grinste nur und Glauber öffnete eins der Fenster. Er pfiff leise und deutete nach unten.

„Sie sind da! Ein ganzer Bus voll!" Kaum hatte er es ausgesprochen, fielen die ersten Schüsse unten im Hof. Jetzt ging die Ballerei also doch noch los! Schuster hielt Susi am Ärmel fest.

„Du bleibst schön hinter mir, klar?" Sie schlug seine Hand weg und tippte mit dem Zeigefinger gegen ihre Stirn.

„Du spinnst wohl, Hauptkommissar, du bist doch nicht mein Vater!" Und schon war sie an der Tür und sah hinaus auf den Gang und die Treppe. Schuster knurrte wie ein Kampfhund, aus Zorn über das renitente Weibsstück. Aber weil nichts zu sehen war, schlichen sie weiter und Glauber war wie ein Wiesel immer hinter ihr her. Schuster schimpfte leise vor sich hin über die Unvernunft von Frauen.

„Verflixtes Weib! Und wir müssen ihr dann den Arsch retten!"
Kaum stand er in der Tür, splitterte neben ihm das Holz der Türzarge. Zwei Einschüsse lagen präzise genau nebeneinander! Und dann bellte plötzlich eine Pistole kurz und ein Mann schrie auf! Schuster sah wie ein Kerl in Tarnhosen auf der anderen Seite des Flurs plötzlich in die Knie ging und dann zur Seite umfiel. Und er sah die kleine Wolke, die aus dem Lauf von Susis Pistole stieg. Sie grinste ihn an. Verdammt, die Lütte hatte ihm gerade den Arsch gerettet! Auch das noch! Sich nun gegenseitig sichernd, schlichen sie weiter den Gang entlang und dann die Treppe nach unten.
Auch im zweiten Stock war ein langer Gang mit zahlreichen Türen. Aber jetzt hieß es aufpassen! Glauber sicherte den Gang nach unten, während Schubert und Susi Ludwig sich ein Zimmer nach dem anderen vornahm. Schuster war mal wieder überrascht, wie professionell die kleine Oberkommissarin dabei vorging. Mit der konnte man getrost im Team handeln, das stand fest! Im letzten Zimmer klappte gerade eine Schranktür als sie eintraten. Schuster deutete auf den großen Kleiderschrank, da musste einer drinstecken!
Susi überlegte gerade wie sie vorgehen wollte, als Schuster plötzlich den Schrank anpackte, und mit einem heftigen Ruck umkippte. Drinnen schrie eine Frauenstimme laut auf und eine Männerstimme jammerte. Schuster trat mit seinem Stiefel die dünne Holzverkleidung der Rückseite des Schrankes ein. Dann zerrte er die Einzelteile beiseite und wollte gerade der blonden Frau heraushelfen als eine Pistole aus dem Schrank heraus losbellte. Susi schoss ohne zu überlegen und dann war Ruhe. Eine halbnackte junge Blondine in rotem BH und Slip entstieg kalkbleich dem Schrank. Der dicke Mann im Schrank lag regungslos da mit offenen Augen. Er war tot! Susis Schuss hatte ihn genau in die Schläfe getroffen. Sie wurde bei dem Anblick bleich. Weil die Blondine plötzlich wie eine Furie losbrüllte, gab ihr Schuster zwei schallende Ohrfeigen. Sofort hörte sie auf zu schreien. Schuster sah Susi entschuldigend an.
„Das war der Schock! Und den Kerl da habe ich erwischt, klar? Bei uns gibt´s nämlich keine Untersuchung!" Susi bedankte sich automatisch. Glauber stand in der Tür und starrte seine Chefin an. Als er sah, dass es ihr gut ging, atmete er auf.

Die Schießerei auf dem Hof hatte inzwischen aufgehört. Glauber und Susi gingen vorsichtig weiter nach unten. Ein wildes Gewusel von Uniformierten wartete auf sie. Denn inzwischen war auch die Einheit „Cobra" der Österreicher eingetroffen und die machte nun Jagd auf die Gauner, die in den Wald geflüchtet waren. Susi erinnerte Glauber daran, dass sie Hans-Jochen Mattuschek gehört zu haben glaubte.

„Komm, wir gehen ihn suchen!" Und schon stapfte sie mit vorgehaltener Waffe die Treppe in den Keller wieder hinab. Im Waschhaus blieben sie wie erstarrt stehen. An beiden Händen gefesselt, die an Seilen nach oben gezogen worden waren, kniete Hans-Jochen mit blutüberströmtem und verbeultem Gesicht auf dem Fußboden. Er stöhnte leise vor sich hin. Susi sah Glauber an.

„Schaff einen Sanitäter oder Arzt her, schnell! Den brauchen wir noch lebend!", befahl sie ihm. Glauber spurtete los und kam tatsächlich nach wenigen Minuten mit einem Arzt wieder. Indessen hatte sie Mattuschek´s Fesseln gelöst und ihn auf dem Fußboden flach hingelegt. Er öffnet ein Auge und nickte dankbar.

„Durst!", stöhnte er. Susi nickte.

„Ich hole was zu trinken!" Während sie loslief, untersuchte ein Arzt den Jungen.

„Na ja, er wird´s überleben! Zwei angebrochene Rippen wie es scheint und ordentliche Blutergüsse." Susi kam mit einer Flasche Wasser zurück und ließ den Jungen trinken.

„Warum haben die dich so verbeult, sag mal", meinte sie zu ihm. Mattuschek stöhnte leise.

„Die wollten wissen wo mein Onkel den Stick mit den Kontaktpersonen und den Konten hat. Ich weiß es aber auch nicht. Und wo er sein Geld deponiert hat wollten sie wissen. Also die Bankverbindungen.", erklärte der junge Mann und schloss erschöpft die Augen. Die Sanitäter kamen und trugen den jungen Mann weg.

Glauber lehnte an der Wand und rauchte eine Zigarette. Susi trat zu ihm und lächelte ihn an.

„Lass mich auch mal ziehen Jochen, ich brauche das jetzt einfach", bat sie ihn. Glauber reichte ihr die gerade angezündete Zigarette und brannte sich eine neue an. Gemeinsam pafften sie eine Weile. Plötzlich kam ein Mann in Zivil und stellte sich vor.

„Oberst Wontraschek, Bundesgendarmerie! Sie sind die Frau Ludwig, gnädige Frau?" Susi nickte und er gab ihr die Hand. „Wir haben vorhin ein umfangreiches Arsenal an Datenträgern konfisziert. Darunter auch welche aus dem Heim „Andělé děti" in Tschechien. Dessen Leiter Don Magnus Knöpfler steht bei uns ebenfalls auf der Fahndungsliste. Der Vorwurf lautet, Bildung einer kriminellen Vereinigung und Unzucht mit Minderjährigen. Können Sie mir zu diesem Mann was sagen?" Susi schüttelte den Kopf.

„Er ist als Leiter dieser Einrichtung bei uns nicht bekannt!" Wontraschek kratzte sich seinen grauen kurzgeschnittenen Haarschopf.

„Die von Ihnen gesuchten Farian und Nentschow haben wir heute hier nicht gefunden. Aber feststeht, es waren alles Leute aus deren Bande die wir geschnappt haben. Ich schicke Ihnen in den nächsten Tagen die Vernehmungsprotokolle nach Berchtesgaden an ihren Chef. Grüßen Sie Ihren Mann, Frau Ludwig!" Er grinste und gab ihr wieder die Hand. Plötzlich hielt er inne.

„Einen Moment noch! Wir haben eine DVD mit Bildern und Kurzfilmen gefunden! Ältere Männer in eindeutiger Situation mit kleinen Mädchen. Sie bekommen eine Kopie davon, vielleicht entdecken Sie ja noch jemand, den auch Sie verdächtigen. Küss die Hand, gnädige Frau!" Dann stakste er davon. Glauber sah seine Chefin an.

„Und ich habe gedacht, die Sache ist mit dem heutigen Tag endlich vorbei. Sieht aber wohl so aus, als ob wir noch länger damit zu tun haben werden. Wir müssen unbedingt diesen Farian und den Nentschow schnappen!" Susi Ludwig nickte.

„Da könntest du Recht haben, Jochen! Komm, wir fahren wieder nach Hause. Dieser Kurztrip scheint uns jedenfalls nicht viel gebracht zu haben." Glauber schüttelte den Kopf.

„Das glaube ich nun wieder nicht. Warten wir mal ab, was mit der DVD und der CD rauskommt! Vielleicht gibt´s noch eine richtige Überraschung dabei. Susi nickte leicht und meinte dann:

„Tja, die kleine Mlada Switkovic hat allerhand Staub aufgewirbelt. Schade, dass wir sie nicht retten konnten." Glauber sah seine Chefin von der Seite an.

„Und ihr Bruder, der Milan, bleibt der in ihrer Familie?" Susi atmete tief durch und sah ihn ernst an.

„Ich will es hoffen, Jochen! Wenn er wieder in ein Heim müsste, wäre das für ihn der Supergau!" Glauber schüttelte den Kopf.

„Also höre mal, wenn du und dein Mann das nicht schaffen ein Kind zu adoptieren, wer kriegt denn dann eine Genehmigung? Das klappt bestimmt, Chefin!" Susi sah ihn dankbar an.

„Danke, Jochen! Gib Gas und bring uns wieder heim!" Zwei Stunden später waren sie wieder im Präsidium in Berchtesgaden. Markus Ludwig hatte sich geduldig den Bericht seiner beiden Mitarbeiter angehört.

„Die Fahndung nach diesem Bulgaren Nentschow und dem Rumänen Farian läuft bereits. Ihr nehmt euch nochmal das Kinderheim in Schellenberg vor. Es gab in den letzten zwei Tagen dort erhebliche Kontobewegungen! Ich habe das Gefühl, die Organisation räumt gerade auf! Übrigens, ich soll dich von den Kids grüßen! Die sind happy, dass sie noch bleiben dürfen. Heißt also, sie vermissen uns nicht!", resümierte Markus Ludwig. Susi verzog das Gesicht.

„Ach Mensch, meine Franzi, der Benny und auch der Milan, die fehlen mir unglaublich! Wenn es nicht jedes Mal so weit wäre, würde ich sagen wir fahren am Wochenende mal wieder zu ihnen." Markus schmunzelte nur.

„Schauen wir mal …", war alles was er sagte.

Schruns / Südtirol

Der Berggasthof „Adler" auf 1560 Meter war nur im Sommer geöffnet. Jetzt im August herrschte ein reges Kommen und Gehen. Die Gaststube war gefüllt, und draußen war ebenfalls kaum ein Platz frei. Am Rand, unmittelbar über dem Abhang, saßen zwei Männer und aßen gerade Schweinshaxe. Ihr brauner Teint und auch die sonstige Aufmachung ließen den Verdacht zu, dass sie aus südlicheren Regionen stammten. Aber sie unterhielten sich auf Russisch.

„Natan, ich sage dir, wir müssen wohl oder übel bald unsere Zelte hier bald abbrechen!", meinte gerade der größere von beiden und puhlte sich mit einem Streichholz zwischen den Zähnen ein Fleischstück heraus. Dann trank er das Glas mit Rotwein in einem Zug leer. Der Kleinere der beiden, etwas zierlicher und schmaler, schüttelte vehement den Kopf.

„Dann müssten wir unser ganzes Equipment verladen und abtransportieren, Boris! Dieses Haus ist seit Jahren die Basis, die können wir nicht einfach aufgeben!" Der mit „Boris" angesprochene kratzte sich nachdenklich am Kinn.

„Vielleicht reicht ja auch eine Verlagerung." Natan Farian schüttelte wieder den Kopf.

„Vergiss es! Da macht die Gräfin nicht mit! Und ihr Hofhund Nico würde dann wohl ein paar Einnahmen verlieren. Die wollen erst noch mal richtig absahnen, wir haben noch insgesamt 72 Vermittlungen abzuwickeln. Und hoffentlich bald, die Bälger fressen uns sonst noch die Haare vom Kopf! Und dabei habe ich die täglichen Rationen schon auf 1,50 € gekürzt." Nentschow winkte ab.

„Und warum schickt ihr sie nicht zum Betteln los? Sowas wird in jeder Großstadt gemacht!" Farian schüttelte den Kopf.

„Boris, in der Großstadt geht das, hier auf dem Land fällt sowas sofort auf! Und der Befehl lautet – nicht auffallen!" Boris Nentschow kratzte sich am Kinn mit dem Dreitagebart und sah auf die Bergwelt, dann stöhnte er leise.

„Wir müssen unbedingt die Bälger loswerden! Die Gräfin hat mich schon zweimal gemahnt. Du kennst die Alte, wenn der jemand nicht schnell genug ist, den sortiert sie einfach mal aus." Dabei machte er eine Geste mit der Hand unter dem Kinn entlang. Farian, der Schöngeist des Duos, lehnte sich zurück und trank wieder einen Schluck Rotwein.

„Ich kann nicht zaubern, Boris! Unser Standort da oben, zwischen Deutschland, Österreich und Italien, quasi im Niemandsland, schützt uns besser als sonst irgendwo. Das muss die Alte auch mal begreifen." Nentschow winkte ab.

„Das interessiert die Leute nicht! Jetzt wo sie einen Teil der in Deutschland agierenden Leitungsmitglieder erwischt haben, brennt es ihr unter den Füßen!" Farian schüttelte den Kopf.

„Unverständlich, Boris! Aber verdammt nochmal, was machen wir mit den Kindern in diesen Heimen, vor allem dem in Schruns? Auf die verzichten? Das ist doch bares Geld, das uns da zwischen den Fingern verrinnt! Nein! Wir müssen diese Kids unbedingt da rausholen! Auch wenn halb Interpol nach uns sucht!" Boris Nentschow lachte leise vor sich hin.

„Hast du das von dem deutschen Oberst gehört? Das ist schon ein dicker Hund, wenn die Entführte plötzlich den Entführer entführt! Diese deutsche Kommissarin muss wie der leibhaftige Teufel sein! Ob die im Bett auch so ist?" Farian lachte auf einmal schallend und hielt dann doch die Hand vor den Mund.

„Du siehst das nun schon wieder aus der Bettperspektive, was? Ich wette, die würde dir noch beim Sex die Handschellen anlegen!" Jetzt war es Boris Nentschow, der sich vor Lachen bog. Als sie sich ein wenig erholt hatten, sah Nentschow seinen Freund Farian an.

„Stell dir mal vor, wir beide würden die Kommissarin schnappen! Sozusagen als Faustpfand!" Farian sah seinen Kumpel überrascht an, dann feixte er.

„Aber bevor ich die wieder freilassen würde, würde ich sie erstmal gründlich besteigen! Die soll nämlich auch ganz gut aussehen." Farian sah seinen Freund Nentschow plötzlich entsetzt an.

„Jetzt sag ja nicht du meinst das ernst, Boris! Bist du verrückt?" Nentschow hatte sich zurückgelehnt und sah hinauf in den wolkenlosen Himmel. Dann sah er seinen Freund Farian wieder an, und in seinen Gesichtszügen stand eine gut sichtbare Brutalität.

„Und wenn doch?", knurrte er. Farian schüttelte den Kopf.

„Ich mache alles mit, aber sowas nicht! Ich weiß genau, du würdest sie dir nehmen und anschließend umbringen, ich kenne dich zu gut, mein Freund! Aber auf Polizistenmord steht lebenslänglich, und ich habe nicht die geringste Lust mein restliches Leben im Bau zu verbringen." Boris Nentschow zuckte mit den Schultern und meinte dann lax:

„Du musst ja nicht mitmachen! Ich werde sehen was sich machen lässt, und basta! Ende der Diskussion!" Natan Farian schüttelte fassungslos den Kopf und sah seinen Freund beinahe mitleidig an.

„Was bringt es dir, davon wird Ewa auch nicht mehr lebendig." Nentschow fuhr auf.

„Halt die Fresse, erwähne Ewa nicht mehr in meiner Gegenwart! Hörst du!"

Boris´s Frau Ewa war bei einer Schießerei mit der kroatischen Polizei ums Leben gekommen. Und sie hatten türmen und Ewa zurücklassen müssen. Seit diesem Tag war jede Polizistin auf die

Boris traf sein Intimfeind. Denn eine Polizistin hatte damals auf Boris geschossen und dessen Frau tödlich getroffen.

„Denk lieber daran, dass wie diese Knirpse endlich vom Hals kriegen, Boris! Denk an die Kohle, 72 mal 10.000 €, das sind 720.000 €, geteilt durch zwei, das sind für jeden von uns 360.000 €! Dafür muss ich keine Polizistin bumsen und dann umbringen. Wach endlich auf, Bruder!" Nentschow brummte etwas Unverständliches und Farian machte sich so seine Gedanken. Es war Zeit aus Deutschland und Österreich zu verschwinden! Das Geschäft wurde immer schwieriger. Und diese Oberkommissarin aus Berchtesgaden wurde täglich zu einer größeren Gefahr! Und nun gab es aber auch hier in Südtirol so eine! Die war letztens in dem Heim „Santa Maria" in Schruns aufgetaucht und hatte blöde Fragen gestellt. Er sah die Serpentinen hinab, wo gerade ganz unten ein Polizeiauto der Guardia Zivil auftauchte. Er stand auf und warf ein paar Geldscheine auf den Tisch.

„Komm Farian, vielleicht wollen die da unten zu uns!" Er deutete auf den PKW mit dem Blaulicht auf dem Dach.

Sie bogen von der Hauptstraße ab, hinauf zu den Serpentinen, wo sich die Bergstraße in Gomagoi teilte. Die eine führte weiter hinauf nach Stilfs, Prad, Lichtenberg und Schruns, die andere weiter nach Trafoi, hinauf zum Stilfser Joch, weiter über den Umbrailpass und dann hinunter nach Bormio in den italienischen Teil. Es war im Sommer wie im Winter eine Gegend zum Verlieben und Mattheo schnalzte mit der Zunge.

„Jetzt müsste man Cabrio fahren, das wäre super!", schwärmte er. Franzi lachte, weil sie wusste, dass ihr Kollege als die Zwillinge auf die Welt kamen, sein schönes rotes Cabrio gegen einen VAN eintauschen musste. Und darunter litt Mattheo gar sehr. Sie fuhren durch Gomagoi. Der kleine Ort war überfüllt mit Urlaubern, die in den Straßencafés saßen und es sich gut gehen ließen. Kaum hatten sie die Ortsgrenze hinter sich gelassen, gab Mattheo Gas. Franzi runzelte die Stirn und sah ihn tadelnd an.

„Luigi, reiß dich zusammen! Hier sind 50 angesagt!" Mattheo murrte und nahm den Fuß wieder vom Gaspedal. Der Diesel des BMW X3 begann leise zu grummeln. Mattheo sah seine Kollegin von der Seite an.

„Manchmal bis du schon wie meine Frau, Franzi! Mal richtig Gas geben ist doch toll!" Franzi schmunzelte nur.

„Aber wir sind die Polizei, Luigi. Und die hält sich immer an die Geschwindigkeitsbegrenzungen, klaro! Er nickte erst und dann murrte er.

„Ja, Mama du hast ja Recht!" Franziska lachte schallend.

„Hast du es noch nicht gemerkt Luigi? Frauen haben doch immer Recht!"

Eine Gamsherde die plötzlich über die Straße preschte, und Luigi zum Bremsen veranlasste, enthob ihn einer Antwort. Er schickte den Tieren einen Fluch hinterher und gab wieder Gas, während die Kommissarin wortlos zum Fenster hinausschaute und auch noch grinste. Endlich erreichten sie den Ortseingang von Trafoi. Hier oben war es wesentlich ruhiger, nur vereinzelte Wanderer die gemächlich dahinschritten.

„Wenn wir zurückfahren, bleibst du dann gleich im Ort und machst für heute Feierabend?" Franzi sah auf die Uhr, dann nickte sie und lächelte.

„Wenn du es mir erlaubst, Mattheo?" Er lachte kurz. „Aber Chefin, natürlich immer!" Sie nickte wieder.

„Vor allem kannst du dann heute auch gleich heimfahren, stimmt´s?" Er sah sie mit treuen Hundeblick an.

„Darf ich, Chefin?" Sie lachten beide. Es gab eben Tage, da konnte man es auch mal schleifen lassen und die Familie hatte dann auch was davon.

Endlich erreichten sie die dritte Serpentine und nahmen den Abzweig, der auf den kleinen Feldweg zu den drei Heustadln führte. Sie stiegen aus und sahen sich um. Tatsächlich sah man Spuren von Autoreifen, hier und da lagen Papier oder Pappbecher herum. Sie liefen zu den Heustadln. Das erste war offen, da das Schloss fehlte. Mattheo öffnete vorsichtig das Tor, während Franzi mit der Pistole in der Hand sicherte. Sie sahen hinein.

„Olala, wie sieht denn das hier aus!", entfuhr es Franzi. An den Wänden entlang lagen schön ausgerichtet nebeneinander alte Decken aufgereiht! Sie sahen sich genauer um.

„Also ich kann mir nicht helfen, aber das sieht hier aus, als wenn der Stadl als Schlafplatz genutzt wird." Franzi nickte und hob plötzlich einen kleinen gelben Kinderschlüpfer hoch.

„Kinder waren jedenfalls auch dabei." Mattheo kraxelte über einige Holzbalken in den Raum, wo früher das Futter gelagert wurde und entdeckte in einem Spalt zwischen Balken und Brett einen Packen Zeitung. Vorsichtig zog er diese heraus und wollte sie gerade auseinanderfalten.

„Das kann ich nicht lesen, aber nach dem Datum ist dieses Blatt schon drei Wochen alt. Keine Ahnung was das für eine Schrift ist", bekannte er. Plötzlich blieb Franzi abrupt in einer Ecke des Stadls stehen und hielt sich die Hand vor den Mund. Erschrocken sah sie sich zu Mattheo um.

„Luigi, komm mal her! Bitte, sieh dir das an!" Luigi Mattheo kletterte leise fluchend wieder zurück, trat zu Franzi und riss die Augen auf.

„Ach du heilige Scheiße!", entfuhr es ihm. In einige alte Zeitungen eingewickelt, sah oben ein Babykopf heraus! Zunächst glaubten sie, es sei eine Puppe. Doch Franzi kniete sich hin und schlug die Zeitung auseinander! Es war tatsächlich ein toter Säugling, ein Mädchen!" Alles deutete darauf hin, dass dieses Kind ein Neugeborenes war, kaum einige Stunden alt geworden. Die Nabelschnur war unsachgemäß durchtrennt worden. Mattheo schüttelte, bleich im Gesicht, den Kopf und musste schlucken.

„Wer macht denn sowas, Franzi?", war alles was er sagen konnte. Dann griff er zum Handy und rief in der Inspektion an, sie sollten die KTU schicken. Er nickte kurz.

„O.k., wie warten vor Ort bis ihr kommt". Er sah seine Chefin an.

„So, dass war´s dann heute mit eher aufhören Chefin!"
Sie gingen nach draußen vor das Tor und begannen die anderen beiden Stadl zu untersuchen. Doch die waren verschlossen. Als Franzi durch ein Loch in der Bretterwand sah, rief sie Mattheo.

„Schau mal da rein, Luigi! Drei Enduro-Maschinen samt Spritkanister und ein Unimog. Sowas lagert kein Bauer hier oben ein!" Mattheo schaute durch den Spalt in der Bretterwand.

„Der Unimog hat eine Plane drauf!" Er drehte sich zu seiner Chefin um und sah sie ernst an.

„Nach was sieht das hier alles aus, Franzi? Was meinst du?"
Sie rieb sich das Kinn und schob die Sonnenbrille wieder auf die Nase herunter.

„Wenn du mich fragst Luigi, hier sind Schleuser am Werk! Und da wir eine Babyleiche haben, geht es hier bestimmt um Frauen! Ich vermute mal, hier werden Ausländerinnen runter nach Italien geschleust oder von Italien weiter nach Österreich oder Deutschland. Was anderes fällt mir dazu im Moment nicht ein."

„Du meinst Frauen vom Balkan oder vielleicht sogar aus den Kriegsgebieten um Syrien? Na das hat uns hier gerade noch gefehlt!" Franzi deutete hinunter ins Tal.

„Die Kavallerie rückt an! Wir lassen die erst mal ihre Arbeit machen. Bis die fertig sind, wird es dunkel werden. Wir bleiben telefonisch in Verbindung und informieren uns gegenseitig zu Hause. Morgen früh gibt es sowieso erst Ergebnisse, also machen wir für heute doch Schluss." Mattheo nickte befriedigt. Franzi war eben ein Familienmensch und verstand ihn.

„Gut Chefin, ich meine aber, ab sofort sollten wir das Gelände hier beobachten lassen." Franziska nickte nachdenklich.

„Gute Idee, Luigi! So machen wir das auch. Stellt sich nur die Frage, ob der Polizeirat da mitmacht."

Inzwischen fuhr der Kleinbus der KTU vor die Heustadl, und Doktor Almado stieg aus und begrüßte beide. Ihm folgten die junge Amanda Delgato und Maria Undine, des Doktors Leibgarde, wie er sie immer scherzhaft nannte. Beide waren in der Ausbildung und sollten bei Doktor Almado drei Monate lang Erfahrungen sammeln.

Der Doktor war um die Fünfzig, sah aus, als ob er täglich Sport treiben würde und war ein ruhiger Zeitgenosse.

„So, nun zeigt uns mal was ihr gefunden habt", meinte er und betrat den Heustadl. Franzi und Mattheo führten die drei zum Fundort des Leichnams. Almado schnaufte hörbar durch, als er das kleine Päckchen auf der Erde liegen sah. Amanda rannte plötzlich würgend aus dem Stadl und man hörte, wie sie sich draußen übergab. Der Doktor sah kurz über die Schulter und zuckte mit den Schultern.

„Ihre erste Kinderleiche!", bemerkte er. Maria Undine stand etwas bleich um die Nase, aber tapfer da und blieb aber ansonsten ruhig. Sie wickelten die kleine Kinderleiche vorsichtig aus.

„Eine kleine Signoria", bemerkte der Doktor, dann erhob er sich und sah alle an, denn auch Amanda war wieder zurück, wenn auch reichlich blass um die Nase.

„Die Kleine hat keine Stunde gelebt, man hat sie auch nicht versorgt", stellte er fest. Dann sah er seine beiden jungen Mitarbeiterinnen an.

„Ihr sichert bitte die Spuren, soweit da noch was zu sichern ist. Und die Kleine nehmen wir mit ins Institut. Geht es wieder Amanda?", fragte er die junge Frau. Die nickte wortlos.

„Tja, vor morgen Mittag werde ich wohl kaum mit zweckdienlichen Hinweisen dienen können. Aber ich beeile mich." Franzi und Mattheo verabschiedeten sich vom Doktor und gingen zum Wagen zurück. Mattheo sah seine Chefin an.

„Kommst du morgen früh selber mit dem Wagen oder soll ich dich abholen?" Franzi lächelte ihren Kollegen an.

„Luigi, mein Wagen steht unten in Sulden. Was glaubst du wie ich heute Morgen runtergekommen bin, hm?" Mattheo grinste und schlug sich mit der flachen Hand an die Stirn.

„Stimmt ja! Na dann hole ich dich eben morgen früh um 7.00 Uhr ab. Ist das o.k.? Schreibst du den Bericht, oder soll ich das machen? Nur, wenn ich Leticia erzähle, was wir heute gefunden haben, kriegt die einen Weinkrampf.", meinte er und setzte sich hinter das Steuer. Franzi sah ihren Kollegen mitfühlend an.

„Dann erzähle ihr eben nicht davon, ich erzähle Leonhard auch nicht alles, was unseren Dienst betrifft. Ist manchmal besser so, glaub es mir. Den Bericht schreibe ich selber, Leonhard geht heute Abend mit meinem Vater zum Schafkopfen, da habe ich Ruhe dazu." Mattheo dankte seiner Chefin und startete den Wagen.

In Trafoi setzte Mattheo seine Chefin dann vor der Haustür ab. Sofort kam ein junger Bernersennenrüde angerannt und wedelt quietschend mit dem Schwanz, so freute er sich. Danach kamen die beiden Kinder angesaust. Die sechsjährige Leonie zerrte den dreijährigen Paul in einem kleinen Bollerwagen über den Hof hinter sich her und freute sich, dass Mama endlich heimkam. Leonhard trat aus der Werkstattür und wischte sich die Hände ab.

„Hallo! Du bist heute schon da? Das ist ja prima. Aber wo hast du den Wagen gelassen?", fragte er misstrauisch und umarmte seine Frau um ihr einen ersten Kuss zu geben.

„Der steht unten in der Werkstatt bei uns in der Inspektion. Er fing heute früh plötzlich kurz vor der Einfahrt zur Inspektion zu ruckeln an. Zum Glück war ich so gut wie da. Morgen früh holt mich Mattheo ab, wir hatten sowieso hier oben zu tun, umschiffte sie das heikle Thema. Sie gingen in die Küche, wo es bereits lecker duftete. Franzi schnupperte genießerisch.

„Was gibt´s denn heute Schönes, mein Chefkoch?" Leonhard Gruber schob seine Frau wieder aus der Küche hinaus vor die Haustür, dort wo eine Bank und ein Tisch standen, und stellte ihr ein Glas hin. Inzwischen waren Paul und Leonie vom Händewaschen zurück und setzten sich artig auf ihre Plätze.

„Lass dich überraschen, Liebling! Übrigens die Oma ist heute unten im Dorf bei einer Freundin. Sie kommt erst später wieder zurück."

Franzi nahm ihre beiden Sprösslinge liebevoll in die Arme und ließ sich erzählen, was sie heute alles gemacht hatten. Leonhard kam mit den ersten beiden Tellern und stellte sie ab. Als Franzi aufstehen wollte um ihn behilflich zu sein, schob er sie wieder auf ihren Platz zurück.

„Bleib sitzen Schatz, du hattest heute bestimmt wieder einen schweren Tag!" Sie sah ihn erstaunt an.

„Wie kommst du darauf, Liebling?" Er nickte und lächelte ein wenig.

„Ich habe euer Aufgebot die Serpentinen hinauffahren sehen. Ich war gerade hinten im Garten", erklärte er und holte die restlichen beiden Teller. Es roch köstlich und stellte sich als Ragout fin mit Stampfkartoffeln heraus. Eines von Franzis Lieblingsgerichten. Das Essen über schwiegen sie von der Arbeit und Leonhard berichtete, dass er einen neuen Auftrag erhalten hatte, er sollte für eine Gastwirtschaft sechs neue Holztische, Holzbänke und Stühle anfertigen. Außerdem hatte er einen Auftrag von einer Firma an Land gezogen. Er sollte ein hölzernes Firmenschild anfertigen. Das war genug Arbeit für die nächsten Wochen.

Als sie dann am Abend zusammensaßen, die Kinder im Bett waren, und Leonhard seinen Hauswein aufgemacht hatte, erzählte sie ihm doch von der Kinderleiche. Leonhard schüttelte entsetzt den Kopf.

„Mein Gott, wer macht denn sowas? Da ist ja grauenhaft."

Franzi erzählte ihm von ihrer Vermutung. Gerade als er ihre beiden Gläser noch mal füllte, hielt er plötzlich inne.

„Also, wenn ich so nachdenke, erinnere ich mich an einen weißen Transporter. So einer stand letztens vor dem Dorfladen und eine Frau mit Kopftuch, langem Rock und Sandalen kam gerade mit Wasserflaschen heraus, als ich reinging. Sie sah aus wie eine Zigeunerin. Also vom Balkan konnte sie schon sein, denn ihr Typ war südländisch." Er goss das Glas voll und setzte sich wieder auf die Bank neben Franzi. Die hatte still zugehört und lehnte sich nun an Leonhard an, der den Arm um sie legte.

„Ich bin überzeugt, dass diese Leute hier durchgeschleust werden. Schade, dass du nicht auf das Nummernschild geachtet hast." Leonhard schüttelte den Kopf.

„Nee, auf die Nummer habe ich nicht geachtet, aber dass ein ovales weißes Schildchen an der hinteren Tür mit der Aufschrift „RO" stand, dass weiß ich ganz genau!" Franzi fuhr hoch und setzte sich aufrecht hin.

„Leonhard, du bist ein Schatz! Du hast uns gerade einen sehr wichtigen Tipp gegeben! Also kommen die aus Rumänien, ich habe es mir doch gedacht! Du bist ein richtiger Schatz!" Sie sah ihren Mann lachend an, und meinte dann, die dichten, schwarzen Augenbrauen hochziehend:

„Dafür wirst du heute belohnt! Los, trink dein Glas aus und komm ins Schlafzimmer!" Und schon war sie wie der Wind die Treppe hinaufgelaufen und im Badezimmer verschwunden. Leonhard schmunzelte, und dann räumte er noch Gläser und Flasche weg, ehe er das Außenlicht löschte, und mit einem Blick zum Himmel ihr folgte. Leise vor sich hin pfeifend stieg er die Treppe hoch und klopfte dann leise an die Badtür. Er hörte Franzi und machte langsam auf. Und da stand sie da, grinste in den Spiegel und war splitternackt – seine Venus! Trotz zweier Kinder war immer noch alles am rechten Fleck bei ihr. Mein Gott, konnte das Leben schön sein! Mit verführerischem Lächeln zog sie Leonhard ins Schlafzimmer zu ihrer Spielwiese, wie sie das große hohe Bett nannten und genossen die körperliche Nähe des anderen.

Franziska saß gerade mit Leonhard und den Kindern aufgeräumt und lächelnd am Küchentisch und sie frühstückten, als es draußen bereits hupte. Mattheo war mal wieder überpünktlich. Franzi hatte ihn aber in Verdacht, dass er nur des guten Kaffees wegen schon so zeitig da war. Also stand sie auf, ging ans Fenster und rief ihn in die Stube. Es war nicht das erste Mal, dass es so klappte, weil Mattheos Frau Leticia früh immer erst Joggen ging, ehe sie frühstückte, um dann anschließend um neun Uhr in ihre Praxis zu fahren. Also gab es bei ihnen nur am Wochenende ein gemeinsames Frühstück. Die zweijährigen Zwillinge holte früh schon eine Nanny ab, die sie dann den ganzen Tag versorgte. Bezahlt wurde das alles von Oma und Opa, also von Leticias Eltern. Franzi erzählte Mattheo gerade von Leonhards Erlebnis am Dorfladen, und sie waren sich schnell einig, was nun zu tun sei. Auf dem Weg nach Sulden lieferte Franzi ihre beiden Lieblinge noch schnell in der KITA ab, und dann begann auch schon der Dienst. Die Suche nach dem Transporter mit rumänischen Kennzeichen war eine erste heiße Spur. Franzi informierte den Polizeipräfekten von ihrer Vermutung und bat um Unterstützung durch die Gendarmerie.

Gegen Mittag rief sie Doktor Almado an und der bat sie runter in seine Katakomben zu kommen, wie er seine Arbeitsräume im Keller nannte. Franzi und Mattheo traten ein, es roch typisch nach Karbol und andere Desinfektionsmittel. Mitten auf dem Metalltisch lag das kleine nackte Mädchen. Franzi erschauerte bei deren Anblick. Dr. Almado kam zu ihnen und hatte einen dünnen Hefter dabei.

„Also, der kleine Wurm da ist gerade mal zwei oder drei Stunden am Leben gewesen. Fest steht, sie war gesund, die Organe waren gut ausgebildet. Und, sie wurde erstickt!"

Franzi musste ein aufschluchzen unterdrücken, und Mattheo sah einen Moment stur auf die Eingangstür, ehe er in der Lage war sich wieder dem Kind zuzuwenden. Der Doktor sah es und schmunzelte vor sich hin, das war nun mal sein Alltag. Ein Alltag der ihn in all den vielen Jahren bei der Polizei geprägt hatte. Aber er ließ dieses Leid auf keinen Fall an sich heran, sonst hätte er diesen Job niemals so lange schon machen können. Seine beiden Besucher waren noch jung. Franzi Gruber war achtundzwanzig und Mattheo fünfunddreißig. Die nahm das alles noch mehr mit.

„Ja, und man kann sagen, dass der Magen der Kleinen leer war. Sie hat also keine Milch bekommen von ihrer Mutter! Bleibt für sie nun die Frage zu klären, warum wurde die Kleine auf diese Weise umgebracht?" Er sah die beiden Kriminalisten an und gab Franzi den Hefter.

„So, nun seid ihr dran! Ich hoffe ihr habt bald Erfolg!" Franzi und Mattheo verließen rasch den Keller. Oben im Büro angekommen, herrschte erst einmal beredtes Schweigen. Bis Franzi zwei Kaffes aus der Maschine holte und eine Tasse vor Mattheo hinstellte. Der seufzte schwer.

„Dieses Bild werde ich mein Leben lang nicht vergessen. So eine verdammte Sauerei!" Franzi drehte den Löffel im Kaffee.

„Ich stelle mir mal die freundliche Variante der Sache vor. Die Frau ist seit Tagen auf dem Transport. In der Scheune kommt das Kind zur Welt noch ehe sie ihr Ziel erreicht haben. Ein Baby auf einem Flüchtlingstreck ist eine Gefahr für alle – denn es schreit! Niemand weiß ja, wie deren Reiseroute weiter geht. Damit das Kind nicht alle verraten kann, muss es sterben. Ich kann mir nicht vorstellen, dass die Mutter es getan hat. Sowas macht keine Mutter, egal in welcher Situation. Aber die vom Begleitpersonal sind abgebrühte Lumpen, denen traue ich das zu." Mattheo nickte.

„Möglicherweise hat sich die Mutter sogar dagegen gewehrt, aber sie kam gegen diese Ganoven nicht an." Franzi schüttelte zweifelnd den Kopf.

„Und dann fährt sie doch einfach weiter mit? Das kann ich mir nicht vorstellen." Mattheo rieb sich den Hinterkopf und gähnte verhalten. Franzi lächelte.

„Schlecht geschlafen heute Nacht?" Mattheo nickte und guckte betröppelt aus dem Fenster.

„Unsere beiden Mädchen haben sich erkältet, alle beide zur gleichen Zeit. Die eine hat Ohrenschmerzen, die andere Halsweh. Das gab die ganze Nacht keine Ruhe." Franzi nickte.

„Jaja, das kenn ich. Ist erstmal der eine krank, kommt der nächste garantiert auch noch dran." Sie reckte die Schultern und streckte die Beine lang aus.

„Aber mal im Ernst. Kannst du dir vorstellen, dass eine Mutter ihr Baby verliert, weil das Kind getötet wird, und sie fährt dann mit den anderen weiter? Das kann ich nicht glauben!"

„Schon mal was von Gruppenzwang gehört, verehrte Kollegin? Welche Alternative hatte sie denn in einem fremden Land, und garantiert ohne Papiere. Denn die Schleuser nehmen doch allen die Pässe weg bis zur Ankunft. So kann niemand verloren gehen." Franzi drehte sich mit Schwung wieder dem Schreibtisch zu.

„Gut, wie gehen wir weiter vor? Außer Überwachung da oben, bleibt uns im Moment kaum eine andere Alternative. Wir müssen einen von diesen Gangstern auf frischer Tat erwischen. Alles andere ist Zeitverschwendung. Wir brauchen mindesten zwei Observierungsteams!" Mattheo lachte lauthals und stand aus seinem Sessel auf, um das Fenster zu schließen, weil draußen schwarze Wolken den Himmel verdunkelt hatten und gleich ein Wolkenbruch losgehen würde.

„Geh mal zum Präfekten und fordere von ihm zwei Teams zur Observierung von drei Heustadln. Der wirft dich raus!"

„Hast du eine bessere Idee, Luigi?" Er schüttelte den Kopf, dann setzte er sich wieder hin. Er grinste seine Chefin an.

„Heute schreibe ich mal den Bericht, Chefin!" Franzi schob sich aus ihrem Sessel heraus und dehnte sich.

„Oh, das ist aber nett von dir, dafür gehe ich zum Präfekten und hole mir die Prügel ab", lachte sie. Schon an der Tür stehend, drehte sie sich noch einmal um.

„Und vergiss bitte nicht alle Krankenhäuser der Umgebung abzutelefonieren. Nach einer Frau, die eventuell Probleme mit einer Hausgeburt hatte. Das gibt es nämlich noch bei uns im Gebirge", betonte sie, weil sie sah, wie Mattheo ein ungläubiges Gesicht machte, und winkte ihm an der Tür nochmal zu und verschwand.

Polizeipräfekt Antonio Cervale war ein Mann um die Fünfzig, hatte grau meliertes kurz geschnittenes Haar, trug stets eine gutsitzende Uniform, und war auch sonst eine Person, der man schon freiwillig Achtung entgegenbrachte.
Er hatte sich Franzis knappen Bericht angehört. Hatte dann sofort zugestimmt, als Franzi vorschlug alle Krankenhäuser der Umgegend nach einer Frau abzufragen, die eventuell ärztliche Hilfe gesucht hatte, auf Grund ihrer Entbindung. Als Franzi dann das Thema auf die Observationsteams brachte, hob er die Augenbrauen. Seine kleinen beinahe schwarzen Pupillen huschten immer wieder über Franzis Figur im Sessel vor dem gewaltigen Schreibtisch. Langsam wurde ihr das schon beinahe lästig, weil sie sich vorkam wie eine Kuh auf dem Bauernmarkt vor dem Verkauf.
Doch der Präfekt räusperte sich und begann umständlich über die Personalnot zu lamentieren. Am Ende erklärte er sich einver-

standen, dass er ein Zweimannteam stellen wollte, den Rest aber sollte die Polizeiinspektion Sulden selber bereitstellen.

Als Franziska Gruber ihren Chef wieder verlassen hatte entschloss sie sich erst einmal ein Café aufzusuchen und sich einen Cappuccino und ein Stück Erdbeertorte zu genehmigen. Sie saß kaum im Straßencafé als auch schon der Ober kam und ihre Bestellung aufnahm. Um diese Zeit, früh um 10.00 Uhr, herrschte noch wenig Betrieb, erst am Nachmittag würde man wohl keinen freien Platz mehr finden.

Franzi dachte im Stillen darüber nach, was die Zusammenarbeit mit dem alten Chefinspektor Brandtner doch für einen Spaß gemacht hatte. Keine endlosen Dispute, wenn es galt, schnell zu handeln, kein Herumgerede und Ausflüchte. Schade, der Alte fehlte ihr manchmal direkt. Sie hatte aber auch feststellen müssen was es bedeutete, wenn man die volle Verantwortung trug und sich dann rechtfertigen musste in den oberen Etagen der Polizeiverwaltung.

Der Ober kam und brachte ihr das Gewünschte. Franzi genoss den Cappuccino, der nirgendwo besser schmeckte als in diesem Café. Gerade als sie die Erdbeertorte kostete, kam plötzlich ein kleiner weißer Renault Transporter um die Ecke und hielt unmittelbar vor dem Café an, also praktisch genau vor ihrer Nase.

Ein Mann und eine Frau stiegen aus und setzten sich an einen freien Tisch. Er sah aus wie ein gewöhnlicher Kraftfahrer, sie dagegen wie eine Gräfin, mit großer Sonnenbrille, langen bis an die Hüften reichenden pechschwarzen Haaren. Dazu ein langes buntes Kleid mit einem ziemlich tiefen Ausschnitt, welches tiefe Ausblicke zuließ, bei denen man als Frau doch neidisch werden konnte.

Franzi lauschte, um ein paar Gesprächsfetzen aufzuschnappen. Da das Pärchen nur einen Tisch entfernt saß, war das sogar gut möglich. Franzi tippte bei der Sprache mit der sie sich unterhielten auf Rumänisch. Heimlich machte sie ein Foto mit dem Handy als der Ober kam und beide abgelenkt waren. Franzi zahlte und ging zurück zu ihrem Auto.

Auf dem Weg dorthin lief sie aber den kleinen Umweg, um nochmal an dem Transporter vorbei gehen zu können. Und wieder machte sie ungestört ein Bild mit dem Handy, da eine blühende grüne Hecke sie halb verdeckte. Ein Mann, der sie gerade überholte als sie heimlich zu fotografieren begann, schüttelte den Kopf und sah sie unsicher an. Er wunderte sich wohl, warum diese junge Frau den Transporter aufnahm. So hatte ihr also der Zufall nicht nur wieder einen der besagten Transporter vor die Nase gestellt, sondern sie hatten auch Bilder von den Insassen und dazu ein Kennzeichen, falls es nicht gefälscht war. Dieses Kennzeichen würde in die Fahndungskartei wandern, und nach den beiden Rumänen würde man auch suchen können. Konnte ja sein, dass es bereits aus alten Fällen Bilder mit Namen gab. Insofern hatte sich die kleine Tour hierher herunter nach Schlanders gelohnt. Mattheo würde Augen machen.

Da es aber Freitagnachmittag war und im Büro keine weitere Arbeit auf sie wartete, entschloss sich Franzi nach Hause zu fahren. Unterwegs rief sie noch Mattheo an, damit der Bescheid wusste, wo sie war, falls etwas passierte.

Die Nacht von Freitag auf Samstag hatten Franzi und Mattheo noch frei. Sie waren erst von Samstag auf Sonntag mit Nachtdienst dran, in der sie Streife fahren mussten wegen der weißen Transporter.

Es war genau 1.15 Uhr als Franzi durch irgendetwas wach wurde und auf den Wecker schaute. Plötzlich hörte sie erneut den Lärm. Es klang wie eine Salve aus einer Maschinenpistole! Tack, Tack, Tack! Mit einem Ruck saß sie aufrecht im Bett. Wieder knatterte es einmal kurz und gleich darauf eine langgezogene Salve! Mit einem Satz war Franzi aus dem Bett und begann sich anzukleiden. Ihr Mann wurde wach und sah sie verwirrt an.

„Was ist los? Warum stehst du schon auf?" Wieder machte es draußen Tack, tack, tack!

„Da schießt jemand, Leonhard! Klingt so als ob das oben bei den alten Heustadln ist! Unsere Leute da oben haben offenbar Kontakt zu den Schleusern bekommen! Ich muss da sofort rauf!" Leonhard richtete sich kerzengerade im Bett auf.

„Bist du denn verrückt? Willst du dich wohl totschießen lassen?" Franzi hielt einen Augenblick beim Stiefelanziehen inne.

„Stell dir mal vor ich wäre da oben und würde auf Hilfe warten! Würdest du dann auch abraten da rauf zu fahren?" Leonhard schüttelte verzweifelt den Kopf.

„Nein, natürlich nicht. Aber ich habe eben Angst um dich, versteh das doch!" Franzi setzte sich kurz auf den Bettrand und gab Leonhard einen Kuss.

„Das verstehe ich natürlich, aber das ist nun mal mein Beruf. Ich muss meinen Kameraden helfen! Ich pass schon auf mich auf! Schlaf weiter!" Sie gab Leonhard einen Kuss, und wusste zugleich, dass er kein Auge zu machen würde, bis sie wieder zu Hause war.

Im Nu saß sie in ihrem BMW X 3 und rauschte vom Hof weg auf die Straße zu den Serpentinen hinauf. Bereits in der ersten Spitzkehre schaltete sie das Licht aus und fuhr nun langsam bei offenem Fenster weiter. Wieder hörte sie zwei Schüsse, und kurz darauf das Knattern von Motorrädern. Noch im Fahren nahm sie die Pistole aus dem Holster und legte sie auf den Beifahrersitz. Vor der letzten Kurve bremste sie ab und fuhr an die Seite. Leise öffnete sie die Wagentür und stieg, die Waffe im Anschlag, aus. Da eine Böschung sie verdeckte, schob sie sich langsam auf dem Bauch etwa zweit Meter den Hang hinauf. Nichts war in der Dunkelheit zu sehen außer ein Polizeiwagen mit brennenden Scheinwerfern, der unmittelbar vor der ersten Scheune stand. Doch nirgends sah sie eine Person. Franzi äugte über die Grashalme hinweg zu den Stadln hinüber, doch nichts rührte sich. Langsam wurde es ihr warm in ihrer Uniform. Verdammt, sie hätte vielleicht doch Mattheo vor ihrer Abfahrt noch anrufen sollen. Also was tun? Von den Kollegen war nichts zu sehen! Franzi entschloss sich die Stadl zu umgehen. Also kroch sie wieder den Abhang herunter und starrte plötzlich im Mondlicht auf zwei Stiefel die direkt vor ihr standen. Als sie aufsah stand Mattheo vor ihr und grinste sie an, dabei legte er einen Finger auf den Mund. Er hockte sich neben sie hin.

„Ich war kurz nach dem sie losgefahren sind bei ihnen. Ihr Mann hat mir gesagt wo sie hin sind. Da bin ich schnellstens nachgekommen, mein Wagen steht eine Kehre weiter unten. Was machen wir jetzt?", flüsterte er. Franzi hätte ihn auf der Stelle umarmen können und atmete auf.

„Wir umgehen die Stadl da unten herum!", sie deutete auf eine Spitzkehre weiter unten. Mattheo nickte, meinte aber dann leise: „Ich möchte mal wissen was die beiden von der Streife gerade treiben! Keine Menschenseele ist zu sehen!" Franzi machte eine

Handbewegung unter der Kehle entlang und huschte davon, noch ehe der Commissario noch was sagen konnte. Im Eilschritt liefen sie geduckt über die im Schatten des Mondes liegende Wiese bis zur Hinterseite des letzten Stadls. Dabei war Mattheo im Vorteil gewesen, weil er feste Stiefel anhatte und Franzi nur Turnschuhe. Vorsichtig schoben sie sich um die Ecke. Mattheo leuchtete in den Stadl hinein, er war leer. Vor zwei Tagen hatten darin noch drei Enduros gestanden. Leise schlichen sie zum zweiten Stadl, der war abgeschlossen. An der Hinterwand stehend, spähte Franzi um die Ecke, wo der Streifenwagen im hellen Mondlicht stand. Die Scheinwerfer strahlten in die geöffnete Tür des ersten Stadls. Kurz entschlossen schob sich Mattheo an Franzi vorbei und lief gebückt nach vorn. An der Ecke des Stadls kniete er sich wieder hin und sah um die Ecke. Doch das offene Tor nahm ihm die Sicht in das Innere. Mit einem Ruck schnellte er nach vorn und stand dann, die Pistole im Anschlag, in der offenen Tür des Stadls.

Plötzlich aber ließ er die Pistole sinken und winkte Franzi zu, sie solle aus ihrer Deckung herauskommen. Als Franzi ihn erreichte, zeigte Mattheo wortlos mit seiner Pistole auf eine Gestalt die am Boden lag. Gleich daneben lag eine Polizeimütze im Schmutz. Franzi erstarrte das Blut in den Adern! Und dann entdeckte sie den anderen Kollegen, der unmittelbar neben dem Polizeiwagen lag. Beide waren tot!

Die beiden die da lagen waren ihre Kollegen! Mattheo kniete sich neben dem ersten Polizisten nieder. Dann drehte er sich zu Franzi herum und schüttelte den Kopf. Sie gingen nun doch zum zweiten Mann und taste nach dessen Puls, auch er war tot. Beide kaltblütig erschossen! Der neben dem Auto lag, hatte wohl noch versucht den Wagen zu erreichen. Sie nahm das Handy aus der Tasche und telefonierte mit der Zentrale. Kurz erklärte sie den Sachverhalt. Zum Schluss verwies sie darauf, dass der Präfekt um jeden Preis aus dem Bett geholt werden sollte.

Am Tor lehnend brannte sich Mattheo eine Zigarette an. Franzi bat ihn mal ziehen zu dürfen. Im Moment schlotterten ihr immer noch die Knie.

„Ich könnt jetzt einen Schnaps vertragen, Luigi!", flüsterte sie. Der griff in seine Lederjacke, brachte einen Flachmann zum Vorschein und hielt ihn ihr hin. Wortlos nahm sie die Flasche, nahm einen kleinen Schluck und gab sie wieder zurück. Es war Grappa, Franzis Lieblingsschnaps. Sie lachte Luigi an.

„Danke, Commissario!" Nach circa 30 Minuten sah man unten an der ersten Kehre mehrere Blaulichter, die wie an der Schnur gezogen immer weiter heraufkamen. Drei Polizeiwagen preschten auf die kleine Zufahrt zu den Heustadln zu und stoppten dort ab. Im Nu herrschte reger Betrieb. Die Kollegen von der KTU stellten Halogenlampen auf, die das innere des Stadls und den Umkreis um das Tor hell ausleuchteten. Dr. Almado kam auf sie zu und gab ihnen die Hand.

„Na heute haben sie aber mal so richtig in den Haufen getreten", meinte er lakonisch und sah sich um.

„Schon irgendwelche Spuren gesichtet?", war seine nächste Frage. Mattheo moserte los.

„Wie sollen wir hier in dieser ägyptischen Finsternis was erkennen, Doktor! Als wir hier oben ankamen, war schon alles vorbei. Auf jeden Fall müssen es mindestens zwei oder mehr Typen gewesen sein, denn es fehlen die zwei Enduro Maschinen aus dem Stadl da drüben!" Der Doktor schimpfte nun seinerseits los.

„Ihr habt das gewusst, dass da zwei Maschinen drinnen stehen, und nix gemacht?" Franzi schaltete sich ein. Wusste sie doch, dass der Doktor und Mattheo nie im Leben mal Freunde werden würden.

„Unsere Aufgabe war dieses Areal zu überwachen, Doktor! Also nix wegnehmen. Wir wollten sehen wer die Dinger benutzt." Dr. Almado nickte missmutig.

„Na das haben dann diese beiden Kollegen mit dem Leben bezahlt! Das wird eine Untersuchung geben, darauf könnt ihr euch verlassen!", brummte er noch, dann machte er sich an die Arbeit. Offenbar waren die beiden Polizisten unvorbereitet auf mindestens zwei Ganoven mit Maschinenpistolen gestoßen und hatten nicht die geringste Chance. Das war bitter. Wer musste jetzt den Hinterbliebenen diese Nachricht überbringen? Franzi war sich hundertprozentig sicher, dass sie es nicht sein würde. Nun konnte der Herr Präfekt sich mal zeigen. Die Zeitungsmeldungen würden sich wieder überschlagen. Und schlechte Publicity konnte er, der Herr Präfekt, überhaupt nicht gebrauchen, immerhin wollte er ja mal Polizeipräsident werden!

Der Tathergang war beinahe eindeutig. Die beiden Polizisten waren offenbar hier am Stadl auf die Gangster getroffen und waren in deren Kugelhagel gelaufen. Oder, sie hatten das Heustadl kontrollieren wollen und waren den Banditen in die Arme gelaufen. Ihre Pistolen waren auf jeden Fall nicht auffindbar. Franzi war sich sicher, dass es nun eine Arbeitsgruppe geben würde, denn Präfekt Cervale stand mächtig unter Druck.

Und so war es dann auch. Als Franzi nach einer kurzen und schlaflosen Nacht am nächsten Morgen wieder im Präsidium erschien, summte es dort wie in einem Bienenschwarm. Für 9.00 Uhr hatte der Präfekt eine Arbeitsbesprechung angesetzt, und auf der konnte Mattheo einen ersten Fingerzeig in diesem Fall präsentieren. Im Krankenhaus in Schruns war vor zwei Tagen eine Frau mit starken Blutungen aufgetaucht um sich behandeln zu lassen. Sie behauptete, ihr Kind verloren zu haben. Der behandelnde Arzt war zwar erst unsicher, ob hier ein ganz anderer Hergang vorliegen könnte und verfrachtete die Frau zunächst in ein Bett. Im Stress vergaß er dann, wie geplant, die Polizei zu verständigen. Die Frau wurde ja inzwischen auch behandelt. Als er sich dann später wieder an die Frau erinnerte, war die bereits verschwunden. Den Namen den sie angegeben hatte, erwies sich als falsch, und einen Ausweis hatte sie bei der Einlieferung nicht dabeigehabt.
Am Ende waren sie aber keinen Schritt weitergekommen. Mattheo moserte über die Zeitverschwendung und regte an, da oben Überwachungskameras anzubringen. Vielleicht kam man so der Bande auf die Spur.

„So weit, weit weg von dir", trällerte Leonhard gerade in seiner Werkstatt als Franzi im Badeanzug zur Tür hereinkam und ihn anhimmelte.
„Wow, du siehst aber stark aus in dem roten Badeanzug!", entfuhr es Leonhard voller Bewunderung für seine junge Frau. Und bewundernswert sah sie ja auch aus, die Franzi mit ihren 28 Jahren und fünf Monaten. Trotz zweier Kinder war sie eine Traumfrau. Langes welliges, teilweise krauses schwarzes Haar, manchmal als Pferdeschwanz gebunden, manchmal als Zopf geflochten oder auch hochgesteckt. Dazu kräftige schwarze Augenbrauen,

ein liebliches Gesicht mit Stupsnase und braun gebrannt selbst im Winter.

„Da hatte der liebe Gott aber wirklich mal einen guten Tag gehabt", hatte ihr Vater mal gesagt. Und der Leonhard war stolz auf sein Weib, und fremde Kerle mussten aufpassen, wenn sie Franzi zu nahekamen.

„Schatz, es ist so ein schönes Wetter! Lass doch mal deine Arbeit stehen und komm mit uns baden!", bat sie Leonhard. Doch der Gatte schüttelte den Kopf.

„Franzi, das geht nicht! Ich muss die Sitzgruppe in zwei Wochen fertig haben, sonst reißt mir die Frau Professorin bestimmt die Ohren ab. Du weißt doch, sie hat Fünfzigsten, und da muss die Sitzgruppe bei ihr in der Stube stehen. Ich habe es ihr versprochen. Da musst du eben mit den Kindern mal alleine fahren."

Franzi zog eine Schnute und Leonhard lachte.

„Mach nicht so ein Gesicht, ich mach das wieder gut! Versprochen!" Franzi zuckte mit den Schultern.

„Na gut, da müssen wir eben ohne den Papi fahren. Wundere dich aber nicht, wenn mir böse Jungs auflauern!", erwiderte sie lachend. Leonhard drohte ihr lachend mit einem Stuhlbein.

„Sieh dich vor, Frau Gruber! Außerdem erzählt mir Paul alles." Franzi schmunzelte.

„Ja, ja ihr Männer, ihr haltet jetzt schon zusammen. Aber wir bleiben nur zwei Stunden am Stauweiher, wird heute bestimmt viel Betrieb sein. Also addio, mein Traummann!" Sie winkte ihm nochmal zu, dann ging sie die Kinder holen. Die Enttäuschung, dass Papa nicht mitkam war erst mal groß, aber das Versprechen auf ein großes Eis, ließ sie rasch einsteigen. Franzi fuhr in der Freizeit mit dem Privatwagen, einem Lancia Delta mit 200 PS. Leonhard und Franzi hatten ihn als Hochzeitsgeschenk von beiden Familien bekommen. Wenn Franzi am Steuer saß, stieg Leonhard meist etwas blasser aus als er eingestiegen war. Doch heute, mit den Kindern an Bord, fuhr sie völlig gelassen.

Die Sonne lachte vom wolkenlosen Himmel, es war ein herrlicher Samstag. In zehn Minuten waren sie an einem kleinen Weiher im Wald, kurz vor Gomagoi angekommen. Zahlreiche Familien lagerten auf den beiden großen Wiesen rund um den See. Benny nahm seine kleine Schwester an die Hand und mit Schwimmflügeln ging es rasch runter zum Wasser.

Sie lagerten bereits eine gute Stunde, als sich plötzlich drei junge Männer in Richtung Franzi bewegten. Da sie ihre beiden Sprösslinge im Auge hatte, hatten sich die Kerle unbemerkt nähern können. Als plötzlich einer von ihnen im Sonnenlicht vor ihr stand, musste sie nach oben schauen und die Augen mit der Hand schützen. Der junge Mann grinste sie an. Sein ganzes Auftreten hatte etwas Provozierendes an sich. Franzi stand auf.

„Was wollen Sie von mir?", fragte sie ihn kurz angebunden. Mit einem Seitenblick sah sie, dass sich ein zweiter ihrer Tasche genähert hatte. Franzi erkannte sofort die Gefahr.

„Also was ist? Hauen Sie ab und lassen Sie mich in Ruhe!", fauchte sie ihn an. Doch die Zaunslatte von einem Kerl machte eine obszöne Geste, indem er den Zeigefinger in seine geballte Hand schob und sie frech angrinste.

„Fick, fick, Signora", lachte er. Franzi drehte sich blitzschnell zu ihrer Tasche herum, zog den Dienstausweis heraus und klappte ihn auf. Als einer der Kerle danach greifen wollte, gab es ein kurzes Aufstöhnen und der Kerl lag auf dem Bauch und Franzi kniete mit dem rechten Knie auf ihm. Als das die beiden anderen sahen, liefen sie wie von Furien gehetzt davon und verschwanden im Wald. Ein paar junge Kerle die alles mit angesehen hatten, jagten den beiden hinterdrein.

Was sollte sie mit dem Kerl jetzt machen? Handschellen hatte sie keine dabei, wieso auch, wenn man nur mal baden gehen will. Der Kerl unter ihr stöhnte, weil Franzi seinen Arm schmerzhaft nach hinten zog. Zunächst angelte sie wieder nach ihrer Tasche und holte ihr Handy heraus. Dann machte sie ein Bild von dem Kerlchen unter ihr, danach rief sie die Zentrale an und bat um einen Streifenwagen. Der Kerl unter ihr begann zu wimmern, doch Franzi ließ nicht nach.

„Wie heißen Sie?", fragte sie ihn. Einer plötzlichen Idee folgend, suchte sie das Bild von den beiden Südländern vor dem Eiscafé und zeigte ihm das Bild auf dem Handy.

„Kennst du die beiden?", fragte sie ihn. Doch der Kerl sagte kein Wort und Franzi zog den Griff wieder etwas an. Der Knabe unter ihr schnaufte hörbar vor Schmerzen.

„Also, wie heißt du? Kennst du diese beiden da auf dem Bild?", fragte sie ihn wieder. Der Junge drehte den Kopf herum.

„Das ist Marianna.", entgegnete er in gebrochenem Italienisch und sah sie flehentlich an. Plötzlich brummte ein Polizeiwagen aus dem Wald heraus auf die Wiese und hielt an. Franzi übergab den Kerl den Kollegen.

„Festhalten bis morgen früh! Ich möchte ihn noch verhören." Die beiden Uniformierten salutierten kurz, als Franzi ihnen ihren Dienstausweis zeigte.

In dem ganzen Trubel hatte Franzi aber ihre beiden Racker ganz aus den Augen verloren. Suchend sah sie sich um, doch weit und breit war von Paul und Leonie nichts zu sehen! Schlagartig wurde es Franzi heiß und sie lief zum Wasser hinunter. Dort spielten einige Kinder im Sand, doch ihre beiden waren nicht dabei. Sie fragte einen älteren Jungen ob er zwei kleine Geschwister gesehen habe, doch der schüttelte nur den Kopf. Franzi hätte schreien mögen! Aufgeregt lief sie ein paar Meter suchend am Ufer entlang. Plötzlich sah sie im hohen Schilfgras etwas Rotes. Franzi holte tief Luft, ihr Kopf dröhnte und sie stapfte in das Wasser hinein und schaute in zwei paar dunkelbraune Augen, die sie ängstlich ansahen.

„Paul, Leonie! Was macht ihr denn hier drinnen!", fragte sie beide und kniete sich nieder. Leonie druckste herum. Sie sah ihre Mama schuldbewusst an.

„Na wir haben gesehen was die bösen Männer mit dir gemacht haben Mama, da dachte ich, sie wollten uns entführen und so haben wir uns versteckt", entschuldigte sich die Kleine. Franzi nahm beide in die Arme und drückte sie fest an sich.

„Das habt ihr sehr gut gemacht", lobte sie die beiden. „Und jetzt holen wir uns ein Eis, ja?" Die beiden nickten begeistert. Im Stillen wunderte sich Franzi, was ihre Große schon für Gedanken gehabt hatte. Sie hatte wirklich umsichtig gehandelt, und das als Sechsjährige!

Wieder zu Hause angekommen erzählte Franzi ihrem Mann die ganze Geschichte von Anfang an. Leonhard war bleich geworden und erboste sich dann.

„Wo soll das nur noch hinführen mit diesen Flüchtlingen! Jetzt baggern sie schon unsere Frauen an und wollen sie bestehlen. Das ist ja ähnlich wie in Deutschland drüben. Und selbst wenn ihr den einen Kerl geschnappt habt, der wird doch niemals seine

Kumpels verraten!" Franzi hatte die ganze Zeit Leonhard zugehört und stand nun auf, ging zum Fenster und sah kurz hinaus.
„Weißt du was mich die ganze Zeit beschäftigt? Warum haben
die Kerle ausgerechnet mich ausgesucht, es waren ja immerhin
mindestens zehn, zumeist junge Frauen, auf der Wiese. Dazu fällt
mir eigentlich nur eine Antwort ein. Das Ganze war vorgeplant!"
Leonhard schüttelte ungläubig den Kopf.
„Ach geh, Franzi! Erstens, wer sollte wissen, dass du ausgerechnet an diesem Tag da baden gehst? Zweitens, wozu sollen sie
ausgerechnet dich ausgesucht haben? Vielleicht warst du nur die
Hübscheste von allen!" Franzi lachte geschmeichelt.
„Danke, Liebling! Aber vielleicht sind wir jemanden schon zu
dicht auf die Fersen gerückt mit unseren Kontrollen. Und dann
ist es einfach rauszukriegen, wer das Ganze leitet, es stand ja
groß und breit in der Zeitung! Oder es ging ihnen um die Kinder!
Das wäre auch eine Möglichkeit!" Leonhard wurde bleich und
sah seine Frau unsicher an.
„Du meinst sie waren darauf aus, die Kinder zu entführen? Sag,
dass das nicht wahr ist, Franzi!" Sie zuckte mit den Schultern und
sah ihren Mann unsicher an. Doch dann straffte sie sich.
„Ab sofort werden die Kinder, wenn sie zu Hause sind nicht
mehr aus den Augen gelassen, Leonhard! Sag das Papa und deiner Mutter! Zumindest solange, bis wir die Bande erwischt haben! Klaro?" Leonhard nickte.
„Dann müsst ihr aber auch die Kindergärten und Schulen warnen!" Franzi stimmte ihm sofort zu.
„Du hast Recht, Leonhard! Wir müssen Vorsorge treffen! Ich
werde das morgen im Präsidium vorschlagen."

Chalet „Rosenstolz" Bozen. Weit über dem Tal thronte das im
Stil eines Schlosses gebaute Chalet. Ein schmaler Zufahrtsweg
durch den Hochwald war der einzige Zugang zu diesem Grundstück. Hier gab es einen Hausdiener, eine Köchin und einen Gärtner, da dieses Haus ganzjährig von seinem Besitzer genutzt
wurde.
Señor Alberto di Moreno, ein Argentinier, hatte dieses Anwesen
vor Jahren von einem verarmten Conte gekauft und ausgebaut.
Gesichert war das Grundstück durch Überwachungskameras.
Außerdem liefen des nachts mehrere Dobermänner frei herum.

An diesem Abend herrschte im Salon im ersten Stock ein heftiges Wortgefecht zwischen dem Hausherrn und einem seiner Gäste. Neben Moreno waren eine ältere Dame in einem bunten Gemisch aus Kleid und überlangem Poncho, sowie zwei bullige Kerle, die aussahen wie Preisboxer, anwesend. In dem großen Raum brannte ein Kamin. Auf den Tisch standen Gläser und zwei Karaffen mit Wein. Einer dieser bulligen Typen mit tätowierten Oberarmen und einem Bizeps, der manchen hätte das Bein ersetzen können, lag mit dem Hausherrn gerade in Streit.

„Wie kann man denn nur einfach zwei Bullen über den Haufen schießen", fauchte der Gentlemen im feinen Zwirn. Erregt sog er an seinem Zigarillo. Der so Gemaßregelte verteidigte sich lautstark.

„Die haben uns in der Scheune überrascht und standen mit gezogenen Pistolen plötzlich vor uns! Zum Glück stand Ribairo ein paar Meter weiter hinten zwischen den Heuballen. Er musste sie einfach erledigen, Boss! Hier sind die zwei Pistolen." Er legte Moreno zwei Pistolen auf den Tisch. Die Frau mischte sich ein. Sie sprach nur gebrochen italienisch. Ihr ganzes Aussehen ließ aber auf eine Frau vom Balkan schließen. Sie war sowas wie die Lebensgefährtin Morenos.

„Innerhalb von zwei Wochen zwei Pannen dürfen wir uns einfach nicht erlauben! Zuerst die Schwangere Frau und jetzt die beiden toten Polizisten. Im Fall der Frau bin ich mir sicher, dass die Polizei schon alle Krankenhäuser abgeklappert hat. Wie kann man das Baby auch einfach in der Scheune liegen lassen, frage ich Sie! Und was ist aus der Frau geworden?" Ihre Stimme wirkte dunkel und rau, und ihre schwarzen Augen blitzten förmlich den zweiten der bulligen Typen an. Oberflächlich gesehen, konnte man beide für Brüder halten.

„Die Frau wollten wir verschwinden lassen! Sie war uns abgehauen und in ein Krankenhaus gelaufen. Als wir dort ankamen war sie schon wieder verschwunden.", erwiderte der bullige Typ. Sein Ebenbild mischte sich in das Gespräch ein.

„Signora, wir haben im Schnitt 20 bis 30 Leute auf dem Wagen, die alle lamentieren und dauernd anhalten wollen. Das Ganze ist für Schwangere kein Trip, die müssen wir das nächste Mal zurücklassen!"

Die Signora sah den Kerl mit der Preisboxerstatur erst mit finsterem Blick an, dann meinte sie abfällig:

„Benutzen Sie mal lieber das Hirn, werter Gianno, dann würden Sie sich vielleicht Gedanken machen, dass man gerade diesen Frauen große Aufmerksamkeit schenken muss! Das sind doch jene, die für unsere Kunden Kleinkinder versorgen oder gebären sollen, also sind sie möglichst pfleglich zu behandeln. Oder gehen Sie zu Hause mit Ihren Frauen auch so um, falls Sie überhaupt eine Frau haben?"

Gianno grinste schief und schüttelte den Kopf.

„Frau habe ich keine Signora, aber Freundin!"

„Dachte ich mir schon!", erwiderte die Signora und wandte sich an ihren Gönner.

„Wir müssen in diesem Geschäft diffiziler vorgehen, Ludowiko, so geht das nicht! Wir erregen so viel zu viel Aufmerksamkeit. Und eine Schießerei mit den Bullen ist nun das Dümmste was man machen kann! Wir sollten diese Rambos ersetzen!"

Ludowiko Bojan drehte sich seiner Freundin hämisch grinsend zu.

„Jetzt mach aber einen Punkt, Blazenka! Wir sind doch kein Reisebüro! Es wird immer auf den Transporten den einen oder anderen Ausfall geben. Das kommt vor, nur müssen wir eben dann auch wissen, was zu tun ist. Die Schwangere war ein Risiko für alle anderen. Ihr habt richtig gehandelt, Gianno!", erwiderte er kalt und schenkte sich ein neues Glas Rotwein ein.

Blazenka Pavkovic erhob sich mit rotem Gesicht und verließ demonstrativ mit zusammen gepressten Lippen das Zimmer. Alle sahen ihr hinterher und Gianno grinste in sich hinein.

„Weiber! Dauernd haben sie was zu meckern!", empörte sich der Pate Bojan und bat die beiden Preisboxer Platz zunehmen. Nachdem sie sich ebenfalls ein Glas eingeschenkt hatten, sprach Bojan eindringlich aber leise auf die beiden ein.

„Wenn bei einem der nächsten Transporte wieder eine Schwangere dabei sein sollte, sortiert sie lieber gleich aus! Noch eine Tote oder einen toten Säugling können wir uns nicht leisten. Auch wenn mein Verbindungsmann zur Gendarmerie uns vor allen Razzien warnt, in einem solchen Fall taucht dann sofort die Kripo auf. Es gibt nach meinen Informationen da oben eine junge, neue Oberkommissarin und einen diensteifrigen

Kommissar, also seit vorsichtig! Wir müssen unbedingt in den nächsten Wochen eine andere Route nehmen. Also schaut euch mal um, bevor es wieder losgeht. Hier habt ihr euer Geld!" Er zählte den beiden ein Bündel Banknoten auf den Tisch und grinste dabei.

„Seit sparsam, Jungs! Haut nicht alles mit Weibern auf den Kopf."

Seit dem Feuergefecht oben vor dem Pass waren inzwischen zwei Wochen vergangen. Und in diesen beiden Wochen war kein einziger Transporter mehr aufgetaucht, so dass der Präfekt sich entschloss, die Beobachtung da oben einzustellen.

Doch Franzi und Commissario Mattheo machten sich so ihre eigenen Gedanken. Das Ausbleiben weiterer Transporter konnte doch eigentlich nur bedeuten, dass die Schleuser sich einen anderen Weg gesucht hatten.

Mattheo stand auf und ging nachdenklich zu der großen Landkarte an der Wand. Während Franzi am Schreibtisch saß und an einem Bericht schrieb, deklamierte Mattheo wie ein Lehrer seine Gedankengänge.

„Fest steht doch, die Leute werden entweder von Süden nach Norden, oder von Norden nach Süden und Westen geschleust! Also entweder aus Richtung Innsbruck kommend in Richtung Bozen, oder in Richtung Schweiz. Oder umgekehrt von Süden kommend in Richtung Schweiz oder Innsbruck und danach weiter eventuell nach Deutschland. Was meinst du dazu?" Er sah seine eifrig schreibende Kollegin strafend an und pochte mit dem Finger auf ihren Schreibtisch.

„Hallo, Frau Gruber!" Dann schüttelte er den Kopf und meinte lakonisch:

„Wie meine Frau! Frauen können einfach nicht zwei Dinge zur gleichen Zeit tun!" Franzi legte ihren Kugelschreiber beiseite und sah Mattheo grinsend an.

„Und? Was schlussfolgerst du daraus, Luigi? Ja, ich habe schon zugehört, was du gesagt hast. Ich musste nur erst noch meine Gedanken zu Ende schreiben. Wir Frauen können wohl zwei Dinge gleichzeitig tun." Mattheo sah sie an.

„Ha? Was zum Beispiel?" Franzi begann zu schmunzeln.

„Na zum Beispiel herrlichen Sex haben und dabei darüber nachdenken, was ich für ein Kleid am Abend anziehe zum Ausgehen!", erwiderte sie dem sprachlosen Mattheo.

„Chefin! Ich bin sprachlos! Weiß das dein Leonhard?" Sie schüttelte grinsend den Kopf und drohte ihm mit dem Zeigefinger.

„Und Gnade Gott du verrätst ihm das jemals! Dann lass ich dich strafversetzen! Verstanden?" Mattheo nickte wortlos mit treuem Hundeblick.

„Aber Chefin, ich werde mir doch nicht die Freude verderben mit dir arbeiten zu dürfen. Auch wenn wir um ein Haar mal beinahe ein Paar geworden wären, oder?" Franzi lachte lauthals.

„Mattheo, damals warst du ein Windhund und hattest keine Chance bei mir. Aber ich entsinne mich noch an diese nächtliche Observation. Du hättest schon gewollt! Stimmt´s?" Mattheo nickte wieder betrübt und ging wortlos zurück zu seinem Schreibtisch gegenüber von Franzi.

„Ja, ja, ich weiß, ich habe damals viel Mist gebaut. Aber das ist vorbei und ich schaue keine fremden Frauen mehr an! Ehrenwort!" Franzi schmunzelte vor sich hin.

„Das glaube ich dir aufs Wort, Luigi. Sonst würde dich deine Leticia auch auf ihrem Zahnarztstuhl festbinden und martern!" Sie lachten beide herzlich. Mattheo sah seine Chefin fragend an.

„Fährst du Mittag nach Hause zum Essen?" Franzi schüttelte den Kopf.

„Nö, meine Schwiegermama muss heute mit den Landfrauen zu irgendeiner Versammlung, und Leonhard hat Stress mit seiner Sitzgruppe, die fertig werden muss.

Plötzlich klingelte das Telefon auf den Schreibtisch und beide griffen gleichzeitig danach. Mattheo zog seine Hand zurück.

„Bitte, Chefin! Du hast den Vortritt."

„Danke, lieber Kollege!", säuselte Franzi mit Schalk in den Augen zurück und hob ab. Am anderen Ende war der Dienststellenleiter des kleinen Nebenpostens in Partschins Moritz Lomma. Sie hatten sich auf der Polizeischule mal kennengelernt.

„Hallo Franziska! Wie geht es dir, alle in der Familie gesund und munter?", fragte er als erstes. Franzi lachte.

„Hallo Moritz! Grüß dich! Hast du lange Weile und hast dich mal an mich erinnert, ja?" Der Mann am anderen Ende der Leitung lachte mit einem tiefen Bass.

„Nö, nö Franziska, es ist dienstlich. Ich habe euer Rundschreiben hier vor mir liegen, wegen der weißen Transporter aus Rumänien. Bei uns fahren seit gut einer Woche mindestens zweimal die Woche solche Transporter durch den Ort. Sie schienen in Richtung Innsbruck unterwegs zu sein. Interessiert dich das?" Franzi fuhr vom Stuhl hoch.

„Man Moritz, was für eine Frage! Natürlich interessiert uns das, weil bei uns nämlich seit zwei Wochen Ruhe herrscht. Also haben die Gauner nur die Routen gewechselt! Ihr müsstet unbedingt einen dieser Transporter mal unter einem Vorwand aufhalten und kontrollieren. Aber Vorsicht, Moritz! Die schießen sofort ohne erst zu fragen oder zu antworten! Das hat ja, wie du sicher auch weißt, zwei von unseren Männern bereits das Leben gekostet. Also ich würde sagen, wir besuchen euch mal! Und dann machen wir das zusammen."

Am anderen Ende der Leitung räusperte sich der Mann, dann meinte er langsam sprechend:

„Na gut, das ließe sich ja machen. Meist kommen die am Dienstag und Freitag so gegen 22.00 Uhr. Aber ich würde mir schon gerne vom Präfekten das O.k. holen, sonst gibt´s wieder Ärger." Franziska sah Mattheo kurz an und der nickte nur. Franzi sah auf den Kalender.

„Also gut Moritz, ich informiere den Präfekten, und ich würde sagen, wir legen uns schon mal auf den kommenden Freitag fest. Bist du damit einverstanden?" Moritz Lomma stimmte zu, und sie verabredeten sich für den kommenden Freitag um 20.00 Uhr am „Gasthof zum Bären" in Partschins.

Über Nacht von Donnerstag auf Freitag war auf einmal das Wetter umgeschlagen. Plötzlich waren am frühen Abend tiefschwarze Wolken aufgezogen, so schwarz, als wenn jemand Ruß verschüttet hätte. Die Vögel hatten aufgehört zu zwitschern, das Laub der Bäume war unhörbar still, als wenn es ein Raschelverbot gegeben hätte. In den Ställen der Bergbauern begann das Vieh unruhig zu werden. Es war, als wenn die Natur den Atem anhalten würde. Und dann brach das Inferno los!

213

Innerhalb von einer halben Stunde sank das Thermometer um ganze 10 Grad. Der Sturm peitschte Hagelkörner so groß wie Hühnereier durch die Luft. Auf dem Ortler und an den Hängen, die gerade noch im saftigen Grün standen, sah es plötzlich weiß aus. Auf den Zufahrtswegen lagen zwanzig bis dreißig Zentimeter hoch Eiskörner.

Franziska schaltete die Heizung im Wagen ein, weil es ungemütlich kalt geworden war. Sie standen in einer kleinen Einfahrt in einer Waldlichtung, gut verdeckt durch die bis zur Fahrstraße stehenden Tannen und Fichten. Sie waren der erste Posten auf der Straße nach Mals und dem Reschensee. Weiter oben standen noch zwei Posten im Abstand von zwei Kilometern. Die oberen Posten waren vier Beamte vom mobilen Einsatzkommando der Bozener Polizei, einer Eliteeinheit zur Terrorbekämpfung. Gut erkennbar an dem Adler mit Fallschirm auf ihrer einfarbig dunklen Kombination.

Franzi und Mattheo selber hatten neben ihren Dienstpistolen diesmal auch jeder eine Maschinenpistole vom Typ Koch / Heckler und mehrere Magazine bei sich. Diesmal sollten die Kerle nicht ungeschoren davonkommen! Das Unwetter machte ihre Aufgabe allerdings nicht einfacher.

„Ich fresse einen Besen, wenn die warten bis das Unwetter vorbei ist. Sie stehen sicher irgendwo in einem der Dörfer", brummte Mattheo und sah auf seine Armbanduhr. Es war 20.30 Uhr und noch immer tobte das Unwetter.

„Wenn das so weiter geht, kommt heute Nacht sowieso keiner mehr hier herauf", erwiderte Franzi leise.

„Oder die Kerle fahren erst recht, weil sie glauben unbeobachtet durchzukommen", erwiderte Mattheo in seiner Art von Galgenhumor. Das Sprechfunkgerät meldete sich. Es war einer der Posten von oberhalb.

„Na, wo bleiben denn eure Kunden?", fragte der Diensthabende der Gruppe." Mattheo feixte und nahm das Sprechfunkgerät.

„Die haben abgesagt, ist ihnen zu ungemütlich draußen. Und jetzt lachen sie gerade über uns!" Der Mann von der Soko sagte gerade etwas, als ein weißer Renault-Transporter langsam die Straße heraufkam. Er fuhr sehr langsam und rutschte dauernd hinten hin und her. Mattheo kündigte sie weiter oben an. Es schien aber nur ein Wagen zu sein.

Franziska startet den BMW X3 und der hatte zum Glück Allradantrieb. Langsam fuhr sie ohne Licht aus dem Wald heraus auf die Straße. Sie hörte, wie Mattheo neben ihr die MPi durchlud und den Sicherheitsgurt löste um schnell aussteigen zu können. Der zweite Posten ließ den Transporter noch durch und hängte sich in weitem Abstand nun ebenfalls hinter Franziska an. Noch gut ein Kilometer, dann würde sich zeigen wo die hinwollten, weil sich da die Straße teilte. Die rechte führte hinauf zum Stilfser Joch, die andere rüber in Richtung zur Payer-Schutzhütte. Das Sauwetter hatte inzwischen nachgelassen, nur der Sturm orgelte noch und peitschte die Tannen.

Plötzlich standen drei schwerbewaffnete Polizisten der Spezialeinheit mitten auf der Straße und hielten den Transporter an.

Franzi gab gerade Gas, doch trotz Allrad, Traktionskontrolle und sonstigen Sicherheitseinrichtungen, begann der Wagen mit dem Heck hin und her zu schwenken. Doch Franzi ließ nicht locker und so pendelte sie den Wagen schon nach wenigen Metern wieder aus. Und auf Grund der Beschleunigung die sie erreicht hatte, musste sie nun eine Notbremsung machen. Sie sah wie Mattheo die Arme hoch hob und stöhnte:

„Jetzt wird´s eng, Chefin!" Und dann standen sie keinen halben Meter hinter dem Transporter! Franzi schluckte zweimal, dann fuhr sie ein paar Meter wieder zurück und blieb stehen. Schnell stiegen sie aus und stellten sich jeweils links und rechts hinter den Transporter an den Seitengraben. Wobei Seitengraben die falsche Bezeichnung war, für die kleine mit Schotter gefüllten Streifen, hinter denen es einige hundert Meter den Hang hinunter ging.

Der Fahrer des Transporters stieg langsam aus. In der Linken hatte er offenbar die Papiere, mit der rechten Hand hielt er sich an der Tür fest. Der Beifahrer schob sich nun ebenfalls aus der Tür und blieb dort stehen.

Die beiden Beamten, die hinter Franzi und Mattheo gefahren waren, kamen nach vorn, und öffneten vorsichtig die beiden Hecktüren des Transporters. Zwei Taschenlampen leuchteten auf. Franzi und Mattheo sahen sich einen Moment verblüfft an. Der

Transporter war leer, sauber ausgekehrt, ohne ein Schnipsel Papier. Mattheo knirschte mit den Zähnen.

„Verdammt noch mal, die haben uns geleimt! Das war eine Probefahrt!", flüsterte er Franzi zu. Nach der Kontrolle der Wagenpapiere, mussten sie die beiden Rumänen weiterfahren lassen. Ihr Reiseziel war angeblich Imst, unterwegs wollten sie noch alte Autoersatzteile aufladen. Als die schummrigen Heckleuchten des Transporters sich langsam in der Dunkelheit entfernten, kamen die sechs Polizisten mitten auf der Straße zu einem kurzen Disput zusammen.

„So Leute! Die haben ihre neue Route vorher mal getestet, und wir haben ihnen den Gefallen getan unsere Deckung aufzugeben.", lautete das Resümee des Leiters der Sondereinheit. Die Stimmung war im Eimer, aber wie ging es nun weiter?

Man verabredete sich für den nächsten Morgen in Sulden beim Präfekten. Franzi sah Mattheo von der Seite an, als sie langsam wieder die Bergstraße hinab fuhren.

„Das wird morgen wieder ein Gezeter geben bei unserem Alten. Er wird uns den Kopf waschen", bemerkte sie missmutig. Mattheo winkte lässig ab, und gerade als er Franzi antworten wollte, sahen beide gerade noch wie eine Silhouette im Dickicht des Waldes untertauchte. Franzi trat abrupt auf die Bremse, so dass der BMW mit blockierenden Vorderrädern noch ein paar Meter vorwärts rutschte und dann stehen blieb. Mattheo war mit einem Satz draußen, zog seine Pistole und pirschte in den Wald hinein. Franzi schimpfte wie ein Rohrspatz.

„Warum rennst du denn wie ein Irrer einfach in den Wald? Komm sofort zurück! Luigi? Hörst du mich?" Sie sah sich um und leuchtete mit der Taschenlampe das Gestrüpp ab. Mit einer Hand die MPi haltend, mit der anderen die Taschenlampe, ging sie vorsichtig ein paar Schritte in den Wald hinein und blieb dann wieder stehen. Ringsum war alles nass und glitschig.

„Wo ist dieser verdammte Narr nur hingerannt?", schimpfte sie leise vor sich hin. Da sie sich hier oben nicht so gut auskannte, wollte sie es eigentlich vermeiden, noch tiefer in den dunklen Wald hineinzulaufen. Irgendwo konnte jemand stehen und auf sie lauern. Vielleicht hatten sie Mattheo schon längst in ihrer Gewalt! Was sollte sie tun? Gerade als sie zum Handy in ihrer Tasche fingern wollte, tauchte direkt neben ihr eine dunkle Gestalt auf! Blitzartig fuhr sie, den Finger am Anzug, herum und hörte dann den Schatten leise lachen.

„Chefin, nicht schießen! Ich bin es, Mattheo!" Franzi´s Herz schlug wie ein Dampfhammer.

„Sag mal, bis du denn von allen guten Geistern verlassen, einfach so loszurasen? Und ich steh alleine da, wie der Mann im Mond, du Verrückter!", sprudelte sie los. Mattheo nahm sie am Arm und führte seine Chefin vorsorglich aus dem Wald heraus auf die Straße - und beide erstarrten!

„Wo ist unser Auto, Franzi?" Im ersten Moment glaubte sie, er mache wieder einen seiner berühmten Scherze, doch dann stand sie nur da und starrte auf die dunkle Straße. Der Wagen war tatsächlich weg! Plötzlich sahen sie ganz unten in der letzten Kehre zwei aufleuchtende Rückleuchten die sich langsam in der Dunkelheit entfernten. Franzi schien jeden Augenblick in einen Wutanfall ausbrechen zu wollen. Und als er ihr auch noch vorsorglich den Arm um die Schulter legen wollte, schubste sie ihn von sich.

„Das kommt von deinem Mist, den du mal wieder verzapft hast, Luigi Mattheo!", brüllte sie ihn an, und war drauf und dran auf ihn einschlagen zu wollen. Doch dann besann sie sich und lief einfach schnurstracks los in die Dunkelheit hinein. Und Mattheo musste sich sputen, dass er sie nicht auch noch aus den Augen verlor.

Zwei Stunden später waren sie wieder in Sulden angekommen. Mattheo bot seiner Chefin an, sie nach Hause nach Trafoi zu bringen. In Anbetracht der späten Stunde nickte sie nur und stieg in Mattheos Wagen ein.

Sie waren gerade ein paar Minuten gefahren, als Mattheo urplötzlich wie verrückt zu lachen anfing. Franzi sah ihn misstrauisch von der Seite an.

„Darf ich auch mitlachen?", fragte sie ihn immer noch böse. Mattheo kam nach kurzer Zeit wieder zur Ruhe.

„Da lassen wir uns tatsächlich von den Gaunern unseren Dienstwagen klauen! Oh Gott, wenn das rauskommt! Wir beide werden zur Lachnummer der gesamten Inspektion!" Er schüttelte den Kopf und wischte sich die Lachtränen aus den Augen.

„Wir müssen uns was einfallen lassen, Chefin!" Franzi nickte inzwischen schon wieder besänftigt.

„Na ja, wir sind eben rausgesprungen und beide losgerannt, den Gaunern hinterdrein. Und weil ich in der Hektik den Schlüssel stecken lassen habe, konnte einer von denen den Wagen einfach losrollen lassen." Mattheo schüttelte den Kopf.

„Losrollen geht nicht! Ohne Zündung kann man nicht lenken. Also einfach gestartet und weg war er. Die werden den sowieso irgendwo stehen lassen, die wissen doch, dass wir jeden unserer Wagen mit GPS orten können. Nur gut, dass wir den Verlust sofort noch gemeldet haben als wir losmarschierten." Franzi stöhnte leise und lehnte sich zurück in die Polster. Mattheo sah sie besorgt an.

„Ist was, Chefin? Sie haben doch hoffentlich nix abgekriegt bei der Verfolgungsjagt?"

„Meine Füße tun mir weh, verflixt nochmal. Wenn ich jetzt heimkomme, geht's sofort in die Badewanne. Und was heißt Verfolgungsjagt, he? Verfolgt habe ich nur dich Esel!" Mattheo grinste vor sich hin.

„Wusste gar nicht, dass du dir so viel Sorgen um mich machst, Chefin!" Sie boxte ihn leicht mit der Linken in die Seite.

„Deine Leticia ist wirklich nicht zu beneiden, Luigi. Wenn du zu Hause auch solche übereilten Sachen machst, na dann gute Nacht!" Luigi Mattheo protestierte sofort.

„Ich bin der beste Ehemann und Vater, sagt meine Leticia, und die muss es ja wissen", erwiderte Mattheo und fuhr langsam auf den Hof der Schreinerei von Familie Gruber. Alle Fenster waren schon dunkel, kein Wunder, es war immerhin schon 3.00 Uhr früh. Franzi verabschiedete sich von ihrem Kollegen.

„Ich komme morgen, nein heute Morgen mit dem eigenen Auto", meinte sie noch und lächelte als sie die Tür zuschlug. Die Lampe ging an und Franzi war gerade dabei die Tür aufzuschließen, plötzlich hörte sie es an der Hausecke im Gebüsch rascheln! Kroch da jemand herum, oder war es nur ein Hase oder ein anderes Wildtier, die sich manchmal den Gehöften näherten. Franzi machte die Lampe des Handys an und leuchtete in das nahe Gebüsch, immer die Hand an der Pistole. Tatsächlich, da war jemand! Blitzschnell hatte sie die Pistole in der Hand und rief:

„Kommen sie heraus! Sofort rauskommen!" Sie wollte gerade nochmal rufen:

„Hände hoch, rauskommen oder ich schieße!", als sich das Gebüsch teilte und eine Frau herausstolperte und Franzi genau vor die Füße fiel. Sie hatte langes schwarzes Haar, zerrissene Kleidung, war barfuß und hatte reichlich zerkratzte Arme und Beine. Die Pistole vorsichtshalber in der rechten Hand haltend, kniete sich Franzi zu der Frau nieder.

Inzwischen hatten die Hunde angefangen zu bellen und schon nach kurzer Zeit ging das Licht im Haus an und Leonhard schaute von oben aus dem Fenster.

„Hallo! Ist da wer?", rief er verschlafen. Franzi antwortete sofort.

„Leonhard, ich bin es. Komme bitte herunter und hilf mir mal!" Sie hörte Leonhard die Stufen herunterspringen und die Haustür öffnete sich.

„Sag mal, was treibt ihr denn um diese Nachtzeit noch?" Er dachte wohl die Frau sei eine Kollegin und betrunken.

„Leonhard! Ich komme gerade von unserem Einsatz, und diese Frau hier ist mir direkt vor die Füße gefallen", klärte sie ihren Mann auf. Sie versuchten die Frau auf die Füße zu stellen, was aber nicht gelang. Also hob sie Leonhard einfach hoch und trug sie ins Wohnzimmer auf die Couch. Er erschrak als er die Frau ansah.

„Mein Gott, wie sieht die denn aus?", flüsterte er. Franzi schickte ihn in die Küche.

„Mache bitte eine heiße Brühe! Sie sieht so aus, als ob sie lange nichts gegessen hat und sich im Wald herumgetrieben hat." Franzi überlegte kurz, ob sie Mattheo und einen Krankenwagen anrufen sollte. Als sie zum Telefon ging, fuhr die Frau plötzlich erschreckt hoch!

„Nein! Nein! Bitte nicht Polizei anrufen!", bat sie Franzi beinahe flehentlich mit Akzent. Plötzlich aber sah sie Franzis Pistole unter der Achsel, schlug die Hände vors Gesicht und begann zu weinen. Leonhard kam herein und brachte die Suppe. Vorsichtig stellte er die heiße Tasse auf den Tisch. Die Augen der Frau verfolgten ihn und die Tasse. Franzi ging kurz nach draußen und kam ohne Pistole wieder zurück. Die Frau sah Franzi mit ihren großen dunklen Augen an.

„Du von Polizei?", fragte sie. Franzi nickte und zog den Stuhl neben die Couch. Begütigend legte sie der Frau eine Hand auf den Arm.

„Möchten Sie erst ein wenig duschen, und dann die Suppe essen?", fragte sie die Frau leise. Die Fremde lächelte auf einmal und nickte heftig. Franzi half ihr beim Aufstehen und führte sie ins Bad. Dort gab sie ihr alles was sie zum Duschen brauchte und reichte ihr dann etwas Unterwäsche aus dem Schrank. Die Frau sah Franzi dankbar an.

„Du bist gute Polizistin", meinte sie und begann sich auszukleiden. Franzi verließ das Zimmer und ging hinüber zu ihrem Mann, der im Wohnzimmer wartete. Sie sahen sich einen Moment unschlüssig an.

„Was willst du jetzt tun?", fragte Leonhard seine Frau. Franzi zuckte mit den Schultern.

„Eigentlich müsste ich jetzt die Dienststelle anrufen und sie abholen lassen", erwiderte Franzi gedehnt.

„Aber?", fragte Leonhard zurück. Franzi sah zur Decke, als ob dort die Antwort dieser Frage stehen würde. Sie umarmte ihren Mann kurz.

„Geh du ruhig wieder ins Bett, du musst bald wieder raus. Und die Kinder kommen auch spätestens um sieben."

„Morgen ist Samstag, Schatz! Schon vergessen?" Franzi lächelte müde.

„Ich werde versuchen noch ein paar Worte mit ihr zu reden, dann soll sie einfach hier unten schlafen. Dann wird mir schon was einfallen!" Leonhard hob die Augenbrauen, und meinte dann vorwurfsvoll:

„Frau Gruber, Frau Gruber! Du umgehst wiedermal den Dienstweg, stimmts?" Franzi zuckte mit den Schultern.

„Mag ja sein, aber so kriege ich vielleicht eher raus wie sie hierhergekommen ist. Also geh schlafen, Schatz!" Leonhard gab ihr einen langen Kuss und Franzi genoss Leonhards Nähe. Doch hinter ihnen räusperte sich jemand. Die Frau war aus dem Bad zurück, frisch geduscht und gekämmt. Sie musste nicht älter als 20 bis 25 Jahre alt sein. Verlegen stand sie barfuß da und sah die beiden Fremden an. Franzi bat sie wieder zum Tisch und schob ihr die Suppe und etwas Brot zu.

„Essen Sie schön die warme Suppe, ich hole schnell noch ein paar Socken, sonst bekommen Sie kalte Füße", meinte sie und ging schnell aus dem Zimmer.

Als sie zurückkam, holte sie zwei Gläser und füllte die zur Hälfte mit Rotwein, eines davon schob sie lächelnd der Frau hin. Die sah erst Franzi ungläubig blickend an, doch dann griff sie zu und nahm einen Schluck davon. Ihre Augen leuchteten.

„Der Wein ist gutt", meinte sie lächelnd. Franzi sah sie eindringlich an.

„Wie heißen Sie?" Die Fremde sah sie kurz an, aber dann antwortete sie doch.

„Maria! Maria Tomic!"

„Und woher kommen Sie, Maria?" Die Frau sah auf ihre Hände und die abgebrochenen Fingernägel.

„Isch komme aus Ploesti. Ich lebte dort mit meinem Mann und meiner Tochter Bogzena. Mein Mann ist vor einem halben Jahr nach Deutschland aufgebrochen und wollte uns nachholen, sobald er eine Bleibe und Arbeit gefunden hatte. Bogzena ist zwei und bei der Oma geblieben, und isch wollte meinen Mann suchen, isch war schwanger." Sie nahm einen Schluck und wischte sich die Tränen ab. Schluchzend meinte sie:

„Von Bojan habe isch schon seit zwei Monaten kein Lebenszeichen mehr. Eine letzte Karte kam von Innsbruck, aus Österreich. Isch hab mein Baby auf Transport verloren, es wollte nicht leben. Diese Lumpen wollten es mir wegnehmen, da bin isch abgehauen ohne mein Baby!", schluchzte sie plötzlich laut und weinte bitterlich. Susi versuchte sie zu beruhigen.

„Wir haben Ihr Baby gefunden, es ist bei der Polizei. Wenn Sie möchten, können Sie es noch einmal sehen. Aber ich würde es nicht machen, behalten Sie es in lieber Erinnerung." Maria wischte sich die Tränen ab und nickte.

„Sie haben sicher recht, Kommissarin. Aber wie geht es nun weiter? Komme isch jetzt ins Gefängnis?", fragte sie Franzi scheu. Franzi schüttelte den Kopf.

„Nein Maria, warum sollten Sie denn ins Gefängnis? Oder haben Sie jemand umgebracht?", fragte Franzi mehr aus Spaß als aus Ernst. Maria wehrte entsetzt ab.

„Isch, isch habe niemand umgebracht, isch suche nur meinen Mann, den Bojan!" Sie begriff, dass Franzi einen Scherz gemacht hatte und lächelte zum ersten Mal etwas schüchtern. Franzi sah auf die Uhr. Es war inzwischen schon 4.30 Uhr geworden.

„Sie können hier schlafen, Maria! Danach reden wir weiter, vielleicht können wir ja etwas über Ihren Mann in Erfahrung bringen, ja?" Maria nickte dankbar und Franzi klappte die Couch auf und holte Bettzeug. Als sie sich aus dem Zimmer entfernte, lag Maria da und betete leise. Franzi löschte das Licht und ging hinauf ins Schlafzimmer.

Beim Treppensteigen dachte sie kurz daran, ob das was sie gerade tat, leichtsinnig war, oder gar gefährlich. Einem kurzen Entschluss folgend, ging sie ins Zimmer der Kinder und legte sich dann vorsichtig mit der Pistole unter dem Kopfkissen mit in Leonies Bett. Schon nach kurzer Zeit war sie eingeschlafen.

Das Unwetter der Nacht hatte sich verzogen. Die Sonne lachte am Morgen vom Himmel, als sei nichts gewesen. Im Fernsehen hatten sie gezeigt wie das Unwetter in der Nacht gewütet hatte. In Schruns und Umgebung war es ganz schlimm gewesen. Keller waren vollgelaufen, der Strom war ausgefallen und mehrere Gebirgsstraßen waren inzwischen gesperrt worden.

Als die Kinder herunterkamen und sich an den Frühstückstisch setzten, sahen sie erstaunt auf die fremde Tante.

Maria war eine hübsche junge Frau. Der Schlaf, die Dusche und ein paar Kleinigkeiten aus Franzis Schrank gaben ihr ein völlig neues Aussehen. Leonhard sah immer wieder verstohlen zu ihr hin und Franzi bemerkte es. Sie grinste in sich hinein.

„Ja, ja die Männer", dachte sie und Leonhard bekam einen roten Kopf als er zu Franzi herübersah.

„Maria, was haben Sie für einen Beruf?", fragte Franzi die kleine Verlegenheit überbrückend.

„Friseurin in einem Salon", antwortete sie. Franzi nickte leicht und meinte dann:

„Ja, meine Haare hätten auch mal wieder eine Runderneuerung nötig." Maria lachte symphytisch.

„Soll isch machen, ja?", fragte sie scheu. Franzi war einverstanden. Sie hatte sich inzwischen entschlossen erst am Montag ihren Chef zu verständigen, Maria mitzunehmen und ihre Aussage dann aufzunehmen. Somit hatte alles seine Ordnung, und da Maria bis auf weiteres bei Grubers wohnte, gab es auch keinen Ärger. Zum Glück hatte Maria ja ihren Pass dabei, so konnte man ihr nicht vorwerfen, heimlich oder illegal eingewandert zu sein. Mit Maria hatte sie abgesprochen, dass sie sich getroffen hatten, weil man sie einfach in Sulden zurückgelassen hatte, weil sie kein Geld mehr hatte. Kommissarin Franzi Gruber machte hier etwas, was sie noch nie gemacht hatte. Aber sie glaubte Marias Geschichte, und sie wollte auf diesem Weg etwas mehr über die Leute herausfinden, die den Transport der Flüchtlinge organisierten.

Das Wochenende war endlich wieder einmal ohne Störungen und die beiden Frauen verbrachten viel Zeit miteinander. Maria erzählte von ihrem Leben und den Schwierigkeiten, die es in diesem Rumänien derzeit gab. Langsam begriff Franzi, was die Leute bewegte, ihr Land zu verlassen und sich auf eine abenteuerliche Flucht zu begeben. Dabei gab es ja in Rumänien nicht einmal Krieg, wie in Syrien oder dem Irak, und trotzdem hatten die Menschen zu Hause keine Perspektiven mehr.

Was Leonhard an dieser Frau so überraschte, war die Tatsache, dass sie sofort mit Zugriff und half, wo Hilfe gebraucht wurde, ob im Haushalt oder auf dem Hof. Er redete am Abend mit Franzi darüber.

„Also, wenn ich mir vorstelle, eine hiesige Friseuse mit langen bunten Fingernägeln soll einen Besen nehmen und den Hof kehren, das würde wohl kaum eine machen." ereiferte er sich. Franzi lächelte ihn an.

„Du magst sie, ja?" Sie hob den Zeigefinger.

„Leonhard Gruber, Leonhard Gruber!" Er lachte verlegen.

„Quatsch, du weißt doch genau, dass du meine Göttin bist! Nur du alleine, und ich werde dich nie wieder hergeben! Du bist für mich die schönste und klügste Frau Südtirols! Meine Frau!" Franzi lächelte geschmeichelt.

„Das hast du schön gesagt, Liebling! Sowas hört man als Frau immer gerne – wenn es die Wahrheit ist!", betonte sie lachend.

Und so verging das Wochenende, Franzi hatte endlich wieder einen frisch überholten Kopf, Maria hatte tatsächlich ganze Arbeit geleistet. Sie hatte zwei dicke Zöpfe zu einem vereint und dann nach oben zu befestigt. Franzi wollte am liebsten darauf verzichten im Bett zu liegen, doch Leonhard protestierte aus gutem Grund.

Am Montagmorgen betraten Franzi und Maria gemeinsam das Büro und Mattheo bekam Stielaugen. Als Franzi ihm alles erzählt hatte, kratzte er sich zunächst etwas ratlos am Kopf.

„Chefin, Chefin! Wenn das nach hinten losgeht. Ach so, übrigens hat man unseren Dienstwagen in Schruns aufgefunden. Der Schlüssel steckte, nur der Tank war leer! Trotzdem sollen wir um 9.00 Uhr beim Präfekten sein! Er wird uns den Kopf waschen wollen." Franzi winkte ab.

„Wir nehmen ihm den Wind aus den Segeln, Luigi! Wir haben nämlich eine Zeugin gefunden. Und die bringt uns weitere neue Erkenntnisse, nach der Pleite vom Freitagnacht."

Mattheo sah sie zweifelnd an.

„Neue Erkenntnisse? Welche?" Franzi grinste schelmisch und erwiderte.

„Lass mich nur machen!" Und so kam es dann auch. Eine Stunde später saßen sie zu dritt beim Polizeipräfekt Cervale.

Franzi erzählte ihm groß und breit erst einmal was bei dem Einsatz schief gegangen war, und warum man ihnen den Wagen hatte klauen können. Franzi übertrieb, dass selbst Luigi Mattheo große Augen bekam, von der Gefährlichkeit dieses Einsatzes. Als die Rede dann auf Maria kam, war der Herr Präfekt schon leicht ermüdet und winkte quasi Franzis Vorschläge einfach durch. Maria hatte sich gemeldet, ihr Name war aufgenommen worden, und ansonsten solle sich doch die Oberkommissarin Gruber mit dem Fall abgeben. Ihren Dienstwagen hatte noch die KTU, aber spätestens am Mittwoch würde sie ihn wieder abholen können.

Als sie nach anderthalb Stunden wieder draußen auf dem Hof der Präfektura standen, schüttelte Mattheo nur den Kopf. Er hatte wieder etwas von seiner Kollegin dazu gelernt!

Seit Wochen gab es im gesamten Gebiet um Schruns, Nauders, Trafoi und Partschins keinen weißen Transporter mehr. Das hieß aber, dass die Schleuser entweder eine neue Route gesucht hatten, oder derzeit die Füße stillhielten.

Mit einer offiziellen Anfrage in Innsbruck bei den Österreichischen Kollegen, erfuhr Franzi dann auch, dass bei ihnen ein gewisser Bojan Tomic zwar registriert worden war, aber bereits am nächsten Tag schon wieder verschwunden war. Man nahm an, dass er nach Deutschland weitergereist war.

Als Franzi Maria davon erzählte, war diese einerseits beruhigt, aber andererseits nun auch wieder unruhig, warum sich ihr Mann Bojan nicht meldete. Was wiederum Mattheo zu der Bemerkung veranlasste, dass er sich vielleicht gar nicht melden wollte. Und dies wiederum brachte ihm einen bösen Blick von Franzi ein. Und dann hatte Franzi doch eine Idee.

„Maria, kannst du zu Hause bei dir jemand anrufen? Vielleicht hat sich Bojan schon telefonisch dort gemeldet. Er kann ja nicht wissen, dass du ihm hinterhergereist bist!"

Mit zitternden Fingern hatte Maria dann noch im Büro von Franzi zu Hause angerufen. Ihre kleine Schwester war am Apparat und berichtete, dass Onkel Boja vor drei Tagen aus Nürnberg angerufen hatte und gab ihr die Telefonnummer durch. Bojan saß in einem Flüchtlingslager in Nürnberg fest.

Franzi machte nun auf dienstlich und holte sich zunächst die Nummer der Einrichtung und rief dann dort an. Ein deutscher Kollege war am anderen Ende der Leitung und hatte offenbar eine ziemlich lange Leitung.

„Gute Frau Gruber, wie soll ich denn unter 500 Leuten jetzt einen Bojan Tomic finden?" Franzi war aufgebracht.

„Ich bin nicht die gute Frau Gruber, sondern die Oberkommissarin der Südtiroler Kriminalpolizei Abteilung Schleuserkriminalität! Und jetzt sind Sie mal Mensch und nicht Beamter und suchen Sie den Herrn und rufen mich wieder an. Ich warte auf Ihren Anruf! Ansonsten muss das mein Chef mit ihrem Chef abklären, o.k.?" Sie hörte wie der Mann am anderen Ende den Hörer beiseitelegte und eine Durchsage machte. Dann dauerte es gute zehn Minuten und eine Männerstimme meldete sich.

„Bojan Tomic, mit wem spreche ich bitte?", kam es in fast akzentfreiem Deutsch zurück. Franzi gab Maria den Hörer, gab Mattheo ein Zeichen und sie gingen hinaus. Das Gespräch der beiden dauerte fast eine halbe Stunde, am Ende stand eine glücklich lächelnde Maria in der Tür und fiel Franzi einfach um den Hals. Nach und nach berichtete sie von Bojans Erzählungen. Und dass er ihr eine Handynummer durchgegeben habe, unter der sie ihn jederzeit erreichen konnte.

„Ich habe ihm die Telefonnummer von Leonhards Werkstatt gegeben. War das falsch?", fragte sie besorgt. Franzi schüttelte den Kopf.

„Nein Maria, das war gut so. Und wie geht es jetzt nun weiter bei euch?", fragte sie die junge Frau.

„Bojan hat gemeint, ich solle zu ihm kommen, er hat Sehnsucht nach mir", erwiderte sie und sah dabei Franzi fragend an. Franzi lächelte und nickte dann zustimmend.

„Natürlich musst du zu deinem Mann fahren, Maria! Das ist doch klar! Wir helfen dir so gut es geht."

Franzi nahm sich kurzerhand den Rest des Tages frei und ging mit Maria shoppen. Es war Sommer und da gab es doch recht billige Sachen, und so kleidete sie Maria am Ende wirklich ein.

Als Franzi am nächsten Morgen zum Dienst fuhr, nahm sie Maria mit zum Bahnhof. Und sie wartete noch bis der Zug abfuhr. Da fuhr doch tatsächlich gerade eine gute Freundin ab! Ein wenig traurig fuhr Franzi ins Präsidium zurück.

Laut rumpelnd schob sich ein kleiner Transporter über den Bergpfad und schüttelte dabei die Insassen kräftig durch. Kinderweinen war zu hören und Stimmen die sich etwas zuriefen.

Der Fahrer trat abrupt auf die Bremse und hielt den Wagen auf einer kleinen Ebene an. Dann stieg er aus, ging nach hinten und öffnete die Tür. Im Wageninneren herrschte eine brütende Hitze und alle Insassen waren schweißnass.

„Los raus! Alles raus!", brüllte er auf Rumänisch in den Wagen hinein, wo dreiundzwanzig junge Frauen, Kinder jeden Alters, auf dem blanken Wagenboden saßen. Eine der jungen Frauen mit einem etwa einjährigen Kind auf dem Arm, bat den bulligen Beifahrer um etwas Wasser für den Kleinen.

„Scher dich zum Teufel mit deinem Balg", brummte der nur und ließ die Frau einfach stehen. Als ein junger Mann, der die Frauen begleitete ihn deswegen aufhalten wollte, holte der bullige Typ aus und schlug zu. Der junge Mann von schmächtiger Statur ging sofort zu Boden und hatte eine blutende Nase. Als er nach einem Stein griff, in der Absicht diesen den Bullen an den Kopf zu werfen, holte der plötzlich eine Pistole aus dem Gürtel.

„Na los, wirf doch du Rotznase!", knurrte er den Jungen an und spannte den Hahn der Waffe. Doch der junge Mann legte den Stein behutsam zu Boden und richtete sich wieder auf. Mit einem hasserfüllten Blick ging er zurück zu den anderen.

Die hatten aber inzwischen einen kleinen Bergbach entdeckt und liefen alle darauf zu. Der Fahrer schrie wie wild:

„Halt! Bleibt stehen ihr blödes Gesindel!" Doch die Menschen ließen sich nicht mehr aufhalten. Wenig später waren alle im Bach. Die einen tranken hastig, die anderen nahmen schnell ein Bad oder füllten Wasserflaschen auf. Dem Fahrer wurde das zu viel, mit einem Blick auf seine Uhr, jagte er sie alle wieder zum Wagen zurück und zählte sofort durch. Seit der Flucht der jungen Frau vor einigen Tagen, hatten sie den Befehl erhalten, bei jeder Rast die Insassen des Wagens durchzuzählen.

Mit traurigen Gesichtern und einem wehmutsvollen Blick auf die schöne Bergwelt, stiegen alle wieder in den Transporter. Der Beifahrer war inzwischen auf den Wagen geklettert und öffnete das Schiebedach zur Hälfte.

„Was treibst du denn da oben, Mikitc?", herrschte der Fahrer ihn an.

„Ich habe die Luke aufgemacht, die gehen doch sonst ein in dem Backofen da drinnen", erwiderte er. Der Fahrer schüttelte den Kopf.

„Sollen sie doch draufgehen, dieses Kroppzeug! Ich werde froh sein, wenn wir sie kurz vor der Grenze endlich übergeben können! Von den 3.000 € die jeder von denen zahlen muss, kriegen wir ganze 100 € pro Mann, der Alte spinnt doch!" Der Beifahrer winkte ab und stieg wieder ein. Dann nahm er einen langen Schluck aus einer Colaflasche.

„Der Geizhals ist nicht Ludowiko, sondern seine neue Flamme, diese Parcovitc! Die sagt ihm wo es lang geht!", erwiderte der junge Beifahrer. Der Fahrer sah kurz auf seine Armbanduhr, dann gab er Vollgas! Die Hinterräder des Transporters drehten auf dem Schotterboden erst durch, dann schoss er davon.

Etwa zwei Stunden später erreichte der Transporter die A1 kurz vor Innsbruck und fuhr auf einen abgelegenen und kaum einsehbaren Parkplatz. Ein Ford-Transit erwartete sie bereits. Der Fahrer, ein Deutscher, nahm die Papiere und die Pässe der Leute in Empfang. Als er dann sah wieviel da aus dem Renault ausstiegen, rümpfte er die Nase und schüttelte den Kopf.

Als nächstes brachte er ein Kiste Wasserflaschen und stellte sie so ab, dass jeder der Durst hatte, sich eine Flasche nehmen konnte. Dann öffnete er die Seitentür und bat die Leute nun bei ihm einzusteigen. Der Ford Transit war mit Sitzbänken ausgestattet. Einfach, aber sauber. Zum Schluss gab er jedem der Insassen ein Picknick-Paket, das dankbar angenommen wurde. Man sah, dass die meisten einen Heißhunger hatten und wohl lange schon nichts mehr gegessen hatten. Die Fahrer verabschiedeten sich voneinander.

„Bis nächste Woche zur gleichen Zeit!" Langsam fuhr der Ford Transit auf die Autobahn auf und nahm Kurs nach Norden. Am frühen Morgen um 7.00 Uhr musste er in Dresden sein. Dort wurden die Leute dann von einem Holländer abgeholt, der sie weiter nach Westdeutschland oder auch nach Holland brachte. Jede der Rumäninnen hatte eine Nummer und eine Zustell-adresse, wo sie abgeliefert werden musste. Und so war es auch nicht verwunderlich, dass es nur junge Frauen waren. Wer keine Nummer bekommen hatte, war Kandidatin für irgendein Bordell.

Der Montag begann bereits wieder mit einiger Aufregung. Denn kaum hatten Mattheo und Franzi ihr Büro betreten, standen auch schon zwei Männer in Zivil an der Tür und baten um Einlass. Ihr Aufzug verhieß schon mal nichts Gutes. Beide stellten sich als Mitarbeiter der „Agenzia Informazioni e Sicurezza Interna – A-ISI" vor. Also einfacher ausgedrückt, die beiden waren vom Inlandsgeheimdienst!
Franzi bat ihnen einen Platz in der gemütlichen ledernen Sitzecke an, die auch schon bessere Tage gesehen hatte.

„Signora Gruber, ihr Chef, der Präfekt hat uns direkt an Sie verwiesen. Es geht bei unseren Ermittlungen um die Schleusertätigkeit in Nordtirol. Offenbar haben ausländische Banden ihre Routen neu geordnet, nachdem man in Österreich strengere Grenzkontrollen eingerichtet hat. Die Balkanroute führt nunmehr wohl über dieses Gebiet hier, in dem Sie verantwortlich sind." Er schob Franzi ein amtliches Schreiben des Ministeriums über den Tisch. Darin stand, dass die Kommissare Gruber und Mattheo ab sofort mit Sonderaufgaben betraut werden und vom normalen Dienst abgezogen wurden. Praktisch vom nächsten Tag an, waren sie in das zehnköpfige Team einer Soko integriert und sollten die Leitung übernehmen.
Franzi schob Mattheo das Schreiben über den Schreibtisch hinüber und sah ihn dabei mit hochgezogenen Augenbrauen an. Das

war ihre Art sich gegenseitig zu warnen. Mattheo nahm das Schreiben, überflog es kurz, und legte es wieder ziemlich achtlos zurück auf den Tisch.

„Wenn ich Sie richtig verstehe, meine Herren, dann sind wir ab sofort Mitarbeiter der AISI, ja?" Der ältere Schlapphut nickte, während der jüngere von den beiden schon die ganze Zeit auf Franzis Pulli-Ausschnitt stierte, und sie sich langsam wie zur Viehbeschau vorkam. Als sie mit einem Hefter diesen sicher sehr liebreizend anzuschauenden Ausblick versperrte, grinste der Kerl anzüglich. Mattheo der dies bemerkte, räusperte sich.

„Na gut, wenn das so ist! Aber ich lese nirgend etwas über die Vergütung während dieser Zeit. Meines Wissens sind sie ja wohl um zwei Gehaltsgruppen weiter oben als wir, oder?" Der Beamte von Geheimdienst lächelte verbindlich.

„Dies besprechen Sie bitte mit Ihrem Vorgesetzten!", erwiderte er ungerührt und schlug ein Bein über das andere, sehr darauf bedacht, seine Bügelfalten nicht zu beschädigen.

„Wir haben übrigens Veranlassung, dass dieses private Kinderheim in Schruns mit dem Namen „Santa Maria" in irgendeiner Verbindung mit dieser Schleusertätigkeit steht. Man sollte sich dort schleunigst einmal umsehen." Franzi war baff, und das merkte man ihr an.

„Was bedeutet das „in Verbindung steht?", fragte sie zurück. Der Beamte sah seinen Kollegen an, der nahm einen dünnen Hefter aus seiner Aktentasche und reichte diesen Franzi. Sie überflog kurz den Inhalt und dann weiteten sich ihr Augen ziemlich erschrocken.

„Zwei Kinderleichen im Gebiet um Schruns und Schlanders? Davon wissen wir nichts. Niemand hat uns informiert, und in der Presse stand auch nichts." Mattheo las kurz das Geschriebene und holte plötzlich tief Luft. Solche Sachen gingen dem Familienvater zweier kleiner Töchter an die Nieren. Der Beamte vom Ministerium nickte erst bedeutungsschwer, dann sah er Franzi durchdringend an.

„Dies ist jetzt Ihr Fall, Frau Oberkommissarin, und der Ihrer Sonderkommission. Über diesen Fall mit den zwei Kinderleichen ist nie etwas veröffentlich worden, und so sollte das auch bleiben", betonte er nachdrücklich. Und setzte dann noch hinzu:

„Wir wollen die Öffentlichkeit nicht verrückt machen! Alle in Zukunft erzielten Informationen gehen sofort an uns, hören sie! Ausschließlich nur an uns!" Der Beamte erhob sich langsam, dann verabschiedete er sich von Mattheo und Franzi Gruber. Der Jüngere grinste Franzi breit an und schielte ihr dabei demonstrativ wieder in den Ausschnitt. Franzi gab der Tür einen Schubs, so dass die ziemlich laut hinter den beiden ins Schloss fiel. Sie hörten die beiden draußen auf den Flur laut lachen, und Franzi schaute böse drein. Dann sah sie Mattheo an.

„Was hältst du von der ganzen Sache?" Mattheo hob die Schultern.

„Ich würde sagen, ziemlich mysteriös! Warum ausgerechnet wir beide?" Franzi nickte schmunzelnd.

„Ich tippe mal, unser Herr Präfekt will sich für höhere Aufgaben empfehlen! Und wir sind nun mal sein erfolgreichstes Team, wenn es um die Aufklärungsquote geht. Und, wir haben schon eine gewisse Erfahrung mit dieser Bande gemacht", setzte sie noch hinzu. Mattheo lachte.

„Ja, das stimmt! Allerdings auch mit dem Verlust eines Dienstwagens, und was sonst noch, Chefin?" Franzi stand da, schaute aus dem Fenster und dachte nach. Nach einer Weile drehte sie sich zu Mattheo herum.

„Morgen fangen wir an! Und zwar mit einem unangekündigten Besuch in diesem Kinderheim. Sag allen Bescheid, morgen um 9.00 Uhr hier Abfahrt. Wir fahren mit großem Aufgebot!" Mattheo kratzte sich am Kopf.

„Oh, oh oh, Chefin, das riecht förmlich nach Ärger!" Franzi grinste spitzbübisch.

„Diesmal kann uns der Herr Präfekt Cervale nicht beaufsichtigen, wir gehören jetzt zum Inlandsgeheimdienst. Also alle morgen früh in Zivil, klaro!" Mattheo salutierte im Sitzen.

„Zu Befehl, Frau Oberkommissarin, in Zivil!" Franzi blätterte in dem dünnen Hefter, der ihre Ermittlungsergebnisse enthielt. Dabei fiel ihr eine Karte in die Hand. Es war eine Visitenkarte einer deutschen Polizeidienststelle, in einem Ort namens Berchtesgaden. Franzi ging zur Karte und fuhr mit dem Finger darauf herum, bis sie den gesuchten Ort gefunden hatte. Sie rief Mattheo herbei.

„Sieh mal, Luigi! Der Ort Berchtesgaden liegt direkt an der Grenze zu Österreich. Damit gibt es aber auch eine direkte Verbindung bis zu uns nach Südtirol! Könnte das nicht die Schleuserroute sein?" Mattheo rümpfte die Nase ein wenig.

„Aber warum sollten die dann erst den Umweg über Italien und Südtirol auf sich nehmen? Der kürzere Weg vom Balkan führt doch dann direkt nach Österreich!" Franzi hatte ihren Kugelschreiber quer im Mund und starrte auf die Karte. Mattheo musste lachen, als er das sah. Immer wenn sie angestrengt über etwas nachdachte, machte sie es so mit dem Kugelschreiber. Doch plötzlich nahm sie ihn wieder aus dem Mund und sah Mattheo siegessicher lächelnd an.

„Und ich weiß auch, warum sie diesen Umweg in Kauf nehmen, Kollege Mattheo! Bekanntermaßen sind die Grenzkontrollen inzwischen in Österreich und in der Bundesrepublik strenger geworden! Jedenfalls strenger als in Italien! Und Ungarn lässt überhaupt niemand passieren. Also, geht die Route von Rumänien, nach Kroatien, von dort nach Slowenien und von da aus zu uns und nach Österreich! Ich wette mit dir Mattheo, dass ich recht habe!" Sie sah ihn triumphierend an.

„Und dann macht auch dieser kurze Bericht aus Berchtesgaden Sinn! Die haben nämlich auch schon Kinderleichen gefunden da oben!" Mattheo sah seine Chefin einigermaßen bedient an. Wenn das stimmte, und sie recht hatte, dann hatten sie einen Fall von internationaler Brisanz auf dem Tisch. Wie schön war doch ihr kleines Büro oben in Trafoi gewesen. Ein paar Einbrüche, mal eine Brandstiftung, aber viel mehr gab es doch nie. Und nun so eine Granate, da konnte einem schon der Spaß vergehen. Doch die glänzenden Augen seiner Chefin versprachen ihm keine Rücksichtnahme. Sie war im Jagdfieber!

„Luigi, träumst du mit offenen Augen!", rief sie ihm gerade zu. Er schreckte auf und sah sie etwas verwirrt an.

„Und was willst du nun machen, Chefin?" Sie sah auf ihre Armbanduhr.

„Jetzt machen wir Feierabend, und morgen früh fahren wir in dieses Kinderheim „Santa Maria!" und schauen uns mal um. Und mit den deutschen Kollegen werde ich mal telefonieren, wenn wir morgen zurück sind. Los, hau ab! Fahre zu deiner Ehefrau und deinen Kindern. Kann sein, dass du sie in den nächsten

Wochen etwas weniger siehst." Mattheo stülpte seine geschwungene blaue Dienstmütze auf den Kopf, winkte ihr kurz zu und verschwand eiligst. Man konnte bei der Frau nämlich nie wissen, was ihr noch einfiel! Jetzt wollte sie das Ganze auch noch länderübergreifend vernetzen, na gute Nacht! Als er im Wagen saß, atmete er erst einmal tief durch. War das wirklich das, was er immer hatte machen wollen? Aber sein alter Herr hatte ihn gedrängt auf die Polizeischule zu gehen. Kaum hatte er die geschafft, mehr recht als schlecht, bandelte er mit der jungen blonden Frau des Polizeipräfekten an, der schon wesentlich älter als sie war. Als es rauskam wurde er strafversetzt nach Trafoi in die Wildnis der Berge, aber dort fühlte er sich dann ganz wohl. Dieser Chefinspektor Brandtner war ein prima Chef, die Kollegin Franzi war auch nett, ließ ihn aber immer wieder abblitzen. Dann ging der Brandtner und Mattheo war froh, dass man Franzi zur Chefin machte. So hatte er weniger Verantwortung und die Prügel bei Fehlschlägen bekam die Franzi! Und nun kam dieser Fall wie ein böses Untier über sie!

Im Polizeipräsidium der Südtiroler Gemeinde Schruns klingelte am Morgen um 8.00 Uhr das Telefon. Polizeioberkommissarin Franziska Gruber schob ihren Kaffee beiseite und hob ab.

„Oberkommissarin Franziska Gruber, was kann ich für Sie tun?", Franzi lauschte gespannt ins Telefon.

„Ja hallo, hier spricht Oberkommissarin Susi Ludwig, Abteilung Kapitalverbrechern aus Berchtesgaden in Deutschland. Wir arbeiten derzeit an einem Fall von Kinderschleusung, offenbar aus dem Raum Rumänien nach Deutschland. Meine Frage wäre, ob wir uns da mal austauschen könnten. Natürlich mit der Zustimmung unserer jeweiligen Vorgesetzten." Franzi musste lachen.

„Aus Deutschland stammen Sie aber wohl auch nicht, liebe Kollegin Ludwig, man hört es an der Sprache." Die Frau auf der anderen Seite lachte ebenfalls.

„Nö, ich komme eigentlich aus der Schweiz und bin der Liebe wegen hier in Bayern hängen geblieben. Aber wie stehen Sie zu einem gemeinsamen Treffen? Dann könnte man mal in Ruhe das ganze Thema besprechen?" Franzi nickte vor sich hin.

„Diesen Vorschlag finde ich ausgesprochen super, Kollegin Ludwig. Ich werde spätesten morgen mit meinem Polizeirat reden und sein Einverständnis einholen. Wir haben nämlich, ganz nebenbei bemerkt, die gleichen Probleme derzeit. Und Ihre Vermutungen mit Rumänien dürften stimmen. Auch wir ermitteln mit Hochdruck mit einer Sonderkommission. Also Frau Ludwig, ich kläre es schnellstens ab und melde mich dann wieder bei Ihnen. Tschau!" Franzi legte gedankenverloren auf und sah dann auf ihre Armbanduhr. Ob sie den Rat noch erreichte? Der Polizeipräsident liebte eigentlich keine Überfälle ohne Anmeldung, aber sie griff doch zum Telefon. Es dauerte jedoch keine zehn Minuten und der Herr Polizeipräfekt Cervale stimmte Franzis Anliegen vorbehaltlos zu. Sie hatte den Auftrag, sich mit den deutschen Beamten abzustimmen. Als sie das zu Mittag Mattheo erzählte, schüttelte der fassungslos mit dem Kopf.

„Der Alte muss einen Narren an dir gefressen haben, Chefin!" Franzi lachte.

„Ah geh Luigi, er konnte nur meinem Charme nicht widerstehen!", erwiderte sie und schwang den Bürosessel herum und stand auf.

„Was machen wir, Mattheo? Laden wir die Deutschen zu uns ein? Oder machen wir beide Mal eine Dienstreise nach Deutschland?" Mattheo verzog das Gesicht, als wenn er Zahnschmerzen hätte.

„Chefin, die sollen lieber herkommen! Wenn ich drei Tage weg bin, bekomme ich Sehnsucht nach meinen drei Frauen zu Hause! Und du doch bestimmt auch nach deinem Leonhard, oder?" Franzi zog eine Schnute und wippte mit dem Kopf hin und her.

„Also gut, ich rufe in Deutschland an, und frage ob sie herkommen können, okay?" Mattheo grinste wie ein Honigkuchenpferd und nickte wortlos. Also griff Franzi wieder zum Telefon und rief in Berchtesgaden an. Auf Anhieb erreichte sie einen Herrn Glauber. Das schien ein lustiger Bursche zu sein, denn er begann sofort mit Franzi zu flachsen, bis wohl seine Chefin zur Tür hereinkam, und er plötzlich ganz ernst und dienstlich wurde. Franzi besprach sich mit Susi, und nach zehn Minuten stand fest, dass die Deutschen herunter kommen würden nach Südtirol. In genau einer Woche am Montag!

Jetzt galt es die Unterbringung zu klären. Kurz entschlossen machte sie den Vorschlag, dass die beiden Deutschen zu ihr auf den Hof ziehen sollten, weil es dort ja zwei Fremdenzimmer gab. Der Polizeipräsident genehmigte Franzi sogar eine Tagespauschale für Unterbringung und Verpflegung.

Am Abend erzählte es Franzi ihrem Mann Leonhard, der war zwar nicht begeistert von den „fremden Leuten auf dem Hof", aber er stimmte letztlich zu.

Und in Berchtesgaden musste Frau Ludwig auch ihrem Gatten den Gedanken vermitteln, dass er kommende Woche für ein paar Tage zu Hause alles selber regeln musste.

Besuch aus Deutschland

Am Sonntagabend gegen 16.30 Uhr brummte ein BMW X5 auf den Hof der Schreinerei Gruber. Franzi war gerade dabei, noch ein paar Blumen auf die beiden Zimmer zu stellen, als es unten einmal hupte. Sie sah aus dem Fenster und erkannte ein deutsches Auto. Sie waren also schon da! Rasch rannte sie, nach einem Blick in den Spiegel, hinunter, um die Gäste zu begrüßen. Die beiden Kinder und der Hund hatten sich bereits eingefunden zur Begrüßung

Franzi bat die Gäste in die gute Stube und bot ihnen einen Platz an. Statt Kaffee brachte sie etwas Alkoholfreies zu trinken. Man konnte sagen, man war sich auf Anhieb sympathisch. Besonders Gruber war beinahe sprachlos von seiner Südtiroler Kollegin und Gastgeberin. Man Gottes, war die hübsch! Gruber konnte sich kaum satt sehen und Susi stieß ihn mit dem Knie an. Und ihr Blick sagte alles. Doch dann kam der Hausherr! Ein strammer Bergbauernbursch, gute 1,80 groß, und Arme wie ein Ringer. Der wiederum besah sich die Schweizerin ebenfalls mit Verstand. Wenig später saß man mit einem Glas Hauswein im Garten und plauderte zwanglos über dieses und jenes, bis Susi die sich umgesehen hatte, meinte:

„Und da oben hatte es die Schießerei gegeben?" Sie deutete hinter das Haus, auf den steil ansteigenden Berg. Franzi nickte und erzählte nochmal, wie es abgelaufen war. Dass sie am Ende den Dienstwagen verloren hatten, verschwieg Franzi lieber. Und so waren sie im Nu beim Thema, aber mit Rücksicht auf

Leonhard, gingen sie dann lieber noch ein Stück spazieren und sahen sich die Bergwelt rundum an.

„So ein schönes Stück Erde als Heimat zu haben ist schon beneidenswert", erklärte dann aber auch Grubers Sehnsucht nach den Bergen. Er saugte es förmlich auf, die herrlichen Almwiesen, die Berge dahinter und das Vieh auf den Wiesen. Leonhard lächelte dabei und meinte dann:

„Tja, das ist unser Problem hier! Wunderbare Natur, aber keine Arbeitsstellen, außer in der Gastronomie und im Winter beim Skifahren. Und bleibt der Schnee mal aus, dann bleiben auch die Gäste weg. Und von Landwirtschaft kann sich heute keiner mehr ernähren." Susi unterstützte das noch, weil es bei ihr zu Hause in den Schweizer Bergen auch nicht anders aussah. Doch dann lachte sie plötzlich.

„Nur das Verbrechen kennt keine Grenzen und bringt alle Arbeit, die dagegen ankämpfen."

Den ersten Tag in der Dienststelle in Schruns verbrachten die Gäste damit, sich mit den Mitarbeitern und dem Präfekten bekanntzumachen. Dabei stellte sich sehr schnell heraus, dass Franzi und Mattheo von dem in Deutschland agierenden Freundeskreis keine Ahnung hatten. Ebenso wenig, ob es solche Freundeskreise auch in Südtirol gab. Aber es dauerte nicht lange, und brauchte nur einige Telefonate, um festzustellen, dass es einen solchen Freundeskreis auch in Südtirol gab. Der Wirtschaft Magnat Mauricio Guggenbichler Abgeordneter von der Südtiroler Volkspartei und der Bürgermeister von Schruns, Ernst Vogler, von den Freiheitlichen waren die führenden Köpfe. Wobei Vogler der direkte Kontaktmann zum Heim „Santa Maria" war. Damit bestand immerhin die Möglichkeit, dass auch in diesem Heim Kinder aus Rumänien quasi zwischengeparkt wurden, bis sie weitervermittelt wurden. Zum ersten Mal begann Franzi daran zu zweifeln, ob sie dieser Aufgabe wirklich gewachsen war. Doch Susi bestärkte die junge Kommissarin und sprach ihr Mut zu. Vor ein paar Jahren hatte sie selber noch oft gezweifelt, aber durch Markus Unterstützung es doch geschafft. Und Franzi war noch jung und es fehlte ihr einfach an einer gewissen Erfahrung und so sprach sie ihr Mut zu. Inzwischen waren die beiden Frauen längst per du.

„Natürlich schaffst du das Franzi! Lass die Männer nie merken, wenn du unsicher bist, überleg dir manche Entscheidung lieber dreimal; ehe du sie triffst. Das macht nichts. Aber auch Fehlschläge gehören zu unserer Arbeit, glaub es mir! Ich weiß da wovon ich rede.“ Und so entwickelte sich ganz unaufhaltsam eine gewisse Freundschaft zwischen den beiden Frauen. Und Gruber und Mattheo verstanden sich ebenfalls, was vielleicht daran lag, dass sie in manchen Dingen gleich gestrickt waren. Immer ein wenig Chaos und eine Prise Leichtsinn. Am Dienstag ordnete Franziska einen Besuch im Kinderheim an. Susi wunderte sich zwar, weil Franzi das Ganze bis kurz vorher noch für sich behalten hatte.

„Ja weißt du Susi, bei uns in Italien oder auch in Südtirol musst du immer damit rechnen, dass es jemand gibt, der dann jemandem einen Tipp gibt. Und dann kommst du dort an, und alles ist in schönster Ordnung!“, erklärte sie Susi ihr Vorgehen.

Das Kinderheim „Santa Maria“ lag am Dorfrand in einem ziemlich heruntergekommenen ehemaligen alten Schulhaus. Geleitet wurde es von einer Ordensschwester. Signora Montalban war eine sechzigjährige gütige Frau, sehr freundlich und entgegenkommend. Als sie plötzlich das Aufgebot von vier Leuten auftauchen sah, war sie unruhig geworden. Unangekündigte Überprüfungen durch die Obrigkeit, bedeuteten meist nichts Gutes. Doch Franzi stellte das Ganze so dar, dass hier zwei Leute aus Deutschland gekommen waren, die eine Heimstruktur in Südtirol kennenlernen wollten. Die alte Oberin wunderte sich zwar, war aber erst einmal beruhigt und zeigte den Gästen bereitwillig das Haus. Es waren alles Kinder im Alter von fünf bis fünfzehn Jahren, Mädchen wie Jungen, und alle aus Südtirol, wie es schien. Bis auf einmal ein kleines Mädchen, nicht älter als sechs Jahre weinend zur Mutter Oberin kam. Susi war beim ersten Anblick klar, dass dieses Mädchen vom Balkan sein musste, schon wegen der bunten Kleidung und dem Teint. Kaum war das Kind aufgetaucht, als auch schon eine zweite Schwester schimpfend herbei gerannt kam und die Kleine wegziehen wollte. Doch Franzi bat sie dazubleiben.

„Mutter Oberin, woher kommt dieses Kind?", war ihre erste Frage. Die Ordensschwester begann sich zu verhaspeln und war sichtlich nervös.

„Die Kleine ist nur kurze Zeit hier bei uns, weil ihre Mutter im Krankenhaus liegt", antwortete sie und knetete die Hände. Mattheo, kraft seines Amtes in Uniform, schritt ein.

„Zeigen Sie mir bitte die Unterlagen der Kleinen, Signora! Und noch eine Frage, gibt es noch mehr Kinder, die nur zeitweise hier bei Ihnen sind?" Diese Frage brachte die Oberin vollends aus der Ruhe.

„Nein, nein es gibt nur die Kleine hier", antwortete sie unsicher. Und während Mattheo mit Gruber von einer Schwester begleitet zum Büro gingen, um die Karteikarten zu studieren, drängte Franzi auf den Weitergang des Rundganges. Tja, und wie der Zufall es so wollte, kam in diesem Moment eine kleine Gruppe von sechs Kindern, begleitet von einer jungen Schwester aus dem Wald und lief Franzi und Susi genau in die Arme. Es genügte ein Blick, um festzustellen, dass diese Kinder nicht aus Italien oder Südtirol waren, denn sie sangen ein Lied, welches selbst Franzi nicht verstand. Sie sah Susi an.

„Euch könnte man vielleicht jetzt weismachen, das sei Lateinisch was sie da singen und die Knirpse seien Italiener, mir aber nicht! Warte ab, gleich haben wir es!" Und dann ging Franzi schnurstracks zu den Knirpsen, begrüßte sie freundlich und sprach sie an. Doch die Kleinen sahen Franzi verwundert an, sie verstanden kein Wort und sahen daher ihre Schwester fragend an. Und die wiederum, hatte unter ihrer Haube, mühsam versteckt, lange schwarzblaue Haare, dicke dunkle Augenbrauen und braune Augen. Die Schwester sagte etwas zu den Kindern, was Franzi wieder nicht verstand.

„Kommen Sie bitte mit!" Franzi winkte der Kinderschwester, sie solle ihr mit den Kindern folgen, und führte sie zur Oberin.

„Signora Montalban, erklären Sie mir bitte wo diese Kinder herkommen. Sie wissen, wenn Sie die Polizei belügen, kann das schlimm für Sie werden. Vielleicht schließt man das ganze Haus!" Die Oberin wurde bleich und setzte sich auf die Bank im Hof, an der sie standen. Susi besah sich die Kleinen, die sie teils treuherzig, teils ängstlich anschauten. Als sie zwei von ihnen in den Arm nahm, krallten sich die beiden förmlich an ihr fest. Oberin Montalban begann zu erzählen.

„Vor einem halben Jahr kam ein Mann von der Provinzverwaltung zu uns und fragte uns, ob wir zeitweilig circa zehn Kinder aufnehmen könnten. So für vier bis sechs Wochen. Dafür versprach er uns, würden wir eine großzügige Spende erhalten. Und das Geld brauchen wir dringend, Sie sehen es ja allein am Zustand des Hauses. Die Kinder würden dann weitervermittelt an elternlose Paare und abgeholt. Ja, so war das damals. Und seitdem kommen immer wieder solche Kinder mit einer Betreuerin. Sie kommen wohl aus Rumänien." Schluchzend knetete sie ihr Taschentuch. Franzi tat die Frau leid, und noch mehr taten ihr die Kinder leid.

„Haben Sie für jedes der Kinder Papiere?", fragte sie weiter. Die Oberin schüttelte den Kopf.

„Nein, nur eine Mappe mit Bildern und dabei die Namen und das Geburtsjahr des Kindes. Bei uns weiß niemand woher sie kommen." Susi ergänzte:

„Und niemand weiß, ob sie freiwillig dort weggingen oder von den Eltern verkauft oder gar entführt wurden, Signora Montalban!" Die Oberin sah Susi entsetzt an.

„Meinen Sie wirklich?" Susi nickte. Die Oberin schlug die Hände vors Gesicht.

„So eine Schande! Diese unschuldigen Wesen. Wer macht nur sowas?" Inzwischen war Mattheo mit den Unterlagen zurück und winkte ab.

„Kein Hinweis wo die alle herkommen!" Franzi nickte, dann gab sie der Oberin ihre Karte.

„Mutter Oberin! Wenn Sie Bescheid erhalten, wann die Kinder abgeholt werden, dann müssen Sie mich unbedingt informieren. Nur so schnappen wir zumindest erst einmal die Schleuser, und über die kommen wir dann an die Hintermänner. Bitte helfen Sie uns!" Die Mutter Oberin nickte bedrückt.

„Sie können sich auf mich verlassen, Frau Kommissarin." Mattheo deutete auf die Kinderschwester, die immer noch unschlüssig dastand.

„Kann man sich auf sie verlassen?" Die Oberin lächelte.

„Oh ja, natürlich! Unsere Maria ist eine gute Seele und hat vor Jahren hier einen Mann geheiratet. Sie hilft mir, wenn sie Zeit hat, weil sie ja aus Rumänien stammt und die Sprache spricht, sie wird uns nicht verraten, wenn Sie das meinen." Franzi wandte sich an Maria.

„Sie haben alles verstanden? Und wir können uns auf Ihre Verschwiegenheit verlassen?" Die junge Frau nickte und sagte dann: „Mir tun die Kleinen auch leid, deshalb helfe ich der Mutter Oberin ein wenig. Aber sie können sich auf mich verlassen, geben sie mir ruhig noch eine Karte mit Telefonnummer!" Franzi gab ihr eine, dann verabschiedeten sie sich wieder.

In der Präfektur angekommen beglückwünschte Susi ihre Freundin und Kollegin Franziska.

„Das war ein voller Erfolg, Franzi! Dann schnappt ihr die Kerle und dann haben wir auch wieder ein Problem weniger! Siehst du, nur Mut, es wird alles gut!"

Am Mittwoch kam der Tag des Abschieds. Leonhard, die Kinder, Franzi und selbst Mattheo waren da. Franzi lachte etwas traurig Susi an.

„Grüße meine kleine Namensvetterin! Ich würde sie gerne mal kennenlernen!" Susi umarmte Franzi einen Augenblick.

„Danke Franzi, es war sehr schön bei euch. Wir könnten ja mal tauschen und ihr kommt mal zu uns. Aber vielleicht kann ich meinen Mann davon überzeugen, und wir machen mal Urlaub hier bei euch." Franzi wischte sich eine Träne aus den Augen.

Der Polizeipräsident hatte Markus Ludwig zu sich gebeten. Sie saßen in dessen geräumigen Büro bei einer Tasse Kaffee und einem Cognac. Albert Nordwich war ein Mann um die Fünfzig, drahtig, mit markanten Gesichtszügen und angegrauten Schläfen.

„Markus, ich habe dich zu mir gerufen, weil ich der Meinung bin, dass du und deine Frau, mal für eine Zeit aus dem Dienstbetrieb raus müsst. Die letzten Wochen waren mehr als hart, besonders für deine Frau! Sie ist eine ausgezeichnete Polizistin, aber ich kann sie nicht in Urlaub schicken und du musst weiter machen. Das bringt euch nichts!" Und weil Markus Ludwig einen Einwand machen wollte, hob Nordwich beschwichtigend beide Hände.

„Markus! Ich weiß was du sagen willst! Es ist jetzt nicht die Zeit Urlaub zu machen, der Fall steht vor dem Abschluss, usw.,

usw. Wenn es danach geht, dürften wir überhaupt keinen Urlaub machen. Frag mal meine Frau! Demzufolge geht ihr ab Montag in Urlaub! Basta! Sieh es als Befehl an! Macht mal zwei Wochen gar nix und erholt euch. Drüben in der Schweiz ist es doch auch schön, oder?"

Markus Ludwig musste lachen. Das war typisch Nordwich. Der Albert war nicht nur Chef, er war auch Freund und Kumpel. Markus nickte.

„O.k., ich sage es meiner Frau. Aber die wird mir auch mit Wenn und Aber kommen wie ich sie kenne." Nordwich lachte leise vor sich hin.

„Dann mach es doch wie ich! Befehl ist Befehl! Du bist doch ihr Boss, oder?" Markus lachte verhalten.

„Ja, ja, das frage ich mich manchmal selber, Albert."

Als Susi am Abend die Neuigkeit erfuhr, war sie erst einen Moment ganz still und sah ihren Mann mit ihren blauen Augen an. Aber dann lächelte sie wie befreit.

„Dann sind wir zu meinem Geburtstag bei meinen Eltern. Ein schöneres Geschenk konntest du mir gar nicht machen, Markus!" Sie gab ihm über den Tisch hinweg einen Kuss.

„Danke, Schatz!" Markus atmete insgeheim auf. Die Diskussion die er erwartet hatte, war einfach ausgefallen. Aber er freute sich ja genauso auf die drei Racker.

Sonntagmorgen um 9.00 Uhr brummte der BMW vom Hof in Ramsau und nahm Kurs auf die Schweiz. Die Strecke kannten sie ja bereits, und das Navi lief zur Sicherheit extra mit. Susi war aufgekratzt. In sommerlichen dreiviertellangen roten Hosen, weißem Top mit Spagettiträgern und Sonnenbrille, sah sie gleich zehn Jahre jünger aus, meinte jedenfalls ihr Mann.

Die Fahrt ging über Rosenheim, München, Landsberg, Memmingen, am Bodensee hinüber nach Lichtenstein, St. Gallen und Winterthur bis nach Zürich, Bern, um dann nach über 600 km den kleinen Ort Steffisburg zu erreichen, nur wenige Minuten von Thurn und dem Thuner-See entfernt. Zwischendurch wechselten sie sich beim Fahren ab. Petrus hatte ein Bombenwetter gezaubert, und so machte es richtig Spaß den BMW X5 auf den herrlich glatten Straßen mal so richtig schnurren zu lassen. Sie hatten beschlossen, das Thema Arbeit zur Seite zu legen, was beiden aber unendlich schwerfiel. Als Susi meinte: „Ob der Glauber morgen pünktlich im Büro ist, wo er weiß, dass wie beide nicht da sind?", erntete sie von Markus einen scheelen Seitenblick und ein leises knurren. „Susi, was war ausgemacht? Zwei Wochen keine Probleme von zu Hause! Also, halte dich bitte auch dran!" Schließlich konnte er ihr ja nicht sagen, dass er Glauber beauftragt hatte, ihn über seinen Mail-Account auf dem Laufenden zu halten. Und Susi – die hatte Glauber beauftragt, ihr einmal die Woche per WhatsApp einen Kurzbericht zu schicken …

Auf jeden Fall aber bekam Jochen Glauber für die Zeit, in der seine Chefin im Urlaub war, eine hübsche schwarzhaarige Unterstützung aus Sachsen, mit zwei langen Beinen, und die hieß Ramona Bischof. War dreißig Jahre alt, und seit zwei Jahren bei der Kripo in Bad Reichenhall. Im Dienstgrad waren beide gleich, also Kommissar. Obwohl die Bischof etwas größer war als Susi Ludwig, sahen sich die beiden doch ziemlich ähnlich. Und da diese Ramona Bischof auch noch ledig war, spornte Jochen Glauber das mal wieder zu Höchstleistungen an. Gemeinsam bearbeiteten sie nun den Fall weiter und versuchten die Spur von Nentschow und Farian aufzunehmen.

Susi und Markus Ludwig aber wurden mit Hallo in der Schweiz begrüßt. Besonders Benny und Milan hingen Susi sofort am Hals. Franziska, oder auch von allen Franzi genannt, gab sich schon ein wenig erwachsen. Aber Oma und Opa waren voll des Lobes über die Zwölfjährige, und wie sie mit ihren beiden Geschwistern umging. Denn Milan gehörte inzwischen schon längst zur Familie, und er sah in Franzi seine neue große Schwester. Und manchmal erzählte er Franzi traurig von seiner leiblichen Schwester Mlada, die ja inzwischen im Himmel war und auf ihn herabschaute. So war es nicht verwunderlich, dass Milan jeden Abend, bevor er die Augen zumachte, ein kleines Gebet zu seiner Mlada schickte.

Markus und auch Susi hatten sich vorgenommen, mit den Kids in den zwei Wochen Urlaub ein richtiges Programm zu absolvieren. Von Bergwandern, mit dem Schiff auf dem Thuner See fahren, und natürlich einmal ins Kino gehen und ansonsten spielen.

Aber auch für sie beide kam endlich die Zeit, in der sie wieder einmal gemeinsam am Abend ausgehen konnten. Susi wollte unbedingt zu einer Nabucco Freiluftaufführung am See, und Markus überredete Susi, mit ihm in eine Tanzbar zu gehen.

Währenddessen hatten Glauber und die Bischof einen roten VW-Bus mit bulgarischem Kennzeichen in Berchtesgaden ausgemacht, der ihnen praktisch zweimal vor der Nase davongefahren war. Beim dritten Mal hängten sie sich dann kurz entschlossen an den Bus an und ließen ihn nicht mehr aus den Augen.
Kurz vor dem Grenzübergang nach Österreich bei Hallein mussten sie eigentlich stehen bleiben, denn hier endet ihre Befugnis. Doch Glauber blieb an dem VW-Bus dran, schließlich waren sie beide in Zivil und in einem Zivilfahrzeug unterwegs. Er hatte Ramona Bischof nur kurz angeschaut, und als die nickte, fuhr er grinsend weiter.
Zwei österreichische Beamte versperrten ihnen den Weg und hielten sie an. Glauber zeigte seinen Dienstausweis vor und deutete auf den VW-Bus vor ihnen. Der Fahrer war offenbar ausgestiegen um sich etwas zu trinken zu holen.
„Grüßt euch Kollegen! Wir sind diesem VW-Bus auf den Fersen. Der könnte was mit einem unserer Fälle zu tun haben, wo es um Kindesentführung und Kinderhandel geht." Der Österreicher horchte auf und griff zu seinem Sprechfunkgerät. Ein paar Schritte beiseite gehend, hörte man ihn offenbar mit einem Vorgesetzten reden. Dann kam er zurück.
„Also, mein Chef meint, ab hier übernehmen wir die Sache! Wo soll unser Bericht hingehen, und wie war Ihr Name?" Glauber gab ihm widerstrebend die gewünschten Angaben. So sah das also aus, mit der grenzüberschreitenden Zusammenarbeit! Jeder machte seinen Käse!
Als der VW-Bus wieder losfuhr, sahen sie, dass ein Zivilfahrzeug ihm folgte. Glauber sah seine Kollegin an und zuckte mit den Schultern. Doch die grinste nur und zeigte auf die kleine Aufnahmekamera an der Windschutzscheibe.
„Immerhin haben wir das Kennzeichen! Wenn die wieder zurückkommen, und ich wette, die kommen wieder über den Grenzübergang hier zurück, dann haben wir sie im Visier." Glauber lachte anerkennend.

„Gut gemacht, Ramona!" Sie sah ihn erst kurz verdutzt an, weil er sie beim Vornamen genannt hatte. Dann aber meinte sie: „Halten wir irgendwo und Essen etwas, Jochen? Ich habe Hunger!" Glauber nickte bereitwillig. Die Kleine war so richtig nach seinem Geschmack. Kein Getue, geradeheraus, und immer freundlich. Deshalb meinte er dann auf einmal: „Na gut, gehen wir was essen. Hauptsache dein Freund sieht uns nicht und will mich dann verkloppen!" Er lachte sie an, und sie schmunzelte. Dann nickte sie leicht. „Du willst also wissen ob ich in festen Händen bin, ja? Nein, bin ich nicht! Es gab noch nicht den richtigen Kerl, und bei unserem Dienst, na Prost Mahlzeit, wer will das mitmachen?" Sie hatten kurz vor Berchtesgaden einen Gasthof erreicht, „Gasthaus Salzberg". Vor der großen Fensterfront blieben sie stehen und stellten das Auto ab.

Als sie eintraten herrschte bereits reger Betrieb in der Gaststube. Alls war im typischen Stil des Berchtesgadener Landes eingerichtet. Gepolsterte Sitznischen mit bunten Lampen im Tyffani-Stil, und schmiedeeisernen Aufsätzen über der Sitzbank, brachten eine urgemütliche Atmosphäre auf. Sie setzten sich ans Fenster gegenüber, dann kam auch schon eine junge Kellnerin. Sie sprach gebrochen Deutsch, offenbar war sie aus Tschechien. Aber sie war sehr freundlich und flink, denn wenige Minuten später hatten sie bereits etwas zu trinken auf dem Tisch. Glauber sah seine Kollegin eine Weile stumm an, bis sie mit einem Augenaufschlag aus ihren dunkelbraunen Augen meinte:

„Wenn du noch was wissen willst von mir, dann frag nur. Aber nun frage ich dich mal was. Bist du schon unter der Haube?" Sie sah ihn dabei ernst an, ernster als Glauber es erwartet hatte. Und so schüttelte er den Kopf.

„Hat sich noch keine gefunden, die meinen Dienst mitmachen will. Da kann man abends ja nur selten ausgehen. Und in der Nacht sind wir auch oft unterwegs. Du kennst das ja." Sie nickte, und sie war überhaupt nicht mehr so angespannt wie am Anfang. Sie sah ihn wieder an.

„Man sagt, du seist ein ganz schöner Aufreißer!" Sie hatte sich zurückgelehnt, die Arme über der Brust verschränkt, und sah ihn schmunzelnd an. Jochen Glauber verzog das Gesicht.

„Sagt man, ja? Das mag sicher mal gestimmt haben. Aber seit ich mit Susi, ich meine mit unserer Chefin zusammenarbeite, hat sich da viel geändert." Sie sah ihn erstaunt an.

„Wieso wegen der Chefin?" Glauber zögerte erst, doch dann meinte er:

„Sie hat mich ein paar Mal tüchtig zusammengefaltet, zu Recht, und heute sehe ich manches anders. Auch wenn sie verheiratet ist mit unserem Boss, dem Ludwig, wir mögen und wir achten uns. Und einer kann sich auf den anderen verlassen. Sie kann ein richtiger Kumpel sein, aber auch ein richtiger Drachen!", lachte er nun. Ramona sah Glauber an.

„Wenn ich dir so zuhöre, könnte man glauben, du bist ein wenig verknallt in sie, oder?" Glauber lachte zum ersten Mal etwas verlegen.

„Hm, war ich mal ganz kurz. Aber sie hat drei Kinder und ist verheiratet mit dem Polizeirat - null Chance!" Ramona legte ihre feingliedrige Hand auf die seine und lächelte ihn an, dann sagte sie leise:

„Wir machen es mal umgekehrt wie es sonst läuft, ja! Ich frage dich, ob du dir vorstellen könntest mein Freund zu sein, so wie früher im Sandkasten!" Glauber lehnte sich zurück und grinste überrascht, sowas war ihm noch nie passiert! Er beugte sich wieder nach vorn, winkte sie zu sich heran, und gab ihr über den Tisch hinweg einen Kuss, und meinte dann leise:

„Ja, ich will, Ramona!" Die Kellnerin mit dem Schweinebraten erlöste sie aus ihrer beiderseitigen Verwirrung. Wortlos aßen sie eine Weile, und sahen sich immer wieder an. Bis sie ihn fragte:

„Kannst du kochen?" Er verzog das Gesicht.

„Na ja, Eier, Wasser, Suppe zum Einrühren, ein Schnitzel, aber sonst ..." Sie lachte leise.

„Ein Glück, dass mir meine Mumm da wirklich was eingebläut hat! Sonst müssten wir ja laufend Diät machen." Sie leckte das Messer ab und legte es beiseite.

„Ich weiß, das macht man nicht. Aber, ich kann einen tollen Quark-Sahne-Kuchen backen, ohne Boden! Oder auch Eierschecke! Hm, das ist ne Wucht!", sächselte sie. Glauber stutzte:

„Eierschecke? Was ist denn das?" Ramona lachte über seine Unwissenheit.

„Das besteht aus Quark, Eiern, Vanillepudding, Eischnee, Mandeln oben drauf. Ein Genuss, sag ich dir!" Glauber grinste.

„Ich glaube Ramona, bei dir muss ich bald mehr Sport treiben!" Sie verdrehte ihre braunen Augen.

„Sieh´ mich an! Nix zu sehen, und ich treibe wenig Sport. Ich schaue lieber zu, meistens beim Fußball! Wenn die Bayern spielen, oder Frauengussball find ich toll. Aber ein schönes Buch mit einem Glas Rotwein in der Kuschelecke, mit einem Knuddelbär, das ist so meine Welt." Sie sah Glauber in die Augen, und er hätte sie am liebsten auf der Stelle wieder geküsst.

„Ich geh öfters mal Rad fahren, ins Schwimmbad bei angewärmtem Wasser, Kino, mal Ausgehen in eine kleine neckische Bar und natürlich kuscheln mit einer lieben Kuschelbärin, da bin ich zufrieden." Sie lachte verlegen vor sich hin, dann fragte sie ihn auf einmal:

„Magst du Kinder?" Man sah ihr an, dass die Frage ihr nicht leichtgefallen war. Denn bei der Frage waren ihr früher schon zwei Kerle abhandengekommen. Glauber holte tief Luft. Die meinte das wirklich ernst! Er nickte plötzlich zu seiner eigenen Überraschung.

„Ja schon, aber erst in ein paar Jahren. Wobei, wenn´s passiert, dann passiert es eben. Deshalb würde ich nicht Reißaus nehmen. Seit ich die Kids von meiner Chefin kenne, und einer ist aus einem Heim, da stehe ich zu dem Thema anders als früher." Und dann erzählte er Ramona ausführlich die Geschichte von Milan. Als er fertig war, sah er, dass Ramona eine kleine Träne im Auge hatte. Er tupfte sie ihr ab, und sie sagte leise:

„Wenn mir das passiert wäre, hätte ich den Kleinen bestimmt auch zu mir genommen! Jedes Kind hat es verdient umsorgt aufzuwachsen. Ich weiß das, denn mein Vater ist während der Wende nach dem Westen abgehauen und hat meine Mutter und mich einfach sitzen lassen. Die beiden waren nicht verheiratet. Da war ich gerademal zwei Jahre alt. Ich kann mich nicht an ihn erinnern, ich habe aber auch keine Lust ihn zu finden. Soll er bleiben wo der Pfeffer wächst." Sie sah auf ihre Armbanduhr.

„Ich glaube, wir müssen bald mal los! Es ist schon 14.00 Uhr. Die werden sich fragen wo wir abgeblieben sind." Jochen Glauber winkte ab.

„Ach geh, die beiden Chefs sind nicht da, da fragt niemand nach uns. Aber ich würde gerne heute Abend mit dir weiterreden. Geht das?" Ramona lächelte.

„Ich glaube nicht, dass meine Minka was dagegen hat. Dafür schmust sie viel zu gerne mit Männern." Glauber der bezahlt hatte und aufgestanden war, sah sie irritiert an.

„Wer ist denn Minka?" Ramona lachte.

„Na das ist meine Kartäuser-Katze, eine wunderschöne Sie mit gelben Augen." Glauber nickte.

„Gut, schauen wir mal ob sie mich mag!"

Susi Ludwig stieg die Treppe hoch in den ersten Stock, dort wo ihre Ferienwohnung im Haus ihrer Eltern war. Markus hatte sich irgendwann im Garten aus dem Staub gemacht, und nun suchte Susi ihren Ehemann. Sie öffnet die Tür der Ferienwohnung und sah hinein, konnte Markus aber nicht entdecken. Auf dem Tisch stand sein aufgeklappter Laptop. Vielleicht war er ja auf der Toilette? Entgegen ihrer sonstigen Angewohnheit, sich nicht um Markus´s Laptop zu kümmern, ging sie diesmal um den Tisch herum, weil ihr Handy daneben lag. Dabei riskierte sie nun doch einen Blick und erstarrte einen Moment. Was war denn das? Eine Auflistung der letzten zwei Tage ihrer Abteilung, unterzeichnet von Jochen Glauber! Sie setzte sich hin und las einen Moment.

„Na sieh mal einer an! Ihr Gatte hatte sich hinter ihrem Rücken tatsächlich informieren lassen, was so anstand in der Abteilung. Sie sah auf ihr Handy und klappte WhatsApp auf. Die gleiche Auflistung nur etwas kürzer gefasst, so wie sie es mit Glauber ausgemacht hatte. Na das konnte heiter werden! Hinter sich hörte sie plötzlich, wie sich jemand räusperte.

„Na, wer sucht denn hier in meinem Laptop herum?", fragte Markus mit süßsaurem Lächeln, weil er sich ertappt fühlte. Susi hielt ihm ihr Handy entgegen.

„Hier! Die gleiche Auflistung, nur etwas gestraffter!", gab sie zu und lächelte ihren Gatten an. Plötzlich mussten beide lachen. Markus setzte sich neben Susi und zog sie an sich.

„Uns ist wirklich nicht zu helfen! Selbst im Urlaub wird nachgeschaut, was abläuft. Eigentlich blöde, meinst du nicht auch?" Susi lehnte sich an ihn an.

„Man kann das aber auch als Dienstbeflissenheit sehen", erwiderte sie und gab Markus einen Kuss. Im gleichen Moment kam Franzi herein und blieb abrupt stehen.

„Iiii, ihr knutscht ja schon wieder! Das ist ja abartig!", bemerkte die Zwölfjährige unvermittelt. Markus und Susi sahen sich einen Moment an.

„Na sag mal, Tochter! Wenn sich zwei lieb haben knutschen sie ja auch mal, oder?", erwiderte Susi lachend. Und Markus meinte:

„Na warte mal ab, wenn du deinen ersten richtigen Freund hast, dann wird der dich auch küssen wollen." Franzi verzog das Gesicht, und erwiderte dann altklug:

„Aber nur wenn er sich vorher die Zähne geputzt hat, Papa!" Markus musste sich einen Lachanfall verkneifen, und meinte dann zu Susi:

„Na Prost Mahlzeit! Wenn sie das beibehält, wird es wohl schwierig werden und sie bleibt ewig zu Hause." Er sah seine Frau an.

„Warst du früher auch so wie sie?" Susi schüttelte mit dem Kopf.

„Nee, bestimmt nicht! Mich hat Mama schon mit zehn erwischt, wie ich mit dem Walter aus dem Nebenhaus in deren Hühnerstall geknutscht habe! Da gab´s aber einen Aufstand! Der gute Walter war nämlich schon dreizehn! Da gab´s sogar ein Familientreffen deswegen, und zwei Wochen durfte ich nicht raus nach der Schule. Der Walter aber bekam von seinem Vater eine Backpfeife, er hat mich deswegen nie wieder angeschaut!" Markus musste lachen.

„Dann kann sie es bestimmt nicht von dir haben! Denn du warst schon frühreif mit zehn Jahren." Susi nickte bekümmert.

„Ja das stimmt. Ich hatte nämlich bemerkt, dass mein Busen gewachsen war. Und da dachte ich, ich darf nun auch schon küssen." Sie lachten noch eine Weile und Franzi hatte sicher zugehört, denn die Tür zu ihrem Zimmer stand noch offen. Susi stand leise auf, schlich zur Tür und sah um die Ecke. Tatsächlich, Franzi stand da und bekam einen roten Kopf. Susi nahm sie bei der Hand.

„Komm mal mit zu uns auf das Sofa." Franzi sah erst Markus und dann Susi unsicher an. So nach dem Motto: „Jetzt kommt eine Standpauke!" Susi setzte sie zwischen Markus und sich. „Hör mal! Du weißt, wir haben dich alle lieb. O.k.?" Franzi nickte gehorsam.

„So, und weil wir dich liebhaben, reden wir mit dir auch mal über solche Sachen wie Küssen. Denn sowas ist ganz normal, wenn sich zwei Menschen ganz toll liebhaben." Franzi sah Susi skeptisch an und meinte dann:

„Na ja, aber Opa hab´ ich ja auch ganz toll lieb! Und den Papa und dich auch!" Susi dachte im Stillen: „Oh je, worauf hab´ ich mich jetzt wieder eingelassen!"

„Wenn man Opa, Oma, Mama und Papa toll liebhat, ist das was ganz anderes, als wenn eine Frau einen Mann ganz toll liebhat. Und warum, Franzi?" Die Kleine sah sie einen Augenblick ernst an, sagte dann aber:

„Na ja, weil die dann Kinder kriegen!" Susi lächelte.

„Und warum kriegen die dann Kinder?" Franzi zierte sich zunächst.

„Ach Mama, das hatten wir doch schon in der Schule! Du weißt doch, weil der Mann seiner Frau sein … Na du weißt doch!" Susi musste lachen und drückte sie an sich.

„Du hast Recht, Kleines. Aus dem Samen des Mannes und der Eizelle der Frau, entsteht ein Baby. So, aber dazu hast du ja noch eine Menge Zeit. Aber wenn einem ein Freund mal ein Bussi gibt, ist das nicht schlimm, und da passiert auch nichts. Alles klar?" Franzi grinste verschmitzt.

„Na das weiß ich doch schon längst, Mama! Aber du hast es gut erklärt, ehrlich."

Markus hatte die ganze Zeit still zugehört und sah seine zwei Frauen an. Franzi würde bestimmt mal eine ganz hübsche Frau werden. Mit der schwarzen, gelockten Haarpracht, den kräftigen schwarzen Augenbrauen und dem leicht gebräunten Teint. Die Kerle würden ihre bestimmt in Scharen nachlaufen!

Als Franzi wieder gegangen war, sagte verriet Markus Susi seine Gedanken. Und die lächelte nur vielsagend, und meinte dann:

„Na dann pass mal schön auf, welcher Kater bei uns später ums Haus schleicht, Papa!"

Jochen Glauber hatte bereits am Morgen einen Bericht von den österreichischen Kollegen auf dem Schreibtisch. Er sah hinüber auf die andere Schreibtischseite, wo Ramona saß. Sie waren heute früh gemeinsam aufgestanden, hatten gefrühstückt, und waren dann gemeinsam ins Büro gefahren. Sie waren sich einig geworden, den Versuch zu wagen, in Zukunft als Paar durchs Leben zu gehen. Und wenn in zwei Jahren noch alles so war wie jetzt, dann wollten sie heiraten und zusammenziehen. Darauf hatte Ramona bestanden, sicher deshalb, weil ihre Erfahrungen in der Vergangenheit meist negativ waren. Aber mit Jochen Glauber hatte sie von Anfang an ein gutes Gefühl. Jochen hob den Bericht hoch.

„Hör mal zu Ramona! Die schreiben, dass der Wagen auf ein „Gut Walddeck" in Seekirchen am Wallersee zugelassen sei. Dieses Gut scheint so etwas wie eine Reitschule mit Feriengästen zu sein. Daneben gibt´s aber auch einen Campingplatz, und viele Ausländer darauf." Ramona sah von ihrem PC nachdenklich auf.

„Und was ist mit diesen beiden, Farian und Nentschow?" Jochen Glauber grinste.

„Einen Natan Farian gibt´s auf dem Gut! Ein Rumäne, der dort schon ein paar Jahre als Hausmeister arbeitet. Negative Einträge haben die Ösis keine über ihn. Und ein Bulgare mit dem Namen Boris Nentschow ist ihnen unbekannt." Ramona reckte sich ein wenig und gähnte verhalten, und weil Glauber lächelte, meinte sie:

„Na ja, die Nacht war kurz und du hast geschnarcht wie ein Bär!" Glauber zuckte mit den Schultern.

„Tja, wenn das so ist, dann werde ich wohl künftig auf dem Balkon schlafen müssen." Sie kniff die Augen zusammen und fixierte ihn.

„Untersteh dich, Alter!", hauchte sie und lachte dann ausgelassen. Und Jochen sah sie wieder einmal, wie schon so oft in den letzten Tagen, an und dachte bei sich:

„Hast du ein Glück, Alter! Vergeige das ja nicht wieder! Sowas gibt´s nicht allzu oft!"

Irgendwie hatte es der Zufall, oder das Schicksal, oder was man auch immer dafür ins Spiel bringen konnte, gewollt, dass es diesmal wirklich ernst war. Wie die Chefin darauf reagieren würde, wusste er nicht. Aber eigentlich konnte sie nichts dagegen haben,

249

war sie doch mit dem Chef verheiratet. Glauber sah auf die Karte vor sich und Ramona sah ihm über die Schultern dabei.

„Ich würde mir zu gerne mal das Gut und den Campingplatz anschauen", meinte Glauber gerade und sah Ramona dabei an. Sie zog die Augenbrauen hoch.

„Das ginge nur privat, Jochen! Wir dürfen da drüben nicht ermittelten, sonst reist uns Ludwig den Kopf ab." Er lächelte hintergründig.

„Was meinst du, wenn ich ihn frage?" Ramona sah ihn erstaunt an.

„Wie, fragen? Er ist im Urlaub, dass weißt du doch." Glauber grinste verschmitzt.

„Schau mal liebe Ramona, von der Chefin habe ich heimlich den Auftrag bekommen, sie per WhatsApp ab und an auf dem Laufenden zu halten. Vom Chef habe ich insgeheim den Auftrag, ihn einmal wöchentlich zu informieren, was bei uns so abläuft. Und beide wissen nix voneinander, ist doch toll, oder? Und deswegen schreibe ich ihm eine Mail, und frage was er dazu meint."

Ramona schüttelte den Kopf.

„Na das ist ja ein Ding! Aber wenn das geht, dann schreib ihm einfach. Dann sind wir auf der sicheren Seite." Und so schrieb Jochen Glauber seinem Chef eine kurze Mail und erklärte ihm den Sachverhalt. Keine zwei Stunden später kam die Antwort zurück. „Privater Ausflug ja, Ermittlungen nein!"

Samstagvormittag starteten sie mit Ramonas Ford Focus ST nach Seekirchen am Wallersee in Österreich. Geplant war früh hinfahren, sich umschauen, am Abend wieder zurück sein. Es war eine herrliche Fahrt und das Wetter spielte mit. Es war ihr erster gemeinsamer Ausflug, und Ramona und Jochen Glauber waren mit sich und der Welt zufrieden. Kurz hinter der Österreichischen Grenze, kurz vor Puch überholte sie plötzlich ein Polizeiwagen der Gendarmerie und gab ein Stopp-Zeichen. Ramona bremste ab und fuhr rechts an den Seitenstreifen, um dann stehen zu bleiben. Vor ihnen stiegen zwei österreichische Beamte aus dem Wagen und kamen an den Ford Fokus. Einer von beiden grüßte.

„Guten Tag! Gendarmerie Hallein, Kontrollinspektor Bachleitner! Ihre Ausweise und die Fahrzeugpapiere bitte!" Ramona lächelte den Kontrollinspektor auf ihre unnachahmliche Art an, beugte sich hinüber zu Jochen und öffnete das Handschuhfach. Als das Fach aufklappte, stockte Ramona der Atem, aber da war es schon zu spät! Beide österreichischen Polizisten standen plötzlich mit gezogener Waffe, zwei Meter rechts und links neben dem Ford, und das Kommando „Hände hoch!" ertönte. Als Glauber völlig überrascht von den Ereignissen einen Blick in das Handschuhfach warf, starrte er auf Ramonas Dienstpistole! „Ach du Scheiße!", entfuhr es ihm. Glauber versuchte zu retten was zu retten war.

„Entschuldigung! Wir sind Kollegen! Wir sind von der Kripo Berchtesgaden! Ich bin Kommissar Glauber, und die Kollegin hier ist die Kommissarin Bischof! Wenn Sie erlauben, greife ich jetzt in meine Jacke und dann kann ich Ihnen meinen Dienstausweis zeigen!" Kontrollinspektor Bachleitner deutete zunächst seinen Kollegen an, er möchte die Waffe aus dem Handschuhfach nehmen. Mit spitzen Fingern holte der Beamte Ramonas Waffe heraus und steckte sie ein. Dann bekam Glauber die Erlaubnis, seinen Dienstausweis herauszunehmen, ebenso wie Ramona. Der Kontrollinspektor studierte beide Ausweise und verglich die Bilder mit dem Original. Dann schien er zunächst nachzudenken, fragte dann aber doch:

„Und was machen´s hier bei uns, wenn i frogn darf?" Glauber erklärte ihm, dass sie beide einen privaten Ausflug machen würden, und die Waffe leider versehentlich im Auto verblieben war. Kontrollinspektor bat sie die Hände wieder herunter zu nehmen. Die Lage entspannte sich. Er schien zu überlegen, was er machen sollte. Der Waffenbesitz eines ausländischen Staatsbürgers war eigentlich nicht so einfach erlaubt. Er sah beide unergründlich lächelnd an.

„Und was suchen´s wirklich?", fragte er leise. Glauber entschloss sich offen zu sein.

„Also gut, wir sind tatsächlich privat unterwegs ohne Auftrag. Unser Chef weiß nichts davon, und es wäre gut, wenn das so bleiben würde. Aber wir verfolgen schon seit einiger Zeit eine Bande, die kleine Kinder aus Rumänien quer durch Österreich nach Deutschland und weiter schleust. Aber nicht nur zur Vermittlung! Wir haben schon zwei tote Mädchen im Alter von zehn Jahren."

Bachleitner wurde zusehends freundlicher und nickte. Er hatte davon gehört. Dann lachte er sogar.

„Und der Ludwig ist euer Chef, ja?" Glauber nickte erstaunt. „Sie kennen ihn?" Bachleitner nickte. „Jo, ihn und seine charmante Gattin. Von einem Treffen der grenznahen Gemeinden. Der Kontrollinspektor winkte seinem Kollegen heran. „Komm, gib ihnen die Waffe wieder! Und ihr steckt sie woanders hin, nicht gerade ins Handschuhfach. Übrigens, wenn ihr zum Wallersee wollt gibt's eine Abkürzung! Noch bis zum nächsten Kreisverkehr, dann die dritte Ausfahrt raus, dann sind es nur noch so ungefähr 80 km. Viel Glück! Macht's gut, Kollegen!" Er grüßte und Ramona warf ihm wieder einen schmachtenden Blick zu und gab Gas. Glauber schüttelte den Kopf.

„Ramona! Du machst aber auch Sachen! Lässt die Knarre einfach im Handschuhfach liegen. Da lag die nun die ganze Nacht im Auto, stell dir vor, man hätte dir die Karre geklaut! Sei froh, dass die beiden Ösis so kulant waren, ansonsten hättest du dir eine Pfeife anbrennen können bei Ludwig! Das sag ich dir!" Ramona sah zu ihm zerknirscht herüber.

„Och Jochen, du verpfeifst mich aber nicht, oder?" Er lachte.

„Du weißt auch wie man Männer weichkocht, meine Liebe". Ramona schmollte, oder tat zumindest so. Doch dann griente sie schon wieder und hauchte:

„Ich liebe dich, du Superbulle!" Und Glauber verkniff sich jeglichen Kommentar. Er und Superbulle, na gute Nacht! Als sie am Wallersee ankamen war es Mittagzeit. Zwischen dem Gut und dem Campingplatz gab es eine Kneipe. Also kehrten sie zunächst ein. In der Gaststube herrschte ein Mordsbetrieb. Der Wirt stand hinter dem Tresen und rief laut nach hinten:

„Farian, bring zwei Kästen Wasser! Los, beweg dich!" Bei der Nennung dieses Namens fuhren Ramonas Augen zur Theke, und blitzschnell hatte sie ihr Handy in der Hand. Als der Mann, den der Wirt gerufen hatte, auftauchte, drückte sie auch schon ab. Nur, wie es der Zufall wollte, der Blitz war eingeschaltet. Kaum hatte der kleine schmächtige Mann mit den zwei Kästen Wasser den Blitz bemerkt, stellte er die Kästen schnell ab und huschte hinter der Theke hinaus. Glauber sah Ramona an, als ob er sie gleich auf der Stelle auffressen wollte. So eine Wut hatte er!

Ramona war bleich geworden und drehte sich wieder zum Ausgang hin. Langsam ging sie hinaus, lehnte sich draußen gegen die Wand und begann zu weinen. Glauber ging ihr nach und fand sie etwas abseits vom Eingang an die Wand gelehnt stehen. Sie sah ihn mit ihren tränennassen Augen an.

„Schimpf ruhig, ich bin doch zu dämlich für diesen Job! Ich werde mich wieder versetzen lassen, am besten nach Hause, nach Dresden." Jochen legte ihr den Arm um die Schulter und zog sie sanft an sich.

„Rede keinen Stuss! Erstens kann das jedem passieren, und zweitens bist du erst anderthalb Jahre dabei. Das ist Lehrgeld! Frage nicht wieviel ich gezahlt habe, und wie oft mich die Ludwig angeschissen hat! Wir sind alle nur Menschen." Und während er das sagte, rauschte plötzlich ein roter VW-Bus an ihnen vorbei! Im Nu saßen sie in ihrem Ford und folgten dem Bus. Der donnerte die staubige Landstraße entlang, rauschte dann durch ein großes Holztor und verschwand zwischen den Stallungen. Glauber stoppte ab und fuhr den Wagen in einen nahen Waldweg. Er sah Ramona an.

„Gib mir bitte deine Pistole, Ramona. Ich gehe da jetzt mal rein und du bleibst hier!" Sie schüttelte vehement ihre schwarze Lockenpracht.

„Das kommt nicht in Frage Jochen, ich komme mit! Hier hast du die Waffe." Sie gab Glauber ihre Pistole, der sie in die Innentasche der Jacke steckte.

Da im Gestüt allerhand Leute unterwegs waren, fielen sie nicht auf. Eltern mit ihren Kindern die reiten durften, aber auch richtige Turnierreiter waren überall zu sehen. Sie hielten die Augen offen, gingen von Stall zu Stall und zuletzt an die Bahn. Etwa fünfzig Meter rechts von ihnen, standen zwei Männer und unterhielten sich. Ab und zu sahen beide zu Glauber und Ramona Bischof herüber. Der Kleinere der beiden Männer meinte zu dem anderen:

„Siehst du da drüben die hübsche Schwarzhaarige? Wenn mich nicht alles täuscht hat die mich vorhin im Gasthof fotografiert!" Der Größere lachte behäbig.

„Warum sollte die ausgerechnet dich fotografieren, he? So schön bist du nun auch nicht. Sie wird ein Bild von ihrem Mann

oder Freund gemacht haben, oder von der Gaststube. Natan, du reagierst langsam panisch, das macht mir Sorgen."
In der Zwischenzeit waren Ramona und Jochen am Zaun entlanggelaufen, als sie plötzlich helles Kinderlachen hörten. Ramona blieb stehen, schob mit den Händen das dichte Gebüsch auseinander und pfiff plötzlich leise. Dann sah sie sich zu Jochen um. „Sieh dir das mal an!" Mit aller Kraft schob sie sich in das dichte Gebüsch hinein, so dass Glauber nichts übrigblieb, als ihr zu folgen. Sie standen vor einem etwa drei bis vier Meter hohen Stahlzaun, der ein größeres Areal mit drei flachen Baracken umschloss. Im Innenhof spielten etwa 20 Kinder, die von drei Erwachsenen beaufsichtigt wurden. Die Sprache war nicht zu verstehen. Ramona tippte aber auf Rumänisch! Vom Aussehen her, waren alle Kinder schwarzhaarig und hatten einen typisch dunkelbraunen Teint. Ramona sah Jochen geschockt an.
„Jochen, das sind garantiert die Kinder, die verteilt werden sollen! Was machen wir jetzt?"
„Mach ein paar Bilder, schnell!", flüsterte er plötzlich. Als Ramona ein paar Aufnahmen gemacht hatte, schob sich Glauber wieder vorsichtig aus dem Gebüsch. Gerade als er auf den Weg raustreten wollte, sah er noch rechtzeitig die zwei Männer, die dastanden und sich umschauten. Als wenn sie etwas suchten. Vorsichtig zog er Ramonas Pistole aus der Jacke und lud sie durch, dann standen sie vielleicht zehn Minuten starr da und machten keinen Laut. Als Glauber wieder nachsah war die Luft rein. Entschlossen trat er auf den Weg zurück und Ramona folgte ihm.
Gemächlich schlenderten sie zurück zum Gutshof und versuchten nun, näher an diese drei Baracken heranzukommen, um sich weiter umzusehen. Aber jeder Versuch endete an diesem verdammten Stahlzaun. Als sie hindurchschauten, kam plötzlich eine Frau auf sie zu.
„Kann ich Ihnen helfen?", fragte sie freundlich. Glauber lächelte sie an wie Mutter Maria.
„Ah Entschuldigens, wir haben uns gefragt, was da hinter dem Zaun noch ist.", wienerte er stilecht wie ein echter Wiener. Die Frau, etwa um die Vierzig, Blondine mit kurz geschnittenem Haar, meinte:

„Ja des da is unsere Aufzuchtstation, da haben Besucher keinen Zutritt. Wegen der Krankheiten, Verstehens!" Glauber grüßte und mit:
„Grüß Gott, gnädigste und Küss die Hand!", verabschiedete er sich von ihr. Ramona musste sich das Lachen verkneifen. Sie liefen zurück zu ihrem Wagen und wurden wieder von dem roten VW-Bus überholt. Rasch machte Ramona noch ein Foto von hinten. Nun hatten sie die Nummer und die Aufschrift auf dem Bus. Jochen sah Ramona einen Augenblick an. Dann meinte er:
„So, und jetzt fahren wir zur nächsten Kripodienststelle der Ösis! Die muss aber in Hallein sein. Es ist jetzt 17.00 Uhr, wir sollten uns ein Hotel suchen, und morgen früh wieder zurückfahren."
Ramona grinste und nickte.
„Ja, ja, unsere erste Nacht in einem Hotel! Der Herr Glauber will´s wissen!" Er lachte sie an.
„Du nicht?" Sie nickte wortlos.
„Aber leider ohne Turnübungen heute Nacht, lieber Jochen. Momentan ist dort wo es dich hinzieht, Sperrgebiet seit heute Morgen!" Er zuckte mit den Schultern.
„Na und? Das macht doch nix! Kuscheln ist doch auch schön, oder?" Sie gab ihm einen Kuss auf die Wange.
„Na, wenn du es sagst!" Das Hotel fanden sie zügig, und der Abend in der Gaststube des Hotels „Rosenmädl" wurde gemütlich. Sie hatten sich einfach als „Ehepaar Glauber" eingetragen.

Susi lag auf ihrer Sonnenliege am Thuner See und lies sich von der Sonne küssen. Markus paddelte mit den Kids auf einem großen Schwan aus Plaste am Ufer entlang. Milan wich Markus nicht mehr von der Seite, so dass er Benny immer wieder mit einbeziehen musste. Doch er hatte am Morgen mit Benny im Garten ein echtes Männergespräch geführt, und ihm erklärt, warum der kleine Milan so sehr danach strebte, auf seinem Schoß zu sitzen. Und Benny hatte es mit ernstem Blick verstanden, und tat alles, dass sich sein neuer kleiner Bruder wohl fühlen musste. Er gab ihm von seinem Eis ab, teilte mit ihm den Kuchen, gab ihm seine eifrig bewachten Ritter zum Spielen, und saß stets neben ihm. Franzi dagegen hatte sich in den letzten Tagen mehr zu Susi hingezogen gefühlt. Endlich hatte sie ihre Mama mal den ganzen Tag für sich, und die Ferien dauerten noch drei Wochen. Papa und Mama mussten allerdings in drei Tagen zurückfahren. Und wie immer, wenn es scheint als ob die Idylle perfekt ist, gibt es Ereignisse, die diesen Schein durchbrechen! Und dieser Schein wurde von einem Anruf des Polizeipräsidenten durchbrochen!

„Hallo Markus! Ihr müsst unbedingt sofort zurück nach Berchtesgaden kommen! Jochen Glauber liegt verletzt im Krankenhaus, und seine Kollegin Ramona Bischof ist angeschossen worden und man weiß noch nicht, ob sie durchkommt! Tut mir leid, aber ich brauche dich und deine Frau sofort hier vor Ort! Deine beiden Mitarbeiter haben sensationelle Entdeckungen gemacht! Also komm schnellstens zurück und melde dich bei mir, wenn du da bist!"

Markus war erst einen Augenblick bleich geworden, dann hatte er Susi gerufen und sie informiert. Wortlos und schweigend hatten sie sofort die Koffer gepackt. Die Kids hatten es zutiefst bedauert, aber doch verstanden, denn den Onkel Glauber kannten sie ja alle drei. Besonders Benny war Jochen zugetan, und so gab er Markus einen Ritter zu Pferd mit als Geschenk, damit er schnell gesund werden sollte. Das war von Bennys Seite eine große Geste, wenn er einen seiner Ritter hergab. Noch am gleichen Tag reisten die beiden Ludwigs ab.

Der erste Besuch nach ihrer Rückkehr galt den beiden Mitarbeitern Glauber und Bischof im Krankenhaus. Und was beide dort von dem noch ziemlich angeschlagenen Jochen Glauber erfuhren, ließ zumindest bei Susi, Gänsehaut zurück.

Rückschau

Gegen 1.30 Uhr wurde Ramona wach, weil sie vor ihrem Fenster, wo der Wagen stand, irgendwelche Geräusche gehört hatte. Hastig weckte sie Jochen.

„Jochen! Wach auf! Irgendjemand macht sich an unserm Auto zu schaffen!", flüsterte sie und rüttelte ihn. Jochen war sofort wach und sprang mit einem Satz aus dem Bett und zum Fenster. Hastig zog er den Riegel auf und klappte das Fenster auseinander. Da sah er, wie zwei dunkle Gestalten gerade die Beifahrertür des Wagens aufmachten, und Jochen rief laut in die Nacht hinaus:

„He! Haut ab und lasst das Auto in Ruhe, ihr Gesindel!" Und mit einem Satz war er aus dem Fenster hinaus, etwa 1,50 m in die Tiefe gesprungen. Als er unten aufkam und in die Hocke ging, waren die beiden Einbrecher gerade dabei, quer über den Parkplatz in den Wald zu laufen. Jochen kletterte wieder durch das Fenster zurück in ihr Hotelzimmer. Ramona hatte sich bereits angezogen und Jochen tat das Gleiche. Jochen holte die Pistole aus dem Schrank und dann gingen beide durch den halbdunklen Flur, vorbei an der Rezeption nach draußen. Da sie einen Haustürschlüssel hatten, ließen sie die Tür zufallen. Sie sahen sich um. Der Mond schien, die Tannen rauschten leise und wiegten sich im Wind. Glauber deutete hinüber zum Campingplatz.

„Wenn mich nicht alles täuscht, sind die nach da drüben gelaufen!", flüsterte er. Ramona nickte.

„Glaube ich auch. Aber das müssen Profis gewesen sein, sie haben das Schloss ohne Beschädigung aufgemacht. Nach einiger Zeit kamen sie am Zeltplatz an. Auf dem Hauptweg bleibend, wanderten sie über den ausgedehnten Platz, bis sie plötzlich im Schein einer Laterne, den roten VW-Bus sahen, der neben einen Campinganhänger stand. Und während Ramona die Taschenlampe bei sich trug, hatte Jochen ihre Pistole in der Jackentasche. Leise umkreisen sie das Gespann, doch nichts regte sich. Das Nummernschild vom Campinghänger hatte ein rumänisches Kennzeichen, die beiden danebenstehenden Campinghänger ebenfalls. Ramona notierte sich schnell alle drei Dann war es Zeit zurückzukehren. Sie waren gerade auf dem Heimweg zum Hotel, als sie plötzlich Kinderweinen und die Stimme einer Erwachsenen hörte, die mit dem Kind schimpfte. Im Licht einer Laterne sahen sie gerade noch, wie eine Frau, ein etwa 5-8-jähriges Kind hinter sich herzerrte, und das Kind sich weigerte mitzugehen und bitterlich weinte. Ehe sie sich entschlossen hatten, ob sie da eingreifen sollten oder lieber nicht, waren das Kind und die Frau in der Dunkelheit schon verschwunden. Ramona schüttelte den Kopf.

„Das sah mir aber nicht nach einer liebenden Mutter aus, so wie sie die Kleine hinter sich hergezerrt hat!" Jochen nickte in

Gedanken und blieb plötzlich stehen. Er sah Ramona nachdenklich an.

„Was ist da drüben hinter dem Zaun in den Baracken los? Heute Nachmittag sahen wir circa zwanzig Kinder dort, und die Frau erzählte uns was von einer Aufzuchtstation für Tiere. Wenn ich diesen Farian dazu nehme, ergibt das für mich nur eins – Kinderhandel! Und hier muss das Zentrum sein!" Ramona sah ihn erstaunt an.

„Ist das nicht ein bissel weit hergeholt, Herr Kommissar Glauber?" Jochen zuckte mit den Schultern.

„Möglich ist alles! Aber jetzt die Gendarmerie anrufen und herholen, kann auch zu unserer größten Blamage werden. Bevor wir morgen früh abfahren, werde ich mal unsere Kellnerin ein wenig umgarnen." Ramona drohte mit dem Zeigefinger.

„Jochen – nur anschauen, aber nicht anfassen!"
Am Morgen waren sie die ersten beim Frühstück. Die junge schwarzgelockte Kellnerin mit dem tiefen Ausschnitt im Dirndl machte Jochen sofort hellwach.

„Fräulein, darf ich Sie mal was fragen?", säuselte er, als sie den Kaffee brachte. Sie sah ihn mit ihren grünen Augen lächelnd an, ohne Ramona überhaupt zur Kenntnis zu nehmen. Und die fand das schon mal reichlich unverschämt.

„Sagen Sie, da drüben haben wir gestern eine Menge Kinder gesehen, ist das ein Heim oder sowas?" Die Kellnerin strahlte Jochen an und schüttelte den Kopf.

„Nein, die Kinder sind zwar aus einem Kinderheim hier in der Nähe, aber sie sind nur ab und an zu Besuch bei den jungen Tieren da drüben. Wir haben hier eine Zuchtstation für junge Fohlen." Und dann meinte sie noch:

„Das Kinderheim ist hier nur 2 km von uns weg, drüben in Stonsdorf, einem ehemaligen Rittergut." Ramona sah der Kellnerin mit scheelen Blicken hinterdrein, und dann knurrte sie:

„Hätte mich ja nicht gewundert, wenn die sich gleich bei dir auf den Schoß gesetzt hätte!" Glauber musste lachen.

„Na hör mal, du bist doch nicht etwa eifersüchtig, oder?" Sie sah ihn verschmitzt an.

„Mein lieber Jochen, das nur angucken, aber nicht anfassen, gilt ab jetzt auch für dich! Du stehst ab sofort unter meiner Fuchtel, klar!" Glauber verschluckte sich beim Kaffeetrinken und hustete, bis ihm die Tränen über die Wangen liefen, und Ramona tupfte sie liebevoll ab.

Als sie eine Stunde später abfuhren, hatten sie sich vorgenommen, dem Rittergut einen Besuch abzustatten. Sie wären allerding wesentlich unruhiger gewesen, wenn sie die beiden Männer bemerkt hätten, die auf dem Parkplatz in einem schwarzen Mercedes saßen und ihrer Abfahrt zusahen.

„Sieh genau hin, Farian! Das ist die Kommissarin aus Deutschland! Ich fresse einen Besen, wenn die nicht herumgeschnüffelt haben! Der da neben ihr sitzt, ist auf jeden Fall ein Kommissar, der stand mal in der Zeitung. Und die beiden arbeiten zusammen." Natan Farian grinste.

„Ja, die hatten aber ein Doppelzimmer zusammen! Die Alte scheint nichts anbrennen zu lassen!" Nentschow grinste gehässig.

„Ich sag´s dir, die hole ich mir, bevor wir untertauchen, wenn die Kids weg sind!" Farian schüttelte den Kopf.

„So verrückt bist du! Und wenn es schief geht, landest du für den Rest deines Lebens im Bau!" Der Bulgare winkte ab.

„Wir werden sie in Berchtesgaden aufspüren, und dann schauen wir mal!"

„Woher willst du denn wissen, woher die beiden sind, sag mal." Nentschow grinste und hielt Farian einen kleinen Ausweis vor die Nase. Der las:

„Polizeipräsidium Berchtesgaden *Parkgenehmigung für das Fahrzeug BGD-RB 987"*

„Der lag im Handschuhkasten! Also wissen wir schon mal, dass die beiden ganz bestimmt nicht auf Wochenendurlaub hier sind. Außerdem ist diese Ludwig die Frau des Polizeichefs von Berchtesgaden. Das wird ein Schlag!" Farian machte ein unglückliches Gesicht.

„Überlege dir das nochmal! Lass uns hier unser Geschäft noch abwickeln und unseren Anteil von der Gräfin holen. Und dann gehen wir nach Hause, es wird Zeit Boris!" Doch Nentschow winkte geringschätzig ab.

„Was soll ich zu Hause bei meiner keifenden Schwiegermutter und den vier Bälgern, die mir die Haare vom Kopf fressen. Ich gehe nicht nach Hause mit der Kohle in der Tasche, verlass dich darauf Natan!" Farian schüttelte den Kopf.

„Das verstehe ich nicht, meine Liana wird froh sein, wenn ich wieder zu Hause bin. Und meine beiden Jungs bestimmt auch. Sie fehlen mir, Boris!" Nentschow winkte verächtlich ab.

„Mach was du willst, Bruder! Ich gehe jedenfalls nicht mehr nach Hause zurück. Und diese Ludwig hole ich mir vorher noch!" Farian winkte genervt ab und stand auf.

„Du bist blind und versessen darauf ins Unglück zu rennen, aber ohne mich Boris!"

In Hallein machten Ramona und Jochen noch eine kurze Rast beim Diensthabenden der Gendarmerie, die sie zu einem Major Kuchler von der Kripo brachte. Der hörte sich ihre Geschichte an und zog ein skeptisches Gesicht.

„Nicht jedes Kinderheim ist ein Sumpf für Pädophile, Kommissar Glauber. Aber ich weiß ihre Sorge zu schätzen. Wir werden zunächst eine vorsichtige Überprüfung veranlassen. Meist werden solche Einrichtungen nämlich mit Geldern von Sponsoren aufrechterhalten. Und die wiederum wollen nicht in jedem Fall im Rampenlicht stehen. Also sind Vorsicht und Fingerspitzengefühl gefragt. Ich werde Sie aber informieren, was bei unserer Überprüfung herausgekommen ist, mein Wort darauf!" Er hielt Glauber die Hand hin und der schlug ein.

Als sie das Polizeipräsidium von Hallein wieder verließen, war Jochen schlechter Laune. Es war wie immer! Wenn es darum ging den Großkopferten auf die Finger zu sehen, machten sich viele im Beamten-Apparat in die Hose. Keiner wollte seine Karriere riskieren. Ramona versuchte ihn zu trösten.

„Na komm, immerhin wird man dieses Heim überprüfen. Wenn da was faul ist, werden die Ösis auch nicht zugucken. Es läuft nun mal nicht immer alles gleich auf Hochtouren. Wie ich sehe, bist du ziemlich ungeduldig, mein lieber Jochen!" Er setzte sich in den Beifahrersitz und sah seine Begleiterin von der Seite an. Dann meinte er:

„Du tust mir verdammt gut, muss ich feststellen, meine liebe Kollegin Bischof!" Sie gab ihm einen Kuss. Plötzlich fuhr Glauber hoch.

„Da! Da sieh mal, der VW-Bus! Fahr ihm nach, schnell!" Ramona Bischof startete den Fokus, und mit durchdrehenden Rädern schoss der vom Parkplatz hinein in den laufenden Verkehr.

Jochen hielt sich am Gurt über dem Seitenfenster fest, während Ramona versuchte, die Distanz zu diesem VW-Bus zu verringern. Sie näherten sich der Autobahnausfahrt die zur Grenze hinführte und fuhren ab. Der VW-Bus fuhr mit gemäßigter Geschwindigkeit nach Bad Dürrnberg hinein.

„Fahr nicht so dicht auf!", warnte Jochen Glauber, und sah in den Rückspiegel. Auf der schmalen Landstraße war kaum Verkehr. Sie mussten genügend Abstand halten, um nicht aufzufallen. Ramona sah ihn kurz an.

„Willst du nicht im Präsidium anrufen und um Verstärkung bitten? Wer weiß wo die uns hin lotsen!" Glauber winkte ab und lachte leise.

„Wozu brauchen wir denn Verstärkung Ramona, wir machen uns doch lächerlich. Bleib erst mal dran! Mal sehen wo die noch hinwollen." Sie bogen in die Ramsau Straße ein, der VW-Bus fuhr langsamer und bog links ab. Ramona bremste ebenfalls ab, so dass sie in die Abbiegung hineinsehen konnten. Ihr Gesicht war vor Aufregung rot geworden. Sie passierten das „Hotel Kranzbichlhof".

„Die fahren in Richtung Salzbergwerk, Ramona! Vielleicht wollen sie nur mal einen Trip durch den Stollen machen. Da unten kann man tolle Metallrutschen hinunter sausen, das wäre was für dich!" Ramona schüttelte den Kopf.

„Ich bin doch kein Teenager mehr. Was machen wir nun, die sind stehen geblieben." Glauber deutet auf die kleine Einfahrt in eine Waldschneise.

„Fahr da rein! Schnell!" Sie sahen wie die beiden Kerle ausstiegen und sich umsahen. Der große hatte eine Sonnenbrille auf, sah aber wohl zu ihnen herüber. Der Kleine sagte etwas zu dem Großen, und dann gingen sie vom Bus weg in den Wald hinein. Jochen hatte ein Schild gesehen, dass auf eine Burgruine hinwies. Wahrscheinlich wollten die beiden dorthin. Aber ob nun nur um eine Ruine zu besichtigen, oder aber vielleicht jemand zu treffen, das wollte Glauber genauer wissen. Immerhin waren der Bus und der kleine Kerl da schon auf dem Campingplatz gewesen. Und nun waren sie beinahe zeitgleich wieder hier, also gut 180 km von ihrem zu Hause weg. Irgendetwas sagte Glauber, dass die beiden garantiert keinen Ausflug machten. Und er sagte es Ramona.

Kurz entschlossen gingen sie den beiden in genügend Abstand nach. Die Tannen des Hochwaldes rauschten leise, und die Sonne hatte es schwer bis zum Waldboden durchzudringen. Immer wieder verschwanden die beiden Kerle, um dann aber wieder aufzutauchen. Glauber hatte inzwischen die Pistole griffbereit in der rechten Jackentasche verstaut. Ramona sah sich immer wieder unruhig um. Die ganze Situation schien ihr nicht zu behagen, dabei machten sie nichts weiter als eine ganz gewöhnliche Observation. So wie sie Glauber schon x-mal gemacht hatte, deswegen machte er sich auch keine großen Sorgen. Und Verstärkung, wie Ramona angeregt hatte, hielt er für überflüssig. Warum sollten sie jetzt hier ein SEK-Kommando herausholen! Er umfasste Ramona an der Hüfte und zog sie an sich. Dann flüsterte er:

„Wir sind nur ein Liebespaar auf Waldspaziergang, Liebes!" Ihre grünen Augen sahen ihn liebevoll an. Sie nickte.

„Ich weiß, für mich ist sowas alles neu. Wir sind meist nur Dealern auf der Spur gewesen an der Grenze zu Tschechien. Meist nur junge Kerle. Das war in der Regel nicht gefährlich."

Sie sahen plötzlich ein altes Gemäuer durch die Bäume, das musste die alte Burg sein. Vorsichtig näherten sie sich dem Waldrand und sahen nun einen Turm, der nur noch zur Hälfte stand, und einige Mauern. Ramona sah Jochen fragend an. Wo waren die beiden Kerle abgeblieben? Er nahm Ramonas Waffe aus der Tasche und wollte sie ihr geben, doch Ramona wehrte ab.

„Behalte du sie! Du kannst sicher schneller reagieren wie ich, wenn es darauf ankommt", flüsterte sie. Man merkte ihr an, dass sie das Jagdfieber gepackt hatte. Sie deutete nach rechts.

„Ich gehe mal da hinüber bis zur Ecke, und du kannst ja nach links gehen und dich umschauen." Glauber überlegte einen Augenblick, denn er trennte sich jetzt in dieser Situation ungerne von Ramona. Sie schob ihn leise lachend an.

„Na mach schon! Mich wird schon keiner überfallen! Außerdem habe ich noch das hier!" Sie zeigte ihm lächelnd ihr Pfeffer-Spray. Jochen nickte.

„O.k., aber nur bis zur nächsten Ecke! Ich schau mal nach links, dann komme ich zu dir! Klaro?" Ramona nickte und gab ihm flugs noch ein Bussi, dann schlich sie sich davon. Hätte Glauber auch nur im Geringsten geahnt, was dieser Entschluss sich zu trennen, für Folgen haben würde, hätte er sich garantiert anders entschieden!

So schlich er auf leisen Sohlen, jedes Knacken oder Knirschen vermeidend, bis zur nächsten Mauerecke. Die Pistole in der Hand, wollte er gerade um einen niedrigen Mauersims herum gehen, als urplötzlich von rechts ein großer Schatten in der grellen Sonne auftauchte, dann gab es einen gewaltigen Schlag. Zuerst auf sein Handgelenk und dann gegen seinen Kopf. Glauber wurde es schwarz vor Augen, er wankte, ließ die Waffe fallen und fiel dann zur Seite und blieb reglos liegend. Ein Mann mit einer großen Sonnenbrille hob seine Waffe auf und ging rasch weg. Als der Mann mit der Sonnenbrille und Glaubers Waffe in der Hand um die Mauerecke bog, sah er Farian mit der Frau kämpfen. Die wehrte zunächst den etwas kleineren Mann mit einigen wohlgezielten Karatetritten ab. Dabei erwischte sie Farian schmerzhaft zwischen den Beinen. Nachdem Nentschow einige Augenblicke grinsend zugesehen hatte, schlich er sich von hinten heran und gab ihr einen Schlag mit dem Knauf der Pistole auf den Kopf. Sie sackte zusammen und blieb reglos liegen. Nentschow fühlte ihren Puls und lächelte, die Dame war nur k.o., mehr nicht. Farian keuchte.

„Dieses Biest hat mich um ein Haar außer Gefecht gesetzt! Ein Schlag von ihr und meine Pistole war weg! Da drüben liegt sie." Er deutete ein paar Meter weiter und ging dann hin. Währenddessen lud sich Nentschow Ramona auf die Schultern und sie trabten los zum Bus.

Jochen Glauber schlug langsam die Augen auf. Sein Kopf dröhnte wie eine Kesselpauke, und ihm war schlecht. Was war passiert? Er versuchte sich zu erinnern. Mitten in diesem Vorgang wurde er wieder ohnmächtig.

Auf dem Waldweg wurden Stimmen laut. Zwei Frauen mit drei Kindern kamen den Weg herauf, umrundeten die Ruine, und stießen auf Glauber, der reglos dalag. Eine der Frauen hielt die Kinder zurück, die andere machte einen langen Hals und flüsterte:

„Der schläft bestimmt seinen Rausch aus, lass uns gehen, komm!" Und so entfernten sie sich wieder und Glauber blieb zurück.

Als er zum zweiten Mal aufwachte, war es bereits düster, er wollte auf seine Uhr schauen, aber die war weg. Es musste abends sein, mindestens schon so gegen 20.00 Uhr. Als er sich langsam aufrichtete, wurde ihm wieder übel und er erbrach sich. Glauber stöhnte und dachte dabei an Ramona. Wo war sie? Wenn er seit Stunden hier lag, dann mussten sie die beiden Kerle überrascht haben. Er musste unbedingt zurück zum Auto, im Seitenfach der Tür lag sein Handy! Es bedurfte mehrere Anläufe, um auf den Füßen zum Stehen zu kommen, und dann auch noch zu laufen. Alles drehte sich um ihn und er erbrach sich wieder. Lief aber dann Schritt für Schritt weiter durch den Wald.

Ramona hatte gerade diesen kleinen Wicht, der sie unvermittelt hinterrücks angegriffen hatte, mit voller Wucht zwischen die Beine getreten, als es plötzlich bumm machte und sie ein Schlag auf den Hinterkopf traf. Ihr wurde schwarz vor Augen und dann war der Film aus! Kurze Zeit später wurde sie von zwei Männern zu dem roten VW-Bus getragen. Dort verabreichte ihr der größere von beiden Männern eine Spritze in den Arm.
Ramona kam wieder zu sich. Ihr Kopf dröhnte und sie sah lauter bunte Farben. Das Ganze sah aus, wie hohe aufgestellte Platten aus Styropor und es rauschte fürchterlich. Sie musste in einem Kellerraum liegen, denn die Luft war muffig, und von der Decke hing an einem Draht eine Glühbirne, die mattes Licht ausstreute. Plötzlich spürte sie, wie sich jemand mit aller Gewalt zwischen ihre Beine zwängte. Zu ihrem Entsetzen erkannte sie, dass sie keine Hose und keinen Slip mehr anhatte. Der Kerl versuchte keuchend in sie einzudringen! Da sie aber an den Armen und Beinen fest mit dem Bett verbunden war, konnte sie nur ihren Unterleib bewegen. Sie wollte dem Mann anschreien, dass sie ihre Tage hatte, aber das breite Klebeband verhinderte das. Nach einiger Zeit gab sie den Kampf erschöpft auf und es wurde wieder schwarz um sie …
Jochen Glauber hatte es geschafft bis zu Ramonas Auto zu gelangen. Immer wieder hatte er unterwegs stehen bleiben müssen und sich gegen einen Baum gelehnt. Ihm war immer noch übel und der Kopf brummte. Endlich hatte er den in der Dunkelheit dastehenden Ford Focus ST erreicht, doch er hatte keinen Schlüssel. Kurz entschlossen schlug er die Seitenscheibe der

Beifahrerseite mit einem Stein ein. Zwängte sich in den Wagen, kroch hinüber auf den Fahrersitz und versuchte den Ford zu starten. Aber so einfach wie man das im Film meist sieht war es nicht. In einem kleinen Nebenfach fand er aber den Zweitschlüssel, den er in eine abgedeckte Öffnung in der Lenksäule schieben musste. Sofort ging die Zündung an und Jochen drückte auf den Startknopf. Der Focus heulte auf, Jochen schaltete das Licht ein und fuhr langsam los. Immer wieder sah er doppelte Bilder. Wenn er den Kopf schüttelte, glaubte er sein Gehirn würde irgendwo schmerzhaft anstoßen. Er fuhr mit mittlerer Geschwindigkeit Richtung Berchtesgaden, immer wieder blinzelnd und den Wagen auf der Straße korrigierend. Wenn jetzt jemand hinter ihm herfuhr, musste der denken der Fahrer sei besoffen.

Jochen dachte an Ramona, und warum er nicht oben im Wald noch nach ihr gesucht, sondern gleich losmarschiert war. War das ein Fehler gewesen? Er suchte sein Handy, um in der Dienststelle anzurufen, doch das Handy war weg! Entweder hatte er es bei dem Sturz verloren, oder die Gauner hatten es ihm abgenommen. Doch dann fiel ihm ein, dass er es in der Seitentasche der Beifahrertür liegen gelassen hatte. Jochen Glauber wurde wieder schlecht und er atmete tief durch. Er musste nur noch ein paar Minuten aushalten, dann hatte er das Präsidium erreicht!

Der Diensthabende im Polizeipräsidium Polizeimeister Schuster schaute gerade auf einem kleinen Monitor Fernsehen, als es draußen am Tor auf einmal laut krachte und knirschte. Erschrocken sprang er auf und sah aus der kleinen Fensterluke. Da war doch tatsächlich einer mit seiner Karre gegen den gemauerten Sockel gekracht, der das große Einfahrtstor hielt.

Hastig sprang er aus seiner Loge, lief über den Platz bis zum Tor und öffnete einen Flügel der noch heil war. Vorsichtig ging er um das Auto hinten herum, als plötzlich die Fahrertür aufging ein junger Mann stöhnend und fluchend versuchte auszusteigen. Offenbar war er aber verletzt! Schuster sprach den Mann an, hatte aber eine Hand an seiner Pistole.

„He Sie! Was machen Sie denn hier? Wohl zu viel getankt, was? Na da sind Sie ja gleich richtig hier bei uns, junger Mann. Im Schein der Straßenbeleuchtung drehte sich der Mann herum und sah Schuster an.

„Entschuldigung, dass ich Ihr Tor ramponiert habe. Ich habe eine Anzeige zu machen!" Polizeimeister Schuster stutzte. Das war doch einer von der Kripo! Und dann, als er nähertrat, erkannte er Jochen Glauber.

„Mensch, Herr Glauber! Was machen Sie denn für Sachen! Sind Sie schwer verletzt?" Glauber winkte ab.

„Geht schon, aber wir müssen Alarm auslösen! Die Kollegin Bischof ist drüben am Salzstollen entführt worden! Oben an der alten Burg hat man uns überfallen, mich zusammengeschlagen und die Ramona entführt, wie es aussieht. Schicken sei eine Fahndung raus, nach einem roten VW-Bus mit österreichischem Kennzeichen ..." Er wollte noch was hinzusetzen, rutschte aber dann plötzlich in sich zusammen und lag auf dem Gehweg.

Schuster reagierte sofort. Legte Glauber eine Decke aus dem Auto unter den Kopf, lief zurück zu seiner Pförtnerloge, und löste Alarm aus. Gleichzeitig rief er einen RTW. Zehn Minuten später lag Glauber schon auf einer Bahre und wurde in den Krankenwagen geschoben.

Als Ramona Bischof wieder erwachte schien ein heller Sonnenstrahl durch das völlig verdreckte Kellerfenster. Als sie sich bewegen wollte, spürte sie, dass sie an beiden Händen und Füßen gefesselt war. Sie wollte schreien, aber das ging auch nicht, weil ihr Mund zugeklebt war. Wütend zerrte sie an den Fesseln, es war vergebens. Sie begann vor Wut zu heulen, außerdem spürte sie, dass man sie zwar zugedeckt hatte, aber ihr Unterkörper nackt war. Diese Schweine hatten sie vergewaltigt, trotz dass sie gerade ihre Periode hatte. Was waren das für Gangster? Mühsam versuchte sie sich zu erinnern. Ihr Mund war trocken, die Zunge dick und sie hatte rasenden Durst. Sie hatten sich an der Burg getrennt, um das alte Gemäuer zu umrunden. Sie waren auf der Suche nach zwei Männern gewesen. Ramona Bischof sah wieder farbige Streifen, die sich wild drehten. Die Gauner mussten ihr irgendeine Droge gegeben haben! Sie kannte das von Schilderungen Strafgefangener, die auf Entzug waren. Plötzlich hörte sie ein Geräusch an der Tür des Kellers. Ein Schlüssel drehte sich im Schloss. Ramona drehte den Kopf in die Richtung und sah einen ziemlich großen Mann eintreten, der sich ihr lachend zuwandte.

„Na, Oberkommissarin Ludwig! Wie fühlt man sich in dieser Zwangslage? Wir beide hatten heute Nacht sogar schon Sex! Ich glaube, dass wiederholen wir bald! Aber erst müssen Sie mal wieder ihre Tage ausgestanden haben, ich war ja voller Blut! Sauerei, verdammte!" Er riss ihr den Klebestreifen vom Mund und Ramona schrie auf. Er lachte ein satanisches Lachen, wobei seine kleinen schwarzen Augen sie unablässig musterten. Er hielt ihr eine kleine Flasche Wasser zum Trinken an den Mund, während seine rechte Hand über ihren nackten Bauch, den Haaransatz und den Innenseiten der Schenkel entlangwanderte. Ramona brüllte ihn plötzlich an.

„Nimm deine Pfoten weg du Idiot! Ich bin nicht die Oberkommissarin Ludwig! Mein Name ist Bischof! Und jetzt mach mich los, damit ich dir eine in die Fresse hauen kann!"

Boris Nentschow traten beinahe die Augen aus den Höhlen. Was hatte die Schlampe gesagt? Er holte aus und schlug zu! Ramonas Kopf flog förmlich zur Seite, sie spürte den Geschmack von Blut. Eines war ihr aber auch klar geworden. Wenn der Bursche sich ohne Maske hier zeigte, dann sollte sie diesen Keller wohl nicht mehr lebend verlassen! Sie sah ihn wieder an.

„Was willst du Idiot von mir? Ich bin nicht die Oberkommissarin Ludwig, die ist zurzeit im Urlaub!" Nentschow sah sie entgeistert an, er begriff schlagartig, dass sie die Falsche gefangen hatten. Ramonas Lage würde das aber auf keinen Fall verbessern! Doch etwas freundlicher wandte er sich wieder Ramona zu.

„Und was habt ihr beide, dein Freund und du im Gutshof gesucht? Und wieso wart ihr hinter uns auf der Burg her? Du bist doch Polizistin aus Berchtesgaden!" Ramona versuchte zu lächeln.

„Das stimmt, ja. Aber wir waren lediglich unterwegs, um ein wenig Urlaub zu machen. Ich mag Pferde, und ich mag alte Gemäuer. Und beides haben wir uns angesehen. Was habt ihr mit meinem Freund gemacht? Rede schon!" Nentschow grinste.

„Der hat eins auf die Rübe gekriegt, so wie du, aber den haben wir liegen gelassen wo er lag. Der ist bestimmt schon wieder zu Hause." Ramona schüttelte den Kopf, obwohl das mehr als schmerzhaft war.

„Ich weiß aber immer noch nicht, was ihr von uns wollt? Man haut´ doch nicht jemand einfach eins über den Schädel und entführt ihn! Also warum? Außerdem, ich muss mich mal sauber machen von deinem verdammten Zeug, und auf die Toilette muss ich auch mal!"

In diesem Augenblick begriff Nentschow, dass er einen riesengroßen Fehler gemacht hatte! Er hatte ihr seine DNA förmlich frei Haus geliefert! Idiotischer ging es nicht! Und sie war auch noch die Falsche! In Gedanken versunken machte er Ramonas Fußfesseln los. Bei den Handfesseln hielt er inne.

„Hör zu! Wenn du denkst mich zu überrumpeln, vergiss es gleich wieder! Eine dumme Bewegung von dir, und ich schieß dich mit der Kanone von deinem Freund über den Haufen! Da drüben ist das Klo!" Er zeigte auf eine kleine Holztür. Ramona glitt vom Bett und musste sich festhalten, weil ihr schwindlig wurde. Schritt für Schritt ging sie zu der kleinen Tür. Dahinter war ein Plumps-Klo, aber ohne Fenster. Sie verriegelte die Tür und setzte sich hin. Ihr war speiübel.

Als Jochen Glauber wieder die Augen aufschlug, lag er in einem weiß bezogenen Bett, und einige Kabel klebten auf seinem Oberkörper. Es roch nach Krankenhaus. Plötzlich fiel ihm Ramona ein, sofort klingelte er. Wenig später kam eine Schwester.

„Schwester, rufen sie sofort im Präsidium an! Jemand muss herkommen, meine Kollegin ist in Lebensgefahr! Los! Machen sie schon!", fuhr er sie an, ehe sich die junge Frau in Bewegung setzte. Wenig später kam sie wieder.

„Es kommt bestimmt gleich jemand zu ihnen, Herr Glauber." Jochen nickte.

„Danke Schwester! Aber es ist nicht nur meine Kollegin, sie ist auch meine Freundin!" Die Schwester lächelte ihn an.

„Ich habe schon verstanden, sie haben gesagt, sie kommen sofort heraus. Ruhen sie sich ein wenig aus." Sie verließ ihn wieder und Jochen schloss die Augen.

Dreißig Minuten später öffnete sich die Tür des Krankenzimmers und der Polizeipräsident persönlich und sein Vize traten ein.

„Hallo, Herr Glauber! Na wie geht es Ihnen jetzt?", fragte ihn Nordwich freundlich. Glauber winkte ab.

„Mir geht es schon wieder ganz gut, aber ich mache mir Sorgen um Ramona, ich meine Frau Bischof", verbesserte sich Glauber schnell. Nordwich zog einen Stuhl ans Bett und setzte sich.

„Sie meinen Frau Bischof ist in Gefahr?" Jochen Glauber bejahte leicht zornig. Der saß hier und laberte, und Ramona war vielleicht in größter Gefahr. „Was haben sie eigentlich in Österreich drüben gemacht, Herr Glauber?", war die nächste Frage. Jochen dachte kurz nach, er musste den Eindruck, dass sie eigenmächtig ermittelt hatten, ausräumen.

„Wir hatten an diesem Wochenende frei und wollten uns da drüben diese Pferdezucht anschauen. Pferde sind Frau Bischofs Lieblingstiere. Dabei haben wir dort einen VW-Bus gesehen, den wir hier bei uns schon mal im Visier hatten, der uns aber entwischt war. Also folgten wir dem Bus kurz entschlossen bis Hallein, und erkundigten uns beim dortigen zuständigen Kommissar, ob er was über das Gut wusste. Als wir nach Berchtesgaden fuhren, überholte uns der Bus und wir folgten ihm wieder bis zum Salzstollen und der alten Burg da oben. Dabei hat man uns dann überrascht, weil wir uns getrennt hatten, um die Burg zu umrunden. Das war ein Fehler, ich weiß das jetzt!"

Nordwich sah seinen Vize an und musste grinsen. Dann meinte er:

„Na gut Herr Glauber, wir veranlassen die Fahndung nach Frau Bischof, und bitten unsere österreichischen Kollegen um Mithilfe. Ihnen danke Ihnen zunächst für Ihren Einsatz! Das war ganz toll, auch wenn es am Ende schief ging. Aber das kann eben passieren, wenn man sich keine Verstärkung holt!", setzte er noch leise hinzu, und stand dann wieder auf, um sich zu verabschieden.

„Also Herr Glauber, Sie ruhen sich hier erst mal richtig aus, wir suchen nach Frau Bischof. Und bitte, falls Sie hier bald wieder rauskommen, keine Einzelaktionen, klar?" Glauber nickte, meinte aber noch:

„Herr Polizeipräsident, die haben mir übrigens meine Waffe abgenommen!" Albert Nordwich sah Glauber mit hochgezogenen Augenbrauen an.

„Man fährt ja auch nicht mit der Dienstwaffe im Urlaub ins Ausland. Na gut, schauen wir mal, was Ihr Bericht uns dann alles offenbart. Aber den schreiben Sie erst, wenn Sie wieder hier entlassen worden sind."

Als Glauber wieder allein war atmete er zwar auf, aber seine Gedanken waren bei Ramona.

Ramona Bischof hatte das Gefühl, dass diesem fiesen dicken Kerl mit dem slawischen Akzent ein wenig die Lust an ihr vergangen war. Er hatte also gedacht die Chefin persönlich vor sich zu haben. Aber so ähnlich sahen sie sich eigentlich gar nicht. Sie war 1,71 groß, wog glatt 58 kg, hatte langes schwarzes Haar, die Chefin war höchstens 1,65, wog wohl kaum mehr als 50-52 kg, war zierlich, und hatte ganz kurz geschnittenes schwarzes Haar, also kaum zu verwechseln. Aber was wollten die von der Chefin, wenn das eine Entführung war, und davon ging Ramona aus. Und Jochen sah ja auch nicht wie der Chef Ludwig aus! Was war hier los?

Sie lag auf ihrem Metallbett, das wohl mal ein Armeebett gewesen war. Die Hände hatte sie jetzt frei, aber eine Kette am Fußgelenk ließ sie höchstens bis zu diesem Plumpsklo gehen. Die Kette war an einem einbetonierten Eisenring angeschraubt. Das alles ging nur mit entsprechenden Schraubenschlüsseln der Größe 10 und 14 auf. Soviel konnte sie sehen. Immerhin hatte sie ja mit ihrem Opa Richard ab und an Fahrräder repariert als kleines Mädchen. Andere spielten mit Puppen, sie reparierte Fahrräder, oder spielte mit den Jungs Fußball. Und sie spielte gut, aus dem Grund war sie eine beliebte Mitspielerin bei den Jungs, vor allem, weil sie gerne ins Tor ging. Eines Tages hatte sie der Opa einfach bei der Ortsmannschaft der Fußballer angemeldet, und sie spielte dann in einer Frauenmannschaft bei den Juniorinnen.

Sie lag auf dem Bett und starrte hinüber zu dem Kellerfenster. Die Scheiben waren blind und ließen kaum die Sonne durch. Sie musste in einer alten Firma sein.

Plötzlich klirrte der Schlüssel im Schloss und die Tür öffnete sich. Sie erkannte sofort den kleinen Mann, den sie schon im Gutshof gesehen hatte. Er ging zu dem Eisenring, holte zwei Maulschlüssel aus der Tasche und schraubte die Kette los vom Ring. Ramona beobachtete den Kleinen. Konnte sie den überraschen? Sie war garantiert schneller wie er! Mit zwei gezielten Tritten würde er flachliegen! Sie stand langsam auf und ging auf ihn zu. Ramona hielt die Luft an. Noch ein paar Schritte, und sie war nahe genug an ihm dran! Genau in diesem Moment hörte sie an der Tür eine Stimme, es war der Dicke, der sie vergewaltigt hatte. Er trat ein und grinste sie breit an.

„So mein Täubchen, du gehst jetzt schön brav baden, damit du danach gut riechst. Und dann bringe ich dich zu deinem neuen Arbeitsplatz für die nächsten Tage. Wenn du spurst und keine Zicken machst, können wir Freunde sein. Wenn du Scherereien machst, lernst du mich kennen! Klaro!" Ramona versuchte hämisch zu grinsen.

„Merk dir eins, meine Freunde suche ich mir selber aus. Und da stehst du nicht auf meiner Liste, klar?" Der Bulgare holte kurz aus und schon hatte Ramona eine Backpfeife weg! Aber ebenso schnell hatte er plötzlich ein Bein zwischen seinen, und ihm blieb vor Schmerz die Luft weg! Er ging keuchend mit schmerzverzerrtem Gesicht in die Knie. Ramona sah, wie er versuchte seine, also ihre Pistole aus einem Halfter zu reißen, da zerrte sie der Kleine mit voller Wucht aus dem Raum hinaus auf dem Gang. Er schrie sie an.

„Bist du verrückt Boris so zu behandeln, er hätte dich jetzt abgeknallt, wenn ich dich nicht rausgezerrt hätte, du blöde Kuh!" Obwohl er so aufgeregt war, hielt er gute zwei Meter Abstand zu Ramona, eingedenk, was seinem Kumpel gerade passiert war. Er zerrte sie an der Kette weiter den Gang entlang, zwei Treppen hinauf, und schob sie dann in einen warmen Raum. Plötzlich standen ihr zwei nackte Frauen mit einem Turban aus Handtüchern auf dem Kopf, gegenüber und sahen sie an. Als Ramona grüßte, grüßten beide scheu zurück. Sie war in einer Art Badeanstalt gelandet, und es saßen noch andere junge Frauen herum. Sie sah sofort, dass sie alle aus südlichen Ländern stammen mussten. Ihrer Fesseln beraubt, ging sie zunächst zum Ausziehen, dann duschte sie ausgiebig und wusch ihr Haar mit einem gut duftenden Shampoo.

Was war das hier? Und wozu waren die Frauen hier?

Als sie das Bassin wieder verließ und ihre Sachen wieder anziehen wollte, schüttelte eine der jungen Frauen mit dem Kopf.

„Niet! Niet! Nicht wieder anziehen!", versuchte sie Ramona zu erklären, und deutete auf ein Regal, in dem Bikinis und Bademäntel aufgestapelt waren. Alles neue Sachen! Ramona suchte sich einen roten Bikini heraus, und nahm einen der weißen flauschigen Bademäntel.

Plötzlich stand eine etwa 70-jährige, stark geschminkte Frau mit einem Gehstock im Raum und deutete auf sie.

„Komm her zu mir, Mädchen!", herrschte sie Ramona mit spröder Stimme an. Ihre blauen Augen funkelten durch die Gläser ihrer kleinen runden Brille. Dabei klopfte sie mit ihrem Stock mehrmals auf den Boden. Ramona konnte sich ein Grinsen nicht verkneifen. Die Alte tat, als ob sie über Untertanen herrschte. Und so baute sie sich vor der Madam auf.

Was hatte Papa immer gesagt? Auch wenn du Angst hast, niemals zeigen und sich forsch geben!

„Können Sie mir sagen, was dieser Unsinn hier soll? Ich bin Kriminalkommissarin Ramona Bischof! Was wollen Sie von mir? Lassen Sie mich sofort frei, sonst kriegen Sie eine Menge Ärger!", blaffte sie die alte Lady an. Die sah Ramona starr an und zischte dann:

„Du warst Kriminalkommissarin, das ist jetzt vorbei! Füge dich, oder ich lass dich windelweich prügeln!" Ramona lachte lauthals.

„So, was soll ich denn nach Ihrer Meinung in Zukunft machen? Alten geilen Böcken einen blasen, oder was?" Die Alte holte plötzlich mit dem Stock aus, doch Ramona war schnell genug um den Schlag abzufangen und der Alten den Stock zu entreißen. Dann machte es ratsch, und der Stock war in zwei Teile zerbrochen. Ramona warf ihn der Alten vor die Füße. Ramona war gerade dabei in Hochform aufzulaufen. Deshalb fauchte sie auch ziemlich lautstark:

„Jeder der sich mir auf zwei Schritte nähert, läuft Gefahr seine Eier zu verlieren, Madam! Sagen sie das Ihren Rambows!" Die Alte watschelte unter den entsetzten Augen der anderen Frauen aus dem Raum. Eine der Mädchen sagte zu ihr in gebrochenem Deutsch:

„Du hast einen großen Fehler gemacht, dass wird dir die Alte bestimmt nicht durchgehen lassen!" Ramona sah die junge, etwas verängstigt dreinschauende Frau an.

„Was ist das hier eigentlich? Ein Bordell etwa?" Die junge Frau nickte.

„Ja, man hält uns hier schon seit Monaten fest und hat uns die Papiere abgenommen. Wir kommen alle aus Rumänien und Bulgarien. Man hat uns für eine Haushaltsstelle angeworben. Als wir ankamen nahmen sie uns die Papiere und unsere Kinder weg! Die Kinder sollen weitervermittelt werden!" Die junge Frau begann zu weinen.

„Meine Tochter und mein Sohn sind auch dabei, sie sind erst fünf und zehn Jahre. Ramona sah die junge Frau an, und ein schmerzhafter Gedanke kam in ihr auf, als sie das hörte. „Sag mal, wie heißen deine beiden Kinder?" Die junge Frau schluchzte.

„Das Mädchen heißt Mlada, und mein Sohn heißt Milan. Ich weiß nicht ob sie noch hier sind, man sagt mir ja nichts." Ramona durchfuhr ein eisiger Schreck! Wenn sie sich noch richtig erinnern konnte, hatte Jochen ihr erzählt, dass Ludwigs einen kleinen Jungen aufgenommen hatten und ihn adoptieren wollten, und der hieß Milan. Das Mädchen, dass man tot aufgefunden hatte aber hieß Mlada! Ramona wandte sich ab. Sollte sie es der Frau erzählen? Sie entschied sich vorerst zu schweigen, es konnte ja auch alles nur Zufall sein.

„Sag mal wie heißt du?", fragte sie die junge Frau. Die sah Ramona freundlich an.

„Ich heiße Anna, und du?"

„Ich heiße Ramona." Die Rumänin lächelte wieder und fragte sie scheu:

„Und du bist tatsächlich eine Polizistin?" Ramona nickte. Und dann erzählte sie, wie man sie gefangen genommen hatte. Anna hatte still zugehört, bis Ramona sie fragte, wo sie hier eigentlich waren. Anna straffte sich, als wenn ihr die Anwesenheit einer Polizistin plötzlich Kraft verliehen hätte.

„Dieses Gut hier ist nur als Staffage gedacht. Wir hier sind in einer alten Brauerei, die mal zu dem Gut gehörte. Das Gut selber ist ein Kinderheim, die Pferde und das ganze Drumherum ist nur als Täuschung gedacht. Die meisten der Frauen sind in Rumänien angeworben worden, für eine gut bezahlte Stelle als Haushälterin, und man durfte sogar die kleinen Kinder mitnehmen. Die hat man bei Ankunft hier von den Müttern getrennt. Wir haben sie schon lange nicht mehr gesehen."

Mit einem Schlag wurde Ramona die Dimension der ganzen Sache bewusst. Das war Kinderhandel und Frauenhandel im großen Stil! Sie musste hier unbedingt raus! Sie stupste Anna an.

„Sag mal, hast du schon mal darüber nachgedacht hier abzu-hauen?" Anna nickte nachdenklich.

„Nachgedacht schon, aber ich kann nicht weg, wenn ich nicht weiß, ob meine Kinder noch hier sind." Da fasste Ramona Bischof einen Entschluss, wohl wissend, was das bei Anna auslösen würde. Aber wenn sie wegkamen, konnte sie zumindest ihren Sohn wiedersehen. Sie nahm Anna beiseite und setzte sich mit ihr eine Nische. Dann begann sie vorsichtig von Milan und Mlada zu erzählen. Alles was sie wusste, und was ihr Glauber erzählt hatte darüber. Mit einem Aufschrei sank Anna Ramona in die Arme, als sie ihr sagen musste, dass Mlada nicht mehr lebte. Die arme Kleine hatte kein schönes Leben ge-habt, so kurz es auch war. Als Ramona hörte, dass ihr Sohn Milan noch am Leben sei und in Deutschland in Sicherheit, wurde sie langsam ruhiger. Ramona hatte sie in den Arm genommen und hielt sie fest.

„Anna, wir brauchen unbedingt ein Handy! Ich muss zu Hause meinen Freund Jochen anrufen, der ist auch Kommissar bei der Polizei. Und er arbeitet mit meiner Chefin zusammen, bei der Milan zurzeit wohnt. Die ist aber wohl im Urlaub in der Schweiz mit ihren beiden Kindern und mit Milan, der sich bei ihnen sehr wohl fühlt." Anna überlegte eine Weile. Dann meinte sie:

„Morgen früh muss ich wieder zum Arzt, der uns jede Woche untersucht. In seinem Vorzimmer lag letztens ein Handy in einer Ecke des Schrankes, dort wo die Wartestühle stehen. Kurze Zeit später kamen zwei bullige Typen und schickten die Frauen aus dem Bad zurück in ihre Unterkunft. Ramona musste mit ihnen mitgehen, aber einer der Kerle hatte einen Elektroscho-cker in der Hand, und sah immer wieder misstrauisch zu ihr her-über. Wahrscheinlich hatte man ihn vor ihr gewarnt. Und so ver-brachte Ramona die erste Nacht in einem Bordell. Ihr Bett stand neben dem von Anna. Im Raum waren 12 Frauen untergebracht. Jede hatte ein Bett und einen Schrank.

Am nächsten Morgen war um 6.00 Uhr Wecken und Waschen. Wieder stand die Alte, ganz in schwarz gekleidet, in der Tür und sah ihnen zu wie sie sich duschten. Das also war die berühmte Gräfin! Diese alte Schachtel und eine Reihe von Ganoven ma-nagten das ganze Unternehmen.

Wenig später mussten sie, Anna und die anderen Frauen, zum Arzt. Ramona nahm sich vor ruhig zu bleiben und diese Untersuchung über sich ergehen zu lassen. Da sie noch ihre Periode hatte und offenbar, weil sie sich so renitent gegeben hatte, hielt man sie von den abendlichen Belustigungen im Salon fern. Und tatsächlich, die Gäste waren alles ältere gut situierte Herren. Leider hatten sie das Handy beim Arzt nicht gesehen, und so überlegte Ramona krampfhaft, wie sie ihre Dienststelle in Berchtesgaden informieren konnte.

Doch dann kam Anna am Vormittag plötzlich ziemlich ramponiert zurück in den Schlafraum. Sie hatte einem der Aufseher patzig geantwortet, und der hatte sie so zugerichtet. Ramona nahm die weinende Anna an die Hand und ging mit ihr zur Madam Lucretia – der Gräfin. Sie begegneten ihr auf dem Flur und Ramona stellte sich ihr in den Weg.

„Madam Lucretia, soll Anna heute Abend so zu den Männern gehen? Soll jeder sehen, dass die Mädels hier misshandelt werden?" Die Alte sah Ramona von unten herauf an.

„Was spielst du dich hier als Beschützerin auf, he?", fragte sie mürrisch.

„Weil es in meinem Leben sowas nicht gibt, dass man wehrlose Frauen verprügelt. Bei Ihnen mag das normal sein, bei mir nicht, dort wo ich herkomme!", entgegnete Ramona unerschrocken. Die Alte winkte ab.

„Bring sie zum Doktor, er wird sich darum kümmern. Und heute Abend bleibt sie oben im Schlafraum!", brummte sie mürrisch und stakste einfach weiter. Ramona brachte Anna sofort zum Doktor. Der alte Glatzkopf besah sich die zwei Wunden an der Oberlippe und der linken Augenbraue und ging mit Anna in sein Zimmer. Als sich die Tür geschlossen hatte, sah sich Ramona um. Auf einem kleinen Bord stand ein Faxgerät. Kurz entschlossen nahm sie sich ein Stück Papier und einen Stift und schrieb:

„Polizeipräsidium Berchtesgaden z.Hd. Diensthabenden. Bin im Bordell in Stonsdorf/Austria gefangen! Das Pferdegut ist nur eine Tarnung! Unzählige Frauen und Kinder aus Rumänien sind hier. Sofort Maßnahmen einleiten! Bin in Lebensgefahr! Habe Mutter von Milan Switkovic gefunden.
Kommissarin Ramona Bischof"

Die Faxnummer kannte sie zum Glück, steckte das Papier in das Gerät und drückte auf Start. Ungeduldig sah sie sich um. Hoffentlich kam jetzt niemand. Da ruckte das Fax an und das Papier verschwand langsam im Schacht, und kam auf der anderen Seite wieder heraus. Geschafft! Es war durchgegangen! Rasch zerriss sie das Blatt Papier. Im selben Augenblick ging die Tür wieder auf und Anna trat bepflastert wieder in den Vorraum. Der Arzt ließ sich noch Zeit. Anna sah sich um und schüttelte verzweifelt den Kopf.

„Hast du kein Handy gesehen?", flüsterte sie Ramona zu. Ramona lächelte und zog sie aus dem Zimmer. Draußen im Flur erklärte sie Anna, was ihr gelungen war. Die kleine Rumänin stellte sich auf die Fußspitzen und umarmte Ramona herzhaft.

„Danke!", hauchte sie und konnten wieder einmal richtig lachen.

Im Schlafraum angekommen, erzählte Ramona ihr dann was sie geschrieben hatte, und dass sie hoffte, nun bald befreit zu werden. Doch das Schicksal hatte sich noch etwas ganz anderes ausgedacht!

Am nächsten Morgen kam einer der Aufpasser, und herrschte Ramona und Anna an, sie sollten sich anziehen, sie würden verlegt. Er grinste Anna an.

„Jetzt kommt ihr in eine neue Heimat! Lernt schon mal Holländisch. Die Alte hat die Nase voll von euch beiden!" Nach dem kargen Frühstück gingen sie hinaus auf den Hof. Zum ersten Mal seit Tagen sogen sie wieder frische Luft ein. Begleitet wurden sie von einem blonden Jüngling, der bestimmt zwei Meter groß war, und diesem Bulgaren, der sich an Ramona vergriffen hatte in der ersten Nacht im Keller des Bordells. Sofort zog Ramona eine Flucht in ihr Kalkül. Als sie losfuhren erzählte sie Anna kurz davon. Die lächelte Ramona plötzlich an, und ihre Augen deuteten auf ein Ersatzrad kurz hinter ihrem Sitz. Ramona sah kurz zwischen den geteilten Sitzen hindurch und sah einen Drehmomentschlüssel, gut 40 cm lang und leicht gebogen. Ehe sie sich versah, hatte Anna den Schlüssel aus Edelstahl unter ihrer weiten Jacke und dem noch weiteren Rock versteckt. Jetzt hatten sie zumindest eine Waffe.

Die beiden vorn unterhielten sich angeregt und lachten, keiner von beiden sah in den Rückspiegel. So sahen sie auch nicht, dass sich die beiden Frauen leise absprachen. Durch das kleine Fenster und die Wand zwischen Laderaum und Fahrerhaus konnten sie sowieso nichts verstehen.

„Wir müssen unbedingt auf eine Rast auf einem Parkplatz im Wald drängen, Anna! Wir fahren garantiert auch ein Stück durch Bayern, ehe wir auf eine Autobahn nach Norden abbiegen. Dann gibst du mir den Schlüssel, ich kann vielleicht besser damit umgehen, ja?" Anna nickte lächelnd und schob das gute Stück zu Ramona herüber. Die schob ihn in den Jackenärmel. So konnte sie ihn sofort einsetzen, wenn es an der Zeit war.

Ramona erkannte das Stück Autobahn kurz vor Hallein! Sie wusste, dass bald ein Parkplatz kommen würde mit Toiletten direkt am Waldrand. Das war die Gelegenheit ihren Plan umzusetzen, obwohl Ramona noch nicht wusste, wie der aussehen sollte. Tatsächlich kurvte der Fahrer plötzlich ohne das Tempo merklich zu verringern in die Einfahrt des LKW-Parkplatzes und bremste dann scharf ab. Der bulgarische Beifahrer schimpfte und brüllte den Fahrer an, warum er mit so viel Tempo auf den Parkplatz gerast sei. Dann stieg er aus, knallte die Tür zu und ging zu den Toiletten. Der Fahrer sah durch das kleine Fenster der Rückwand zu ihnen und grinste. Ramona schimpfte.

„Lass uns endlich raus wir müssen mal pinkeln!" Der dürre Blonde grinste und öffnete seine Fahrertür. Dann flog die Seitentür mit einem Ruck nach hinten auf. Anna sprang als erste aus dem Wagen wie ausgemacht und lief einfach los. Der Blonde wollte sie aufhalten und ging zwei Schritte vom Wagen, unschlüssig ob er Anna folgen sollte. Diesen Augenblick der Verwirrung nutzte Ramona sofort aus! Mit einem Satz war sie draußen, holte aus, und schlug dem Langen eins auf die Rübe. Der sackte mit einem Seufzer zusammen und blieb reglos liegen. Ramona schrie Anna nach:

„Los! Lauf in den Wald und versteck dich! Ich komme sofort nach!" Anna, die sich nochmal umgedreht hatte, lief los wie vom Teufel gehetzt und Ramona folgte ihr. Plötzlich hörte sie den Bulgaren brüllen.

„Bleib stehen du Schlampe oder ich leg dich um!" Doch Ramona dachte nicht daran und fing an um Hilfe zu schreien und rannte weiter. Sie hatte bereits den oberen Rand eines Hügels erreicht, als es zweimal kurz hintereinander knallte. Sie spürte den ersten Schuss wie er an ihrer rechten Kopfseite vorbei zischte. Und dann spürte sie plötzlich einen stechenden Schmerz im rechten Schulterblatt. Sie rannte noch drei Schritte, dann stürzte sie zu Boden und alles drehte sich um sie, bis es plötzlich dunkel um sie wurde ...

Was weder Ramona noch Anna wissen konnte, war die Tatsache, dass ihr Fax im Polizeipräsidium Großalarm ausgelöst hatte, und die bayrische Polizei und die Österreichische in enger Zusammenarbeit genau an diesem Vormittag auf Stonsdorf vorgerückt waren. Eine Streife der Gendarmerie hatte auf dem Parkplatz eine Pause eingelegt, als plötzlich zwei Schüsse und Hilferufe zu hören waren. Mit Hilfe von mehreren Fernfahrern hatten sie den Schützen eingekreist, der sich widerwillig ergab. Als sie Nentschow brachten war der schon mit Handschellen gefesselt.

Anna die alles aus ihrem Versteck heraus gesehen hatte, lief zu Ramona und sah sie regungslos in einer Kuhle liegen. Und nun rief sie laut um Hilfe. Ein Gendarm und zwei Fernfahrer kamen den Hügel herauf und sahen Anna weinend dastehen. Schnell hatten sie die Rettung angefordert.

Zehn Minuten später landete der Helikopter auf dem Parkplatz und nahm Ramona an Bord, um sie ins Krankenhaus nach Berchtesgaden zu fliegen. Eine Stunde später lag sie auf dem OP-Tisch und man entfernte ihr die Kugel. Sie war im Schulterblatt stecken geblieben, ansonsten hätte sie das Herz getroffen. Ramona hatte Riesenglück gehabt.

Ramona schlug langsam die Augen auf und versuchte zu schlucken, doch ihr Hals war wie eine ausgetrocknete Röhre. Der Sauger der im Hals steckte, störte sie und sie griff nach der Klingel und läutete. Wenig später kam eine Schwester und befreite sie davon, dann bekam sie einen Schluck Tee. Die junge Schwester tupfte Ramonas Stirn ab.

„Na, wie geht es Ihnen Frau Bischof?" Ramona versuchte zu lächeln.

„Irgendwie fühle ich mich ziemlich kaputt", gestand sie. Die Schwester überprüfte den Blutdruck und nickte zufrieden.

„Sie haben alles gut überstanden, Frau Bischof. Die Kugel hat der Herr Professor entfernt. Noch ein paar Tage Ruhe und dann können sie schon wieder aufstehen." Ramona wollte sich gerade bei der Schwester erkundigen, ob sie etwas von einem Herrn Glauber gehört hätte, als es an der Tür klopfte, und Jochen den Kopf zur Tür hereinschob. Die Schwester lachte.

„Sehen sie mal, da kommt unsere Hilfsschwester! Der Herr Glauber hat die ganzen Tage an ihrem Bett gewacht, und nachts mussten wir ihn in sein Bett schicken, sonst wäre er auch noch hiergeblieben. Aber nur ein paar Minuten, Herr Glauber! Die Patientin ist noch zu schwach." Jochen trat ein, zog einen Stuhl neben ihr Bett, und gab ihr erst einmal einen Kuss.

„Sag mal, was machst du denn für Sachen? Als ich hörte sie hätten dich eingeliefert, weil du angeschossen worden bist, war ich völlig verrückt vor Angst." Er streichelte ihre Wange und gab ihr wieder einen Kuss. Ramona fragte ihn:

„Sag mal, hast du was von Anna gehört? Die mit mir abgehauen ist!" Jochen nickte.

„Klar, die ist auch hier im Krankenhaus." Ramona sah Jochen traurig an.

„Stell dir mal vor, Anna ist die Mutter von Milan und seiner toten Schwester Mlada. Sie hat nicht gewusst was mit ihren Kindern war, bis ich es ihr schonend beigebracht habe." Jochen Glauber atmete tief durch und schüttelte den Kopf. Dann stand er langsam auf.

„Ich muss die Chefin anrufen und es ihr sagen. Das wird ein Drama geben! Sie hatten schon fest damit gerechnet, dass sie Milan adoptieren könnten. Aber nun …" Jochen gab Ramona noch einen Kuss.

„Schlaf erst mal wieder schön weiter und erhole dich. Hier habe ich ein Handy für dich. Wenn du wach bist schickst du mir einfach eine WhatsApp-Nachricht und ich komme wieder zu dir herunter." Ramona hatte die Augen schon wieder geschlossen, als er aus dem Zimmer ging. Draußen im Flur nahm er sein Handy zur Hand und rief seine Chefin an, die bereits wieder im Dienst war und Nentschow schon verhört hatte. Der Nebel löste sich langsam auf! Es tutete eine Weile, dann meldete sich Susi Ludwig.

„Hi Chefin! Du musst unbedingt ins Krankenhaus kommen! Ich habe eine Neuigkeit für dich, das müssen wir bereden, aber nicht am Telefon." Susi sagte zu, in einer Stunde da zu sein.

Susi Ludwig saß in Jochen Glaubers Zimmer am Fenster und hatte Tränen in den Augen. Sie schnäuzte sich.

„Im Grunde war sowas ja immer noch im Bereich des Möglichen, ich weiß das auch. Aber wir haben uns so an den kleinen Kerl gewöhnt, mein Gott, was werden Benny und Franzi sagen! Aber auch mein Mann hat den Kleinen ins Herz geschlossen. Aber es nützt ja nichts, ich werde nachher gleich hoch gehen zu der Frau und mit ihr reden. Zuerst muss ich aber meinen Mann noch anrufen, der wird auch baff sein. Die Kinder sind ja noch in der Schweiz bei meinen Eltern. Jetzt können wir sie ja wieder heimholen, wo alles vorbei ist. Mein Gott bin ich traurig, Jochen! Aber für Milan ist es wichtig, dass er seine Mama wiedersieht. Ach das ist alle so traurig!"

Jochen Glauber war neben sie getreten, und plötzlich lehnte sich Susi bei ihm an. Er legte seinen Arm um ihre Schultern.

„Ihr wart eben Eltern auf Zeit für Milan, und ihm hat es gutgetan. Das musst du immer sehen, Susi. Aber wer sagt denn, dass Milan ganz aus eurem Leben verschwindet? Nach Rumänien wird die Mutter bestimmt nicht zurückgehen wollen. Also helfen wir ihr, vielleicht bleibt sie ja sogar hier in Berchtesgaden." Susi Ludwig löste sich von ihrem Kollegen und lächelte auf einmal.

„Ach Glauber, manchmal könnte ich dich tatsächlich küssen, wenn ich nicht deine Chefin wäre, und du inzwischen nicht schon eine Braut hättest." Glauber feixte verlegen.

„Tja Chefin, damit musst du dich nun abfinden, dass ich unter der Haube bin. Die Chance hattest du ja!", meinte er schelmisch lachend. Susi lachte gequält.

„Ich geh jetzt hoch zu Milans Mama, Tschüss!" Jochen sah ihr einen Moment hinterher, als sich die Tür hinter ihr geschlossen hatte. Sie war eine tolle Chefin, das stand fest!

Als Susi anklopfte und die Tür einen Spalt öffnete, sahen ihr zwei dunkle ernste Augen entgegen. Anna Switkovic richtete sich ein wenig auf und sah der Besucherin gespannt entgegen. Susi begrüßte die Frau mit einem herzlichen Händedruck.

„Frau Switkovic, ich bin Oberkommissarin Ludwig von der Kriminalpolizei hier in Berchtesgaden. Ich hätte mich gerne ein wenig mit Ihnen unterhalten. Möchten Sie das auch?" Anna Switkovic nickte freundlich.

„Natürlich, Frau Ludwig. Ich will Ihnen gerne alles erzählen was ich weiß." Susi lächelte etwas verkrampft, denn was nun kam, das war auch für sie nicht einfach. Die Rumänin ergriff Susis Hand.

„Sagen Sie doch einfach Anna zu mir, ja?" Susi nickte erleichtert.

„Gut, dann sagen Sie aber auch Susi zu mir. Wir sind beide Mütter, und darum geht es mir." Annas Augen füllten sich mit Tränen, als Susi zu erzählen begann, wie sie Milan gefunden hatten, und sich entschlossen hatten, den Kleinen bei sich aufzunehmen.

„Uns war immer klar, dass Milan eventuell nur eine gewisse Zeit bei uns leben konnte. Aber hätten wir Sie nicht gefunden, dann hätten wir Milan adoptiert, und er wäre in einer intakten Familie mit Geschwistern aufgewachsen. Das wir Mlada nicht helfen konnten, hat uns alle sehr traurig gemacht." Susi musste anhalten, weil ihr die Stimme versagte. Und beide Frauen hielten sich eine Weile an den Händen fest. Susi hatte wieder das Bild vor sich, wie sie Mlada gefunden hatten. Das arme kleine Mädchen war so tapfer gewesen, und hatte in ihrem kurzen Leben so viel Schmerz, Leid und Alleinsein verkraften müssen.

„Es war ein Unfall, Anna! Milena war ausgerissen und auf ein Gerüst an der Eisbahn geklettert. Dabei ist sie abgestürzt, sie war sofort tot." Das stimmte zwar so nicht ganz, aber Susi hatte das Verlangen, der Mutter zumindest die Tatsache des Missbrauchs verschweigen zu können.

„Wir kamen leider zu spät. Milan haben wir aus dem Kinderheim geholt, als der dortige Leiter umgebracht worden war. Damit war auch Milan in Gefahr, zumal er ein kleines Notizbuch von Mlada bei sich hatte. Dieses Notizbuch hat uns viel erklärt und uns weitergebracht. Milan ist derzeit mit meinen Kindern bei meinen Eltern in der Schweiz. Wir wollen alle drei dieses Wochenende zurückholen, dann können Sie Ihren Sohn wieder in die Arme schließen." Anna Switkovic nickte glücklich, und atmete tief durch. Sie hielt Susis Hand immer noch fest.

„Susi, ich will mich sehr, sehr bedanken, dafür, dass du meinen Sohn eine gute Ersatzmutti warst. Ich weiß aber nicht, was nun aus mir wird, und ob ich Milan wieder eine gute Mutter sein kann. Wo soll ich leben, wo soll ich arbeiten um Geld zu verdienen?" Susi dachte kurz nach.

„Hast du einen Beruf gelernt, Anna?" Die nickte.

„Ja, ich habe zu Hause in Rumänien in Bukarest in einem Altenheim gearbeitet. Bis dieses verflixte Angebot als Hauskraft nach Deutschland zu gehen kam. Als ich plötzlich merkte, wo ich da hineingeraten war, war alles zu spät. Meine Großmutter, bei der ich die Kinder lassen wollte, verstarb plötzlich, und ich musste sie mitnehmen. Schon bei Ankunft in Österreich wurden wir von unseren Kindern getrennt, und haben sie seitdem nie wiedergesehen." Susi streichelte ihre Hand.

„Die Mlada ist ein paar Mal aus dem Kinderheim ausgerissen, kannst du mir vielleicht sagen wo sie hinwollte?" Anna nickte zögerlich.

„Ich denke, sie wollte zu meiner älteren Schwester, die in Oberbayern im Murnau lebt. Oder sie wollte zur Polizei gehen, dass halte ich auch für möglich. Mlada war für ihr Alter schon sehr aufmerksam und überlegend. Habt ihr die Verbrecher endlich gefangen?" Susi nickte.

„Ja, Anna! Wir haben den ganzen Ring ausgehoben. In Stonsdorf ist das Bordell geschlossen. Die Eigentümerin ist verhaftet worden, genauso wie die Gutsverwaltung. Alle Frauen und alle Kinder sind jetzt endlich frei." Anna seufzte tief.

„Dann war der Tod von Mlada doch nicht ganz umsonst, meist du das auch?" Susi nickte wieder. Sie gab Anna ihre Visitenkarte.

„Hier, sobald du weißt, wann du aus dem Krankenhaus entlassen wirst, rufst du mich bitte an. Ich werde versuchen dir und Milan zu helfen, versprochen!" Anna umarmte Susi dankbar, und winkte ihr, als sie das Zimmer wieder verließ. Draußen musste sich Susi erst einmal gegen die Wand lehnen. Eine Schwester kam vorbei und sah sie besorgt an.

„Kann ich Ihnen helfen, Frau Ludwig?" Susi winkte ab.

„Es geht schon, danke." Sie wunderte sich, dass man sie so einfach erkannte. Was sie nicht wusste, der „Berchtesgadener Anzeiger" hatte am Morgen auf der ersten Seite einen Artikel über die Aktion der Polizei gebracht, bei der eine Polizistin angeschossen worden war. Und so waren ihr Bild und das von Glauber und Ramona in der Zeitung erschienen.

Susi fuhr zurück ins Präsidium und ging sofort zu ihrem Mann. Der telefonierte gerade, aber seine Sekretärin meldete sie trotzdem an. Dann konnte sie eintreten. Wortlos setzte sie sich in einen der Sessel seiner Sitzgruppe. Markus sah sie fragend an.

„Ist was, Susi? Geht es etwa der Kollegin Bischof schlechter?" Susi schüttelte den Kopf.

„Komm, setzt dich neben mich, Markus. Ich komme gerade von Milans Mama, die auch im Krankenhaus liegt." Markus sah sie gespannt an.

„Und?" Susi lächelte gequält.

„Wir werden Milan wohl wieder hergeben müssen!", meinte sie mit Tränen in den Augen. Markus Ludwig schluckte mehrmals.

„Ja, das musste man aber von Anfang an mit einkalkulieren, Susi! Ich meine, wäre seine Mutter nicht mehr auffindbar gewesen, hätte man den Antrag auf Adoption ja stellen können, aber jetzt hat er ja seine leibliche Mutter wieder." Susi schnäuzte sich ein paar Mal und wischte die Tränen ab.

„Das weiß ich doch alles auch, Markus! Aber er ist so ein lieber braver Junge. Und was werden wohl die Kids sagen?"

Markus lächelte verschmitzt.

„Ich müsste mich sehr stark irren, wenn du nicht schon eine Idee ausgebrütet hast, wie Milan in unserer Nähe bleibt. Stimmt´s?" Susi nickte.

„Ja stimmt. Anna war zu Hause Altenpflegerin. Im Seniorenstift „Maria Rabenbauer", drüben in Schönau suchen sie immer wieder Pflegekräfte mit Ausbildung. Man könnte sich doch mal erkundigen, oder?" Markus musste lachen.

„Nimm das ruhig in die Hand, Frau Oberkommissarin. Ich weiß ja, dass ich dich nicht davon abhalten könnte. Wenn wir Glück haben, bleibt Milan dadurch in unserer Nähe."

Eine Stunde später hatte Susi in diesem Altenstift einen Termin.

Zur Pressekonferenz am Morgen waren alle Beteiligten bis auf Ramona Bischof bei Markus Ludwig versammelt. Er begrüßte die Presse, und gab dann Susi das Wort. Frisch frisiert und guter Dinge begann sie zu sprechen.

„Ja liebe Kolleginnen und Kollegen, die Aussagen der Festgenommenen hier bei uns und in Österreich hat nunmehr endlich den Nebel beseitigt. Nicht zuletzt auch auf Grund des Einsatzes unserer beiden Kollegen Jochen Glauber und Ramona Bischof, der es übrigens wieder so gut geht, dass sie Ende der Woche aus dem Krankenhaus entlassen werden kann, wie mir der Arzt versicherte. Ich spreche beiden Kollegen meinen Dank aus, und der Chef meinte zu mir, in Sachen Beförderung würde sich da auch noch was ergeben." Raunen kam auf, und man beglückwünschte Jochen schon mal, der am Ende der langen Tafel saß.

„Durch den selbstlosen Einsatz beider Kollegen ist es uns gelungen, die Zentrale des Kinder- und Frauenhandels auszuheben. Diese gesamte Struktur reichte bis in unseren Landkreis, und bis in die Reihen einzelner Honoratioren des Landkreises. Ihnen können wir nun nachweisen, dass sie sich nicht nur an diesem Handel bereichert haben, sondern auch aktiv die Liebesdienste von Frauen und Kindern aus Rumänien in Anspruch genommen haben."

Susi machte eine kurze Pause und trank einen Schluck ehe sie weiter fortfuhr.

„Die Kinderheime „Sonnenschein" in Schellenheim, das Kinderheim „Andělé děti" in Tschechien, und das Kinderheim „Santa Maria" in Südtirol waren die Umschlagorte für die Kinder. Von dort aus wurden sie über ganz Westeuropa vermittelt. Teilweise wurden sie den Eltern in Rumänien sogar gestohlen. In anderen Fällen, dort wo die Familiensituation unsagbar schlecht waren, wurde sie direkt gegen Barzahlung abgekauft. Nebenbei beschäftige sich die Bande aber auch mit Frauenhandel. In Rumänien und Albanien wurden Frauen angeworben, um in Deutschland dann als Hausmädchen zu arbeiten, dazu konnten sie sogar ihre Kleinkinder mitnehmen. Die Frauen landeten alle in Bordellen, die Kinder wurden von den Frauen getrennt und ohne deren Wissen vermittelt. Entweder für sadistische Spielchen von Erwachsenen oder für Adoptionen. Entsprechende Papiere wurden gleich mitgeliefert. Mit der Verhaftung der Madame Grigorie und ihres Stellvertreters Boris Nentschow haben wir durch die gute Zusammenarbeit mit den Kollegen aus Österreich einen genauen Einblick. Gleichzeitig aber konnten wir damit auch einen Pädophilen-Ring ausheben, der sich auch hier bei uns in Berchtesgaden angesiedelt hatte. Die Namen sind inzwischen durch die Presse bereits veröffentlicht worden, was allerdings nicht in unserem Interesse lag. Weil in vielen Fällen Fluchtgefahr bestand. Leider sind einige dieser Herren Mitglied in einem Club, welcher ein Ableger eines Ordens mit Sitz in Malta ist. Die „Deutsche Zunge" mit den Groß-Prioraten Böhmen, Dänemark, Schweden, Polen und Ungarn ist davon wiederum nur ein Splitter der weltweit vernetzten und verzweigten Organisation. Neben dem Betreiben von Krankenhäusern, Altenheimen, Sterbehospize und Jugendzentren, was man nur begrüßen kann, beschäftig man sich leider aber auch mit der dunklen Seite unserer Gesellschaft, dem Kinder- und Frauenhandel. Aber die Drahtzieher dieser Bemühungen werden wir von hier aus nie fassen können, dazu müsste man international gegen sie vorgehen. Soweit also zum Stand unserer Ermittlungen. Ich danke Ihnen!"

Mit einem Schlag glich der Raum einem Bienenstock. Fragen über Fragen wurden gestellt, geduldig gaben Markus und Susi Ludwig Auskunft. Bis eine Reporterin sich nach vorn schob und Susi plötzlich fragte:

„Haben Sie nicht auch einen kleinen Jungen aus Rumänien bei sich aufgenommen, Frau Ludwig?" Wahrscheinlich war sich die junge Frau der Wirkung ihrer Frage nicht ganz bewusst, denn sie wurde von allen Seiten verbal angegriffen. Mit einem Schlag war Ruhe im Saal der Polizeiinspektion. Susi stand wieder auf und trat ans Mikrofon. Einen Moment sah sie der Fragerin in die Augen.

„Ja das stimmt! Mein Mann und ich haben den kleinen Milan Switkovic zeitweise bei uns aufgenommen, da er ein Zeuge war und in Lebensgefahr schwebte. Mit unserer Aktion in Stonsdorf haben wir aber zum Glück seine leibliche Mutter wiedergefunden. Die kleine Mlada Switkovic, die wir damals an der Eisenbahn drüben tot auffanden, ist übrigens Milans große Schwester. Nun kann aber wenigstens der kleine Milan zu seiner Mutter zurück, auch wenn es uns natürlich schwerfällt, ihn wieder herzugeben." Susi musste sich abwenden, weil ihr die Stimme versagte. Markus brachte sie rasch zu ihrem Platz zurück.

Im Saal herrschte Schweigen, denn der Auftritt der Oberkommissarin hatte alle beeindruckt. Markus Ludwig trat ans Mikrofon.

„Meine Damen und Herren! Die Pressekonferenz ist damit beendet! Bitte nutzen Sie die Unterlagen, die unsere Pressestelle zur Verfügung stellt." Die Reporter spendeten Beifall und klopften dezent mit ihren Stiften auf die Tische.

Susi, Markus Ludwig und Glauber zogen sich in ihr Büro zurück. Einen Moment herrschte Sprachlosigkeit. Der Fall war geklärt, auch wenn sich alle plötzlich wie in einem tiefen Loch wiederfanden. Jochen Glauber brach als Erster das Schweigen.

„Ich glaube, wir haben allen Grund zufrieden zu sein. Wir haben eine international agierende Bande zerschlagen, und viele Frauen und Kinder gerettet. Traurig, dass wir nicht alle retten konnten." Seine Stimme vibrierte und Susi und ihr Mann Markus sahen Jochen Glauber erstaunt an. Der zuckte mit den Schultern und wischte sich verstohlen über die Augen. Das war nicht mehr der Sonnyboy Jochen Glauber, das stand fest. Markus nahm ihn einfach mal in die Arme und klopfte ihm auf die Schultern

„Das habt ihr gut gemacht, Jochen, meine Hochachtung! Sag das auch deiner Freundin Ramona!" Jochen nickte.

„Danke Chef, aber damit möchte ich auch gleich Urlaub beantragen, wir wollen in vier Wochen heiraten!" Susi starrte Glauber erst fassungslos an, dann meinte sie:

„Na guck mal an, der Glauber kommt unter die Haube! Meinen herzlichsten Glückwunsch euch beiden!"

Eine dicke Überraschung

Die Woche verging, und Susis kurzfristig anberaumter Lehrgang zum Thema Cyberkriminalität war vorbei, und Markus Ludwig bestellte seine Kollegin und Ehefrau Susi am Montagvormittag zu sich ins Büro. Kopfschüttelnd trat sie ein.

„Na sag mal, was ist denn los? Du kommandierst mich schon am ersten Tag in dein Büro! Konntest du mir heute früh nicht zu Hause sagen, was los ist?", begehrte sie auf. Ludwig deutete wortlos auf die Sesselgruppe. Susi setzte sich, nun doch schon etwas unruhig hin und her rutschend. Markus nahm mit wichtiger Miene einen dünnen Hefter aus seinem Schreibtischkasten und setzte sich ihr gegenüber in den Sessel. Sie sah ihn gespannt an. Was sollte dieses Gebaren denn bedeuten? Auf jeden Fall musste es dienstlich sein. Sie lehnte sich zurück und verschränkte die Arme über der Brust. Plötzlich stand Markus auf und bedeutete ihr ebenfalls aufzustehen. In diesem Moment klopfte es an der Tür. „Herein!"

Nacheinander traten Glauber, Ramona Bischof und Quirin ein. Susi wurde es warm, sie begann leicht zu schwitzen. Was ging hier vor? Markus ließ sie alle in einer Reihe antreten, was allgemeines Gemurmel hervorrief. Er sah seine Truppe an und musste schmunzeln. Dann klappte er seinen Hefter auf.

„Liebe Kolleginnen und Kollegen! Im Auftrag des bayrischen Innenministeriums, zeichne ich diese Abteilung mit der Medaille für Verdienste um die grenzüberschreitende Polizeizusammenarbeit aus! Diese Verdienstmedaille ist verbunden mit einer einmaligen Zuwendung von 250 € je Person. Ich darf ihnen sehr herzlich gratulieren! Eine besondere Freude ist es mir aber auch, unsere geschätzte Leiterin der Soko zu ihrer Beförderung zu gratulieren. Frau Ludwig übernimmt ab 1. Januar kommenden Jahres den Aufbau der Sonderabteilung Cyberkriminalität für den Bereich Berchtesgaden / Salzburg. Der Kollege Glauber übernimmt ab diesem Tag diese Abteilung K und wird verstärkt durch die Kollegin Bischoff! Meinen herzlichen Glückwunsch Kollegin Ludwig und Kollege Glauber!"

Als Markus geendet hatte kam erst leises Lachen auf und dann klatschten alle. Susi sah ihren Mann mit einer Mischung aus Überraschung und Rachegelüsten an und musste mehrmals schlucken. So ein hinterhältiger Halunke! Um den Schein zu wahren, lächelte sie etwas verkrampft. Auf einmal ging die Tür auf und Markus Sekretärin kam mit einem Tablett voller Sektgläser und einem Tablett Schnittchen herein und stellte alles auf den Tisch. Markus griff als erster zu und hob sein Glas.

„Auf Ihr Wohl, Herrschaften!" Als er mit Susi anstieß musste er nun doch grinsen. Und sie flüsterte:

„Nun hast du es ja geschafft, mich aus der vordersten Linie rauszuholen, du alter Intrigant! Deshalb also dieser Lehrgang! Komm du mir heute Abend nur nach Hause!" Dabei kniff sie ihn ganz nebenbei ins Hinterteil. Markus verzog sekundenlang das Gesicht, das gab bestimmt einen blauen Fleck! Einer der richtig zufrieden war, das war natürlich Jochen Glauber. Die Übernahme der Abteilung bedeutete ja für ihn eine Beförderung zum Oberkommissar, wenn alles glatt lief, und er würde schnell noch seine Ramona heiraten im anstehenden Urlaub.

Eine Stunde später saßen sie wieder zu dritt in ihrem Büro zusammen. Susi starrte von ihrem Schreibtischsessel aus dem Fenster und schien weit weg zu sein. Glauber räusperte sich.

„Chefin, die Auswertung der CD´s und DVD´s ergab unglaubliche Neuigkeiten! Demnach ist eine ganze Reihe von Mandatsträgern in diesen Fall verwickelt. Zum einen illegale Kindervermittlung, Kindesmissbrauch und als Haushaltshilfen getarnte junge Rumäninnen für den Hausgebrauch dieser hohen Herren!" Susi drehte sich wieder zu ihm herum.

„Ich weiß Jochen, ich habe übers Wochenende die Akte gelesen. Wir müssen aber bei denen die Sache wasserdicht machen, sonst holen deren Anwälte diese Halunken wieder heraus. Das sind alles keine kleinen Fische. Ein Staatsanwalt, zwei Richter, vier Wirtschaftsgrößen und zwei Abgeordnete. Das wird Wellen machen, wenn die Presse Wind davon bekommt!" Jochen Glauber nickte.

„Ja, wenn! Aber das bezweifle ich noch!" Doch Susi schüttelte den Kopf und lächelte süffisant.

„Sie werden Wind davon bekommen, Jochen! Verlass dich drauf!" Er sah sie verstehend an und nickte, dann meinte er nur: „Ich bin dabei, Chefin! Du kannst dich auf mich verlassen!" Sie sahen sich in die Augen, und jeder der beiden wusste, was der andere dachte. Im Grunde waren sie schon wie ein altes Ehepaar. Susi lachte.

„Hast du schon mal daran gedacht, dass ich dich ab 1. Januar gar nicht mehr triezen kann? Dann bist du der Chef hier!" Glauber nickte betrübt.

„Ja, stimmt, aber du wirst mir fehlen, Chefin! Wer weiß wer dann auf deinem Stuhl hier sitzt. Kannst du mich nicht mitnehmen?" Sie lachte über sein trauriges Gesicht.

„He Glauber! Wo bleibt denn dein Übermut?" Er schüttelte den Kopf und sah sie etwas traurig an.

„Den hast du mir gottseidank ausgetrieben, Susi!" Plötzlich meinte er nachdenklich.

„Hast du schon mal dran gedacht, dass nach unserem Erfolg es Leute gibt, die dich loswerden wollen? Der Gedanke kam mir vorhin oben beim Chef." Susi sah ihn einen Augenblick starr an und rieb sich das Ohr, was sie immer tat, wenn sie über etwas intensiv nachdachte. Plötzlich griff sie zum Telefon und rief ihren Mann an. Wenig später eilte sie die Treppen hinauf in den zweiten Stock und trat ein in sein Vorzimmer. Lore, die Chefsekretärin lachte sie an.

„Na Sehnsucht nach dem Gatten?" Susi blies die Backen auf.

„Der soll mir nur heute Abend heimkommen, Lore! Das ganze Wochenende kein Wort zu mir davon. Rache ist süß! Und du weißt, bei Rache sind wir Frauen knallhart!", lachte sie und trat ein ins Allerheiligste.

„Hallo Chef! Haste ne Minute Zeit für deine Angestellte?", fragte sie burschikos. Markus grinste und stand auf, kam ihr entgegen und wollte sie umarmen. Doch Susi machte sich steif und hielt Abstand. Er sah sie unsicher an.

„Was hast du denn?", fragte er unsicher. Sie atmete tief ein, stemmte die Hände in die Hüften und legte halblaut los.

„Du Sauhund, du elendiger! Mich so zu verhökern, das ist fies! Meine Rache wird Liebesentzug sein – bis zur Rente!", fauchte sie leiser werdend. Er sah sie an und musste sich das Lachen verkneifen. Das war sie, diese absolut tolle Frau, Kollegin und Mutter seiner Kinder, besser gesagt seines Kindes. Er machte einen zweiten Versuch sie zu umarmen, der gelang ihm dann, weil er blitzschnell zufasste und sie festhielt.

„Ich kann da nix dafür du kleiner feuerspeiender Drache! Die Sache kam am vergangenen Freitag von München aus dem Innenministerium. Da war nix zu machen, Susi! Allerdings nach allem was ich mit dir alles erlebt habe, bin ich tatsächlich froh, wenn ich dich aus der ersten Schusslinie habe! Zweimal ging es gerade noch so lala gut! Was passiert mit deinen zwei Kindern, wenn du mal Pech hast?" Sie nickte auf einmal verstehend.

„Aha, aber hast du schon mal darüber nachgedacht, dass wir vielleicht mit unseren Erfolgen in den letzten Wochen einigen bedeutsamen Leuten auf die Zehen gelatscht sind? Also lobt man die Ludwig eben weg! Und außerdem du irrst dich, es sind nicht zwei Kinder, sondern in acht Monaten sind es dann drei, Herr Polizeirat!" Markus sah sie einen Augenblick starr und verblüfft an.

„Wieso drei?" Sie nahm ein Sektglas füllte etwas Sekt hinein und trank die Hälfte aus, dann gab sie ihm das Glas.

„Weil ich wieder schwanger bin, Herr Polizeirat! Trink dein Glas aus, du sieht gerade so aus, als ob du es brauchst!", erwiderte sie grinsend.

„Du bist schwanger? Na wie ist denn das passiert, Susi?", fragte er völlig konfus. Sie lachte erheitert.

„Na wie passiert denn sowas, he? Der Heilige Geist ist nicht über mich gekommen, das warst wohl eher du!" Sie gab dem völlig perplexen Markus wieder versöhnt einen Kuss auf die Wange und ging wieder zur Tür.

„Mach´s gut, Chefchen! Bis heute Abend!" Dann war sie verschwunden. Markus Ludwig schenkte sich ein Glas Sekt ein und trank es mit einem Zug leer, dann schüttelte er fassungslos den Kopf und setzte sich wieder hinter seinen Schreibtisch. Und dann grinste er doch noch. Und mehr zu sich, als zu jemand nicht Anwesenden meinte er dann leise:

„Ich habe es doch gewusst, dass ich dich eines Tages aus der Gefahrenzone bringen kann!", und dabei strahlte er über das ganze Gesicht. Denn das Bekanntwerden der Schwangerschaft bedeutete, dass die Kollegin Ludwig ab sofort nur noch Innendienst machen durfte! Und er war ihr Chef und musste das auch verantworten!

Am Freitag der Vorwoche hatte Jochen Glauber seine Zukünftige aus dem Krankenhaus abgeholt und sie nach Hause gebracht. Ramona Bischof sah sich in ihren vier Wänden um, dann sah sie Jochen an.

„Hast du tatsächlich die Blumen gegossen, Schatz! Das ist toll, ich dachte schon, ich finde nur noch Gestrüpp vor. Dafür bekommst du einen Kuss!" Als sie sich wieder voneinander lösten, holte Ramona eine bunte Zeitung mit Hochzeitskleidern aus ihrer Tasche und legte sie wie nebenbei auf den Tisch. Jochen sah es und grinste. Willst du dir jetzt eins aussuchen?" Sie nickte heftig.

„Hilfst du mir dabei?" Jochen setzte sich neben sie auf das breite Schlafsofa.

„Na klar, immerhin muss es auch mir gefallen, oder?" Lange blätterten sie in den bunten Zeitschriften und fanden am Ende tatsächlich ein Kleid, dass Ramona auf Anhieb gefiel. Sie sah Glauber an.

„Du Jochen, sollten wir zur Hochzeit nicht auch unseren Chef Ludwig und seine Frau einladen? Ich meine, wir verstehen uns doch ganz gut." Jochen Glauber lächelte und lehnte sich in die Polster zurück.

„Ich denke schon, dass wir beide einladen sollten. Susi hat immerhin einen angehenden Ehemann aus mir gemacht. Ich meine mit ihren dauernden Tritten - in meinen bequemen Hintern natürlich, mehr war nie zwischen uns. Aber ich glaube, die müssen erstmal den Verlust von Milan verkraften. Der kleine Kerl war doch sowas wie ihr Sohn geworden. Aber nun kommt ja seine richtige Mama. Sie fahren dieses Wochenende in die Schweiz und holen die Kids wieder ab. Aber du hast Recht, wir laden sie auf jeden Fall zur Hochzeit ein! Immerhin haben wir ja noch vier Wochen Zeit!" Ramona lachte vor sich hin.

„Ja, ja Glauber, deine letzte Galgenfrist!" Glauber grinste.

„Das hätte jetzt aber auch meine Chefin sagen können, ihr gleicht euch in vielen Dingen. Eigentlich schade, dass sie diese andere Abteilung übernimmt."

Die Kids kommen zurück

Susi Ludwig hatte lange auf Anna einreden müssen, um sie dazu zu bewegen, sie in die Schweiz zu begleiten. Susi wollte so schnell wie möglich das Wiedersehen zwischen Mutter und Sohn, das für sie ein Abschied war, hinter sich bringen.

Auf der Fahrt in die Schweiz erzählte Susi Anna von der Möglichkeit in Schönau in einem Altenstift als Pflegerin zu arbeiten. Man würde ihr und Milan dort im Heim für den Anfang eine kleine Wohnung vermieten. Anna war überglücklich und bedankte sich herzlich bei Susi.

„Was ihr alles für mich macht ist unglaublich, Susi! Soviel Hilfsbereitschaft habe ich im ganzen Leben noch nie erlebt. Ich danke euch tausendmal, und ich hoffe, wir bleiben Freunde, schon wegen der Kinder." Markus lachte und sah in den Rückspiegel.

„Sagen sie mal Anna, wann kommt der Milan eigentlich in die Schule jetzt?" Susi sah ihren Mann an.

„Wie kommst du denn jetzt darauf? Er hat noch ein Jahr Zeit, zunächst braucht er einen Platz im Kindergarten. Aber wieso fragst du?" Markus grinste.

„Na weil ich mich als Pate bewerbe, bei Milan! Ist doch ganz einfach! Und Paten stehen ihrem Patenkind ein Leben lang zur Seite! Wäre ihnen das angenehm, Frau Switkovic?" Anna lachte gelöst und meinte:

„Natürlich, Herr Ludwig! Der Milan wird sich riesig freuen, denke ich."

Markus trat vorsichtig auf die Bremse und bog plötzlich in eine Einfahrt eines Einfamilienhauses ein. Sie waren da! Er hupte zweimal kurz. Plötzlich wurde die Haustür aufgerissen und als erster kam Benny angerannt. Ihm folgte Milan, und dann kam Franzi ebenfalls heraus, und hinter ihnen Oma und Opa. Die waren informiert worden, dass Milans Mama mitkommen würde.

Plötzlich blieb Milan stehen und starrte regungslos auf die fremde Frau. Einen Moment schien er zu überlegen, immerhin hatten sie sich zwei Jahre nicht gesehen, damals war Milan drei Jahre alt gewesen. Anna stand da und breitete die Arme aus. Plötzlich fiel sie in die Rumänische Sprache.

„Hallo, Söhnchen! Milotschka! Komm zu Mama!" Der Junge begann plötzlich zu zittern, dann aber rannte er los und stürzte sich förmlich in die ausgebreiteten Arme seiner Mama.

„Mama! Liebste Mama! Warum hast du uns so lange alleine gelassen? Die Mlada ist zweimal ausgerissen aus dem Heim, aber jetzt ist sie im Himmel beim lieben Gott!", sprudelte es förmlich aus ihm heraus. Benny und Franzi standen da und begriffen kein Wort. Oma und Opa wischten sich die Tränen ab. Milan aber war wie ausgewechselt und rief Benny zu.

„Sieh mal Benny, meine richtige Mama ist wieder da! Komm her zu uns! Komm!" Und dann hingen beide Jungs an Annas Hals.

Zum ersten Mal seit sie Markus kannte, sah Susi ihren Gatten ein paar Tränchen abwischen. Er schniefte verräterisch und begann mit Opa das Auto auszuladen. Während Susi ihre Franzi in die Arme nahm, fragte die mit feuchten Augen:

„Geht Milan jetzt wieder weg, Mama?" Susi nickte.

„Ja Franzi, Milan muss natürlich wieder zu seiner Mama. Aber sie werden in Schönau wohnen und ihr könnt euch ganz oft sehen. Aber wir haben ja Benny, der uns auch braucht. Und ich habe noch ein Geheimnis für dich! Mama ist schwanger und bekommt noch ein Baby! Was sagst du dazu?" Franzi nickte und sah ihre Mama entgeistert an.

„Du bekommst ein Baby, Mama?", hauchte sie aufgeregt. Und dann meinte sie:

„Das mit Milan verstehe ich Mama, aber er wird bestimmt immer einer von uns sein, oder?" Susi drückte ihre Große fest an sich.

„Das hast du schön gesagt, Franzi. Nun lass uns erst mal die Oma und Opa begrüßen, ja."

Beim Nachmittagskaffee gab es zunächst ein Stühlerücken, denn Milan wollte unbedingt zwischen seiner Mama und Tante Susi sitzen. Er grinste Benny an, der ihm gegenübersaß, dann nahm er die Hand seiner Mama und die von Susi und meinte:

„Guck mal Benny, Milan hat jetzt zwei Mamas! Komm zu mir rüber, dann hast du auch zwei!" Und so schob Benny auch noch seinen Stuhl neben den von Milan, zwischen seiner Mama und der Tante Anna und strahlte. Franzi aber saß, wie es sich für ein großes Mädchen gehört, neben ihrem Papa und schüttelte den Kopf. Leise sagte sie dann zu Markus:

„Die beiden benehmen sich wie Babys, da müsste ich mich ja auch noch dazwischensetzten, und du auch, stimmt´s? Und dann sitzen alle wieder da wie vorher!"

Markus musste über die Logik seiner Tochter lachen. Er sah seiner Frau, die gegenübersaß, in die Augen und zwinkerte ihr zu. In Gedanken malte er sich aus, wie es sein würde, wenn dann die drei Kinder in den nächsten Jahren erwachsen werden würden …

ENDE

EPILOG

Das Thema dieses Romans ist eigentlich zu ernst, als dass man darüber einfach zur Tagesordnung übergehen darf.

Nach statistischen Erhebungen von zahlreichen Organisationen die Kinder in Not weltweit helfen wollen, werden etwa 12 Millionen Menschen in einer modernen Form der Sklaverei gehalten. Ganz besonders lukrativ ist dabei der Handel mit Kindern. Jungen und Mädchen werden als Arbeitssklaven in Haushalte vermittelt, zum Betteln in Fußgängerzonen geschickt, oder gar zur Prostitution gezwungen.

Allein auf der Insel Lampedusa auf Sizilien sind im Jahre 2016 ungefähr 400 Kinder spurlos verschwunden. In Ungarn verschwanden 2005 insgesamt 1800 Kinder spurlos aus den Auffanglagern.

Bisher sind laut Grundrechteagentur der UNO seit dem Jahre 2000 erst in vier Ländern von siebenundzwanzig, die Täter wegen Kinderhandel verurteilt worden.

Der Skandal dabei ist, falls Mädchen aus Bordellen befreit werden, behandelt man sie wie Kriminelle und sie landen wegen Prostitution im Gefängnis, ehe man sie wieder in ihre Heimatländer zurückführt. Anstatt ihnen zu ihrem Recht zu verhelfen und sie zu schützen, behandelt man sie wie Verbrecher. Das ist eine wahre Schande!

Bereits erschienene Bücher von Hans-Peter Ackermann

2007 bis 2008 (Nicht mehr im Handel erhältlich)   ISBN 978-3-8370-1381-8

2009   2010   2011

ISBN 978-3-8391-1346-2   ISBN 978-3-8391-8116-4   ISBN 978-3-8685-8725-8

2012   2013   2014

ISBN 978-3-86858-894-1   ISBN 978-3-86858-999-3   ISBN 978-3-95631-167-3

2015   2017

ISBN 978-3-7347-5602-3   ISBN 978-3-7431-1874-4